山乡往事

SHANXIANG WANGSHI

邻霜 ⊙ 著

百花洲文艺出版社
BAIHUAZHOU LITERATURE AND ART PRESS

图书在版编目（CIP）数据

山乡往事 / 邻霜著 . -- 南昌 : 百花洲文艺出版社，
2024.6

ISBN 978-7-5500-4887-4

Ⅰ . ①山… Ⅱ . ①邻… Ⅲ . ①长篇小说 — 中国 — 当代

Ⅳ . ① I247.5

中国版本图书馆 CIP 数据核字（2022）第 241573 号

山乡往事

SHANXIANG WANGSHI　　　　邻霜　著

出 版 人　陈　波
责任编辑　杨　旭
装帧设计　文人雅士
出 版 者　百花洲文艺出版社
地　　址　南昌市红谷滩区世贸路 898 号博能中心一期 A 座 20 楼
电　　话　0791-86895108（发行热线）0791-86894717（编辑热线）
邮　　编　330038
经　　销　全国新华书店
印　　刷　廊坊市海涛印刷有限公司
开　　本　710 毫米 X1000 毫米　1/16
印　　张　20.75
字　　数　363 千字
版　　次　2024 年 6 月第 1 版
印　　次　2024 年 6 月第 1 次印刷
书　　号　978-7-5500-4887-4
定　　价　98.00 元

赣版权登字 05-2022-318

网址：http://www.bhzwy.com

图书若有印装错误，影响阅读，可与承印厂联系调换

自序

——心中有梦

　　我在童年乃至青少年时代，很喜欢听老人们聊他们小时候或年轻时候的事情。那些老人大多七老八十，年轻一点的也已年近花甲。其所聊之事多为二十世纪上半叶他们所亲历的事情，以及他们所了解的关于他们的父辈、祖父辈们的事情。对于那些"奇闻轶事"，当时，我的兴趣全在于其故事情节，或者说全在于"看热闹"，没有也不可能有较为深切的体会和感悟。多年后，每每回想起当年老人们所说的那些人和事，一种更为强烈的好奇感便会涌上心来……可惜的是，虽然老人们当年说得活灵活现、栩栩如生，可现如今我再想却感觉犹如梦幻一般，总觉得那些人和事若有若无、亦幻亦真，很是不可思议……以至于有时我竟忍不住怀疑起来：那些人和事，到底存没存在过、发没发生过？会不会是老人们随口编造的一个个的"故事"？想不通，感受不到，感觉不可思议，大抵是因为缺乏亲身体验，"不经一事，不长一智"的缘故吧！可是，不管怎样，在好奇心的驱使下，加之对文学的热爱，我还是有了一个梦想：把那一个个鲜活的"故事"，加工整理成一部所谓的长篇小说，尝试从一个较小的角度、切口，在一定程度上展现那个年代的社会环境与人们的生活场景、思想情感、人际交往等，"体验"那个年代人们的悲欢离合、酸甜苦辣、恩怨情仇等遭际，以为今天、明天的镜鉴……

　　有了梦想，便有了动力，于是我很快便行动了起来——在多年积累素材、构思谋篇的基础上，我于2020年3月正式动笔。然而，真正行动起来时才发现：

有些事情，想来容易，做起来却很难，想与做，完全是两码事。难在哪里呢？难在自身语言的笨拙、思维的滞涩、理解的浅薄、资质的不足。感觉心有余而力不足时，不免扪心自问："长篇小说，岂是你一个普普通通的文学爱好者所能企及的？想创作长篇小说，是不是有些不切实际，有些异想天开？……"自我怀疑多了，不免让人有些悲观、烦躁、畏难，以致几度萌生搁笔退缩的想法。好在自己最终还是坚持了下来，好歹完成了这部拙作。

这部拙作的创作过程让我明白了一些简单的道理，比如，无论做什么事情，有了想法就要及时、努力去做，趁热打铁，否则，劲头一过、热度一降，一切也许就都归于"寂"了。而且，做的过程中，除了干劲以外，还需静得下心来、坐得稳屁股、耐得住寂寞……

及时去做还有一个很大的好处，那就是有利于抓住机会。"机不可失，时不再来。"时光不会倒流，有些机会失去了就不会再回来了，即便有所补救，也很难达到自己想要的效果了。这方面，我是有着深刻体会的，比如，创作过程中，感觉多年前积累的某些素材粗疏、难以理喻，想再深入、全面地了解、印证、充实一下时，竟不可得了。原因是自己而立、不惑之后，当年为自己讲述那些故事的老人们大多早已逝去。剩下为数不多的几位也已老态龙钟、神思恍惚、眼花耳聋，说起话来咕咕哝哝的含混不清。向其请教也往往是问东答西，无奈之下，我只好退而求其次，转而求证于他们的下一辈、下两辈——自己的祖辈、父辈，希望能够有所收获。奈何很多事情不是我的祖辈、父辈们亲身经历的，经他们所叙述的内容总让人觉得缺盐少油的，我虽也获得了一些自己想要的东西，但缺憾也是显而易见的。

创作这部拙作，我还有一个简单的想法，即从一个个小切口、小视角，帮助如我一样的后生晚辈们了解、"体验"一下旧时社会之动荡、经济之凋敝、环境之险恶，以及先辈们思想之愚昧、生活之艰难……从而认识到今天社会的发展、经济的繁荣、民生的幸福等的来之不易。进而明白一个朴素的道理：新生活来之不易，我等应活在当下、珍惜当下、维护当下……

是为序。

目录

CONTENTS

第一章　春寒阵阵侵僻壤　往事桩桩绕穷乡

一

叭叭……叭——叭——"几声鞭炮的脆响，从大山深处传来，在空旷辽远的天地间回响、回响……

让我们乘着这缕缕乍暖还寒的春风，穿过层层叠叠、一望无际的大山，到鞭炮声回响的地方去。

在鞭炮声传来的地方，只见一圈圈大山，同心圆似的围绕着一块不大的坝子。坝子虽不算大，但在这"天无三日晴，地无三尺平，人无三分银"的地方，也要隔上十多二十里地才能再见到这么一块。坝子里坐落着一个百十来户人家的寨子。寨子外面，直至大山脚下，是一片片错落有致的水田和旱地。俯瞰整块坝子，真可谓"土地平旷，屋舍俨然""阡陌交通，鸡犬相闻"……

寨子旁边的几座大山上，生长着许多山桃。到了春天，满山泅上了一层粉色。那粉色薄薄的、淡淡的，如烟似霞、若有若无，让人神思迷离、如梦如醉……因为这些山桃，寨子有了个十分浪漫的名字——山桃寨。

坝子周围的大山，单从表面上看，大体上有岩石的，有泥土的，也有半石半土的，但大多是山腰以上是岩石，山腰以下是泥土。初春时节，岩石山上季节性荣枯的草木的枯叶尚未落尽，新芽却已经布满了枝丫；枯茎还在随风摇曳，嫩芽却已从地底下冒出了尖尖的头来；常绿的草木，似乎在寒冬里耗尽了元气，虽还能呈现出些暗绿色来，却显得无精打采的……土山上，较陡的地方，覆盖着层层叠叠的枯草；较为平缓的地方，则是层层的坡地，坡地里大多种的是油菜。待天气和暖，油菜花渐次开放；年后，花儿们已成大气候，黄灿灿的，一片连着一片……半石半土的山上，大多"泾渭分明"——山腰以下，一片片油菜地，同样黄灿灿的，生机盎然；山腰以上，枯黄的衰草、灰黑的苍岩依旧难掩荒凉……

岩石山大多位于离寨子比较远的地方。山上，巉岩比高、峭壁斗险；灌木、荆棘、杂草等密密匝匝的；纵横交错的岩缝里，一丛丛枯黄的茅草足有一人多高……远远望去，整座山连个下脚的地方都没有。不时地，一阵阵山风吹过，顿时满山枝叶摇曳，沙沙有声簌簌作响……据说这山上不时有大型野兽出没。寨子里的人有说在崖壁下撞见过野猪的，有说在草丛里惊起过獐子的，也有说在灌木后瞅到过豹子的……

豹子比较稀有且生性谨慎，加之昼伏夜出，按说很难一睹其真容。然而那些自称见过豹子的人却总能说得有鼻有眼。比如，有人曾说，豹子的样子很凶，别的不说，单是它们那犀利的目光就足以让人心胆俱裂；有人却说，豹子其实并没有那么凶，甚至还有些害怕人呢，一瞅见人，转眼就消失得无影无踪了。有人说，豹子的体型有小牛那么大，看样子得有百把斤；有人却说，它们也就土狗那么大而已，甚至可能比土狗还要小些。因此有人毫不客气地总结道：豹子有多种，大的、小的，凶猛的、温和的，这几种他都见过的，别人看见的也许是豹子，只是属于不同的种类而已。有人抬杠道：那你说说，豹子到底有几种，它们之间到底有哪些区别？然而不管怎么说，说来说去，大家总是说不清自己所见到的究竟是哪一种豹子。到后来，他们甚至连自己见的到底是不是豹子都说不清。因为说不清楚，所以难免让人怀疑；因为怀疑，争论也就在所难免了。争论的双方，如果性格都比较固执、急躁，还常常会令争论升级，甚至白热化，以至于争到关键处、论到要害时，常常搞得彼此面红耳赤的：一方是振振有词，唾沫横飞，力白事情的真实性，甚至不惜为此而赌咒发誓；一方是疑窦丛生，蹙眉撇嘴，对对方的指天画地，也仅仅是半信半疑。

客观而言，那些自称见过豹子的人，也许并没有妄言。小牛那么大的，很有可能是金钱豹；土狗那么大的，甚至比土狗还要小一点的，十有八九是此间所谓的狼箕豹。"狼箕"，蕨类植物的一种，其嫩茎即所谓的蕨菜。豹而冠以"狼箕"之名，以言其小，即几片不大的狼箕叶子便可藏下它们的整个身子。不过，他们也可能是看花了眼。你看，那一块块苍岩、乱石，形态各异、千奇百怪，远远望去，不就是一只只大"野兽"？那些"野兽"有的蹲踞在岩石上，虎视眈眈地盯着远方；有的匍匐在荒草间似睡非睡；有的俯卧在竹树的浓荫中优哉游哉；有的俯身在崖壁的阴影里跃跃欲试；有的则潜伏在灌木下、草丛中、岩石后，若有若无若隐若现……

有时，争论告一段落，有人便趁机插话道：别只说豹子了，听老人们讲，他们小的时候，这山上还有老虎呢。那家伙，晚上一吼叫起来，声音漫山遍野地回响，听得人心惊肉跳的。吓得那看家狗啊，赶紧夹紧尾巴，倐地从狗洞里钻进屋里来，屏息静气，不敢再哼一声……那声音，实在太……啧啧啧啧。唉！可惜的是，现在听不到了……叙述者的神色、语气中竟包含着几分惋惜和向往……把老虎一搅和进来，问题就更加复杂了，争论不由得再次被挑了起来，且变得更加热烈。但同样是争来争去，到最后谁也说不清自己所见到的到底是豹子还是老虎。要我说，之所以会这样，或许是因为寨子里的人并不知道虎、豹各有哪些种类；更不知道不同种类的老虎之间、豹子之间，乃至虎与豹之间，究竟有些什么不同。这一点，从一些老人哄逗小孩子的言词中便可有所感触。比如他们说，"三斑夹一鹛，三虎夹一豹"，也就是说，三只斑鸠雏鸟中，必然有一只是鹛子；三只虎崽中，必然有一只是豹子。这些说道，或许是出于祖辈们笼罩在虎豹身上的神秘色彩而被催生出来的俗语，也或许是因分不清秧苗和稗子所闹出来的笑话……关于虎豹，村民们虽众说纷纭，莫衷一是，但有一点是相通的，那就是，在大家的心目中，它们一直是一种神秘莫测的存在。因而，有关它们的话题常常能激起人们强烈的好奇心、畏惧感。每每聊起它们来，说的人是滔滔不绝，听的人是津津有味。

坝子边上的这一圈大山中有两座较为特别，一座位于坝子东南方，一座位于坝子西北方。坝子东南方这座，半石半土，山腰间，即"石"和"土"交界处的一块不大的平地上有一座不大的庙。庙早已破败废弃了多年，墙豁柱断漆掉色凋，荒草掩门蛛网结窗，本该庄严肃穆的神像也因年久失修弄得灰头土脸斑斑驳驳的，已没有一丝斯文和威严可言。庙里供奉的是文昌帝君，且仅仅供奉着这么一尊神，村民们便将此庙称为文昌庙或文昌阁。因为这庙，这山便被村民们称为庙山……庙山斜对面，也即坝子西北方那座，也是半石半土的，因山腰间住着几户杨姓人家，所以被当地人称作杨家山。

站在远处一座大山的山顶上，远远地俯瞰整个坝子，坝子里，黄褐色、灰白色、青黑色的屋顶，东一簇西一片，稀稀拉拉的……多数地方，人家住得较为稀疏。其中，挨得近一点的，比如庙山脚下的这七八家，房屋与房屋之间、院子与院子之间也往往隔着好几块庄稼地或菜园子。此外，有几家，比如杨家山山腰间的那几家，因为距离其他人家都比较远，因而俨然自成一个村寨。更有甚者，个别人家单门独户，孤零零地隐藏在远处的竹树荫中，既不挨这个"村"，也不傍那个"寨"，如此看来，坝子里的这些人家说大家都是一个村寨的似乎有些勉强。只有坝子中间那一片人家，六七十户的样子，住得比较集中，远远望去，显出些一个村寨的景象来。之前的鞭炮声，听上去就是从那里传出来的。这片较为集中、稠密的人家似整个寨子的心脏一般，其间穿越而过的那条土街便是"大动脉"。土街较为宽阔，其延伸出来的好几条小路，"血管"似的穿过一片片庄稼地、菜园子，直至山脚下、小河边等有人烟的地方，将各家各户串联了起来。这些小路在现在这个时节还可谓是路。到了夏天，密密匝匝的庄稼、层层叠叠的野草将它们遮掩得严严实实的，那又是另一番景象了。那时，多有行人走的路或许还有些路的样子；鲜有行人的，则丝毫不再有路的痕迹。土街一侧，一大块方方正正的土场坝。场坝周边有几点摊子，巴掌大小；摊子边上模模糊糊的，有几点人影在晃动。总之，这个看上去不是很宽大的山间坝子，由于人烟稀少，因而显得有些空旷、冷清。不过，空旷有空旷的妙趣、冷清有冷清的情调——那是一种不可言喻的宁静与从容。看！不少人家，房前屋后，甚至房子四周，都有成片成片的，甚至是大片大片的庄稼地、菜园子。庄稼地里，小麦油绿、油菜花黄；菜园子里，茂盛鲜嫩的蔬菜郁郁葱葱……家家户户竹树掩映、篱笆环绕、茅檐低小……可以想见，再过十天半月，阳光和煦春风送暖桃红柳绿，雀鸟啁啾蜂蝶翩翩，定会展现出一幅充满诗意的、浪漫无比的田园画卷……想到这，眼前便会浮现出一幕幕这样的情景："夜来风雨声，花落知多少""儿童急走追黄蝶，飞入菜花无处寻""儿童散学归来早，忙趁东风放纸鸢"……

寨子里，有几个院落较为显眼。其中，最为突出的当数寨子中间，土街边上的这个大院子。这个院子住户姓钱，当地人便将其命名为钱家大院（其他几个较大的院子，大多也是这样命名的）。它之所以如此显眼，原因主要是它的院墙、院门以及院子里面的建筑都十分恢宏、气派，其所在的这一片，院落房屋较为密集且大多比较寒碜粗陋，因而将其反衬得越发突出，鹤立鸡群似的。大院的院墙高大厚实，做工考究，古色古香。其中相当大的一部分即院子里某间房屋的某面墙壁，也就是说，四面院墙，只有院门这一面以及院子里房子和房子间隙处的围墙，才算得上是真正的院墙。院门所在的这一面院墙因为临街，是"门面"，不管是墙壁还是院门，都十分的气派、讲究。这面院墙的墙壁全由雕琢得方方正正的大石块砌成，平平整整的，由于年代有些久远，墙面变得灰黑，因而显得更加古朴、庄严。院门更是讲究：左右两边门框均由大块的精雕细琢的条石横竖勾连、细致楔合而成；门头呈圆弧状，亦由弧形石块镶嵌而成，石拱桥的桥洞似的；门槛是一整块条石，做工也不马虎。两扇厚实的木质院门，灰黑色，比起朱门来，所差的也就一层红色、两个扣环以及几排门钉而已……两扇院门，白天半开半掩，方便进出；天黑后，便从里面紧紧地闩好、顶牢，使其成为兵荒马乱年代保证主人家生命财产安全的一道重要的屏障。这种院门，大约也只有这种院门，才能获得当地人的这种称谓，即"朝门"。

　　拥有这种院子的当是不一般的人家。确实如此，院子里的这几户人家均是本地数一数二的富户、大户，几家的主人乃同父同母、同父异母的兄弟。大院里，兄弟几家的房子整整齐齐、错落有致地分布在院子的左右两侧及正后方，并将院子前半部分围成一个大大的"天井"。走进院门来，左边这家是老大钱正义家；右边与钱正义家斜对着的，是老二钱正文家。钱正文家这边，房屋的左山墙与前院墙之间有一块较为宽阔的隙地，隙地上砌有一个七八尺见方、三四尺深（地下、地上各一半）的小池子——俗称"太平缸"。池子里常年蓄着水，用于防火……院子正后方的两家，前边是老三钱正武家，后边是老幺钱正斌家。两家的房屋一前一后，不知就里的，还误以为那是"一家两进"呢。为方便钱正斌家通行，两家的右山墙与院墙之间留有一条较为宽阔的过道……兄弟几家的房屋、圈舍，数量、结构、材质、大小等基本相同，比如，房屋都是三间、圈舍两间——一高一矮；房屋都是清一色的石墙、石阶、青瓦，圈舍也都是石墙壁、石板顶。房屋、圈舍的功用，各家自行安排，但也基本相同……这些房屋、圈舍如果都是出上辈人建造的，那他们在建造的时候大多会依照同一个模子，并在规模、结构等方面争取做到基本相同。之所以这样，或许是出于分家的时候，方便分割，尽量减少不必要的纷争的考虑。院子里，十分特别且值得一提的是位于钱正武家左前方的那座小碉楼。碉楼不大，也就一丈多高，六七尺见方的样子，但通体由大块的条石、石板砌成，十分的坚固。碉门十分狭小，似乎需要侧着身子才能勉强通过。四面碉墙上，离地两三米高的地方，各有一个小小的窗口。这些窗口，顶端由两块条石斜立相交而成，尖尖的，颇有几分哥特式建筑的味道。说窗口其实也不妥，因为它们实在是太小了。或许，叫瞭望孔或射击孔更准确些；或许，它们本就叫瞭望孔或射击孔。当你窥视这些小小的孔洞时，说不定它们的后面，几个黑洞洞的枪口、几双鹰一样的眼睛，也在冷冷地注视着你。不用说，这石碉楼是守卫院子，保护主人家生命财产安全的第二道屏障⋯⋯

紧挨着钱家大院并排而立的，还有另外一个院子。这个院子，比之隔壁，面积虽然要大一些，但气势上就差多了。其临街的院墙明显低矮、粗糙得多。墙面上，拳头、碗口大小的石块，凹凸不平、犬牙交错，胡乱堆砌的痕迹十分明显。院门虽和隔壁为一个样式，却没有丝毫气派可言。院子里的房屋，材质以黄泥、石块、茅草等为主，低矮狭小，建造粗陋，且凌乱错杂，根本没有什么布局讲究可言。有好几间更是胡乱搭建的，四壁透风、房顶漏雨，估计是牲口圈之类的。院子里既没有石碉也没有"太平缸"。寨子里的人将其称呼为"钱家院子"或"钱家院"。外地人寻访，本地人脱口而出"钱家大院隔壁的"。

两个院子前面是土街；土街的另一侧是场坝。场坝的那一边，与钱家大院遥遥相望的是一座古色古香的戏楼。戏楼不大，但雕梁画栋、涂金描彩、飞檐翘角，十分的考究。楼体木质为主，青瓦盖顶；屋脊上，还堆叠、排列着一溜中间图案、两端翘角的瓦片。楼里面，戏台半人多高；其左右两侧起着支撑、承重作用的四根大柱子，足有十来岁小孩的合抱大，红红的，漆得发亮。戏台后方，板壁后，大约是演员们扮装卸妆、休息候场的地方。场坝周边、土街两侧，零零星星地摆放着几个货摊，售卖些蔬菜、糍粑、葵花籽及泥巴玩具之类的东西。某个货摊前，偶尔能见到一两个客人和卖家好一番指手画脚嘀嘀咕咕。戏楼后面，几丈远的地方，有一口不大的池塘。池塘的两侧，各有一片人家——杂乱、密集，总共三四十户的样子。

对了，忘记说了，在庙山脚下，还有一个比较显眼的大院子。主人家姓赵，该院落被当地人称为赵家院子或赵家大院。这个院子面积和钱家大院差不多，里面住着三四户人家。院子里的房屋，有石墙石顶的，也有泥墙草顶的。

祖祖辈辈口口相传的历史中，人们在这个坝子里、寨子里，至少已经生活繁衍了两百多年。坡上、路边、地畔⋯⋯那一座座的坟冢——大的、小的，新的、旧的，气派的、简陋的，便足以证明这一点。

二

庙山和杨家山的一侧山谷里，各有一片田坝。两片田坝的中间，均蜿蜒着一条小河。小河两岸直至山脚下，是一片片的稻田；山腰间至山顶则是一块块旱地。春夏时节，稻田里种水稻、旱地里种苞谷；秋冬时节，稻田、旱地里，均可种植小麦、油菜等作物。庙山这边，离赵家院子不到半里的地方，山脚下往上一点，有一片坟地。坟地里埋葬着赵家的十多位先人，因而人们把这片坟地及其附近的这一小片山坡称为赵家坟山。这十多座坟墓大都比较气派。圆柱形的坟堆是用精雕细琢的表面呈圆弧状的大石块钩嵌而成的，一人多高，七八尺的直径。墓碑由整块的大条石打磨而成，而后以榫卯的方式嵌立在也是由整块石头打造的碑座上。本就比较高的墓碑，再加上碑座的高度，就更高了——比坟头还要高出一截，看上去也就更加的雄伟。墓碑的两侧镶以屋顶、门框样的石雕，十分豪华考究。墓碑的顶端由一整块石头打磨、雕琢而成，一道道、一弯弯的雕痕，将瓦房顶的样子刻画得惟妙惟肖。墓碑正中竖刻着逝者的名讳，左右两侧刻有孝子贤孙的名字以及逝者的生卒年月、立碑的时间等。有的墓碑，碑两侧稍凸出的边框上还刻着一副"对联"，"门楣"上或刻有"对联"的"横批"，或刻有坟墓的山向、方位，如"艮山坤向"等。碑座前面铺着一块或几块大石板，以为供台。有些供台上面还雕刻着碗碟、杯子之类的图案。有的坟墓，供台两侧连着碑座，还立着些顶端呈圆弧形的厚重的石板。这些石板呈外八字立在地上，上面刻着花草、云纹等图案，颇有些屏风的味道。杨家山那边，山腰间，离那几户杨姓人家不远的地方也有一片坟地。那片坟地安葬的是钱家先辈，因而被称为钱家坟山。那片坟山面积较大，墓葬也较多，但坟墓远远不及赵家坟山的气派，且参差不齐：少数坟墓的坟堆要稍微高大一些，所用的石块大小不一，且没有明显的打磨痕迹，但垒砌得还算整齐、平滑。坟堆前的墓碑较为矮小且四周光秃秃的，没有其他任何"装饰"；墓碑前面，除了由一整块薄石板或几小块薄石板拼构而成的供台外，再无其他。大多数坟墓又矮又小，馒头似的；坟堆的石块龇牙咧嘴的，缝隙里长满了杂草荆棘；且大多没有墓碑……

每每谈及坟山、墓葬事，赵家人常常喜欢炫耀吹嘘一番自己祖上的荣耀，说自己祖上是如何的富足、风光，只是到了他们这一代，家境有些没落了。钱家是本地人，据一代代口口相传的"家史"，他们知道自家祖上确实没有什么值得炫耀、吹嘘的地方。有趣的是，这时，一向贫苦的人家，比如戏楼后、池塘边的罗家也常常会搬出自己家族的一世祖、二世祖来，绘声绘色地说道一番。他们说他们的祖辈来此地时是有封爵的。然而，据老人们说，他们家祖上的那种所谓的封爵，其实是有名无实。名位虽高，却没有实际意义：既没有相应的权力、待遇，也不会带来什么经济利益，不过是一个纯粹的"荣誉称号"而已。

　　钱家是本地人，祖祖辈辈生于斯长于斯。赵、罗两家，据说是晚清时期迁来的，两家的一世祖落户此地的时间大体上差不多。听老人们说，那时有个"调北增南"的运动（可能类似于"湖广填四川"运动），赵、罗两家估计就是那个时候迁来的。赵家祖上来自江西，现如今，其子孙常常称自己祖上是江西籍的。罗家自称客家人，说明其祖上可能来自福建一带。据说，这两姓人家祖上离开祖籍地时，都是兄弟几个一起同行。只是在后来迁徙的过程中逐渐分散了，最后，兄弟几个各自在不同的地方安家落户。两家人迁居到这里，至今差不多已有四五代人了。其间，他们先辈的各自经历逐渐成了老人们口中的一个个传说。而这些传说，也似乎在刻意印证着些道理，即"三十年河东，三十年河西""富不过三代，穷也不过三代""风水轮流转，明年到我家"，等等。如今，两大家族的前辈们大多早已过世。仅剩的几位或属于幺房的，也已老态龙钟、头脑昏聩。向其打问起前代的事来，已然说不清楚了。

　　何为幺房？比方说，这一代兄弟几个，排行最小的叫老幺。婚娶成家后，老幺家即为幺房……后来，幺房又有幺房……几十年上百年之后，经过几代人的累积、叠加，某一支幺房的辈分往往会高得出奇，而他们的年纪却普遍不大。此间所谓的"幺房出老辈"，其他地方所谓的"坐童车的爷爷、挂拐杖的孙子"，说的就是这种现象。

　　这里经济、文化不发达，甚至可谓十分落后。大多人家以农耕为主，少数人家闲暇时兼营点小商业、小手工业。纯农耕的人家，收获勉强糊口；兼营小商业、小手工业的人家，所得也十分有限，且一有机会，那点有限的所得也常常会换成房前屋后、村郊野外的几方田土。文化方面，早些时候，没听说哪里有家私塾；现在，也不见哪里有所学校。以至于时至今日，整个山桃寨能够识文断字的，最多不过三五人。这里的人们，男人们好歹也算有名有姓。妇女们则是连"名"都没有，仅仅一个姓氏而已，已婚的，再在其姓氏前边冠上夫家的姓，比如钱赵氏、赵武氏这样的。着装上，妇女们大都差不多。男人们则有点类似于鲁迅先生笔下的情景，既有穿长衫的富人、闲人，也有着褴褛短装的庄稼汉、穷汉。只是老了以后，男人们不论贫富，也不管是否为文化人，都会恢复传统穿上长衫。至于男人们的辫子，很少听人说起。

总之，在那兵荒马乱、灾祸频仍的年代，这地方因为贫穷落后、偏僻边远，俨然一个"世外桃源"。在这里，人们为生活起早贪黑，风雨无阻，将自己的血泪，大把大把地洒进这深厚的土地里；为利益、为意气，磕磕碰碰，纠缠羁绊，将人生百态不断地编织进各种各样的人际关系的网络之中……在这里，人们将他们的血肉，连同他们的秘密，他们的喜怒哀乐、恩怨情仇、得失荣辱等，不断地埋入这片土地里，而后演绎成后代们口中的一段段轶闻故事、笑料谈资……

第二章　请春客亲朋聚会　过大年妻妾忙

一

"啪啪、啪啪……""起了、起了……"一大早，庙山脚下，赵家院子里就传来了阵阵急促的拍门声和吆喝声。男主人赵贵发挨个叩响了大房、二房妻子的门，吆喝大家抓紧起床。喊应并听到屋里传来吱吱嘎嘎、窸窸窣窣的起床声后，他这才转身回到自己屋里洗漱、喝茶……

赵贵发年近四十，身材矮小但特别精神。瘦削的脸上鼻梁高挺，一双眼睛虽然不大却十分有神。他虽大字不识一个却十分的精明、能干，不仅熟悉各种农活，而且还掌握榨油、制陶等手艺，得便时还做点牛马生意。只是他性格有些内向、固执且顾虑过多，以致他遇事常常瞻前顾后、左思右想。考虑不成熟决不开口，更不会付诸行动。这种性格使其心念过于执着，一旦滋生出某种想法，心里就老是惦记着，放不下。这种性格还使其交际有限，因而他朋友不多。朋友不多，就会显得珍贵，他十分看重、珍惜朋友关系，并时常注意维护、巩固这种关系，企图将这种关系保持得更长久。他带领着一家老小，农忙时，早出晚归，整天整天在田地里忙活，为一家人的口粮奔忙；农闲时，或榨点菜油，或烧制点砂锅、砂罐，走乡串寨、赶场赴会去兜售，换点钱物、粮食。他还会相牛相马，做起牛马生意来，大多数时候都能赚上一笔……凭借着自身的精明能干和一家人的勤劳俭省，这些年来，他积攒下了一笔不小的钱财。这笔钱财被他妥善地藏在家里的某个地方，只待合适的机会用来添置些家产，尤其是田地产。作为庄稼人，田地可谓无价之宝、生存之本，不像钱财，生怕万一有个什么闪失。相比之下，田地就保险得很！吃不完、用不尽，且谁也拿不走。

赵贵发有三房妻子，大房武氏、二房刘氏、三房张氏。夫妻育有好几个儿女，可谓人丁兴旺，其乐融融。

大房武氏，四十来岁的样子，本村人，育有一子名为明全。她额头宽大，颧骨突出，把个下巴衬托得有些尖细。她身材高大，手上麻利，只可惜一双小脚行走起来一颠一颠的，瘸了一般，颇有些不便。她脾气有些暴躁，喜怒无常，没来由就要生气，动不动就皱眉、甩脸，将双眼瞪得圆圆的，气呼呼地给人难堪。明全十八九岁，在兄弟中排行老大。他的身材相貌随母亲，高大结实，性格也很像母亲，有些暴躁、偏执。与母亲有所不同的是，他拖沓懒散。

二房刘氏，邻县人，十多年前带着一子随刘父及小弟刘老幺逃荒至此，不久后，刘氏就进了赵贵发家的门。进了赵家后，其子改名赵明智，在兄弟中排行老二。而今，明智也已是一个十七八岁的大小伙子了。先前，刘父及其小儿子刘老幺一直寓居在贵发家的一间偏房里，靠帮人放伙牛、打短工为生。放伙牛，即把若干人家的牛马集中起来放牧，然后每头牲口每年收取一定的钱粮作为报酬。几年前，刘父去世时，里里外外、大事小情，全凭贵发奔走、料理。刘父去世一年多后，在大家的极力张罗、撮合下，刘氏做主，将弟弟刘老幺入赘到了大房赵武氏的娘家。这样一来，刘氏姐弟就和武氏又多了一层亲戚关系。如今，刘老幺的大女儿已经会满地跑了，二儿子也已牙牙学语了……刘氏身材瘦小，一副羸弱样，刚嫁来赵家时，她时常低眉顺眼的，轻易不吱一声，遭了呵斥、受了委屈也只会逆来顺受，甚至笑脸相迎。两年后，她生下了女儿明英。作为赵家唯一的女儿，明英颇得父亲贵发的宠爱，至此，她虽然依旧保持着小心谨慎的行事风格，但渐渐地不再那么在乎谁的言语、脸色了。

三房张氏，外村人，娘家住在十多里外的张家坡。她身材高大结实，略显胖。在那个年代，穷乡僻壤里显胖的妇女不多见，于是，人们便以妇女之"胖"为异象，谓之"福相"，说是可以旺夫、发家。值得一提的是，张氏不像武氏、刘氏那样裹着双小脚。她小的时候，双脚只是很随便地、象征性地缠裹了一小段时间，以敷衍一下当时的风气。如此，张氏不仅手上麻利，脚下也十分方便，因而家里家外、上田下地，十分得力。张氏和贵发育有二子，取名明德、明礼。明德比明英大两岁，兄弟中排行第三；明礼比明英小一岁，兄弟中排行最小。

孩子们长大后，尤其是明全、明智相继成年后，赵贵发便把原先的大家庭一分为三，每位妻子，加上自己的嫡子女，自成一房。

　　院子正后方的正房，统共三间——中间的作为堂屋，两侧的作为卧室、储物间等，都比较宽大，归武氏和大儿子明全居住。有时，比如过节、待客时，堂屋还同时作为大家庭举行各种重要活动的场所。明全的卧室这边，倚靠着山墙，搭建了一间牛马圈——里面一分为二，前半部分做马圈，后半部分做牛圈。山墙上特意留出的那道门，将明全的房间和牛马圈连通起来。这样，根据就近方便的原则，夜间照料牲口、添加草料等任务，自然就落到了明全的头上……正房前方，左右两侧，是二房和三房。它们和正房一样，虽然也都是三间，也都是半石半草（指房顶上石板和草类各半），但明显狭小、低矮不少。二房，刘氏和明智、明英兄妹居住；三房，贵发自己和张氏，以及三儿明德、幺儿明礼一起过活。

　　正房后方是高大宽阔的作坊。作坊建造简陋：前面没有墙，完全敞开。后墙和一侧山墙，便用两面院墙来代替；另一面山墙，用石块、黄泥简单砌就。盖顶的，是茅草和稻草。作坊里面虽没有进行任何分隔，但还是可以根据不同类别的各种设施、器具等的摆放，将其大致一分为二：一边榨油，一边制陶。榨油这边，占地较为宽阔，安放着碾盘、碾车，以及灶台、大甑、榨子等大件的设施、器具；榨子一侧，半人多高的地方，房梁上垂下来两根粗大的绳子，平平地吊着一根大大的撞杆。制陶这边，占地面积则明显要狭小许多。之所以狭小：一是制陶的各种设施、器具等结构简单，种类较少，身量也不大，也就炉坑稍微宽大些，占用不了多少地方；二是和泥、制坯等工作也不需要太大的操作空间。

　　作坊一侧，并排紧挨着的是一间小小的猪圈。同样的，猪圈的垒砌也因陋就简——后墙和两面山墙均借助院墙和作坊的石块、黄泥山墙，只需垒砌好前墙即可。

　　牛马猪等是共有的，作坊及其收益是共有的，田地、粮食等也是共有的……因此，赵家大院里，虽然形式上分成了三房，实质上大家还是一家人。也就是说，赵家大院里所形成和维持的，是个"一家三房"的格局。

　　介绍了赵贵发及其家人、家庭后，这里有必要再介绍一下他的两位嫡亲兄姐：

　　赵贵发姐弟三人，他最小。大姐赵大妹，比他大八岁；大哥赵贵友，比他大六岁。赵大妹嫁给了本村钱家大院的钱正义，至今已有二十多年了。赵贵友家住在戏楼后、鱼塘边。贵发、贵友兄弟俩虽为一母同胞的亲兄弟，但相貌、性格上的差异却十分明显。比之贵发，贵友看上去要略显壮实一些，个子也明显要高出一截，且颧骨宽阔，鼻头扁平。贵发呢，前边介绍过的：脸颊瘦削、鼻梁高挺。哥俩性格上也颇有不同：哥哥开朗、随和，弟弟内向、固执。但有一点，兄弟俩却十分相似，那就是二人都很精明能干、吃苦耐劳；平日里也都亦农亦商，且都干得很不错。关于兄弟俩的长相乃至性格，有些老人说，哥哥的赶（音，随、像之意）爹、弟弟的赶妈。姐姐的呢？则隔代遗传，赶他们的奶奶：不仅长相、身材，就连俭省、吝啬等方面，也都与他们的奶奶如出一辙，甚至有过之而无不及。贵友性格开朗，高声大气的，喜好交朋结友，因而交际很广，给人一种很有魄力的印象；涉猎也很广，中人牙口、凭中调和，他样样都能干得得心应手。因此在这一带，他很有些声望，俨然乡绅之一。姐弟三人由于父母过世早，失怙失恃，因而成长得很不容易。却幸，得益于同族不时的看顾，以及彼此间的相互扶持，姐弟三人最终都得以长大成人。二十年前，大姐嫁进了钱家大院后不久，贵友、贵发兄弟二人也相继成了家。后成家的兄弟俩，在自己和家人的共同经营下，很快置办起了不菲的家业。而先成家的大姐，刚嫁进钱家的那些年，日子却过得相当惨淡。这钱正义年长赵大妹七八岁，长得尖嘴猴腮獐头鼠目的，且又属于破落户，可谓家徒四壁。因此，年近不惑时，才与同样老大不小的赵大妹喜结连理。好在这赵大妹比较旺夫，在两个弟弟的帮助下，夫妻二人起早贪黑、精打细算，仅用了几年的时间，便把家道给重新振作了起来……只可惜赵氏不能生育，这让夫妻俩十分着急、担忧，并慨叹不已：自己夫妻俩辛辛苦苦创下来的这偌大的家业，今后将要托付给谁？自己家的这一脉香火，将何以为继？……彼时，赵氏已不再年轻，长她八九岁的正义，则更是腰弯腿硬。年岁不饶人哪！再拖几年，夫妻俩也许真的要遗憾终生了。幸亏，在热心人的帮助下，在赵氏的默许下，钱正义终于娶到了二房周氏，且婚后四五年的时间里，周氏就陆续生下了一儿一女——兴明、兴秀。这时，这对原配夫妻，尤其是丈夫，心里的那块大石头这才落了地。

　　这里再简单说几句此地的排行、称呼等问题。比如，兄弟姊妹几个，既可以按年龄顺序合在一起来排、来论，也可以按性别及年龄顺序分开来排、来论。合在一起来排、来论，可以这样称呼，如大姐、二哥、三姐、四哥等；分开来排、来论，则可以这样称呼，如大姐、二姐，大哥、二哥等。就拿赵贵发来说吧！称呼起自己的姐和兄来，他也习惯把姐弟中排行第二的哥哥赵贵友称为大哥……

　　弹指一挥间，二三十年过去了，社会发生了很大的变化，姐弟三人也有了很大的改变：腰背微驼、两鬓斑白、一脸沧桑……当然，改变的，远远不止这些。

二

　　待贵发和张氏收拾停当，来到正房时，武氏、刘氏以及两个孩子明全、明智，也已经等候在正房的堂屋里了。二人踏进门来时，武氏和刘氏正紧挨着坐在一起，亲热地聊着什么。明全和明智则各自歪在一边，自行其是。明全坐在角落里的小凳子上，无精打采地打着瞌睡。他闭着眼睛，脑袋慢慢地下垂、上身缓缓地前倾，倾到一定程度便猛地一下子磕下去。这一磕把他吓了一大跳，于是猛地挺起身子、抬起头来，眯缝着两只睡眼，四下里瞅瞅，而后又合上了双眼……一会，脑袋、上身又开始慢慢地下垂、前倾，接着又是一磕、一仆、一挺、一抬……如此几次，他干脆把双肘支在双膝上，两掌托着腮，防止头、胸再次垂下去、倾下去。明智斜坐在小凳上，虽强睁着双眼，但眼神迷离、空洞，似乎很快就能进入昏睡状态。

　　见贵发和张氏走了进来，刘氏赶紧站起身来，歪到一边的凳子上坐下，把刚才的位子让给贵发坐。明智也赶紧坐直、坐正，并努力打起精神。只有明全依然故我，继续做着他的白日梦。

　　"老大，天都大亮了，还睡不醒啊？哪里来的这么多瞌睡啊？"贵发皱皱眉头，大声说道。

　　"昨晚上忙了一大晚上，今天一大早就遭喊起来了……你说，哪里来的瞌睡？"不等明全吱声，武氏一下子就把话给接了过去，大声为儿子辩解道。

　　"几个客人，又不是二十桌、三十桌的，慌些哪样？大过年的，也不让睡个饱觉。"明全揉揉眼，打着哈欠，有些不高兴地嘟哝道。

　　"睡个饱觉？你讲得好轻松噢。要吃饱了，才能睡得着、睡得香、睡得饱。饿着肚子，看你咋个睡。哼哼！"贵发有些不耐烦起来，但终于还是忍住了心头的不快，硬生生地将后边的重话给咽了回去。这个大儿子脾气有些臭、犟，说重一点，他就脖子一梗，要么叽叽叽地和你顶撞，对对子似的；要么装聋作哑，独自歪开……因为这些，贵发早就想好好地教训他一顿了，但大过年的，且等会儿还有很多正事要办，把他说得太过，父子呛起来，怕影响大家的情绪。所以，不如暂且记下这一顿。

明全为什么会养成这样的性格呢？其中的根由，说起来与贵发和武氏有很大的关系。夫妻二人过于宠溺。明全小的时候，由于是长子，且家里就他这么一个孩子。被宠溺惯了的孩子，脾性自然有些桀骜、偏执……"纵子如杀子"这一道理，父母们想必大都懂得的，只是做起来时，却不似说的那么容易。当然，深究起来的话，武氏的责任也许更要大些——大在其对明全的无原则的偏袒上，大在其性格对明全所产生的影响上。

"吃饱了？吃哪样？他一大早起来，得哪样吃了？年轻人，哪个瞌睡不多？昨晚上，我和刘氏推磨，他两兄弟舂碓，一直忙到大半夜……你听不见磨子响、碓窝叫啊？啊？昨晚上不把今天要用的米、面赶出来，到时候你拿哪样来待客？"武氏叭叭叭的，打关枪似的数落起贵发来。

"庄稼人，哪个不起早？不起早，不趁早下田下地，到时候吃哪样？睡在床上，那吃的、穿的就会从天上落下来？哼！净讲些废话。"

"大过年的，你大声粗气的搞哪样？噢，哪头牛好犁，就专门揪着哪头牛犁；哪个人好喊，就专门揪着哪个人喊……一家人，要一碗水端平嘛。哼！屁的一家人……枕头挨枕头，讲话记心头；夫妻隔堵墙，管她凉不凉。"嘿嘿，说到后面，武氏竟然随口说起顺口溜来了。

…………

贵发和武氏斗嘴时，刘氏歪在一旁，神色难堪，不知该怎么好。

张氏明知武氏的言语是冲着自己来的，却不好说些什么。她是这样考虑的："一则人言可畏，要为自己的名声着想。武氏是'大的'，有着某种无形的'特权'，这自古如此。自己和她顶撞起来，怕会落下犯上不尊、没有规矩之类的话柄。二则她未挑明，更未指名道姓说自己，自己也不便接话。三则'小不忍则乱大谋'，所以，该忍则忍。这些年来，自己受她武氏的冷嘲热讽还少吗？平日里，自己都能忍，大过年的，难道还不能忍？四则要为丈夫着想。自己和她闹起来，贵发夹在中间，会很为难的。所以自己最好不要去接那个茬，让她武氏的'箭'找不到靶子放。"

其实，昨晚上武氏就已经开始有情绪了，想放"箭"了，所以大家商量事情时，她时不时地就阴阳怪气地来上几句，且话锋常常指向张氏……只是张氏装聋作哑，并没有接招。张氏所以能忍，还有一个很重要的原因——其所拥有的某种心理上的优越感："你武氏闹腾得再厉害，男人的心思，还不是大多在我这边？哼！懒得理睬你。"这种心理上的优越感总让她觉得，不管怎么闹腾，自己都是最终的胜利者，所以对于对方的挑衅，自己根本没有必要去理会计较。

贵发皱皱眉，不再搭理武氏，只管安排起今天的事情来。

"老大、老二，你们两个去请客。"贵发换了种温和的语气吩咐道。

"哦！哪阵去？请哪个？"明智赶紧应道。

"现在就去，越早越好……"

"大过年的，去这么早搞哪样？请的是晚饭，用得着去这么早？"明全又嘟哝了起来，样子颇有些不情愿。

"你懂些哪样？！叫你去请，你就去请……啰唆些哪样？！"贵发又火起来了，真想大声呵斥，甚至破口大骂，但旋即又忍了下去。

"他们不懂，你就好好地教教嘛。哪个生下来就懂？不懂，才需要教嘛，懂了还用得着你这样咋咋呼呼的？"武氏又接过话去，心里很怪贵发急躁，没耐性。

"你们不懂……正是因为过年，所以才要早点去请。早点去请，趁人家在家，去晚了，万一人家出去玩去了，或者答应别家了，那你咋个办？去哪点找？大过年的，一是大家都想出去玩、到处玩，而且一玩就是一整天；二是请客的人家很多，请晚了，客人就遭别人家请去了。另外，早点去请，人家也好安排。我们一大家子昨天下午就开始忙，而且忙到半夜，为哪样啊？到时候，人家客人不来了，来不了了，那我们不是白忙？嘿嘿，客人不来了，来不了了，我们就只有自己'请'自己了。自己吃，吃得满嘴流油，吃得肚儿圆滚滚的，你老大恐怕巴不得哟！"贵发不想和武氏纠缠，只好耐着性子解释。只是，他的最后一句话，又让人家母子二人不高兴了。

"快去吧，趁早。"刘氏瞅了瞅明智，轻声说道。她想打打圆场，以化解一下尴尬。

"嗯！"明智应了一声，便要起身出门。

"等一哈……嘿嘿，请哪个你都还没有搞清楚呢，咋个请？"贵发叫住明智，然后吩咐哥俩道："老大，你去钱家大院请你大姑爹和两个姑妈，还有钱二伯；然后再拐到隔壁院子里去，请一下钱大爷（爷，音耶，指叔叔，下同）和钱二爷。老二呢，先去请大伯伯、大伯妈，吴大爷，以及罗友福大伯伯；然后再拐过去，请一下你家幺舅；回来的时候，再顺路请一下幺爷。——喔，算了，吴大爷家和幺爷家那里不太顺路，你就不用管了。等哈我上街打酒的时候，顺路去请。快点去，趁早。"

安排请客一事时，贵发充分考虑到了线路的合理性，以方便两个孩子，免得他们走弯路。

"记住，请客的时候，要讲清楚，请的是晚饭。另外，有外人在的时候，就说是你爹请来家里商量点事情；不要说请客，免得方（音，尴尬、难堪，或使尴尬、难堪之意）到人家。"张氏补充道。

"嗯！"明智再次应了一声，便蹿出门去。明全拧着眉头梗着脖子，也跟着出门而去。

打发出去了老大和老二，贵发便和妻妾商量起今天的事情来。请客吃饭，最伤脑筋的是，该邀请谁该避开谁。考虑不周、不当，就会把好事办成坏事。刚才，在请谁的问题上，大家都没有异议，全凭贵发一人做主，那是因为长期的交往中，亲疏远近大家早已心中有数……比起该邀请谁、该避开谁等问题来，吃什么、怎么做等问题，反而是次要的。不过，起心动意的请次客，还是要认真对待的，以免怠慢了客人，所以昨天下午一家人就开始忙碌了起来，一直忙到半夜，才将那些耗时长、需提早准备的食材，比如米面、豆腐等，基本上给备办好了。

"扣碗、折耳根炒猪头肉、干辣子炒猪头肉、酸汤肉片、烩白豆腐、炖鸡、酸辣白菜、萝卜豆腐果、炸洋芋片、炸粑粑果、精肉炒油炸豆腐丝……"贵发掰着手指头，安排起今天的菜品来，报菜谱似的。数到第十一个菜时，他眯缝着眼睛想了好一会，继而说道："嗯，再加一个骨头白菜汤，或者炒鸡蛋，凑足十二个菜，'月月红'！酒嘛，等会儿我去街上打，五六斤估计就差不多了。

"饭菜就统一在这里做，这里要敞亮一点。人有点多，连自家人在内，估计得有满满的两大桌，所以，每样菜都得要多准备一点……难得请一次客，不要抠抠搜搜的，让人家吃得舔嘴咂舌的……吃的时候，这里摆一桌，我陪男客……坐得下的话，老大和老二也坐这一桌。刘氏那里摆一桌，你们三个陪女客，顺便招呼他们几小个。

"我现在就去打酒……你们要是忙不过来的话，就去叫老大、老二来搭把手。如果大伯妈、大姑妈来得早的话，也可以请她们来帮帮忙。"

感觉安排妥帖了，贵发便提上酒罐子，出门去了。

三

很快，明全就完成任务回来了。进得门来，他便径直钻进堂屋神龛后的灶房里，见灶上的筛子里晾着炸好的豆腐片，也不管冷热，用手指拈起一片来，就往嘴里塞。

"慢点、慢点，你饿痨子啊。冰刺刺的，肚子受得了？"武氏嗔怪道。

"要不我把稀饭热一下，等会儿你两兄弟一人吃点。"一旁忙活的刘氏说道。

"不吃了，气都气饱了。"明全敷衍着，转身便钻进自己的房间里去了。他打算再补一会瞌睡。

接着，明智也完成任务回来了。

"爹！爹！"一进门，明智就大声问爹，想先报告一下请客的情况。

刘氏走出灶房来，应道："你爹打酒去了……你饿不饿？饿的话，我热口稀饭给你吃？要不，煤灶上有豆腐片，你先去拿块垫垫肚子。我刚才试了一下，还是温热的。刚才，你大哥也是拿它垫肚子的。"

"喔——"明智一边答应着，一边往灶房里去。进到灶房里，见大妈在灶前忙活，挡在了自己和豆腐片之间，明智不禁有些窘迫起来，红着脸，杵在那里，进也不是，退也不是。

"喏——在这里。"武氏侧过身来，扬扬下巴，撅撅嘴，示意明智。

"你大妈指给你呢。自己拿。"刘氏站在明智身后，大声提醒道。刚才明智钻进灶房里来时，她也跟着钻了进来。

明智这才走上前去，用手指小心翼翼地拈起一块豆腐片来，随后便赶紧回到堂屋里来。

"大妈、妈，我去院坝头带弟弟妹妹们玩，你们要帮忙的话，喊我一声。"吃完豆腐片，明智对着灶房里大声打了个招呼，便出门去了。

明智之所以回来得比大哥晚些，一则，他的路途要绕一些远一些；二则，他生性谨慎，说话办事时，为防出现差错，他宁肯多花点时间、精力，甚至不惜多走些弯路；明全则相反，大大咧咧丢三落四的，为此没少挨父亲训斥。三则，在舅舅家，他又逗哄着年幼的表妹和表弟玩了好一会。

之前，他到达大伯家时，大伯伯家都还关门闭户的，估计都还没有起床哩。他于是轻轻地敲了敲大伯家的院门，继而朗声呼叫道："大伯！大伯！"

明智的大伯，即赵贵发的大哥赵贵友。贵友家住在戏楼后边，鱼塘的一侧。房屋三间，两间青瓦顶，一间石板顶，在那一片也算是比较气派惹眼的。只是院子有些狭小，也就两丈多长、七八尺宽的样子。所谓的院子，也就是三面石墙在房屋前面所围成的一个圈。正是因为院子不大，所以贵友才能很快听到外面的呼叫声，并很快出来打开了院门。若是深宅大院，在院门口喊破了喉咙，院里面也未必能听见。

贵友家周边的人家，房屋大都比较低矮、粗陋，有泥墙茅草的，也有石墙石板的。这一片人家中，赵姓的有两三家，和贵友、贵发是本家；罗姓的有好几家，罗友福大伯伯家就是其中之一；另外还有好几户杂姓人家。

"爹，回来了……"正带着几个年幼的弟弟妹妹在院坝里玩耍的明智，见到父亲走进院子便赶紧迎上前去，报告起自己请客的情况来。弟弟妹妹们则头也不抬，只顾津津有味地把玩着手里的小木棍、细石子、破瓷片……这些"玩具"，都是些随手从地上捡拾来的东西。

…………

这边，明智在向父亲报告请客的情况；那边，明全正在向母亲诉说着自己请客时所遭遇的委屈。

"咋个了？啊？看你好像不太高兴……"武氏站立在明全的床边，小心翼翼地问道。刚才见儿子脸色有些不好看言语有些不对头，她犹疑了一会，忍不住走进儿子的房间里来，想问个究竟。

"咋个了？热脸贴了人家的冷屁股了。"明全没好气地说。

"到底是咋个回事？啊？你好好跟我讲讲。"武氏有些着急地追问。

"刚才，在大姑妈家……哼！气人得很！难在得很！大姑妈坐在柴火边，就像看不见我一样，只顾烤自己的粑粑。粑粑烤好后，拍拍吹吹，随手就递给了兴明和兴秀，看都不看我一眼问都不问我一声。我就坐在她的斜对面，我还以为她好歹会招呼我一声，和我客气一下呢。结果……哼哼！方得我，走也不是坐也不是……大姑爹也是，客气话也不会说一句半句，在一边装聋作哑的，随大姑妈咋个做。怕是他们担心，他们随便客气一声，我就会拿起就吃，所以不敢和我客气？——哼哼！我们家还会缺这点吃的？兴明、兴秀反而还要懂事点，好歹还会和我客气一下；两个大人，真的是，枉自活了这么一大把年纪，连个小娃娃都不如……"明全愤愤地数落着。因为激愤，他有些语无伦次。

"二大姑妈在不在？"武氏插话问。

"不在，听说捡柴砍柴去了。"

"我说嘛……要是二大姑妈在家的话，她肯定不会这样做的……真的是，亲的反而不亲，不亲的反而亲。"

"我出来的时候，听见大姑妈悄悄地给大姑爹讲：'我呢，就不去了；你呢，不去不好。去的时候，记得准备点礼信哦。空起两只手去，怕人家笑噢。'——阴阳怪气的。"

"哎哟！哪个稀罕她家那点破礼信噢！我们家这边，猪肉啊、豆腐啊、鸡蛋啊，哪样没有？再说，来我们家做客，她两口子还会吃亏？——他两口子饿痨子一样，哪一回不是稀里哗啦的，这两口子呀，咋个变成现在这个样子了，才刚上了楼，就想要掀梯子了？"

"管他的，反正今后再喊我去她们家的话，我是打死都不会去的。"明全说完，翻过身去，准备补瞌睡。

武氏见状，不好再多说什么，便阴沉着脸，咕哝着走了出来。她无心他事，独自坐在堂屋里神龛下，皱着个眉头，眼神愣怔，陷入了沉思："有人请客，有这么多好吃好喝的，她钱赵氏还能不来？老以前，她们家日子不好过的时候，她两口子不是经常快要到吃饭的时候就邀邀约约的，过自己赵家院子这边来了？那个时候，粗茶淡饭的，她两口子不也吃得很香？她两口子咋个就不能像现在这样，好歹硬气它一回呢？哼！晚上，她不来则罢，她要是也来了，看看我咋个挖苦她。自己一定要好好地损损她，给儿子出出这口恶气……"武氏越想越生气，差点就要掀桌子骂大街了。——每每是儿子受了委屈，她这个当妈的比儿子还要难受、还要恼怒、还要……

四

下午三四点钟的样子，客人们陆陆续续地来了。

最先到的是赵贵立，他是贵发的堂弟，称呼贵发为二哥。赵贵立二十八九岁，年龄比贵发小十多岁；他的个头和贵发差不多，但腰身四肢等明显要比贵发壮实很多。眼睛也和贵发一样，细而有神，但贵立的脸上肉嘟嘟的。肉嘟嘟的脸，配上一双时常眯缝着的小眼睛，使他看上去颇有几分滑稽。他性格爽朗、乐观，从未见他有个忧愁烦恼的时候。任何时候、任何地方，他都是高声大气的，常常是人未到，声音先到了……他头上有两个哥哥，大哥大他九岁，二哥大他七岁。不幸的是，几年前，两个哥哥便相继亡故了。两个哥哥死后，他便成了家里唯一的血脉。

贵发和贵立的祖辈是亲兄弟。在众多本家兄弟中，二人关系最要好，经常在一起喝茶聊天，十分谈得来。因为对贵发很是信任尊敬，因此，遇到什么事情，贵立总喜欢跑过来找贵发商量，讨主意。因为关系亲密且又是兄长，贵发也对贵立多有劝勉，甚至是训斥。接受贵发训斥时，贵立总是乖小弟一样，或颔首应承，或一笑了之……

"老幺，出年去有些哪样打算？想搞些哪样？"贵发抿了口茶水，关切地问道。

"其他事先不管，先好好忙一段农活再说……四五月份要收菜籽、割麦子，之后还要栽苞谷……等农闲了，再出去干它几票。"贵立边想边说。他最后的那句话，"再出去干它几票"的意思贵发是清楚的，那就是抢劫。

"嗯！庄稼一定要种好，那样才能保证不挨饿。"贵发部分肯定了贵立的打算，但……沉吟片刻，并一连抿了好几口茶水后，苦口婆心地劝诫道："那种事情，不是正经营生。干那一行的你见过哪个发财了？大多数时候还不是'槽中无食猪拱猪'？搞不好，或者时运背一点，不但发不了财，反而……二爷、二娘过世得早，他们去的时候，你才一岁多点，才刚学会走路。之后，你弟兄三个都是太太一手拉扯大的……唉！只可惜，你大哥和二哥年纪轻轻的，婚都还没有结就……你弟兄三个，现在就只剩下你了，你一定要把稳点。你现在是上有老下有小，一定不能出任何差错。你看你太太，七老八十的人了，还在抢着帮你带娃娃……大过年的，我也不好多说，总之，你一定要把稳点，不要再让家里人操心了。"不用说，贵发所谓的"上有老下有小"，"老"指的是贵立年迈的奶奶；"小"指的是贵立才刚满两岁的儿子赵明虎。几年前，在贵发、贵友等人的大力撮合下，贵立成了家，且一年后就有了自己的儿子。

说上述话时，贵发犹犹豫豫吞吞吐吐的，一是，大过年的有些话不吉利，说出来太忌讳；二是，有些事情，比如关于贵立大哥、二哥的事情，实在是不忍心再提起。贵立的大哥、二哥都是因为这不正当的营生，相继丢掉性命的。从那以后，他们的奶奶变得愈发木讷、沉默，搬条小板凳坐在大门口，一坐就是几个时辰，甚至大半天。直到贵立有了小孩之后，她的眼里才泛出些光亮来，行动也灵便了不少，还可以帮着带带重孙子了……

"你给我的这捆叶子烟，是你在房背后园子里种的吧？这叶子瘦长瘦长的，色泽不错，味道也应该不错。"贵发仔细瞅了瞅桌上贵立带来的礼物，借机转移了话题。

"嗯！今年长得好，味道不错，劲也大……带点来给你尝尝。喜欢的话，吃完后我再给你拿点来。我家里面还有好几大捆，都挂在房梁上，晾得好好的。"

"等我裹一支尝尝。"贵发抽出两片烟叶来，将一片递给贵立，继而顺势用递烟叶的手指了指贵立身后的墙上，说道，"我那里还有根烟杆，你拿下来用。"

贵立站起来，稍稍侧过身去，一边摘取挂在墙上的烟杆，一边应道："嘿嘿，正好我忘记带烟杆了……用烟杆，火气要小点，免得把喉咙熏得火辣辣干巴巴的。"

"嗯！这个烟叶好，烘烤得正适合，手一捏就晓得。你看这颜色，金黄金黄的；表面看上去还有一层油。裹的时候软软的，干燥但又不脆……"贵发一边卷着旱烟，一边夸赞道。

"今年我放了点鸡粪，想不到烟叶长得这么好。好多人尝过后，都说味道好……嘿嘿，栽烟、烤烟，我还是有点经验的。"

"这也算是一门手艺……'天干饿不死手艺人'。有这门手艺，你干脆安心地待在家里，种种庄稼、种种烟算了……烟多种点，然后请大哥带着你，到周边寨子去赶赶场，学做做生意……一季庄稼、烟叶下来，吃的有了，小用钱也基本上有了，就像大姐夫（钱正义）家那样……"

"哪个敢和大姐夫比？他呀，实在是太俭省了。家里种烟、卖烟，种得那么多，自家却舍不得吃点好的，净是拣些烟骨头、烟渣渣吃。三天两头，经常看到他在捅烟杆……个个都像他那样的话，恐怕早就成财主了。"贵立撇了撇嘴，语带讥讽。

"大伯，你们来了。"门外，明智的声音传了过来，十分的响亮。放牧回来后，他又带着弟弟妹妹们在院门边玩起了早上的那种游戏来。大人们忙碌或烦闷时，他总会识趣地将弟弟妹妹们支开，并耐心地逗哄好，以免给大人们添乱。

听见声音，贵发和贵立赶紧迎出门去。

来的除了贵友夫妇外，还有贵发的连襟罗友福。他们两家挨得很近，故而临来时，贵友特意登门，邀约友福和自己一道。友福之妻武氏，乃赵武氏的堂姐；刘老幺入赘武家，又成了赵武氏的堂妹夫……弯来绕去，大家都成了亲戚了。

贵友穿着长衫，头上常年包着块灰黑色帕子。关于他头上的这块帕子众说纷纭，有人说，起初他是因为脑袋受了凉，想包上捂一捂，不想这一包，竟成了习惯，取不下来了，一取下来，脑袋就很不舒服，头晕目眩，伤风感冒似的。也有人说，他之所以这样，是因为他的脑袋曾经受到过严重的刺激……

友福精瘦但很结实，一副干练的庄稼人模样。他裹着件薄薄的脏兮兮的破棉衣，哈着腰，鼻头红红的。当他转动脑袋光线从他脸上快速掠过时，还能瞅见他鼻尖上亮晶晶的，像镶着颗小钻石似的。他那棉衣不仅破旧不堪，好几杂灰白色的棉花都快要从破洞里鼓绽出来了，而且还没有纽扣。因而，他只得把棉衣两边的衣襟交叠起来，掖得紧紧的裹得严严的，并在腰间系上根绳子，使其更加保暖。即便如此，他也还得时常哈着腰，并不时地抖索几下，以使身体更加暖和些……

贵发将贵友和友福让进屋里。贵友的媳妇沈氏则踮着双小脚径直去了正房。她想去看看灶房里有什么需要帮忙的，顺便和几个妯娌拉拉家常。

"今年做的粑粑果、糯米面刚刚晾好，还有猪头肉，一样拿点来给你们尝尝。"友福将礼物递给贵发。临来时，他找来一个小布袋，先装了半袋糯米面，然后将粑粑果用菜叶包好，放在糯米面上。那块五六分熟的猪头肉则用根稻草绾子提在手上。所谓绾子，是用棕叶或糯稻草拧成的麻花状的短绳，尺把长，较为蓬松，多用于提肉。用时，将其一端从肉上戳出来的小洞里穿过去，弯回来，然后再从另一端蓬松出来的缝隙里穿过去，收紧即可。

贵友见状，也一并将自己手里的礼物递给了弟弟。逢年过节，走亲访友不宜空手空脚的。就算是亲兄弟之间，也会注意礼尚往来。

"哎呀！来玩玩就行了嘛，带些哪样礼信哟！又不是外人……咦！大姨妈咋个没有来？"贵发对友福客气道。

"她来不了，家头事情多得很！"

"事情再多再忙，吃顿饭的时间总是挤得出来的吧！"贵发一边说，一边踱到门口，冲着院门处大声嚷道："老二——老二——去！把你大姨妈请来。哎！还有你胡氏大伯妈。"

"不去！不去！老二，不去！你大姨妈不在家，去了你也是白跑一趟。"友福赶紧走出门来阻止。

"胡氏不得闲，不用管她。"贵友也对贵发说道。

"那就等一哈，等大姨妈回来了再去。"

"来来来，先哑支烟喝杯茶。"回屋坐定后，贵发又从贵立送来的烟叶中抽出好几片来，几片递给友福，几片递给大哥贵友。接着，又把手里的烟杆递向友福，说道："来，用我的烟杆。"

贵立见状，也赶忙把手中的烟杆递向贵友："大哥，你用这根。"

"我带得有的，经常随身带的。"友福伸出手去，将贵发递过来的烟杆轻轻地挡了回去。而后，手缩回来时，顺势伸进自己怀里，将别在腰带上的短烟杆抽了出来。

"你用、你用，我用这根。"贵友对贵立谦让道，随后接过贵发手中的烟杆。

…………

一支烟还没抽完，吴志德、钱正兴、钱正文也带着礼物一道来了。自然又少不了一番客气谦让。

志德和正文也穿着长衫文质彬彬的，一副读书人的样子。二人个头稍高，只是面色均有些灰黄晦暗，眼神也有些空洞。从长衫笔直下垂且稍显宽大的情形来看，二人的身材不是那么的壮实……正兴的装束则和友福的差不多，整个人也和友福一样，一副干练的庄稼人模样。

大家一边抽烟喝茶，一边聊些闲话。低矮、昏暗的房子里烟雾缭绕、茶香四溢，人声沸腾，热闹非常。

"趁这几天有空清闲，请大家来家里坐坐，说说话、喝杯酒……过完年后，大家又要各忙各的了。一忙起来，又要十天半月，甚至两三个月都见不到一次面了。——哎！幺爷、大爷咋个没有来？早上才跟他讲好的。"贵发笑盈盈地说。

"今天一大早到现在，我都没有看见他一眼……估计他是帮哪家开'财门'去了。这几天感觉他忙得很！不管他了。"正兴答道。

"今天二哥家请，明天我家请……大家一定要来噢！"贵立接着贵发的话题向大家发出了邀请。

"我建议，干脆大家轮流坐庄，今天二爷家，明天幺爷家，后天我家……吃'转转席'。这样，大家就可以多在一起玩几次了。"正文建议道。

正文的建议，得到了大家的一致赞同。这样轮流一遍下来，年也就过得差不多了，大家也该各忙各的生计去了。

"幺爷，你家的小猪崽还有没有啊？有的话，过两天，我来赊一只回家去喂……现在喂起，冬腊月间就可以宰得了。"友福问正兴道。

"有有有，这一窝还剩四只……想要的话，赶紧来抓去。抓去以后，过几天就可以割了……这几个小猪崽的奶牙都已经长好长了却还在吃奶。母猪怕痛，不耐烦，它们的嘴巴一挨近母猪的奶头，母猪就呲起牙齿来吓它们撵它们。没有办法，前两天，我只好用夹钳把它们的奶牙都给拔了。"

"好呐！等晚上我回去问问老二，看他想不想也来抓一只。前几天，听他两口子讲，说是想等赶场的时候，去买只小猪崽来喂，过年好吃肉……如果他家也想买的话，我叫他一起来，一家抓一只。"

"可以可以。这几天我也在打算，想等隔壁张家寨赶场的时候，把它们吆去卖了算了……一头老母猪，四只小猪崽，个个都能吃得很！我实在是喂不了了，太累人了。再不赶紧把它们卖出去，时间拖长了，就不划算了，而且还会影响到下一窝。"——小猪崽不断奶，就会影响母猪发情。

"你小心点！去张家寨的那条路最近有点不太平……听说，前段时间有两个生意人吆牛从那里经过，半路上，一冷枪，当场就打死了一个。另外一个跑得快，才逃得条小命。这几天大家帮你访一访，看看寨子头还有哪家想买的……"贵发提醒正兴道。

"嗯！能够在家门口卖出去的话最好……去赶场的话，我会多约几个伴的。赶场天人多，问题应该不大。"

"听说，保务团最近查得紧得很！他们不定期下来四处盘查，抓住了劫匪个个不放过。他们虽然大多数时候只是路过，但还是震慑到了不少劫匪……最近，感觉这周边清静太平了不少，估计是保务团又要下来了，或者已经下来了。那些人听到风声，不得不收敛收敛。"正文有点文化，见过些世面，消息也要灵通一些。

"不管咋个，还是小心点好。不怕一万，就怕万一……保务团再厉害，也不可能随时随地来跟着你保护你；再说，总有些天不怕地不怕，敢在刀口上舔血的人。"志德也善意地提醒道。

"保险点好……最好是不要去。非要去的话，揣支枪在身上。——你有没有枪？没有的话，带我的去。"贵发向正兴建议。他不时外出，到邻近村寨做做牛马生意，或售卖些自家出产的菜油、陶器。安全起见，每次外出，他总会带上一支手枪。

彼时，社会不太平，为自保，许多人家都备有枪支。这些枪支来源不详。它们通常是单发的，且大都结构简单做工粗糙。长的，威力较大，通常用于看家护院械斗助威；短的即手枪，小巧轻便，便于随身携带，多用于出门时防身自卫。贵发提醒正兴带的是手枪。这种手枪，大家称之为撇杆枪，估计是所谓的撅把枪或"单打一"。

"不用不用，赶场天，路上人多，应该安全的。"正兴婉谢道。

"就是怕到时候路上就只有你一个人，有点事情，一个帮忙的都没有。"贵立也劝道。

"不怕不怕，到时候，寨子头肯定也有人要去的……再说，劫匪有心搞你的话，你有枪也没有用。一是，人家在暗处，你在明处，'明枪易躲，暗箭难防'。二是，人家人多，而你就一个两个，双拳难敌四手。三是，人家肯定会瞅好时机，打你个措手不及，叫你防不胜防。还没有等你反应过来，人家就已经把你撂倒了。大家刚才提到的，做牛马生意的那两个，听说也带有枪的，结果还不是……所以说，真正遇到了那种事情，有枪也没有用，顶多是可以壮壮胆。"正兴的这些理由，让大家一时难以反驳。

"那就去早点走快点，趁劫匪都还没有起床的时候。——关键是，吆着几头猪，碍手碍脚的，想快也快不起来呀！回来的时候，身上有钱的话，更不安全。所以说，最好还是多约几个伴，大家一起去一起回来。——身上无钱，路上安全；身上有钱，脑壳倒悬。"贵立的建议，颇有些"指导意义"，只可惜后一句有些不合时宜——大过年的，不吉利。不过，他很快就意识到自己不小心把话给说过了说偏了，于是赶紧改口道："总之，最好是多约几个伴，大家一道去一道来，早去早回，这样安全得多。"

"哈——"正文仰起脸，捂着嘴，打了个大大的哈欠，眼泪都给打出来了。他把手缩回来后，还能看见他鼻子下面的人中沟里，汪着一点点清鼻涕，亮晶晶的。

"二哥，吹烟提提精神，大家边吹边说。"贵立见状提议道。

"对！你不讲，我还想不起来呢……等我去叫明智，叫他再去借两支烟枪来。——我这里只有两支，怕不够用。"贵发站起身来，意欲出门去唤明智。

"不用了，大家换着吹就行了。每个人吹几口，轮换起来快得很！"正文赶紧叫住了贵发。

"老幺，这群人里头，年龄呢，你最小；烟瘾呢，你最大……吹得身上臭烘烘的，就不怕媳妇不高兴，不让你进门？"友福调侃贵立道。

"吹几口，爬坡下坎有气力，田头地头干活有精神，媳妇高兴还来不及呢。"贵立嬉皮笑脸地说。

于是，大家相继爬上楼来。这里条件较好的人家，屋里还有一层楼板，将房屋分成楼上楼下两部分。吹烟的地方，大都设置在楼上，那里干爽清静，搅扰少。

贵发家房屋不高，两个人一起上楼时，梯子下方和上方的人，头顶和屁股差点就碰在了一起。楼上更矮——大梁底下，个子不算太高的人，还可以勉强站直身子，但想往两侧挪动三两步的话，就得使劲佝偻着腰了，且没有一扇窗户，十分的昏暗。第一个上楼来的贵发，首先点亮烟灯，然后再引导大家依次上来……昏黄的灯光里，只见木楼板上大梁底下，两张席子并排铺着，彼此间相距不到两尺。席子上，靠山墙的这一头，各自摆放着一个荞壳枕头。这种枕头一枕上去，里面沙沙沙地响，下小雨似的，让人感到惬意。更为重要的是，疏松的荞壳还能根据枕着的人的头颈形状，变化自己的形状，该凸的凸、该凹的凹，十分舒适。两个枕头中间，摆放着一张两尺见方四五寸高，看上去比枕头略高一点的方凳。凳子上，正中间点着烟灯，并摆放着一把小刀；两边各摆放着一个小碟子和一支烟枪。席子凳子尽量铺设摆放在正梁下方，以便两张席子上的人起身时，都能最大限度地利用楼上的空间高度，不至于碰到脑袋。不用说，贵发家楼上的这些，是一套双人的抽烟设施。

谦让一番后，正文、志德率先侧着身子，对着烟灯，面对面地躺了下去。

其他人便歪在楼板上，躺的躺、坐的坐，闲聊着、等待着……待大家稳定下来后，贵发这才努力弯曲着腰低垂着头走过去，从墙旮旯儿的坛子里，摸索出一块黑黢黢的、鸡蛋大小的烟土来……他将烟土放到凳子上正文这边的小碟子里，然后直起身来，热情地招呼道："来，二哥……自己来，好好地过过瘾。"

"哎！——不得人在家啊？"楼下传来大声的吆喝。听声音，应该是钱正义来了。

"在的在的，在楼上。"贵发一边答应，一边匆匆向楼梯口走去。

"咦？就我一个人来啊？其他人呢？"正义高声大气地问道。

"都来了的，在楼上呢……吹两口。"

"大姐夫，快上来……来吹两口。"贵立趴在楼板上，将头从楼梯口处探出来，大声招呼道。

"好的好的，马上来马上来。"正义仰起头来，忙不迭地应道。而后扭过头去，将手中的小布袋子递向贵发，说道："一点干豇豆，自家晒的，带来给你们下酒。"

"喔，放在那里。"贵发没有出手去接那袋子，而是朝着墙角的方桌上撅了撅嘴，示意正义放那。继而淡淡地说道："你们留着自己吃嘛，我们家多得是。"

正义走过去，伸出手去，将方桌上大筛子里的东西——洋芋片、粑粑果之类的，是之前客人们带来的礼物——扒一扒拢一拢，以便腾出点空间来。而后一手提着布袋口，一手伸进袋子里去，取出一小把干豇豆来，放进筛子里。那干豇豆三两斤的样子，用几根稻草捆扎着，整整齐齐的。放下干豇豆的时候，他还不忘让其尽量贴近筛子边上，以便留出一点地方来，还有东西需要放置似的。接着，他提着布袋口的这只手，斜下来，将袋口往筛子里空出的地方一松；同时，放下豇豆的那只手，两个手指捏住袋子底部一角，向上轻轻一提……再接着，提着袋子底部的这只手，轻轻地抖动了起来，看样子是想将散落在袋子里面的干豇豆悉数抖搂出来。可惜，抖了好几下，却一根也没有抖出来。如此，他还不放心似的，又把袋子正过来，分开袋口，朝里面瞅了瞅；随后，又用手细细地将袋子底部摸捏了一遍……确定袋子里的东西已全部转移到筛子里去了，他这才把布袋仔细叠好，揣进自己的怀里。

"我上去和他们玩一哈。"正义和贵发招呼了一声，便上楼去了。

"友福，你也在这里啊？"正义毫无意义地问了一声。

"嗯！钱大哥，来来来，吹两口。"友福将手中的烟枪递向正义。他刚从志德的手里接过那烟枪来，正弯着腰，准备躺下去，见正义上来了，并率先和自己打招呼，感动之余，便想着谦让一下。

孰料正义毫不客气，接过那烟枪来，麻溜地躺了下去……

"友福啊，过段时间，你们家来几个人，五六个吧，帮我家薅一下烟地，顺便给烟打打叶子上点肥料……烟这个东西啊，肥料很重要……肥料这个东西啊，要用得合适，少了不管用，多了浪费；用早了不好，用晚了也不行……"正义一边揉捻着烟膏，一边对友福念叨。他所说的烟，既有旱烟，又有大烟，但主要是旱烟。听说，他们家每年都能售出去不少自家产的旱烟和大烟，获利颇丰。据他说，那东西，比种粮食划算多了，而且很好打理。只是收成的时候，要讲究点技术和经验了，比方说，烟土你得要会加工、保存，旱烟你得要会编捆、烘烤，还有，加工、保存、烘烤时，得掌握好尺度、拿捏好火候，否则，成品在色泽、味道等方面就会大打折扣，甚至相差老远，那也就卖不出好价钱了。

"又是薅又是打的，几大坝，五六个人，恐怕要几天才能搞得完噢。"贵立接口道。

"几天？咦！磨洋工噢？紧凑点，早点去、晚点回，一天就搞完了。"为腾出嘴来回应贵立，正义将一大口还没有憋够的烟气给喷吐了出来。当然了，现在抽的是别人家的，他也就不用非憋不可，非憋那么久不可了。

大家一边吞云吐雾，天上地下古往今来胡吹乱侃，一边畅想、规划着新的一年……几口大烟，让大家精神了不少兴奋了不少，于是谈兴越来越浓。聊到兴头上，有人还忍不住手舞足蹈了起来……

"下来吃饭喽！老么，帮忙招呼一下大家。"大家聊得最起劲时，楼下传来了贵发的呼叫声。

"走走走，喝酒去。"贵立帮着招呼大家，并率先向楼梯口走去……攀着梯子，下到肩头与楼板平齐时，他又转过头来，再次招呼大家道："快点！快点！天冷，趁热。大家边吃边吹……哎！友福哥，吹一下烟灯。"

"不忙！不忙！歇一哈，等烟劲散一散……刚吹过烟，马上就喝酒的话，怕身体扛不住。"贵友大声提醒大家。

"不怕不怕，又没有吹多少。"

"等哈，先扒碗饭垫垫底，或者边吃边喝，问题应该不大的。"

"不要喝'饿肚酒'就行了。"

"喝慢点，喝小口点，没有事的。"

在好酒好菜的诱惑下，加之肚肠正好空瘪，大家哪里还管得了那么多。

五

贵发家一共摆了两大桌酒菜。武氏屋里一桌，贵发，明全和明智，还有后边赶来的明智的幺舅刘老幺。刘氏那里一桌女客——沈氏及刘老幺的媳妇，女主人以及几个小孩。

桌上，菜肴热气腾腾香味扑鼻，让人忍不住直冒口水……

明智挨个给大家倒上酒，贵发客气了几句后，大家便埋头大吃大喝了起来。这时候，虽说还处在春节中早期，但寨子里的绝大多数人家，包括钱正义、钱正文家，饭菜也已经和平时没有多少区别了。大年除夕过后，剩下来的那一点点好东西，比如米面、猪头肉、炸豆腐之类的，不敢随便铺张，有的要留着节日期间招待亲友；有的甚至要储存到农忙时节，用于改善一下生活补充一下营养。

"咝——咝——这辣子，也太辣了。咝——咝——应该用油多炒一下、多炸一下……焦一点酥一点，估计就不会这么辣了。咝——咝——"正义抽着凉气，含混不清地说道。大抵是辣得受不了了，他赶紧拿起一旁的小木勺，低着头凑过去，就着汤碗，嗞——嗞——嗞——地一连喝了好几勺鸡汤。吃喝得差不多了，他有空闲挑剔了。——嘿嘿，喝烧酒吃辣子那嘴巴焉能不辣？

"哪点辣了？啊？不辣嘛……可能是，你没有吃过这么辣的辣子，不适应。再说，辣子辣子，就是要辣嘛……不辣，还能叫辣子？不辣，还有哪样意思？不辣，就算很香，也不是真正的辣子。"贵立调侃道。

"没有吃过？哼哼，几个辣子，龙肝凤髓啊？老幺，不是吹，我吃过的，你可能听都没有听说过，更不要说见过吃过了。"正义不服气地回应。他想一开口就把牛皮吹得很大很大，从而把贵立的嘴巴给堵住。

"嗯嗯！确实，很多东西，比如，这罢园辣子（罢园辣子，指生长季节即将结束时枝头上剩下来的，来不及长大，也长不大了的小辣子），我就没有吃过……平时间，我家都是，几个辣子，柴火灰里刨一刨，拌上一碗老酸菜，够下饭就行了。哪里用得着又是炒又是炸的？那不费油啊。"

"罢园辣子，小个小个的，小指头尖尖那么大一点，应该不辣的……拿猪油炒个半熟，然后再放几把炒黄豆，或者几块油渣，猪油的最好，和着炒一炒，香得很！"明全接过小叔贵立的话茬，绘声绘色地描述了一通。

"香是香，只是……嘿嘿，不晓得大姑爹舍不舍得那点猪油、那点油渣……大姑爹这么会过日子的人，嘿嘿嘿嘿……"贵立借机配合明全道。他喝了不少酒，舌头都有些打结了。酒劲上来，嘴巴滑溜，言语便有些失去了分寸。也或许是他想以酒盖脸，故意讽刺一下正义他们家的吝啬和抠搜。

贵立提到罢园辣子这一茬，不只是想讥刺一下大姐夫，还想借此机会好好地敲打一下自家的堂姐钱赵氏。

正义和赵氏两口子确实很会过日子，比如，自家种的东西（其他东西也是这样），大的好的，不用说，一定是要拿去卖钱的。小的不太好的，能卖出去的，也要尽量卖出去。只有那些实在卖不出去的，才肯拿回家来自己吃自己用。这些也就罢了，无可非议，甚而可以表彰为节俭。可问题是，他两口子做得实在是太过了，比如那钱赵氏，一有空闲，就喜欢到处乱窜，这里瞅瞅那里瞧瞧，去搜寻捡拾那些人家拔了扔在园子边地埂上的，或卖不掉丢弃在街道、场坝角落里的小辣子烂菜叶糠萝卜等，回家拣一拣淘一淘，然后做菜吃。那些东西，可是连友福、正兴这样的人家看都不看一眼的，可他们的大姐，一旦发现定会两眼放光，三两步抢上前去，蹲下身来，认认真真、仔仔细细地把它们一一摘取捡拾回家去……贵立二十多三十岁的人，年轻气盛，颇好面子，每每撞见大姐的这一情形，总会感到异常的尴尬，感觉脸上很是无光。撞见的次数多了，便不免渐渐地生出些怨气来："大姐呀大姐，你们家那么有钱那么富有了，你咋个还这么细啬？自家种的辣子、白菜、萝卜等，你舍不得吃，不怪你，也无权怪你，但是，你不要到处去丢人现眼嘛！你这样做，让我们这些做弟弟的，脸往哪里放啊？你丢得起这个人，可我们丢不起呀！大姐呀大姐，你好歹为我们考虑一下嘛……"

以前，没有外人在场的时候，贵立也委婉地劝导过大姐几次，可就是不见任何效果。不仅不见效果，大姐反而故意和他作对似的：你们不想我这么做，我偏要这么做；你们不想碰到我，我偏要让你们碰到我；你们怕丢人，我偏要让你们丢人。于是，以后再碰到大姐那样，他便假装没有看见，赶紧远远地躲开了事……只是，他自己的眼睛、耳朵和嘴巴，尽可以蒙上、捂住、堵上，可别人的呢？他心里憋闷，却又无可奈何。于是，眼前，他只能把心里的种种不快，化作一波波冷嘲热讽，抛向正义这个大姐夫。

"又是炒又是炸的，还要炒得焦黄、炸得酥脆……大姑爹，你就不怕费油？"明全阴阳怪气地问道，可不等钱正义开口，他又紧接着说道："人家讲的，'吃不穷穿不穷，人无算计九九穷'……大姑爹应该是很会'算计'，很会过日子的，要不然，哪来那么大的家业？"他早上在大姑爹家憋了一肚子的气，现在逮着机会，便假装懵懂，跟着小叔贵立一唱一和。

"大姐夫啊，你现在家大业大了，不要再像过去那样，抠抠搜搜的了……钱挣来搞哪样啊？就是挣来用的嘛。"

"我家的东西，样子虽然不大好看，但是，味道正得很！该酸的酸、该辣的辣、该香的香……不晓得大姑爹怕辣，要不，这辣子应该用好菜油多炒它几下多炸它几下。我家的菜油，自家榨的，用上好的菜籽榨的，香得很！"明全还在装糊涂。

"我们家那几个钱，来得不容易，挣得辛苦，当然要精打细算地用了。嘿嘿嘿嘿……"正义阴笑了几声，继续说道，"哪里像你贵立，会'挣'钱，'挣'大钱……你那钱，来得容易、轻巧，用起来当然就不会心痛了。"

此前，贵立对正义的嘲讽，确实重了点；而现在，正义对他的挖苦，则更为刻薄……贵立和明全阴一句阳一句，一唱一和的嘲讽，让正义很是恼火。但明全是晚辈，又假装幼稚懵懂，他不便发作。于是，他把全部火力对准了贵立。

"总之，你记得劝一劝我大姐，给她讲，该吃吃该穿穿……尤其是，叫她不要再去讨、去捡那些人家不要的小辣子、烂菜叶了……她那样，我们这些当兄弟的看到了，心头实在难受得很！去年，看见她在友禄哥家园子边上，在一堆人家丢在地下的辣子杆杆上，个个细细地找那些人家不要的小辣子，我又劝了她一回。——这件事情，不晓得她后来跟你讲了没有。我家园子头，一年四季，辣子、白菜、萝卜有的是，你们想吃的话，尽管去拿，不要客气……你呢，也不要只吃那些烟渣渣、烟骨头了。我的烟，大家都说好吃，刚才我送了一小捆给二哥，等哈你先拿几片尝尝。喜欢的话，哪天有机会去你家做客的时候，给你送点去。"贵立反唇相讥，并顺带将了正义一军。

贵立和正义的"玩笑"话，大家都听得很明白，却不便掺和，于是只好三缄其口，或故作醺醺或假装糊涂……只有明全不嫌事大，还在一个劲地起哄撩拨……

"来来来，喝酒喝酒。"见明全还想多嘴，贵发便用手肘轻轻地碰了他一下，示意他闭嘴，同时另一只手端起碗来，热情地招呼大家喝酒吃菜。

"再过几个月，等新菜籽下来了，榨了油，一家送点给你们尝。老幺家的烟好，我家的油也不错。"贵发斜了明全一眼，转移了话题。

"油好，制的时候，是不是泡泡就要少一点？"志德问贵发。

"是的。泡泡多就说明油里面水分多；水分多，就说明油不太好；油不太好，就容易吃坏肚子……'生'菜油，多少都要有点水分的。只是，好的油水分要少一点。"

刚榨出来的菜油，称为"生"菜油，吃的时候，需要熬制一下。熬制的过程中，菜油会不断地泛起泡沫来。随着油温的升高，待锅里泡沫完全消失，冒起烟气来，油便熬制好了，便可以装入罐子储存起来，以供平时做菜之用了。未经熬制的"生"菜油，一是味道太重，二是吃了容易闹肚子。

"喔——难怪……上次从杨家山路过的时候，我顺路买了点菜油——杨老大家卖的。那油便宜是便宜，但是泡泡太多，熬了好久都散不完，做菜也不好吃，还差点把肚子给吃坏了。"志德恍然大悟。

"所以说，'便宜不是货，是货贵三分'。"正兴说道。

"他家生意这么好，还要这样搞过分了……难怪这几年来，我家生意一直不太好，原来是……"明全愤愤地说。

"你家生意不好，关人家什么事啊？都是街坊，有些还沾亲带故的，人家生意好，我们应该替人家高兴才是……人家打油，我们就烧砂锅砂罐；人家烧砂锅砂罐，我们就打油。错开来，一家不影响一家，不就行了？"贵发赶紧岔开明全的话。

"问题是，人家不想和我们错开呀！我们往东，人家也要往东；我们往西，人家也要往西……咋个错？"明全固执地说。

"老大，走！和我去灶房一趟，把菜热一下，再另外添点上来，天冷菜都凉了。"贵发站起身来，吩咐明全道。

明全大大咧咧的，嘴上没个把门的，常常信口开河，所以，每每话题比较敏感的时候，贵发都会想办法支开他，然后再在背地里提点提点他。

见明全坐着不动，明智赶紧站起身来，打算跟爹爹去。

"老二，你坐你的，老大来就行了。快点，老大。"

见推脱不过，明全这才极不情愿地站起身来，跟着父亲钻进灶房里去。

…………

酒桌上，客人们继续聊着自己感兴趣的话题。

"这就怪了。他家油不好，咋个生意还这么好？真的是……"

"真的是，财运来了，挡都挡不住。"

"'人有三步时，不知早和迟'……时来运转，挡也挡不住；背时倒运，放屁砸到脚后跟，煮熟的鸭子也要飞。"

"一个人要想有好运程，很重要的一方面就是功德，这人哪，平时还是要多做点好事，多积点德，那样，今后才会有好报。像他们家那样，弄虚作假以次充好，不积德，损阴德，迟早是要遭到报应的。"志德上过当，因而言语间颇多愤慨。

"富不富，还要看这家人勤快不勤快俭省不俭省……一天到晚不干正经事，老是想着走歪门邪道，这世上，哪有那么多轻巧钱便宜钱可赚？"正义插话道，言语间颇有些意味深长。

"添点菜，大家再喝几口。"贵发听见大家说得有些不像话了，便赶紧端着菜碗钻出灶房来，借故打断了那越来越敏感的话题。"病从口入，祸从口出"，不得不警惕。

六

武氏家那边，贵发陪着客人，还在悠闲自得地吃着、喝着、聊着。刘氏家这边，大家则早已吃饱喝足，下了桌子。几个小孩吃得快，早就吃好玩去了。因为不喝酒，所以，沈氏、武氏、刘氏、张氏等人也很快就吃好了。几个女人，忙了一天，疲惫异常，加之刚吃过饭，且吃得较饱，故而精神有些困倦，于是便懒得动弹，任由碗碟乱七八糟地摆着，只管懒懒地坐着，聊些闲话……闲聊时，她们不像男人们那样，又要抽烟、又要喝茶，以助谈兴。她们只要有个感兴趣的话题就行。可以说，一件鸡毛蒜皮针头线脑的小事，她们都能津津有味地聊上一两个时辰。

"哎呀！刚才忘记去请一下胡氏伯妈和罗大姨妈了……"刘氏猛地拍了一下桌子，说道。

"你咋个不早点提醒一下大家？现在饭也凉了菜也光了，你来当事后诸葛亮了……嘿嘿，这人一多，一热闹，大家就只顾摆白开玩笑去了，就把她们两个给搞忘了。"张氏笑道。

"请她她也不会来的，她不得闲……我和他们的大伯伯过这边来的时候，她还在家里洗洗涮涮的。"沈氏解释道。

"咦！天气这么冷，又有月子病，自己还不注意点？忙哪样嘛？过几天，天气热和点了，再洗再涮也不迟嘛……这个胡氏伯妈呀也太勤快了，一年到头，难得见她有个空闲的时候。"武氏撇撇嘴道。

原来，赵贵友还有一个名叫胡氏的小老婆。这胡氏，邻村的，年龄比沈氏小六七岁。为与大伯妈沈氏区别开来，侄儿侄女们便将其称为二大伯妈或胡氏大伯妈。这胡氏身材壮实，粗手大脚的，人特别勤快，且从不计较吃穿，可谓吃苦耐劳任劳任怨。只可惜头脑有些呆滞——从她那有些木讷笨拙的神情、表达便可看出来。干起活来，常常是不管轻重，不分早晚、寒热，以致身体屡屡受损，数次小产后，终致不孕。与人相处逆来顺受任人驱使，不敢有丝毫的怨言。受了很大的委屈，实在忍不住了，也只会一个人躲到一边去，悄悄地抹眼泪。然后，不到一支烟的工夫，擦擦眼睛，又转身忙别的事情去了……再大的委屈，她都给忘得一干二净了……见她一天到晚几乎没有个闲着的时候，且穿着粗陋，闷声不响的，又见到贵友、沈氏时常对她呼来喝去，不明就里的人，还误以为她是这家人家的丫头呢。知道些内情的，比如左邻右舍私下里颇有微词，说那胡氏在家里的地位，甚至连个丫头都不如……胡氏胡氏，看来还真是服侍人的命。

大抵是因为胡氏有些上不得台面的缘故，所以，贵友夫妇走亲访友赶场赴会从不带她，久而久之竟成了习惯。亲戚朋友们也是习惯了。

因为笨拙、不识数，胡氏因此吃了不少的亏，受了不少的训斥和奚落。于是，慢慢的，她也学乖了，也会想出些办法来。比如，逢年过节，摆放粑粑、饼子等东西的时候，她会仔仔细细地，将它们分门别类齐头齐尾地摆成两排、四排、六排……每两排的东西，两两相对——这尤为重要。这样，如果有某个东西"落"了"单"，便说明与其对应的那个被拿走了；如果"队列"中出现了较大的空缺，则表明那里很可能有两个或四个东西被拿走了。另外，她还能从摆放的印痕中发现某些端倪。然而，可怜的是，如果被拿走的是头尾处并排着的两个、四个或六个，且没有留下明显的印痕，那她便没有数了。更为可怜的是，这些事情，不知怎的，常常不胫而走，使得她和她的所谓的办法，成了村民们茶余饭后的笑料谈资。

"刚才，我想起胡氏大伯妈来的时候，大家都已经吃得差不多了。桌子上光盘光盏的，咋个好意思再去请人家？吃饭之前，要是大伯妈能够提醒一下，那就好了。"刘氏道。刚才，想到了胡氏，她很为自己的细心而自豪。殊不知，她话还没说完，就被张氏把嘴给堵住了，好半天作声不得。憋了好一会儿，她这才解释道。

"有哪样不好意思的？二大伯妈不会计较这些的。"话虽这样说，但张氏还是下意识地扫了一眼桌子上的残羹冷炙。

"呃呃……今天这菜，好吃，多少也正好……幸亏大姑妈没有来。嘿嘿嘿嘿，她要是来的话，我们大家恐怕就只能吃个半饱大半饱了……呃呃……"武氏打着嗝，嬉笑着说道。

"前两天，我家请春客的时候，她也没有来，也只是大姑爹一个人来……不晓得她在想哪样……是不是不想认我们这些亲戚了，不想和我们走动了？"沈氏漫不经心地说。

"人家架子大呀！不好请啊！抬八抬大轿去恐怕都请不来呢……今天一大早，老大去请人家，人家还以为他是去讨吃讨喝的呢，脸不是脸，鼻子不是鼻子的……老大到她们家，大姑爹不理不睬的，大姑妈呢连正眼都不看他一眼。你们看，人家不来，两个娃娃也不让来……其实，哪个想请她啊？请她还不如请二大姑妈呢。主要是她不来，人家二大姑妈也不好来。今天早上，要是二大姑妈在家的话，她才不会那样对明全呢。她有情有义的，省事得很！才不像那两口子呢。她对几个侄儿侄女好得很！而这几个侄儿侄女，还不是她亲亲的呢。她对外人也很好，不捧红踏黑，也不嫌贫爱富。只要跨进她家门槛，不管你是哪个，也不管你穿得好还是穿得烂，她和两个娃娃都会客客气气地招呼。遇到吃饭的时候，她和两个娃娃也都会赶紧站起来客气。而那两口子，生怕人家吃他们的一样，眼皮也不抬一下，更不敢客气一句半句……人家二大姑妈大大方方的，叫花子上门都不会让人家空着手回去。而大姑妈呢？一毛不拔，就只晓得往家里拱，罢园辣子喽、烂菜叶喽，没有她不要的。嘿嘿，她那种做法，比个叫花子都不如，实在碍眼得很！难怪幺爷会说，怕她得很！丢不起那个人，看到她蹲在那里，赶紧装作没有看见，悄悄歪开。这么些年来看来看去，还是二大姑妈好。人家教得好，两个娃娃也学得好。兴明、兴秀两兄妹，见到我们这些当舅舅、舅妈的，见到他们的表哥、表弟，见到其他亲朋好友客气得很！哼哼！幸亏两个娃娃没有完全落到大姑妈的手上，否则的话，非被她教歪不可……就像教牛耕田犁地一样，教歪了今后就改不过来了。这大姑妈也是！平时大家不见就不见，不往来就不往来，没有哪个非要去捧哪个。但大过年的，这样子就不好了。我们这些当弟媳的、做舅妈的也就算了，她自己的亲弟弟、亲侄儿，她也不来看一眼？其实，也没有哪个稀罕她来看。两三岁的娃娃不懂事情有可原，她活了大半辈子的人了，也还这么不懂事？"武氏阴阳怪气拉拉杂杂的，把今天早上明全在大姑妈钱赵氏家的遭遇，详详细细地向大家叙说了一通，以发泄心头的不满。

武氏所谓的二大姑妈，即钱正义的二房周氏。同样的，为区别于大姑妈钱赵氏，明全兄弟姊妹等人便将其称为二大姑妈或周氏大姑妈。十多年前，二十多岁的周氏从外地嫁到山桃寨来，做了钱正义的二房。那时，三十五六岁的钱赵氏，祈神拜佛、求医问药多年，换来的却是神不佑、医无效，加之年岁又不饶人，于是不得不断了生儿育女的念头。而年过四十的钱正义嘴上虽不说，心里却老是疙疙瘩瘩的。在他的内心深处有一个执念，那就是不完成传宗接代延续香火这一重要任务，自己会死不瞑目的。后来，机缘巧合，在亲戚本家的撮合和钱赵氏的默许下，钱正义半推半就地纳了周氏为二房。这周氏确实争气，过门不到两年，便生下了长子兴明，两年后，又生下了小女兴秀。兴明出生后，喜不自禁的钱正义大张旗鼓地今天还愿明天祭祖……搞得整个寨子无人不知无人不晓。

"看大姑妈那意思，估计是怕回请……请一回客，那要花费多少啊！所以，干脆'硬气'点：我不吃你的，你也不要来吃我的，最好是，大家不要再往来。……我记得他们家好像从来就没有请过客，连一年一回的'春客'都没有请过。你们想一下，他们家到底请过回把客没有？"沈氏说道。

"哼！硬气？想要硬气的话，咋个不早点硬起来呢？想当年，她们家落难的时候，她两口子一趟接一趟的，一天要往我们家这里跑好几趟，遇到吃饭时吃饭、遇到喝茶时喝茶。那个时候，她咋个不硬气呢？我们两家——贵友、贵发兄弟两家，一哈帮她家那样，想方设法扶持她们家的时候，她咋个不硬气呢？哼！要硬气的话，就应该从那个时候硬起，不走哪家，也不要哪个帮忙，那我才真正佩服她……"武氏气哼哼地说，还很不解气似的，咽了下口水后，她又接着气哼哼地讥讽了好一通："哼！硬气？她有哪点值得硬气的？老以前，她们家冷锅冷灶，吃了上顿无下顿的时候她两口子破衣烂衫，连门都不好意思出的时候，她咋个不硬气呢？咋个一天几趟往我们家这里跑，守在甑子边就不动了呢？这些，她都忘了？哼哼！现在，她们家发达了，不求人了，她可以不记情了，可以过河拆桥了。现在想起这些来，真的后悔得很！哼！当初就应该像现在这样，不要和她两口子有些哪样往来。"

"嘿嘿，他们家还真的是……一回都没有请过呢。"刘氏笑道。

"算了……他们家就是请，我们也是不会去的……嘿嘿，人家是巴不得一个鸡蛋就可以办一桌酒席……在她们家吃完酒席，回到自己家来，还得要另外再吃一顿。"想到钱赵氏两口子的种种悭吝之举，张氏也忍不住调侃了起来。

"关键是，人家连鸡蛋都不想费一个……嘿嘿，真的是，不是一家人，不进一家门……大姑妈家两口子，实在是太精了。一个是你请我我不来，我也不请；一个是你请我就来——甩起两只手来，但是，我就是不请……嘿嘿嘿嘿……"刘氏也难得地调侃起别人来。

"嘿嘿，这回，人家大姑爹可是带了礼信来的噢……一小捆干豇豆，现在还放在我那桌子上呢。"张氏笑着插言道，并用双手比了一下那捆干豇豆的大小。

"前两天，大姑爹去我家的时候，带的也是这么一小捆干豇豆……看样子，他家的干豇豆多得很！好吃得很！"沈氏讥笑道。

"干豇豆好哇！做起来省钱省事，又不用油又不用盐，随便摊在哪里，晒干就行了。走亲访友，用来做礼信，划算得很！"张氏笑道。

"呵呵，干豇豆我们家多的是，吃不了，丢的多得很！这样来吃酒，只赚不折。"武氏撇了撇嘴，一脸不屑的神色。

"你们不要瞧不起这点礼信噢……这点礼信，大姑爹和大姑妈肯定都商量了大半天，不容易噢。"刘氏道。

"晓得嘛，今天早上，应该叫老二去请他们两个……老二脾气好，经常笑眯眯的，又会讲话，大姑妈、大姑爹应该不会给他脸色看的。伸手不打笑脸人嘛。"对儿子明全今早的遭遇，武氏还在耿耿于怀。

"他咋个行？他又不是人家的亲侄儿，人家凭哪样给他好脸色？亲侄儿人家都不给，带来的人家还会给？我们家老二，就是个跑腿的命！往后，还得叫他好好学学，把脾气变得更和软、把话说得更好听、把笑时常挂在脸上，那样，家里有哪样事情都好使唤他。"刘氏收敛起笑容正色道。武氏的那几句话，让她心里很有些不是滋味，因而言语里忍不住夹枪带棒。

多年来，刘氏心里一直有些疙瘩。比如，看见明智被大家呼来唤去，支使干这干那的，而比他还大的明全却很少有人去支使。明全那家伙跟个大爷似的。她心里很不痛快。看见明智仆役似的，知趣、识相，看脸色、献殷勤，她心里更不是滋味。对此，以前她是一句怨言也不敢有。直至生下女儿，且女儿深得他参贵发的宠爱，她这才渐渐地不再那么在乎谁的言语脸色了。弟弟刘老幺成家后，自觉有了弟弟一家及其岳家做后盾，她的腰杆就更硬了，于是，不高兴有意见时，脸色也敢阴一阴，嘴里也敢嘟哝上几句了。

这人的心理呀！实在奇怪。就拿赵刘氏来说吧！假如明全、明智都是她和赵贵发的儿子，那她也许就不会这么敏感多疑了。如此，支使起那哥俩来，她的想法就大不一样了：都是自己的亲儿子，支使谁都一样……只是，明全是头犟牛、明智是头乖牛，忙起来，哪头听话好使，就多用用哪头。——此乃人之常情常理。

"这大姑妈，这么一大把年纪了，还不好好想想自己抠抠搜搜的，这也舍不得、那也舍不得……那，那些钱挣来搞哪样？那，这一辈子还有哪样意思？"张氏貌似不解地说。

"挣来搞哪样啊？挣来给儿和女呀！"刘氏撩拨道。

"那是她的儿和女呀？那是人家二大姑妈的……只有二大姑妈才有这样的好福气，儿女双全。"

"二大姑妈刚来的时候，大姑妈那样子啊——难过得很。想不让大姑爹娶，可惜她自己不会生，开不了那个口；想睁只眼闭只眼，又有些不甘心……"

"她咋个不难在嘛？人家二大姑妈又比她年轻，又比她生得好……"

"年轻不年轻生得好不好，这些都不说了，关键是人家比她会为人处世……你看人家，见到人笑眯眯的；讲起话来，轻言细语和和气气的；又大方……"

"关键的还有一点，人家会生。这送生婆婆送的时候，也不是乱送的，也是该送的送，不该送的不送。"

"不过，她对那两个娃娃确实好……那两个娃娃，虽然不是她亲生的，但和亲生的没有哪样区别。"

"她对那两个娃娃确实亲得很！好得很！比对自家的亲侄儿、亲侄女都还要亲还要好。今后，她老了以后，那两个娃娃一定会好好地服侍她的。"武氏酸酸地说。

"有没有区别，今后才晓得……她也不好好想想那两个娃娃，是你身上掉下来的？对那两个娃娃好，这点她确实做得不错，只是，她不该故意刁难人家亲妈。母子连心，她对人家亲妈不好，人家今后会对她好？会心甘情愿地服侍她，给她养老送终？……这个大姑妈呀！一大把年纪的人了，竟然连这点道理都不懂。看看，直到现在，她都还在想方设法地故意刁难人家周氏大姑妈，挑人家的刺捏人家的短。她再不改一改，老是这个样子，把事情做得太过分了，做绝了，只怕她今后哭都找不到地方哭。"刘氏分析得头头是道。

"她做得再好，又能咋个？那两个娃娃对她来讲，顶多算是继子女、养子女，人家能够和她亲到哪里去？我实在搞不清楚她这么精明的一个人，咋个会亲的反而一点不亲，不亲的反而亲得很？咋个会自家的稀饭都还没有吹冷，就急急忙忙地去帮别人吹汤圆？在我们这院子里面，有些人也和她差不多，也是对亲生的，经常看不顺眼，一哈嫌人家不会办事不会讲话，一哈又嫌人家瞌睡多懒得很；一开口，就凶巴巴的，对人家吼来吼去的……哼！比对那些捡来的收养的都不如。那颗心还摆不正，偏这个向那个的，一碗水不端平……"兴头上，武氏含沙射影，叭叭叭地说了一通。殊不知，在宣泄对大姑妈不满的同时，也将不少人置于了尴尬的境地。她这一竹竿子扫到的人实在是太多了。被扫到的，别人暂且不说，明信，那可是她的堂外甥兼侄子呀！

"当然，也不是说继子、养子不好。好不好，要看人……你看人家明信，又勤快又乖巧，家里有些哪样事，不等大人开口，人家理起来就做……"武氏继续说道。她分明察觉到了沈氏脸色的变化，知道自己说漏了嘴，便想补救一下。

"我们家的是带来的，也算是继子、养子……管他好不好，也就这个样子了。"刘氏撇了撇嘴，语气酸溜溜的。

"一碗水不端平？咋个才算端平？嫌别人端不平，自家来端端试试。"张氏讥讽道。

…………

话不投机，离散场也就不远了。

<h1 style="text-align:center">七</h1>

"儿女双全""身上掉下来的肉""母子连心""继子""养子"……这些言词，让赵沈氏心里疙疙瘩瘩的，很不是滋味。在武氏等人斗嘴的时候，她陷入沉思。

二十年前，大女儿赵明枝两三岁的时候，沈氏又生了个活泼可爱的儿子，小名宝德。遗憾的是，母子、父子缘分太浅。宝德四五岁时领邻居罗家一个年龄相仿的孩子来自己家玩。玩耍间，他无意间翻出了爹爹藏在枕头下的手枪，和邻家小孩一起玩了起来。也不知二人是怎么摆弄的，不久，叭的一枪，就把他给戕害了……当时，大人们都不在家，具体情形无从得知。半年后，才听到罗家大人说起："自家小孩说，宝德翻出手枪来，玩了一会后，就把那枪当作烟杆，把枪管含在嘴里，学大人们抽烟……"

贵友夫妇有苦难言，只能呆坐家里自怨自艾。贵友怪自己："自己为什么这么不小心，把这么危险的东西藏在了娃娃能够找到的地方。为什么这么大意，竟然没有及时把枪膛里的子弹给退出来。"沈氏怪自己："自己为什么早不出门晚不出门，偏偏在那个时候出门。出门的时候，为什么只带老大，而不连老二一起带上。"两三年后，夫妇俩的愧悔之情才稍稍有所缓解。可是，从那以后，沈氏就再也怀不上了。听说，有算命先生问了她的生辰八字，为她算了一卦：她命中只有一子，且此子命运不济。于是，不多久，贵友便娶了邻村的胡氏为二房。

这胡氏，头脑虽然不够灵光，肚子却很争气，过门一年多为贵友生下了二儿子宝来……可惜的是，两三岁时宝来得了红痢。那红痢，血红血红的，浓鼻涕似的，一顿饭的时间就要拉上好几次，而每次不过拉一口浓痰这么一点点而已……贵友夫妇求神拜佛寻医问药，均不见效。眼见宝来无精打采，昏昏欲睡，日渐羸弱，焦急之中无奈之下，夫妇俩大着胆子，给他吞下了半颗黄豆大小的烟土……最终还是没能留住宝来。为此，贵友夫妇又添一桩悔恨："自己是不是用错了药？或者是治病心切，急于见效，以至于给孩子吃下的烟土太多了，过量了？两三岁的小娃娃，'喷'一下烟气都可能受不了，更别说吃烟土了……"有亲朋安慰道："不要气了，气垮了身体，他也不会'回来'了。可能是送生婆婆送错了，你们之间，命中本来就没有父子、母子的缘分，所以才会这样……缘分这东西，强求不得。""那宝来呀！你看他，黄秋秋、毛呲呲的，估计是从娘胎里面出来的时候，根子上就不行，先天不足……能拖一天算一天、能拖一年算一年。迟早有一天，他还是要走上那条路的。作为父母，你们所能做的，就是趁他还在的时候，尽量让他吃好一点、穿好一点、玩好一点……对得住他就行了。"听了这些安慰，再想到自己吸取了以往对待大儿宝德不够关心，以致留下终身遗憾的教训，在吃穿等方面并不曾亏待宝来时，贵友夫妇心里这才好受了一些……

那时，人们头痛脑热，屙肚子、拉痢疾，术药无效，便会想到大烟。大人们，男的，会抽上几口大烟；女的，则会吞下一粒半粒黄豆大小的烟土。小孩子呢则可在大人们抽烟时，往其脸上喷上几口烟气，但不能喷得过多，以防过量。据说有一回，隔壁罗家的那个小孩生病了，也是术药无效神佛罔闻。其父便将其抱到烟榻上，对着他的脸喷了好几口大烟。殊不知，其父为其治病心切，喷得狠了一点，致使孩子昏睡了好几天……现在，每每谈及此事，两口子都还心有余悸。可见，世间事物，有利有弊。利还是弊很大程度上取决于对其数量、程度的把控。数量不足程度不够，可能徒劳无功；过头了，亦不及，甚而适得其反。比如这烟土，用量适当，是良药，能治病，有疗效甚至特效；过量了则会变成毒药，轻则损人肌体、精神，重则害人性命。

好在胡氏还年轻，还有生育能力。然而小产了几次之后她怀不上了。为什么怀不上？私底下妇女们是这样议论的："那胡氏咋个还能怀得上嘛——你们看她，月子里面没有好一点的吃的、穿的不说，还得像平时一样，不分早晚、不分冷热地劳累……""不只是月子里面，挺起个大肚子的时候也是这样的……吃不好，劳累，咋个怀得好？勉强生下来，娃娃的底子也弱得很！当妈的奶水再差一点，你们想想……那宝来，生下来后一直病恹恹的，为哪样啊？不就是因为底子不好？唉！宝来走了，其他的也不来了。""唉！牛马下了崽，主人家也会给它们吃点好吃的，也会让它们清闲几天……""月子坐不好，落下严重的月子病，再年轻也不一定怀得上了。""不要说坐好了，她啊！连'坐'都谈不上。""怀不上才好呢……一是，免得娃娃投错了胎，今后遭罪，就像宝来那样。二是，让那两口子遭到报应，哪个叫他们不把人家胡氏当人待呢？""两三岁的娃娃，最后被一点小病给误了，确实和大人有很大的关系。""可笑的是那两口子出了事情后，只会怪自己命不好，就只晓得去求神拜佛、看相算卦，而不晓得去找找其他原因……哼！没有良心，那命还会好？"……

这么多年，每每想起两个儿子，贵友夫妇都心如刀绞。贵友尤其后悔，后悔当年对孩子过于严苛，比如，有时孩子闹着想要点钱去街上买个粑粑吃，自己不耐烦，一巴掌就给扇了过去。可是不管怎样，夫妻三人，日子总还要过下去，只得寻些理由，自我解脱。什么理由呢？想来想去，大抵也只有凡事天注定冥冥中自有安排等宿命说道，能够给予三人一丝丝慰藉了。

宝来没有了，胡氏也怀不上了。这时，贵友年岁也大了，加之连失二子，心里十分忌讳："莫非遭了天谴，非要让自己命中无子？想来想去，自己夫妻三人并没有做过什么亏心事缺德事啊……"于是也打消了再次生养的念头。后来，在弟媳赵武氏的大力撮合下，夫妻三人收养了罗友福的三儿子罗发林为继子。发林过来后，养父贵友特地为他取名赵明信——有许还"愿信"之意。

…………

刚才武氏等人的那些话，深深地触到了赵沈氏心底的痛处，使其心里顿时涌上来一团厚厚的阴霾——愧悔、自责、思念、忧愁。失去宝德最初的那几年，只要一提到想到那孩子，沈氏顿时就会两眼泛红，继而眼泪汪汪……这么多年过去了，虽然时间弥合了不少创伤，但她还是听不得别人提起这些伤心事。奈何，那孩子还是时常闯进她的梦乡。梦里，孩子的一颦一笑、一举一动，如在昨日……惊醒后，她又免不了好一阵难过憾恨，以致好几天恍恍惚惚的，犹如还在梦里一般。这些年来，尤其是近一两年来，她可谓是旧憾未了又添新愁。说新愁也不太准确，因为这些忧愁早在抱养明信时就已经埋下了种子。其实，当时在抱养这一事情上，她和贵友都有些犹豫。一是，明信已经不小了，已错过了抱养的最佳年龄。抱养孩子，最好是趁其年龄小不记事，尚未和自己亲生父母建立起相当的感情的时候。二是，两家又挨得太近，不利于自己和孩子的感情培养。被抱养的孩子与其亲生父母隔得越远越好最好不让他们知道自己亲生父母是谁住哪。夫妻俩最终还是架不住弟媳赵武氏设身处地说诱：什么顶门立户啦、养老送终啦、亲上加亲啦……抱养明信后，起初的那几年，沈氏心里老是疙疙瘩瘩的，有一种说不上来的滋味，后来看到明信乖巧懂事，她这才渐渐地放下心来……然而，自从两年前大女儿明枝外嫁到邻村去后，她的心又很快悬了起来。她担忧些什么呢？一是这一两年来，明信往自己亲生父母那边跑的次数越来越多；二是，每次明枝回娘家来时，她都能敏锐地察觉到姐弟俩神情举止上都有些不自然——这应该是某些心理上的微妙变化引起的。为印证自己的担忧是否多余，她还常常将自己置于两个孩子的角度位置去揣测他们的想法："这姐弟俩，姐姐是不是担心'弟弟终究是抱养的，是不会真正对父母贴心的，到头来，父母会不会竹篮打水一场空，白养了他一场？自己作为亲女儿，要不要替父母防着点？'弟弟会不会这样想'自己终究是个养子，人家是不会拿自己当亲生儿子来对待的。如今，那泼出去的水，是不是还想回娘家来卷点东西争点家产？果真如此，自己该怎么办？自己只是个养子，想出面阻止，总感觉有些名不正言不顺的味道'……"想来想去，她越想越觉得自己的担忧并非多余，于是更加郁闷："今后，自己夫妻俩夹在她姐弟中间，真不知该怎么办才好。常言道，手心手背都是肉，可问题是，手心虽然是自己的，但现在已成了别家的媳妇，手背虽说也是自己的，但终归是移植上去的……"

　　…………

　　"哈哈哈哈……"

　　这笑声，声振屋瓦，将沈氏从沉思中惊醒。原来刘氏、武氏开起了玩笑，忍不住大笑了起来。张氏呢则早已不知什么时候悄悄地溜了。

　　"给老大、老二说媳妇？还两兄弟一起办？哈哈哈哈……"还未说完，刘氏又忍不住笑了起来。

　　"这有哪样好笑的嘛？你去你娘家那边给老大说媳妇，我去我娘家这边给老二说媳妇……老大、老二年龄差不多，说好了，到时候一起接亲，又热闹又省事。等到他们以后一起生小孩，我们两个一起当太太、一起抱孙孙……只是不晓得今后老二和他幺舅遇到了，该咋个称呼？是叫舅舅呢，还是叫姑爹？哈哈哈哈……"说到后面，武氏也忍不住大笑了起来。

　　"说媳妇？你说得倒是轻巧。"

　　"'男大当婚，女大当嫁'，有哪样轻巧不轻巧的？"

"那些做媒婆的，嘴巴这么会讲，说起话来像唱山歌一样，甚至比唱山歌都还要好听，都还没有哪个敢说轻巧呢。"

"说起唱山歌，我跟你们讲件事情……就和唱山歌有关。"说到这，武氏停了下来，卖起了关子来……等把大家的注意力都吸引过来后，她这才接着说道："听幺爷说，他也是从一个朋友那里听来的，也不晓得真的假的。——前段时间，张家寨那边一个放牛的老人，在寨子边山脚下的一个岩缝缝里面发现了一个死人。那老人说，他闻到臭味就想过去看看。结果，走到岩缝缝那里才瞅了一眼，就差点把他的魂给吓掉了。死的那个人，已经腐烂了，已经烂得分不出男女老少来了。后来，大家还是从尸首上头发的长短，衣裳、鞋子的样式上判断死者是个女的。再后来，寨子里的一个老奶认出了死者头上的簪子……寨子里的人悄悄议论，说死者很可能是寨子里某某家的媳妇，那女的三十多岁，娃娃都已经有两个了，偏巧这媳妇好长时间没有露面。他们家一口咬定，说她是跟别人跑了。有晓得点内情的人猜测那个女的有点不正经，爱唱山歌。很可能是，三唱两唱的就和别人勾搭上了……可能是事情败露了，遭人家暗害了。"

"咋个害的？哪个害的？"刘氏好奇地追问。

"人都烂了，哪个晓得咋个害的？"

"听说，罗友寿在寨子里也勾搭了一个女的……"武氏压低声音，神秘兮兮地说。

"哪个女的？啊？"刘氏迫不及待地问道。

"谁晓得她是哪个。嘿嘿，要不，你去问一下罗老幺？"武氏调侃刘氏，而后接着说道："这种事情，人家能随随便便让外人晓得？那罗友寿啊，脾气怪得很！平常闷声不响的，也不和哪个往来。想从他嘴里掏句话难得很！他呀，要相貌没相貌要钱财没钱财。也不晓得，那个女的到底图他哪样？"武氏的声音压得低低的生怕被听到似的。

"他弟兄几个，爹妈死得早……大姨爹作为大哥也不管管他？好歹帮他成个家呀！任由他这样下去，只怕早晚要出事。"刘氏有些担心地说。

"哼！咋个管？他和他哥哥姐姐都不大合得来，脾气又怪……这种人，茅坑里面的石头——又硬又臭，哪个敢管？哪个愿意管？"武氏撇撇嘴，一脸的不屑。

…………

还是那句话，"病从口入，祸从口出"，慎言为好。

第三章　同苦累手足互助　俱安恬姑舅相嫌

一

那天早上，受父亲指派，明全来到了大姑爹钱正义家邀请他们一家去自己家做客。

前边提到过钱正义家位于钱家大院左边，与右边的二弟家斜对着。房屋为三间大瓦房，外观高大、气派，做工十分考究。青灰色的墙面，由雕琢平整规则的大石块砌就，古色古香的看上去颇有些历史。墙头檐下也做了些装饰……房屋右侧，依次紧贴着一高一矮两间圈舍。高的这间，与房屋差不多高，较为宽大，里面用"楼笆簧"（音，用细树枝或细竹枝绑扎而成的排子似的楼面）简单地分隔成上下两层。下层用于关牛马等大牲口；上层多用于堆放杂物，人口多的人家，也可以做卧房。上下层都与房子有门相通，方便进出，照料牲口、存取东西。矮的这间，虽也较为宽大，但建设却要简陋许多，一般用作猪圈。圈舍的后面，是茅坑。上茅坑，既可以从房子的后门出去，也可以从圈舍前边绕过去。

钱正义家的房子，虽然外观高大气派，可里面的情形和大多数的庄户人家差不多。比如也是一样的泥巴地面、简单的陈设；也是一层楼板或"楼笆簧"，将屋里分成上下两层……有所不同的或许是，正义家的这楼板，宽大厚实规则平整，不是一般人家做得到的。楼下，堂屋里神龛下是一张油漆的大方桌。方桌左右两边，各自整齐地摆放着一条长板凳。神龛后，相当于"楼梯间"，有木阶梯通往楼上。阶梯下的空隙里，整齐地码放着一些农具和杂物。堂屋两侧的房屋，均被分隔成前后两小间——每间都有门与堂屋相通。左侧前面的小间，是钱赵氏的房间；后面的小间相当于储物间，用于存放平常取用的粮食和杂物。右侧前面的小间是灶房；后面则是钱周氏的房间。灶房里面靠前贴着墙壁的是齐腰高的煤灶。灶台上摆放着几样砂锅、陶罐之类的东西。灶台后紧挨着灶膛的地方并排镶嵌着两个"盐罐"——嵌入灶台里的口小肚大的陶罐，用于平日里烘烤辣子等东西，有时还可用来加热洗脸水等。罐口上倒扣着两个大土碗，防止泥沙等掉入罐里去。灶台上方吊着一个大筛子，用于存放一些需干燥保存的食材。靠后地面上有一方小小的火塘——泥地上用石块简单镶成的一个四四方方的浅坑。火塘上将近一人高的地方，并排横着两根碗口大小的木棒——两头分别镶嵌在两面山墙上留出来的相对着的两个墙洞里。两根木棒上，竖着绑缚着好些树枝、竹枝，形成一个架子。架子上，常年摆放着一个炕笆……腊月底，杀了年猪后，偶尔还会腌制一小点腊肉，腊肉腌制好了用那腌肉的血水，顺便腌制几块血豆腐、干豆腐。腊肉腌好后，便可用粽叶拴好，一条紧挨着一条地挂在架子下面，用柴火熏烤。血豆腐、干豆腐则可垫以稻草或菜叶，放入炕笆里烘烤。腌制、烘烤得好的腊肉、血豆腐等腊制品，放上一整年都不会坏。熏烤时，讲究的人家还会刻意搜集、使用一些带香味的柴禾，据说那样烘烤、熏制出来的腊制品带有一种柴禾的清香。可以想见寒冬腊月里，火塘里的那一堆柴火，不仅可以取暖照明、烧烤食物，还可将熏腊肉、炕豆腐等事情一并解决，十分的经济。至于楼上是个什么样子，明全无从知晓，只能比照自己家的情况，想当然地推测上面可能是粮食储存间，以及表弟、表妹的房间……家教严格的人家，孩子从小就会受到这样的教育，即去别人家，做客也好、串门也好，最好老老实实地待在人家的堂屋或"会客室"里，而不能在人家屋里随意走动，更不能随意动人家的东西。人家的房间，尤其是楼上的房间，则更是不能随便进出，就算主人家邀请，你也要把这种邀请当作一种客套，不能认真……总而言之，该避嫌的地方一定要避一避，这样于人于己都好。

钱正义的几个弟弟家，房屋的大小、结构等，都和他家的大同小异，屋里面的布局、陈设等，想来也差不多。

…………

明全跨进大姑爹家门槛时，大姑爹钱正义正坐在堂屋神龛下的大方桌旁，认真地清理着他的那支长烟杆。据说烟杆较长，吸进嘴里的烟气就会比较柔和，不辣喉咙，所以人们在家里抽烟时，一般都会用长烟杆。只有出门在外，为方便携带，才会带上几寸长短的小烟杆。

每天一大早洗漱完毕，钱正义的第一件事，就是美美地抽上一支旱烟，而后才去忙其他事情。对他而言，这一支烟也许比早点还要重要。今早，他才一上口，就感觉烟杆里颇为滞涩，很不通畅，嘴上使了很大的劲，吸进嘴里的烟气却很少。他于是拈起桌上那根三四寸长的专门用于吸烟的细铁签子，捅炉子似的，从旱烟燃着的这头竖着往下戳了几下，想使旱烟棒里的气流变得顺畅些……然而，戳了好几次，却一点用也不管，烟杆里气流依然十分的滞涩。于是他只得将刚刚燃上的旱烟取下来，在门槛上小心翼翼地摁灭——将燃烧的这一端轻轻地摁压在门槛上，使其"窒息"而灭。这种熄灭方式，也许要比直接掐灭节省些。摁灭后放在桌上，然后小心地卸下烟斗、烟嘴，一件一件地认真地清理、疏通起来……他的这根长烟杆，据说是其祖辈传下来的，比较讲究：烟杆的"杆"，是一根两尺多长的（据说有的更长）细长的竹子，一头嵌着铜烟斗，一头套着铜烟嘴。烟杆呈红褐色，亮晃晃的，被油浸透了似的。做烟杆的细竹子，要求细长结实韧性好。据说，只有此地所谓的金竹，才能很好地满足这些要求。铜铸的烟斗和烟嘴，被擦拭得镜面一样平滑，明晃晃黄灿灿的。据说，有些更为考究的烟嘴，还是玉石做的呢，衔在嘴里，冰凉冰凉的，颇为舒服惬意……

　　钱正义心无旁骛地摆弄着自己的烟杆，捅一捅吹一吹，继而眯着眼睛仔细瞅瞅，瞄准似的；然后再捅一捅吹一吹……他的眼睛本来就细小，一眯缝起来则更显细小，甚而像合上了一样。若不是肢体上有所动作，从较远处望去，他就像睡着了一样。

　　烟杆较长，清理、疏通起来较为麻烦。只见他一只手紧握住烟杆，将其固定住，另一只手则用一根圆圆的细长细长的签条，从烟杆上镶嵌烟嘴的这一端插进去，然后试探着慢慢地往里面捅。感觉阻力有点大便停下来，用拇指和食指捏住签条，尝试着轻轻地来回揉捻抽插，感觉阻力变得很小了，这才继续往里捅。随着签条的不断深入，烟杆的另一端即镶嵌烟斗的这一端，一些黄褐色的油腻腻的膏状物便被挤压了出来，紧接着，签条的这一端也露出了头来。这时，他便放开签条的那一端，转而紧紧地掐捏住签条露出来的这一端，然后慢慢地往外抽。抽出来的签条上，沾满了膏状物。待签条抽出来足够长了，他这才松开手指，继而用这两根手指拈起一小片树叶来，在镶嵌烟斗处将签条包住微微捏紧，而后轻轻地往下一捋。这一捋，黏附在签条上的那些膏状物，便大多数留在了树叶上了。之后，他倒过手来，再次掐捏住签条烟嘴处的这一端轻轻地往回抽。于是，镶嵌烟斗的这一端，篾条又缓缓地缩进烟杆里去了。待篾条快要全部抽取出来时，他便停了下来，用另一片干净的树叶或上一片树叶干净的部分包住篾条，轻轻地来来回回地捋，将黏附在篾条上的脏东西尽量清理干净。而后，再次将篾条往烟杆深处捅，重复前面的那些"工序"……如此反复几次，烟杆便基本上被疏通清理干净了。

烟斗和烟嘴清理和疏通起来则要简单得多。前者可用食指裹上一小块布片或衣角，戳进里面去，拧、松螺钉似的，擦拭、清理几下即可。后者呢则可将其衔在嘴里，鼓起腮帮子使劲地吹上几口……清理、疏通干净后，将二者重新镶嵌到烟杆上去，而后反复旋转、反转几下，紧瓶盖似的使其嵌深、嵌牢即可。

经过这一番清理，烟杆十分通畅了，轻轻一吸，嘴里便是满满的一大口烟气……清理出来的膏状物，有个难听的名字：烟屎。这烟屎虽说样子难看、气味刺鼻令人作呕，但实际上却是个好东西，可药用。比如，皮肤上出现无名红肿时，找一点这种东西来涂抹在红肿处，几天就消肿了，效果比蜈蚣虫泡的烧酒、菜油还要好。有些人手脚上某处肌肤肿胀、瘙痒得十分难受时，也会用缝衣针蘸上点这种东西，一下一下地，频频地扎在肿胀瘙痒处。那些肿胀严重的，一针针扎下去，一滴滴针尖大小的淡黄色的液体，便纷纷从针眼处冒了出来。扎完针后，那一片皮肤上，密密麻麻的，尽是些黄褐色的亮晶晶的小点点，看上去十分瘆人。

…………

"大姑爹！"明全轻轻地打了个招呼。

"嗯。"正义抬起头来，面无表情地应了一声，随后又垂下头去，旁若无人似的只管专心致志地摆弄自己的烟杆，也不问问明全有什么事。

感觉无趣，明全便懒得再吱声，扭身径自歪进了一旁的灶房里去。他想去向二大姑妈说明来意，然后就赶紧赶回家去交差补瞌睡。刚进门时，他就瞅见了灶房里面火光跳跃人影晃动。

然而，灶房里却没有见到二大姑妈的身影……见到的只有围坐在火塘边，一起烤火的大姑妈钱赵氏，以及表弟兴明、表妹兴秀。

大姑妈钱赵氏小名赵大妹，长相与贵友颇有几分相似，也是方脸、小眼、扁鼻……表弟和表妹十二三岁，兄妹二人长相清秀，待人接物聪明伶俐客气有礼……

赵氏待两个孩子不薄，但对他们的妈妈周氏却过于苛刻。在她的眼里，周氏远不及两个孩子重要。两个孩子好歹是钱家的血脉，而她周氏呢，不过一只借来下蛋的母鸡、一个诓来干活的丫头而已。于是便时常拿着个大房的模样对周氏颐指气使，支派这指使那的。自从周氏嫁过来后，她便将自己之前亲力亲为的那一摊家务事，如砍柴做饭、洒扫庭除、缝补浆洗等悉数丢给了周氏。不仅如此，她还时常故意刁难周氏，动不动就拿话去呛人家，极尽冷嘲热讽含沙射影之能事。而周氏则一般不和她计较，要么装聋作哑，要么敬而远之。周氏所以这样，主要有两个原因：一是自己是小的，和她呛起来，道理上站不住；二是自己要努力保持矜持，保持高姿态。和她比起来，自己表面上是弱者，实质上有很大的优势——两个宝贝儿女。可以这么说，生下兴明后，自己在丈夫心目中的地位便不是她钱赵氏卖卖殷勤就能撼动取代得了的。自己和两个孩子之间的那种骨肉亲情，更不是她钱赵氏装装好人就能淡化割裂得了的。两个孩子，终究是自己身上掉下来的肉，这是任何人都改变不了的事实。而孩子呢，又在自己和丈夫之间编织起了一条牢固的情感纽带。所以，每每赵氏无理取闹时，周氏都会以一种胜利者的姿态，豁达地自我宽慰：自己不必也不屑于和她置气。随她怎么闹腾。

周氏勤劳节俭，家里家外很少见她有闲着的时候。她话不多，喜欢静静地忙自己的事情。脾气也很好，待人处事十分和善，很少与人呛声，更不会与人面红耳赤地争吵……便是这样，赵氏依然看她不顺眼。在赵氏看来周氏的勤劳节俭是应该的，低眉顺眼也是应该的。试问，在这个家里，谁不勤俭？不勤俭能挣下这么大的家业？说到勤俭，尤其是俭，毫不夸张地说，能和自己有一比的，恐怕都还没有生出来呢。自己可谓是再细的面粉，握在自己手里，也不会从指缝里掉下来。作为'小的'，低眉顺眼逆来顺受也是应该的。自古以来，尊卑长幼先来后到是必须分清楚的，否则还不乱了套了？这些也就罢了。最可恨的是，她周氏像是在故意和自己唱对台戏似的，时常摆出一副和善大方的样子。想来，其目的不过是拉拉小圈子，邀买一下人心，借以孤立、冷落自己罢了。哼哼，自己守好一点看紧一点，防止一丝一毫的钱物流出去，看你拿什么去讨好别人邀买人心……

感觉有人进灶房里来了，赵氏便扭过头来，漫不经心地瞟了一眼，接着明知故问地说了声："来了？"旋即转回头去，闷声不响地只管忙自己的事情。兴明和兴秀见状赶紧站起身来，对着明全笑了笑，随即挪了挪身子，让出一小片地方来，继而弯腰从旁边拉过一条小板凳来，热情地招呼明全坐下烤火……

其实，刚才一听到堂屋里的响动，赵氏就知道有人到自己家来了，听到那人和自己丈夫打招呼，她就知道来者是谁了。

火塘边上立着几片糍粑，有两片已经被烤得鼓胀了，焦黄焦黄的，起了壳似的。一会儿壳破了，绽开的缝隙里，一缕缕白气喷了出来。一只土茶罐半嵌在柴火堆里，轻轻地鸣响着。壶盖边沿壶嘴里，不停地喷着热气，并不时地挤出一团团白白的泡沫来……

钱赵氏将那两片烤好了的糍粑拿了起来，在两只手掌间迅速地倒来倒去。倒了几下，感觉糍粑不是那么烫手了，她便一手一片，然后鼓掌似的让两片糍粑互相磕碰几下，借以拍掉震掉其表面上的柴火灰烬，而后双手将糍粑捧到嘴边，鼓起腮帮子，噘着嘴，微微晃动着脑袋，来回吹上几下。接着又磕碰几下吹上几下。最后，一人一块，递给了两个孩子。

"大哥，吃一块。"两个孩子热情地招呼，同时争相把手上的糍粑递向明全。

"噢——不吃不吃，我在家吃过了。"明全赶紧推辞，态度坚决。为免过多的客套，他干脆把话说死，谎称自己已经吃过了。

大姑妈则一声不吭，也不瞅几个孩子一眼，只管盯着火塘，专心致志地照看着火堆边的另外两块糍粑。那两块糍粑，应该是她和丈夫的早餐。

"小明，二大姑妈呢？"明全问兴明，见大姑妈这模样，他不想和她啰唆。

"她一大早就上山捡柴去了。她出门的时候，我们都还没有起床呢。"

"有哪样事呀？跟我讲不行？"赵氏颇为不悦地说，语气冷冷的。

"嗯！"明全正待要说，赵氏却已站起了身旋即大步走出灶房去。

那钱赵氏捧着另外两片烤好的糍粑，两手倒换着，拍着吹着，快速地向堂屋里走去。明全见状只好起身跟了过去……此时，钱正义已清理好了自己的烟杆，且已接续上了此前摁灭的那支早烟，正美滋滋地吸着。

明全抱着双手，淡淡地向姑爹、姑妈说明了来意。

听了大侄子的话，赵氏阴阳怪气地提醒丈夫道："你去做客的时候，记得带点礼信哦！大正月间，空手空脚的不好。"

二人大口大口地吃着糍粑，依旧没有谁对明全客气一声。

明全难堪极了，心里恨道：这个当大姑妈大姑爹的，好歹也和我客气一声啊！你们客气一声，我婉谢一句，大家——应该只有自己——也就不至于那么尴尬了。可你们，不仅不吭一声，甚至看都不看我一眼……你们招呼我一声，我就会吃你们家的？我家难道缺这一口吃的？嘿嘿，我还是好心好意来请客的呢。早晓得这样，我才不会踏进你们家半步呢。

明全心里硬气着，可肚子却忍不住打起了鼓来。那口水更是不争气，老是一个劲地往外冒。于是，他只得时不时地将头垂下去，悄悄地将它们咽回去……幸亏，屋子里光线昏暗，正好将他滑动喉结吞咽口水的窘相给遮掩了过去。

"那我回去了。"明全简单地招呼一声，随后扭身便走，逃跑一般不管姑爹姑妈回不回答。

出得门来，明全顿觉身心一阵轻松……回家的路上，他心潮起伏，怎么也平静不下来。想到刚才的遭遇，他心里那气呀！差点就要把肚皮给胀破了。

"从今往后，自己再也不会踏进他们家半步了，也不再认这样的姑爹姑妈了。他俩就是死了，自己也不会来看一眼，更别说给他们披麻戴孝、绕棺守灵、磕头烧纸了……想来想去，还只有二大姑妈对自己好一点。刚才，她要是在家的话，就算做不了主，她也不会让自己那么尴尬。两个老表也不错，好歹也和自己客气了几句。这样的表弟、表妹，还是要认的。"

"哼！还亲姑妈、亲姑爹呢，连外人都不如。想当年，如果没有自己家和大伯家的大力帮助，他们家现在能有糍粑吃，能有好烟抽？哼！只怕是吃屎都要起早点，否则争不过狗们。想不到，家境好了以后，他们就翻脸不认人，狗眼看人低了。"

"当年，自己家、大伯家，就不应该帮他们家。让他们家一直穷下去，那样，他们就不会这样张狂了。只可惜当年，大家都被他两口子的小殷勤给迷住了双眼，没有看出他们是这样的人，否则……其实早几年，大家就已经看清了他两口子的真面目了。如今，想起当年对他们家的种种付出，别说母亲、伯母她们了，就是父亲和大伯，看起来也都有点后悔了……从他们的表情、言语中，便可以看出听出一二来。"

"哼哼！从今往后，我睁大眼睛等着，看那两个忘恩负义的人，最终会有哪样下场……他们能有好下场的话，除非是老天爷瞎了眼了……"

一件请客吃饭的好事，却给明全惹了一肚子的怨愤、牢骚。他一路走，一路低声诅咒，哪管什么人理伦常尊卑长幼。

二

钱家是本地人，经过几代人的勤俭节约艰苦努力，终于发家致富，成了当地首屈一指的大户人家。其祖上的辉煌，最为明显的例证便是建造了这座雄伟气派的钱家大院。然而，"富贵传家，不过三代"，到了钱正义这一代，兄弟几个的父亲，因为沾染上了好吃好喝好抽好赌等恶习，很快便将祖上传下来的家业败了个十之八九。可以说，到钱正义兄弟几个当家做主时，其祖上的家业，不过一处院墙里几间空荡荡的房子，以及几块薄田瘦地而已。

正义兄弟四人，他和正文出自大房，正武、正斌出自二房。正义和正文的母亲龙氏，一生勤俭，很会持家，可惜到头来却落了个五十多岁就病死了的结果。听说那时，即便家境艰难，龙氏的身后，也还不算太过凄凉。前来帮忙的亲戚想方设法，为她弄了身还算像样的穿戴；有的东奔西走，不知从哪里弄来几块薄木板，请木工师傅花上半个时辰，简简单单地为她做了口棺材……龙氏死后不到两年，她的丈夫、正义兄弟几个的父亲钱老大爷，因为家业败落，再抽不上大烟，甚而吃饭都成了大问题的情况下，拉了几天肚子后，也一命呜呼了。老汉临死前的境况，可就凄惨了。据说，他孤零零静悄悄地躺在冰凉的破席子上，瞪着一双凹陷的大眼睛，苦苦挨延着时日时，二房何氏——即正武、正斌的母亲，因为对他以往的恶习深恶痛绝，且难以释怀，看都懒得近前看他一眼，更别说有所照料了；正义、正文兄弟俩，因为恼恨老汉的败家，且对分家的事情耿耿于怀，所以也很少到父亲床前露个面；正武性格刁顽，又没有人约束，因而常常整天不着家；正斌年纪较小，且自幼胆小，害怕与病得脱了形的父亲独处……他什么时候咽的气，家里都没人知晓。他死后，连块薄木板都找不到了。最后是一床黑褐色的污迹斑斑的破席子往他身上一裹，权当棺材；一件又脏又破的长衫，为他维持了最后一丝体面，让他不至于赤裸裸地去。几年后，身心疲惫心灰意冷的何氏，勉强支撑着，为正武和正斌张罗好了媳妇后，便不辞而别，从此杳无音信……

好在祖上的勤俭、精明、算计传承了下来。正义兄弟几家，正是靠着这些加上某些亲戚的帮衬，几年时间，硬是把家业振兴了起来。其中，正义、正武两家最为殷实。二人不问世事，只关心自家的田土、青黄，只晓得一个劲地往家里扒拉，因而得到的实惠较多。正文的兴趣，则主要在公共事务上，他也因此成为寨子里的"五老"之一，对家里的经济建设重视不够。但其在本村，乃至周围十里八乡，名气颇大，这点远不是正义、正武之流所能比的。正斌早亡，家里家外全靠寡妻一人支撑。其家境况虽也有很大的起色，但孤儿寡母的，过得也挺不容易。兄弟几家的起起落落，充分证明了"风水轮流转""三十年河东，三十年河西""波峰又波谷，波谷又波峰"等"周期律"之不谬、不妄。

钱正义家的发家史，或者叫家业重振史，始终贯穿着他和赵氏夫妻二人的勤俭、心计和谋略……此话怎讲？下面，请听我详细道来：

正义和赵氏结婚后，多年的时间里，二人的亲人仿佛就只剩下贵友、贵发兄弟俩了。当然，这也可以理解：一是，赵氏和自己的两个弟弟，一母同胞，自然情同手足；且父母亡故后，姐弟三人相依为命、同甘共苦，使得在手足情的基础上，又增加了一层患难情、互助情。二是，婚后不久，正义也没了爹妈。亲情联系，加之同病相怜——都没有了父母，使得姐弟几家来往频繁，走得很近……总之，那些年，夫妻二人三天两头就往两个弟弟家跑，跑小弟贵发家的频率尤其高。遇到抽烟就抽烟、碰到吃饭就吃饭，有时还连吃带拿的。当然，夫妻二人也十分的伶俐、活泛，遇到弟弟家有什么事情，比如春碓、推磨、哄孩子之类的，二人总会适时地帮上一把；且为人和善，时常把笑容堆在脸上、把"嗯喔"挂在嘴边……只是，"人无千日好，花无百日红"，关系太近来往太频，加之一方有些优越感，而另一方又有些自卑心，时间久了，误会、隔阂等也就在所难免了。贵友、贵发这一边，哥俩倒还无所谓，只是媳妇家可就不同了，她们多少都会有些想法，如，"自己家虽然条件稍好一些，但也不是什么大富人家啊！长此以往，也不是个办法啊""就算是大富人家，这样下去，时间久了，也遭不住啊"……有时，她们的脸上，还会自觉或不自觉地露出些怪怪的表情来，嘴里甚而还会不注意蹦出一两句怪话来……面对弟媳们的这些表情、怪话，赵氏两口子往往一脸的茫然、愚钝，看不懂、听不懂似的；有时甚而还会笑眯眯地，殷勤地附和几句，不知道人家是在敲打自己似的。媳妇们的心思，贵友、贵发兄弟俩是清楚的，只是不便说破，更不好苛责而已。其实，二人心里也清楚：这样下去，确实不是办法……所以，得抓紧想想其他办法，好好地帮大姐家一把。否则，万一哪一天，自家媳妇忍不住了，把话挑明了，与姐姐、姐夫撕破了脸皮，那时再来"亡羊补牢"就晚了……

后来遇到的一件事更加坚定了贵发的想法，也加速了他和哥哥帮扶大姐家的步伐。

那天，贵发一家到山野里忙活，贵发和三个老婆以及明全、明智薅地，明德、明礼、明英在一旁的山坡上放牛、放马。

一家人忙得不亦乐乎，午饭都来不及回家吃。所以午饭是张氏抽空回家，做好了送来的。除了吃午饭，其余时间大人们几乎都在埋头忙活。忙活中，贵发还得不时抬起头来，瞅瞅山上的牛马和几个孩子一眼。看见牛马们走远了，快要够着别人家的庄稼了，他便大声吆喝几声，提醒一下几个孩子。遇到牛马们走得太远，几个孩子可能撵不上；或者孩子们游戏玩得太过专心，听不见大人的提醒，贵发只得亲自跑过去，或安排明全、明智跑一趟，把牛马们给追回来……太阳即将落山，明全、明智兄弟俩趁着天没完全黑，在附近的田埂、地坎上割上一点草，当作牛马们的夜宵。

傍晚，忙碌了一天的一家人拖着疲惫的身体往家赶。明全赶着牛，不紧不慢地走在最前面。他的身后，两匹马一前一后地跟着，前边的这匹马驮着明德和明礼，明德负责驾驭；后边的那匹马由明智牵着，驮着明英。贵发和张氏等扛着农具，闲聊着，走在最后面……快到村口时，天色灰蒙蒙的，已经快要完全黑下来了。四周模模糊糊影影绰绰的，似有许多魅影在飘忽。几个孩子不由得紧张了起来，瞪着双圆溜溜的眼睛，悄悄地这里瞅瞅那里瞧瞧。他们的心里很有趣，既害怕，又好奇。因为有大人们陪在身边，心里有所依恃，所以他们才敢于如此肆无忌惮地四处张望，以满足一下自己的好奇心。如果没有大人们在一旁壮胆，他们恐怕只能收起好奇心，埋起头、撒开腿，拼命往家跑。

"爹！爹！那有一个人。"骑马走前边的明德惊叫了起来，同时一只手指向侧前方山脚下的那一片坟茔儿。

"乱讲！哪里有人啊？是你眼睛花了。"张氏赶紧出言制止。她不是不相信儿子的话，而是心里忌讳，不愿承认。她曾听人说过，说是有些腌臜的东西，大人们看不见，小孩子却能看得清清楚楚……

"有的！有的！我也看见了。爹！爹！你们看嘛，在那里，坟后面……咦！蹲下去了……趴下去了。"明礼也惊叫了起来。

大人顿时心脏怦怦乱跳，惊起了一层鸡皮疙瘩。明英更是被吓得趴在马背上，把眼睛紧紧地闭上，大气也不敢出。

"不要看，不看它们就没有了。"贵发不假思索地说，想吓唬一下两个不懂事的孩子。但他很快意识到了自己说得不妥，便温和地补充道："天黑了，容易看花眼。不要看远处、别处，看看前面，看看路就行了。"

"听爹的，不要看……看路看路。"明智也知趣地跟着哄起弟弟们来。

其实，贵发和两个孩子明全和明智也早已看见了那人影，且已从那人影的动作举止上，猜出是谁了。贵发甚而想道：那人为什么这个时候出来，到那干啥。武氏、刘氏、张氏走在后面，加上一路说着闲话，因而并没有注意到那人影。

"爹，大哥、二哥，你们看！人影还在那里。"明礼再次提起。

这回，大家也都看见了，也都猜出那人是谁，到那干啥来了……

"没有嘛，有个屁啊？不要怕，等我过去看看。"明全一边说，一边向路旁歪过去，并故意做出就要斜过去的架势。他所以这样做，一是想安慰一下弟弟妹妹，叫他们别怕。"看！哥哥都敢过去看看，你们怕什么？"二是想搞搞恶作剧。他一向喜欢搞恶作剧，且搞起来常常不知轻重，为此，他没少受爹爹的训斥。三是想借机出出那人的洋相。受其母长期的影响，使得他对那个人、那家人也有些厌烦了。

"胡扯！回来！"贵发赶紧大声喝止，同时狠狠地瞪了明全一眼，低声埋怨道："十四五岁的人了，还一点事都不懂。赶紧回家，肚子不饿啊？有这劲，刚才咋不好好在地头多干一点？"

这回，武氏不但难得地没有替儿子把话扛过去，反而还嘿嘿地干笑了好几声。

"看！马上到家了。"贵发一边转移着孩子们的注意力，一边不由得加快了脚步。

…………

目送贵发一家远去后，那人影这才敢从坟堆后站起身来……那人是贵发的大姐，明全兄弟姊妹们的大姑妈钱赵氏。那赵氏从小就胆大，这或许与她从小无所依靠，常常得孤身一人不分昼夜地在野外劳作有关。十三四岁的时候，盛夏的傍晚，她就敢一个人提着一大提篮粗糠或麦壳，到山野里自家的苞谷地里，就着天边一抹灰蒙蒙的天光或者淡淡的星光、月色，在地垄间、地埂下寻找豪猪们的洞穴。找到后，便在洞口处堆上粗糠或麦壳，点燃，将里面的豪猪呛死或熏跑，以保护自家正在灌浆的苞谷。大一点，十五六岁的时候，农忙时节，半夜三更，她还得穿行在田坝里，找机会为自家的水田蓄点水。为了不耽搁白天的农活，她天不亮就得出门去挑水。水井在村外山脚下，四周都是坟堆。有几次，贵发心生好奇，便跟着大姐去挑水。走到村外，看着各种各样昏黑的影子，想到路旁那一座座坟堆，他心里不禁害怕起来。那时，大姐就是这样哄他的："不要看山上、路边，看前边，看路就行了……"今天，他也这样哄自己的孩子。

今天，钱赵氏身上唯一的一套勉强能遮羞的衣服，已经到了非洗不可的地步了……换上另一套好不容易翻找出来的破衣裤后，她一会儿低头斜颈、一会儿侧身扭腰，反反复复地，独自打量了好一会儿自家的衣着。这一打量，她不禁鼻子酸涩。她发现，这套衣服丝丝缕缕、千疮百孔的，穿在身上，不是这里漏肉，就是那里透光，根本遮不了羞……这个样子，待在家里倒也无所谓，可问题是，她待不下去啊！灶膛里需要柴、菜锅里需要菜……于是，她便想趁着傍晚天色昏黑，村外无人，出来捡点柴禾、找点野菜，不料却遇到了弟弟家一大家子。更想不到的是，自己都已经蹲得这么快、趴得这么低了，却还是被眼尖的小侄儿发现了。寂静的村外，弟弟一家人的对话，她都听得清清楚楚的。那些话，像锤子一样，一锤一锤地砸在她的心坎上。尤其是大侄儿明全那不知高低的一句话，差点就让她发疯了。

"太丢人了……遇到陌生人，可能还要好一点；遇到亲戚、熟人，这脸就不知该往哪里放了。刚才，发现遭遇的竟然是弟弟一家，羞得自己呀！赶紧蜷缩在坟堆后面，恨不得找个地缝钻进去。今后，要是家境好了，自己一定要好好地松口气、出口气……"

昏黑中，钱赵氏傻呆呆地站立在那坟旮旯里，忘了自己的事情，也忘了恐惧。她的心里，满满的都是自己眼下的窘迫和狼狈、过往的劳累和酸楚，以及自认为在赵家大院里所遭受的种种羞辱——尤其是赵武氏的冷嘲热讽……穷困，让她变得敏感多疑、愤懑不平；有求于人，手软嘴短，又使得她不能恣意宣泄——不仅不能恣意宣泄，反而还得时时处处笑脸逢迎，小心应承。心里的怨恨越积越多、越埋越深……总之，短短的几年间，她心里的账簿上，很快就记满了一笔一笔的"怨恨账"。她把这些"账目"深深地埋在心底，耐心地等待着清算的那一天。不知道赵氏心底的这些"怨恨"，会不会让她心理扭曲。不知道今后，他们家的条件有所改观后，日子好过了，这些"怨恨"，会不会像那压紧的弹簧，变本加厉地弹回来，弹向那些曾经给了她"屈辱"的人？

想着想着，钱赵氏不由得流下两行热泪来。

三

当天晚上，吃过晚饭后，贵发就迫不及待地安排明智去请大伯伯赵贵友，说是有事商量。

贵友过来后，兄弟俩躺在烟榻上，一边吞云吐雾，悠闲地过着烟瘾；一边慢条斯理地商量起事情来。

贵发先把自己之前所看到的，大姐蜷缩在坟旮旯里的尴尬情形向大哥描述了一遍，然后说道："她那个样子，我看了心头难过得很！所以请你过来商量商量，看看怎么帮他们家一把……不赶紧帮帮他们家，我这心里头过不去。别人看见了，也会笑话我们不讲感情六亲不认，亲姐姐家都这样了，也不晓得帮一把。"

"这件事我其实也想了好久了，也早就想和你商量，主要是不晓得咋个帮。"

"我想，过一段时间，趁农闲牛马价格低的时候，去张家寨买头母牛、买匹骒马来，请大姐夫帮忙放、帮忙喂，他家的圈是现成的。年把后，下生的小牛儿、小马儿归他。三五年后，我再趁农忙季节牛马价格高的时候，把那母牛和骒马卖出去，这相当于借鸡下蛋：我出点本钱，帮他们家赚来两三头牛、两三匹马。然后……"贵发提出了自己的打算。

"那样好是好，只是富裕得有点慢。"

"这只是一条路子，还可以同时多想点其他路子嘛……这就像那小水沟，一条沟水量确实不大，但是多有几条汇在一起，水量就大了。我们两个好好商量一下，多找几条路子，那样富裕得就快了。"

"要不，把你们家烧制的砂锅、砂罐，榨的菜油，赊点给大姐夫，我带他做做生意？我做了这么多年的生意，销路多得是，大姐夫又精明，赚钱应该不成问题。你家的货不够，我还可以带他去杨家山杨老大家，帮他担保赊一点。杨老大家不赊，我也可以把我的本钱挤点出来借给他……"贵友提出了自己的想法。沉吟片刻后，他又接着说道："大姐夫家老辈人留给他们家的那几块旱地贫瘠得要死，肥沃一点的都叫他爹给卖光了。种庄稼肯定不行。一年到头，他夫妻俩起早贪黑累死累活的，但是到头来，你看，能有多少收成？你家有大牲口，你得闲的时候喊上明全、明智，帮他们家把那几块地犁一下，让大姐种点叶子烟。这东西不怕地瘦，价格也高。而且这几年，销路好得很！"

"嗯嗯！这个办法好。到时候请贵立教教他们。贵立种烟种得好得很！去年过年的时候，他送了我一大捆好烟……我拿出来招待客人，大家吃了都说好得很！种烟，地瘦点不要紧。他家那几块地，想让它们肥起来，也不是哪样难事。我家牛粪、猪粪多得很！一年驮点去撒在里面，几年下来，保证地肥得很！"

"太好了，我敢保证，要不了几年，大姐家就起来了。"贵友兴奋地说。

"到时候，大姐夫在外头做生意，大姐在家照料牲口、烟地……就像用两个戽水桶戽水掺田：你和大姐夫一个、我和大姐一个，一起帮他们家戽水。这样，要不了多久，他们家的田就掺得满满的了。"贵发兴冲冲地打了个比方。找到了好办法，他心里很是高兴，嗓音也不由得提高了。

"戽水的时候，自家的田里面，也记得戽点进去……不要到头来，人家的田里面，满满当当的，自家的田里面呢干巴巴的，开裂起缝的。"楼下传来了武氏的声音。之前，她用手指拈着几片笋叶，过张氏这边来借剪刀，说是想剪几个鞋样。贵发兄弟俩商量事情时，她借剪鞋样的机会，已经站在楼下悄无声息地听了好久了，只苦于楼上嘤嘤嗡嗡的，听得不大清楚。只是后来，哥俩越说越兴奋，嗓门变得越来越大，她这才听出些端倪来……她越听越窝火……最后，贵发那个贴切的比方，让她实在忍不住了。

楼上，贵发和贵友不再吱声……

为什么要帮大姐家，且还得要尽快帮呢？为什么要帮？原因很简单，简单得不需要解释，那就是：亲情上，兄弟姐妹的，且还是相依为命走过来的，不帮不行。不帮，一个过得不好，其他几个就能过得舒坦、安心？不帮，就不怕外人笑话自己哥俩冷漠无情，不值得交往？道理上，帮扶大姐家，让其尽快富裕起来，也相当于减轻了自己的负担。就是说，帮助大姐家，就相当于是在帮助自己，帮助自己家。为什么要尽快帮？道理也很浅显：媳妇们对大姐家早已厌烦，只是还不便发作罢了。若再不赶紧找机会把大姐家扶持起来，今后，随着自己媳妇和他们家矛盾的增多、加深，事情恐更难办。那时候，兄弟俩夹在中间，将会更加不好做人……刚才，听了武氏的那一番怪话，兄弟俩心里更加忐忑，也更加坚定：大姐家这个忙，一定要帮，且还得要早帮、快帮。

兄弟俩眯缝着两眼，机械地吸着、吐着……袅袅烟雾中，二人陷入了沉思：帮扶大姐家的办法和措施，已经想好了、商定了，只是不知道日后真正施行时，媳妇们会不会跳脚？会怎样跳脚？所以还得再动动脑筋，好好想想如何疏导、安抚自家媳妇的好办法……

四

钱赵氏知道，仅靠弟弟们的帮扶，就想把自己家的家道给重新振作起来，恐怕不行、不够。何况，这种帮扶还不知道能坚持多久呢，说不定在弟媳的羁绊、阻挠下，还会半途而废。"公鸡屙屎头截硬"的事情，自己见多了。"打铁要靠本身硬"，自己家的事情，主要还得靠自己，所以，两口子不仅要时时处处带头干，而且还要干得更卖力、更用心。自家都不争气，要做那刘阿斗，那谁能扶得起你来？总之，要想彻底翻身，就得把握好眼下的机会，抓紧干、卖力干，就像打菜油那样，能挤，尽量挤挤；能榨，赶紧榨榨……

于是，深谙"机不可失，时不再来"这一道理的钱赵氏，一有机会就会不厌其烦地叮嘱告诫自家丈夫，要他不要懈怠，要赶紧抓好、用好这难得的机会。她自己则更是起早贪黑，不分寒暑，身体力行，勤俭操持，大有卧薪尝胆背水一战之气概。于是，她的日常便成了这样：鸡一叫，便翻身下床。麻利地穿戴好后，便带上绳子、柴刀，出门捡柴、砍柴去了……寨子里，人们才刚起床，她就已经扛着或背着一大捆柴禾回来了。很多时候，她空着的那只手上，还提着一小捆鲜嫩欲滴的野菜。到家后，有吃的，胡乱扒拉几口；没吃的，一大瓢凉水咕咚下去，而后，便扛着薅刀或锄头，田间地头松土、锄草、掐尖、打叶去了。丈夫不在家时，她还得同时兼管放牛、放马等工作。一年四季，那几片烟叶和庄稼，硬是叫她绣花似的，修整管护得比四周的都干净、清爽、齐整……有时候，忙得起劲儿，她甚至忘记了饥饿，于是连午饭都省了。傍晚收工回家前，她还会花上点时间，在田埂地坎上为牛马们割捆青草，为晚饭寻把野菜。回到家，饭嘛，管它干的稀的，随便弄上一两碗即可；菜呢野菜热水里焯一焯，配上几粒炒黄豆，或半个糊辣子，一顿晚餐就这样解决了。收拾碗筷前，她还不忘把筷子横在嘴里，来回使劲吮咂几下。接着，或伸出舌头，仔仔细细地把饭碗舔舐干净；或往饭碗里倒入一两口热水，小心晃荡几下——一是让热水将黏附在碗里的食物残渣涮下来，二是让热水尽快冷却，然后仰起头来，一饮而尽。收拾好碗筷后，她还不休息，把一只装着长长的竹片提手的畚箕往肩头上一搭，再扭身提起门后的竹粪耙，便出门满村满寨扒粪去了。直至天黑看不见亮了，她这才赶回家来，将拾到的猪粪、牛粪、马粪等，倒进自家的粪塘里。日积月累，她家的粪塘里，好肥料堆得小山似的。

闲暇时，她还会打双草鞋、编个草墩、织床秧被，以备家用。打草鞋，材料以稻草为主，若能用上韧性较好的糯稻草，则更好。这活计，因为技术含量较高，工序较为复杂，较为考验耐性，比如，为使稻草更具韧性，需要对其进行喷水滋润、揉搓捶打等烦琐的加工；有时，为了让草鞋更加结实耐用，编织的时候，还需往稻草里加入些粽叶、藤条之类的东西，因此上，寨子里会打、愿打的人不多。编草墩、织秧被则不然。它们工序简单，技术含量相对较低，只要乐意，人人都会。村民们也大都喜欢摆弄几下，闹着玩似的，以作为闲时的消遣、生活的调节。编草墩，一般的稻草即可，先将稻草编成一根粗大的麻花辫似的草绳，一把稻草快编到头时，便接续上另一把，如此，便能将草绳编得很长很长，然后将草绳一圈一圈地紧紧地卷裹起来，最后打个结。这样，一个尺把高的，呈圆柱体形状的草墩便编好了。秧被秧被，顾名思义，就是用秧苗编织的被子。插秧季节，把人家丢弃的秧苗收集起来作为材料。材料攒够了，花上半天的时间，便可编织出一床秧被来……草鞋、草墩、秧被之类的东西，几乎不需要什么成本，或成本可以忽略不计；加工起来，也花费不了多少时间和精力。然而，回报却是十分丰厚的：劳作时，穿上草鞋，脚下松软舒适，免去了沙石硌脚的痛楚；走在湿滑的石板上、泥地上，也不用担心脚下打滑。天气转凉，坐在草墩上面，屁股底下软软的，暖暖和和的，十分舒服。炎热的夏夜，赤裸着的身子，盖上秧被，冰凉冰凉的，很是惬意；寒冷的冬夜，和衣而卧，再盖上一床秧被，也基本上可以御寒……

总之，几年的时间里，钱赵氏每天几乎都是这样：白天，身体不闲着，忙忙碌碌的，以抢抓弟弟们给予的大好机会——只要这机会还在，还能把握，她就能保证将其利用到极致。晚上，躺在床上，脑袋也不闲着，也还在绞尽脑汁地想，看看怎样才能尽量延长这一"机遇期"，怎样才能……多年后，谈及以往，钱赵氏的吃苦耐劳、决心干劲，依然令村民们佩服不已。

功夫不负有心人。正如贵友、贵发兄弟俩预料的那样，大姐家衰落的家道，在其夫妻俩的共同努力下，在哥俩的大力帮扶下，几年后殷实起来了。

第四章　日暮乡野悲殒命　夜阑故里伤欲绝

一

　　天还没亮，钱正兴的媳妇蔡氏就窸窸窣窣、叮叮当当地忙开了。丈夫今天要去外地赶场，她得趁早给他弄点早餐。起床时，她轻手轻脚，小心翼翼的，以免影响到丈夫睡觉。

　　昨晚，夫妻俩就商量好了，正兴今天要去邻村张家寨赶个场，把圈里的那两只小猪儿呲去卖了。这一窝小猪，去年腊月间下的，一共十一只。可惜的是，刚生下来不久，就冻死了一只；后来，又被母猪翻身压死了一只。剩下来的九只，快要断奶的时候，先在寨子里卖掉了四只；接着，大年初几的时候，友福、友禄兄弟俩又挑选去了两只；其后不久，在贵发的介绍下，又赊出去了一只；最后，剩下来的这两只，本村已无人问津，大抵只能到外面去找找销路了。剩下来的这两只小猪，之前，正兴还想再等一等，看看能不能省点事，在家门口卖掉，故而一拖再拖。殊不知，三拖两拖的，就把它们给拖大了。无奈之下，上星期，他只得去把寨子里的骟猪匠给请来，花几个钱，先把它们给骟了。不这样，再拖个十天半月，它们就要错过阉割期了，那就更不好销售了。阉割的最佳时期，一般在小猪出生后一个月内。这时，小猪力气小，挣扎小，阉割起来，一是好控制，二是对其损伤也小，伤口愈合得也快——因为这一阶段小猪生长得很快。正兴家的这两只小猪，那时虽说还可以阉割，但已然错过了阉割的最好时机，以至于阉割时，小猪挣扎得相当厉害，几个人抓的抓、压的压，折腾了好半天。费时费事不说，还大大地影响到了它们伤口的愈合、身体的恢复，使得调养时间延长了将近一个星期。这里也许有人会问：既然骟猪如此血腥、费事，那不骟不行吗？回答是：不骟也不是不行，骟与不骟，要看培养的目的。绝大多数人家，养猪是为了吃肉。打算喂养来吃肉的小猪崽，无论公母，都要阉割，否则就只能养成种猪或母猪，用于配种或下崽了。只有极少数的猪崽，才会被培养成种猪或母猪。之所以说"极少数"，是因为：一，这两种猪的需求量通常很小；二，即使有需求，也不是所有的小猪崽都适合培养成种猪或母猪，只有极少数"品相"好、潜力大的，才有可能免受阉割之苦。

两只小猪调养伤口期间，正兴就一直在思谋，打算找个合适的时间，把它们吆到张家寨去，赶个场卖了算了。每周，张家寨都会有一个赶场天，定期的。那里人户较多，集市较为繁荣，销路应该没有问题。但心里一直犹豫不决，担心小猪们路上不听招呼，东钻西窜的，麻烦！也担心路上不安全，故而一直未能成行。如今，经过了将近两个星期的调养，两只小猪，伤口都已经完全愈合了。伤口一好，它们便胃口大开、食量猛增，比如，它们一天要吃上好几顿，不给吃就哼哼唧唧上蹿下跳的，让人不得安宁，使得喂养变得十分费时、费事、费成本，很不划算。而且，它们对母猪的无休止的纠缠，比如，时不时的，它们还会悄悄地去拱拱母猪的肚皮；得便时，还会趁机使劲地嘬几口母猪的奶头，等等，让母猪疼痛、烦躁不说，还可能会影响到母猪的发情，进而影响到下一窝小猪的繁育……如此，再继续养下去，就更不划算了。

…………

正兴还没有吃完早餐，蔡氏就已经把三头猪喂得饱饱的了。嘻嘻，走这么远的山路，中午又吃不到什么东西，所以，人和牲口都得提前好好地饱餐一顿。

吃饱喝足后，正兴弯腰背上背篓——里面有半篓菜叶子——走出门去。在门口，他又弯下腰去，随手从地上拾起一根细长细长的树枝来……他打开圈门，嘴上啰啰啰啰、喔喔喔喔地召唤着，把三头猪——两只猪崽，以及它们的妈妈——给逗引了出来。然后轻轻绕到猪们的身后，赶紧关上圈门。而后一边继续啰啰啰啰、喔喔喔喔地呼唤着，一边扬起树枝，轻轻地抽打着猪屁股，将猪们往大路上逗引、驱赶。

蔡氏紧跟在正兴身边，一边配合着正兴赶猪，一边不厌其烦地叮嘱着：路上眼神放好点，心里警醒些，注意安全；到了场上，实在不好卖，便宜一点，也要赶紧卖了，好趁早赶回来……她放心不下，本想陪丈夫一起去的，奈何，一则，家里实在是丢不开——一刻也丢不开，何况半天、一天；二则，正兴也不让，嫌她碍手碍脚啰哩啰唆的。

猪们不像牛马那样听使唤、好驱使，且又没有个嚼子、鼻绳之类的东西可供牵引、驾驭，因而，驱赶它们时，得多准备些手段、办法，比如，有时得从后面驱赶，有时又得在前边引诱，有时甚而需要双管齐下（但通常需要两个人配合）。正兴手里的小树枝、背上的菜叶子，就是为驱赶、引诱它们而准备的工具、诱饵。上了大路，或是因为新奇，或是因为兴奋，母猪带着两只小猪，埋着头，把个长鼻子紧贴着地面，东拱一头、西拱一头，这里闻闻、那里嗅嗅，歪歪扭扭的就是不往正道上走；且哼哼唧唧磨磨蹭蹭的，脚下怎么也快不起来……见这情形，蔡氏不得不一会向前、一会退后，一会大声叱骂几句、一会又柔声逗哄几声，以配合丈夫，将猪们引入正轨……即便是夫妻协作，所驱赶的也不过区区三头猪，然而，一时间两口子被弄得手忙脚乱的。

正兴又要吆喝驱赶猪，又要回应蔡氏，一时间竟有些应付不过来。可蔡氏还不识趣，还一直跟在他身边，唠唠叨叨的，使他不免有些焦躁，于是便对着蔡氏吼道："好了！好了！听到了！晓得了！我又不是三岁小娃娃，用得着这么啰哩啰唆的？"可蔡氏却不管他耐不耐烦，赔着笑脸，依旧跟着说着，一直伴随着他走出去了好远。作为媳妇，想说的、该说的，她一定要说，且还得说到位……

二

山野里静悄悄的，花草树木、虫蛇鸟兽们，仿佛都还在酣睡。路两旁，庄稼地里，油菜花已经谢得差不多了，小麦看样子也已经开始包苞（即穗已形成，但还包裹在叶子里面，尚未钻出来）了。四近的花花草草，被露水滋润得十分鲜嫩、精神……一阵阵晨风吹来，让正兴感到十分清爽、惬意。

周围实在是太清静了，清静得正兴都有点不敢出声了。他担心，自己一出声，让自己暴露无遗。他不想暴露自己，他只想神不知鬼不觉地，一个人悄悄地赶自己的路……可是，当猪们不听招呼，不好好地走路，甚而想要往路边的灌木丛、庄稼地里钻时，他又不得不——或者忍不住——扯开嗓子，大声吆喝、叱骂几声。这几声吆喝、叱骂划破了山野里的宁静，显得十分的突兀，让他心里不由得一紧，继而扭动脑袋，两眼下意识地朝四周扫视过去……

"路上咋个一个人都没有呢？难道今天去张家寨赶场的，除了自己就再也没有其他人了？以往可不是这样的呀！以往再怎么冷清，也总能遇到一两个熟人、老乡的……

"或许是自己出来得太早了。这时，山桃寨里那些要来赶场的人，可能都还没有出门呢……自己和他们不同，自己赶着猪，慢腾腾的，得早点出门。再则，早点出门或许也要安全得多，因为那些想挣便宜钱、轻巧钱的人，此时此刻说不定都还蜷缩在温暖的被窝里做着春秋大梦呢。

"昨天自己随口问了几个人，要不要去张家寨赶场，他们有的语气十分的果断，不去！有的则犹犹豫豫的……自己当时就想：这么大的一个山桃寨，到时候，怎么也会有三个两个要去的。再说，那些暂时拿不定主意的，不也还有三四成、四五成去的可能性？到时候，这些去的人，大家一定会在路上、场上的某个地方碰到；到时候，大家结伴而行，一路上既可聊聊天消遣消遣，也可壮壮胆，让心里踏实一些……可是现在，自己都已经走了这么久这么远了，咋个都还看不见一个人影跟上来呢？"

想着想着，正兴不禁有些焦躁。

山路越来越狭窄、崎岖，路两旁以及四周的山坡上，庄稼地越来越稀少，杂草荆棘越来越繁多。再后来，甚至只有密密层层的茅草、荆棘和灌木了。四野里也仿佛变得更加的寂静，静得正兴连自己的心跳声都能听见……不时，一阵风吹过，周围便簌簌簌簌、沙沙沙沙的，好一阵声响，让他的心里不由得猛然一紧。更有甚者，杂草丛中、荆棘丛后面、岩石旮旯里，突然传来一阵急促的窸窸窣窣、噼里啪啦的声响，冷不防将他吓了一大跳，吓得他哟，一颗心怦怦直跳，好久都缓不下来。可当他停下脚步来，眯着眼睛、侧起耳朵，极目四望、仔细倾听时，却又什么都看不见、听不到了。

"别怕！那噗噗噗噗的声音，大约是某只惊起来的雀鸟，扑腾、扇动翅膀时所发出来的；那窸窸窣窣、噼里啪啦的声响，估计是某只胆小的耗子、野兔，惊慌失措地穿过灌木丛、杂草丛时引起的……"正兴自我安慰道。

走着走着，地势变得更加的狭窄、崎岖。前方，一小段路，一二里的样子，远远望去，就像从两山之间的夹缝中硬生生地钻过去似的。夹道的茅草、荆棘等，密密匝匝的，足有一人多高；一些较大、较长的枝条，还从小路两边斜过来，在小路的上方交织在一起，如古代仪仗队伍中交叉举着的钺戟似的……这一切，使得小路上光线十分昏暗。路两旁，茅草、荆棘丛中，不时有一两只小鸟惊了起来，在头顶上一个劲地盘旋着、啼叫着……这景象，让正兴有些不寒而栗。

正兴愈发焦躁起来。作为本地人，他知道，这段小路的一旁，离路边丈把远的地方，密密层层的杂草、荆棘、灌木下面，有一道深不见底的地缝。地缝长长的、窄窄的，走向与小路大致平行。有人说，大雨过后，还能隐隐约约地听到里面传来哗哗哗的流水声，大概有暗河从那里经过。因为被杂草、荆棘、灌木等遮掩得严严实实的，不熟悉情况的人，根本不知道那里还有着这么一道缝隙。不知道，一脚踩下去，或许就不得了了……最令正兴紧张的，是这段地缝的名字——填尸沟。关于这一名字的由来，据说是这里地势险峻、偏僻，劫匪们喜欢在这里干些杀人越货的勾当。他们杀了人，便将尸体拖过去，随手抛进这沟里去。干干净净的，不留一丝痕迹……曾有人绘声绘色地说，就是在这地方，他遭受了有生以来的最大的一次惊吓。他说，在这里，某道岩缝、某个旮旯，几块大石板凌乱地覆盖在上面，看上去并没有什么奇怪的地方。可当他弯下腰去，歪斜着脑袋，好奇地从石板下面的缝隙里望进去，想看看里面有些什么时，差点被吓了个半死。原来石板下面隐藏着一堆白森森的人骨头……更为要命的是，当他使劲朝那缝隙里瞅时，那骷髅头上的两个深深的黑眼洞，也正在通过那缝隙，朝着外面"张望"，正好和他"对眼"……他被吓得哟，恍恍惚惚的，连续做了好几个晚上的噩梦。噩梦醒来，脊背上凉飕飕的，像是刚刚水洗过似的……他还说，那些尸骨，肯定是多年前劫匪们丢弃在那道岩缝、那个旮旯里的。好在他们还算有点良心，还晓得在尸身上盖上几块大石板，没有让死者暴尸荒野，遭受日晒雨淋、狗啃鸟啄之苦……

"那天，在贵发家，听说自己打算去张家寨赶场，大家便纷纷劝告、提醒，说是社会不太平，能不去最好不去。非去不可的话，路上一定要注意安全；尤其是经过填尸沟旁边这一小段山路时，更要小心谨慎。言谈间，大家还提到了半年前劫匪们打冷枪，打死了一个人抢走了两头牛的事情，据说就发生在这附近。逃得性命回去的那人，至今都还心有余悸，轻易不敢再出远门。那时，对于大家的劝告、提醒，自己还颇有些不以为意。现在身临其境了，感受就大不一样了。看看路两旁的山上，某个岩旮旯里，某丛杂草、灌木后面，随便埋伏几个人，路上的行人，任它光线再好、任他眼睛再尖，也是断断看不出来的。现在，说不定某个地方，几个黑洞洞的枪口正冷冷地对着自己呢。马上就要踏上那段阴森瘆人的小路了，自己要加倍小心……"他于是停下脚步，抬起头来，眯缝着双眼，徐徐地转动着脑袋，目光在两边的山上，特别是山腰及以下，上上下下、左左右右地扫视了好几遍——一遍不放心，再来一遍。此时，山那面，霞光灿烂。灿烂的霞光，反而将他所在的山的这面映衬得有些昏暗。明暗交织的光影里，有时，眼一花，仿佛有人影一晃而过，正兴被吓得，心一下子就提了起来……

"那些拦路抢劫的，即便想来这里守株待兔，估计也不会来得这么早。勤于起早的，大多是些本本分分的庄稼人、生意人。再说，自己的东西人家也不一定感兴趣。牲口之类的，人家喜欢的是大牛大马。牛马值钱，且听招呼，好吆好牵，得手后，拉起便走，便于速战速决；而且，劫匪们走累了，它们说不定还可以代代步呢……而猪这种东西呢，值不值钱不说，得手后，你要它往东，它偏要给你往西；且又走得慢，一路上哼哼唧唧的，这里拱拱、那里闻闻，实在让人不耐烦……刚才，自己东撵西赶连诓带骂的，不就忙得心里直冒火？所以，人家才不稀罕呢。事实上，人家的头脑灵光得很！只不过用错了地方罢了。嘿嘿，'天下本无事，庸人自扰之'，很多时候，人们都是自己在吓自己。"如此一想，正兴紧张焦虑的心情这才稍稍缓和了些。

…………

走着走着，庄稼地渐渐多了起来、密了起来；杂草、荆棘等则渐渐少了。太阳也从山背后跳出来了，红彤彤的……

走着走着，前方仿佛传来了阵阵喧嚣声，隐隐约约的……循声望去，远处，模模糊糊的，仿佛有许多人影在晃动……

走着走着，喧嚣声越来越大、越来越清晰，人影也越来越繁密、越来越清晰……可是这时，山路一拐，凸出的山体一下子就将正兴的视线给遮挡住了，于是前方又只剩下了一片片的庄稼地，一丛丛的杂草、荆棘……但很快，山回路转，一座村庄陡然展现在了眼前。张家寨终于到了，钱正兴那颗悬着的心，终于可以暂时放下了。

三

张家寨的集市，位于寨子里那条短短的、窄窄的土街上。相较于其他村寨的集市，这里地方较大，人、货较多，因而颇有些繁华的景象。穿村而过的土街，一到赶场天，便被"截"成好几段：某段是粮市、某段是菜市、某段是鸡市……大牲口市场，如牛马市、猪市等，通常位于寨子边上，其中的原因，大抵有两方面：一是，这些地方地势较为开阔，能满足大牲口们活动的需要。而且，饿了的话，牲口们还可以在旁边的山脚下，田埂、地坎边，就近啃吃几口青草、野菜。二是，能减少对其他市场、其他人的干扰。赶着牛、牵着马、吆着猪，深入寨子内部，穿行在狭窄的街道上、熙攘的人流中，东一头、西一头磕磕绊绊的，会给其他人带来不便，也会给自己增添麻烦。

正兴到达猪市上时，前来卖猪、买猪的人，已经聚集了好几堆。大家这里一群、那里一伙，指指点点、吵吵嚷嚷的，十分热闹。他们应该都是本村或邻村的，否则是不大可能比他钱正兴来得更早的。做大牲口的生意，不管是卖方还是买方，大家都会争取来早一点。来得早，时间上充裕，可以防止出现差错、失误，或至少可以大大降低出错的概率、损失的程度。总的来说，买卖双方交易完成，从而让双方都能多腾出点时间来，或赶路回家，或去干点别的什么事情。

正兴选了个合适的地方，先是反手从背上的背篓里抓出一把菜叶来，抛撒在地下，将猪吸引住，使其稳定下来。然后再放下背篓……接下来的事情，便是耐心观望、倾听、等待……观望、倾听，便于尽快了解行情，从而及时权衡、调整自己和妻子昨晚上预定好的价格，随行就市，比如，买的人多、卖的人少，价格上就可以要高一点；反之，就可能要忍痛压一压价了。他知道，市场上都是精明人，自己要价时要谨慎。要低了，不好改口，白白吃亏；要高了，买卖做不成。此外，自己还得要多个心眼，尽量不要暴露自己的"身份"。为使交易顺利进行，自己一定要小心，不要让买方看出自己外地人的"身份"。万一看出来了，也要让他们相信，自己家住得并不远，就在隔壁的某个村寨，距离此地不过二三里、三四里而已。否则，他们很可能会故意大幅度压价，逼你做出较大的让步，因为他们知道，别的不说，单是这时间上，你就耽搁不起……

正兴一边认真地观望着、倾听着、盘算着，以便赶在有人来问价前尽快确定一个恰当的要价，一边耐心地等待着，等待着买主前来问询、"牙口"过来搭讪……

见有"新货"来了，原先的那几堆人群里，便陆陆续续地分离出好几个人来。这些人先是伫立在稍远处，打量、权衡了一会儿，这才下定决心似的，纷纷向正兴这边围拢过来。

"小猪儿咋个卖？"有人随口问道。

"嘿嘿……"正兴憨厚地笑了笑，正想报价，不料却被周围的声音给堵住了嘴。

"咦！咋个能这样问？你不怕人家多心啊？你应该这样问：哎！老哥，或者老弟，你的小猪儿咋个卖？"有人开起了玩笑来。

"嘿嘿，我还以为你会问出些哪样花样来呢……你跟人家说的，'你的小猪儿'，那又妥当？小猪儿是母猪下的，是母猪的儿。像你那样问的话，你应该问这头母猪，而不应该问人家老哥。嘿嘿、嘿嘿……"

"来来来，你来、你来……你来帮忙问问，让我们大家开开眼界，看看你是咋个和这头母猪说的。"

"哈哈……"

这样的场合，说说俏皮话、开开玩笑，只要不过分，大家一般不会计较的。不仅不会计较，反而还会生出几分亲切感来。而这种亲切感，又可以很快拉近彼此间的距离，甚而让彼此间很快"熟络"起来，从而为接下来的交易活动营造出一个良好的人际环境，并最终促成交易。当然，开口之前，其中的分寸大家也都是提前拿捏好了的。否则，言词欠妥、玩笑过头，引起了双方心理上的不适或反感，那不就事与愿违、适得其反了？

正兴傻笑着，饶有兴致地看着大家玩笑、嬉闹，并不急于谈生意、做买卖。他知道，大家玩笑、嬉闹的兴趣这么浓，自己不能煞风景。至于讨价还价等事情，等会儿有的是时间。这样的场合，谋面已是缘分；能说说话、聊聊天，甚至开开玩笑，则更是造化，所以谁也不会，也不该让人感觉无趣……

"这只，大洋两块；票子的话，要二十五……这只要小一点，大洋一块五，票子二十块。"见大家的注意力都转移并集中到了自己的小猪身上，正兴这才趁机用树枝轻轻地戳点着两只小猪的脊背，依次报出价格。

随后，人群里又骚动、喧腾了起来："贵了！贵了！"

"嫌贵，可以还价噻。"

"喊得太高了，还低了不好意思。"

"'喊齐天，还齐地'，有哪样不好意思的？做生意嘛，就要讨价还价。"

"便宜点，我们一人跟你买一只。"

"大洋嘛，也还勉强说得过去；票子太贵了！"

"都这么大了，割过了没有？"

"这还用问？肯定割过了的。没有割过，它们还能长得这么肥？"

"不一定。万一它们'懂事'懂得晚，或者不'懂事'呢。那样，就算没有割过，它们也能长这么肥的。当然了，再大一点，能配种了、会下崽了，它们就不会这么肥了……嘿嘿，你一个大男人、过来人，连这点道理都不懂？你好好想想，小时候，你是不是比现在要胖得多？哈哈……"

"哈哈……"

"割过的、割过的，你们看，刀口都还在这里呢……想买的话，还个价嘛。做生意，喊的是喊的，还的是还的，哪里可能一口价嘛。"正兴赶紧说明，同时用树枝指了指两只小猪的胯下。他知道：气氛已营造得差不多了，人气也已聚集得差不多了，得趁热打铁，赶紧把大家往正题、主题上引。如果任由大家胡诌瞎闹、东拉西扯，气氛、人气的高潮一过，接下来就可能会冷场。一冷场生意就不好做了。

好像真有某种效应似的，哪里热闹、新鲜，人们就喜欢往哪里拱，害怕落后了似的。看看，一时间，正兴这边，又有好些人围了过来。而其他几个卖主那里，很快就变得冷冷清清的了。

"两个月左右的小猪，两块银圆、二十五块钞票，确实高了点。"有人指点着大一点的那头小猪说道。其语气、神态，像是在自言自语，又像是说给大家听似的。

"少点的话，我买一只。"

"'长猪、短马、高脚牛'，这两只小猪，身上不够长，而且又还只有这么两只。一般情况下，一窝小猪，至少也要有五六只，那现在为哪样只有这两只呢？嘿嘿，这说明，长的、好的，早就叫人家给挑走了。"一个精瘦的老汉，说出了厉害的几句话。

"嘿嘿，一头母猪下的，会有好大的区别？"正兴赶紧敷衍道。老汉的那几句话，击中了他的要害，让他很是难堪，不过，他很快便装出一副无所谓的样子，继续自己生意场上的表演。

　　人群中，议论声此起彼伏，但好长一段时间内，却没有人再和正兴搭话。

　　"来来来，我来给你们做'牙口'。"人圈外，有人大声说道。

　　话音未落，一老汉已经挤到正兴跟前来了……那老汉对着正兴点了点头，算是打招呼，而后稍稍转过身来，扫视了大家一遍，继而迭声问道："哪个要买？哪个要买？啊？要买的话，我来做'牙口'……哪个要买？啊？"见没有人吱声，他便又鼓动道："少了'牙口'，空起手来，空起手走。想买的话，抓紧点。晚了，恐怕就没有机会了。"

　　这"牙口"是个六十多岁的老汉，中等个头，身材枯瘦。瘦削的脸上，下巴显得有些前凸。尖尖的下巴上，一小撮花白的山羊胡子，油亮油亮的。一双不大的眼睛，眼珠浑黄，却挡不住那精明、犀利的眼神……老汉嘴上叼着根短短的烟杆，黄铜烟斗上的旱烟棒，顶着一小截灰白色的灰烬，看不出燃着呢，还是已经熄灭了。不过，随着他嘴上的吧嗒，那白色的灰烬的下端，便透出一丝红亮来，并很快升腾起一缕青烟来。老汉吧嗒时，在其嘴巴周围的皮肤的牵扯下，山羊胡子跟着一翘一翘的，颇有些滑稽……让人有些别扭的，是他的脸色和穿着：那灰黄干涩的脸色，不像是风吹日晒形成的，也不像是岁月浸染出来的，大约是大烟熏出来的吧！一袭长衫，看上去颇有些斯文。只是，长衫底下，不时地露出来的那一双破旧的草鞋，显得很不协调，使其整个穿着看上去有点不伦不类的。

　　沉默了好一会儿，终于有人开口了。

　　"这只，十二块，票子！"有人弯下腰去，用手指戳了戳那只大一点的小猪的脊背，还价道。那小猪吃了一惊，猛地跳了一下，而后抬起头来，斜着眼睛看了看，见没有什么异样，又埋下头去，继续吧唧吧唧地吃了起来。

　　"好！我帮你问问。"话音未落，那"牙口"已经把右手伸了过去，伸进了正兴衣服的下摆里。

　　正兴也赶紧将右手伸进自己的衣服的下摆里，和老汉捏起手指头来。

　　"咦！几块钱的生意，嘴上讲讲价就行了嘛。"

　　"'牙口牙口'，用用牙和口就行了嘛，何必这样费事？"

　　"对嘛，又不是大牛大马，用得着这样？"

　　人群中，有人低声议论着。在他们看来，这"牙口"有些矫揉造作、小题大做了。

稍有点阅历的人，见到"牙口"这一比较"专业"的举动，就能立刻明白：他是想通过摸捏手指的方式，来与买卖双方"交谈"。与卖方"谈"过之后，他就会转过身来，用同样的方式，与买方"谈"；与买方"谈"过之后，他又会转回身去，与卖方再次"详谈"……这样来来往往，不厌其烦，直至买卖双方达成一致。这样"谈"，好处是，要多少、出多少，只有买卖双方以及作为双方"信使"、中间人的"牙口"知道，从而既可以防止旁人七嘴八舌的搅和，也可以防止其他有意者过来横插一杠子，事情可能会被搅黄。——事情一黄，买卖不成，"牙口"的酬劳也要泡汤。

"不要讲话！我这样做，还不是怕有人啰哩啰唆的，做不成生意？""牙口"眼睛瞪得圆圆的，语气颇有些严肃，但脸上却始终挂着一丝笑意。

干"牙口"这一行的，多是些本村本寨或邻近村寨里上了些年纪的老汉。他们中，很多人还是村寨里某个大家族中的长辈。他们的这一"身份"——年纪大、辈分高、资格老、家族大等——使得他们有了不少倚老卖老、"胡作非为"的"本钱"，于是，交易即将达成的关键时刻，如果买卖双方或一方还有些犹豫，他们便会凭借自己的这一"本钱"，训这个几句、哄那个几句，甚而会嬉笑着夺过一方的货物或银钱，交到另一方的手上，硬是将交易促成。对此，犹豫不决的双方或一方，大都只能一笑了之……这时，买卖双方以及"牙口"，大都会较为默契地达成这样的"共识"："价格本来就已经谈得差不多了，买卖不成，自己不就白忙活了？所以，干脆……"

值得一提的是，周围二三十里的范围内，作为同行，"牙口"们彼此间基本上都是认识的，有的甚至还比较熟悉、亲密，因而大家一般是不会去相互影响、相互干扰的。如，遇有同行在开展业务，关系好的，会上前帮帮腔；关系平淡甚至抱有成见的，则一般会选择歪开——不去"帮衬"，也不会去"搅局""拆台"，因为大家都懂得这么一个简单的道理：你影响我，我干扰你，冤冤相报，到头来，谁也讨不到好；倒不如……但是，如果"搅局"的是"外行"人，他们便会立即拉下脸来，甚而嘴上还会不干不净地嘟哝几句，给对方一点颜色看看，让其知难而退。事实上，那些所谓的"搅局"者，也大都是了解"牙口"们特殊"身份"和"行规"的，而他们所以"搅局"，其原因，不过是中途才加入买卖的人群中来，不知道某个"牙口"已经捷足先登罢了。

一个人出了价，其他有意思的，也纷纷跟着出价……一时间，"牙口"变得手忙脚乱，"谈"了这个，又要"谈"那个，掉过来、转过去，忙得不亦乐乎，忙得恨不能多长几只手、几张嘴……但他依然不改初衷，仍坚持用自己的方式方法"谈"。

…………

对正兴而言，今天的买卖还算顺利。忙碌了一阵后，他、买主和"牙口"均各得其所，于是大家很快便各自散去。

四

夕阳里，正兴赶着母猪，慢悠悠地走在回家的路上。

他一边走着，一边想着。才刚离开张家寨不远，且四下里，通往四乡八寨的小路上，也还能见到不少散场归去的人，因而，他的胆子也还比较壮，心情也还比较轻松。

卖完小猪后，想到那天贵发等人的提醒，他便装作不经意的样子，警惕地扫视了一下四周，看看有没有别有用心的人在关注着自己。不能排除一种情况，即，场上有劫匪们派出的眼线。这些眼线，专门侦察那些做较大买卖的人。侦察准了，便一路跟梢……如果发现他们，一定要及早想办法甩掉，否则会很危险。——像他这样的，身上有几个钱，又吆着头猪的，则更是危险。见没有什么异常，他这才背上背篓，赶着母猪，踏上了归途。

今早，他媳妇还交代他，叫他到了场上后，灵活一点，行情不好，两只小猪便宜点也卖了，免得再费力费事地吆回来；卖得钱后，不要舍不得，要记得买点吃食，免得回来的时候没有力气走路、吆猪……他当时颇有些不耐烦，便嗯嗯喔喔的随口答应下来，但现在卖完猪后，他一心只想早点赶回家去。他所以这样，一是早上吃得饱，现在也还不怎么饿，不必花那个钱。二是，也舍不得花那个钱。场上吃一碗，足够家里吃好几碗；再说，都已经下午了，省一点，回家再吃吧！三是，不想耽搁时间。腰包里有了钱后，他的心里变得愈发紧张，甚至疑神疑鬼，看谁都不像好人。心里紧张，便没有了丝毫的闲情逸致，只想赶紧赶路。——这种紧张，他之前是体会不到，或体会不足的，而现在则不然……何以如此？道理很简单：之前，猪谁也拿不走，或至少不容易拿走，因而不用太过担心。现在则不然，身上的这几张票子，什么时候，被谁拿走了，自己说不定都还不知道呢；更有甚者，说不定人家不仅要你的钱，而且还可能捎带要上你的命呢。

"现在不同于早上、不同于来时，自己得抓紧点。"

想着想着，走着走着……转过一座山，张家寨看不见了，散场归去的人们也看不见了。偶尔，一阵晚风吹过，四周沙沙作响、簌簌有声；之后，又是一片死寂……

正兴不由得又焦躁了起来。他很想走快一点，可是，人急，猪偏不急。来时，它吃得饱饱的，精力又那么充沛，一路上尚且有那么多的麻烦。而现在，又是疲乏、又是孤单、又是饥渴，让它变得不耐烦，更加不听使唤。看！它虽很少再歪歪斜斜、哼哼唧唧的，却一步三歇，慢慢吞吞的，故意跟主人怄气、作对似的……母猪的表现，让正兴很是着急，但他不想，也不敢大声吆喝、叱骂。——比之早上来时，他更担心寂静的山野里，自己这边的声响过大的话，会不会惊动什么，引来别样的关注。他想给母猪喂点吃的，为其补充一下体力，并增进一下彼此间的"感情"，可背篓里却早已空空如也。——那大半篓菜叶子，场上就已经消耗光了。路旁的青草、野菜，母猪又不太感兴趣：被太阳暴晒了一天，青草、野菜都蔫巴巴的，已不像早晨浸润着露珠时那么鲜嫩可口了。

"之前，在场上时，大半篓菜叶子，自己怎么就想不到节约一点呢？为了稳住猪们，让自己省事省心；也为了展示一下它们的好槽口，以激发那些有意者、观望者的购买欲望，自己硬是扶着背篓，一个劲地喂给它们菜叶吃……现在好了，想找一两片来逗引逗引这母猪，都不可得了。"正兴不禁有些懊悔。

"幸好，那两只小猪都给卖出去了，否则现在更麻烦。到外地去赶场，做买卖，其实很被动的。买卖猪这种不好驱使的牲口时，则更是被动得连反悔的机会都没有，只能硬着头皮，一条道走到黑。——所谓的'箭在弦上，不得不发''开弓没有回头箭'，说的应该就是这样的情形。所以，就算价格不够理想，那两只小猪，自己也争取卖了出去……

…………

太阳已经下山了。大山的阴影已将四近完全笼罩了。早春的天气，乍暖还寒，太阳下山后，中午积攒下来的那一点点热气，很快便散尽。阴影中，正兴感到了阵阵浓浓的寒意，便紧了紧身上的腰带，同时佝偻着身子、紧缩起肩背，以减少身上热量的散失……他很想走快一点，那样，一来也许更为安全，二来也能让身体变得暖和些。奈何人急猪不急：母猪依然故我，依旧懒洋洋、慢悠悠地迈着步子，一点也不为主人的焦虑所动……

天色灰蒙蒙的，路两旁、山腰上，荆棘、灌木、岩石等影影绰绰的……和早上来时一样，有时，正兴眼睛一花，仿佛有个影子在前方一晃而过，他的那颗心啊顿时猛地一颤，像是被谁狠狠地抓捏了一把似的，怦怦怦地，好一阵狂跳……吃了这一惊，他整个人便傻呆呆地僵立在了那儿，好一阵回不过神来……那一刻，世界仿佛凝固了似的，死一般的寂静。

天色越来越暗，正兴的想法随之越来越多，心情也越来越急躁。

"早晨，自己过来赶场的时候，人家劫匪可能还没起床，可现在，人家说不定已吃饱喝足，正躲在某个犄角旮旯里，以逸待劳、守株待兔，静静地等待着哪个倒霉鬼自己送上门来呢……真是那样，自己又能怎样？

"今后，做这种买卖时，自己一定要多加考虑，多听听别人的意见、建议和劝告，争取把问题考虑得更加周到、细致……'听人劝，得一半'，所言不虚。现在想来，那天在贵发家，大家对自己的建议和劝告，尤其是贵立的，真的很好。可惜，自己只关注到了其中的'一半'，即'去'时可能遇到的情形，一大早就急急忙忙地赶着猪出了门；而另'一半'，即'回'来时可能遇到的问题，自己却不够重视，甚至想都没有想过……如今，走在回家的路上，面对眼前的境况，对于人生中的某些'真谛'，比如，'未行兵先寻败路''世上没有后悔药''上山容易下山难''不经一事，不长一智'，宁做事前愚钝人，不做事后诸葛亮等等，自己这才有了某些真切的感受和领悟。——但愿自己的这种领悟为时不晚。

"今早出门时，自己还嫌媳妇啰唆、碍事，颇有些不耐烦。现在回想起来，心里竟然有些歉疚；歉疚中，竟莫名其妙地夹杂着不少温馨。现在，媳妇肯定已经做好了晚饭，正和孩子们一起，翘首期待，期待自己安全归来……

"开春了，再过几天……"

"叭、叭、叭……"几声清脆的枪响，打断了正兴的遐思，击碎了他所有的想象……

五

村口，正兴的媳妇伫立在寒风中，焦急地望着道路的那一头……天色灰蒙蒙的，晚风将她的头发吹得有些凌乱。傍晚的寒凉，让她不时打个寒战。她瑟缩着，身形因此而变得更加瘦小。

今天下午，即便天色还很亮、时候还很早，她也已经坐不住了，已经开始在盼望丈夫的归来了。于是，每忙完一样家务，她就会抽空到大门口站站、望望……可每次都令她十分失望，她于是只好转而宽慰自己：

"别慌别慌，时候还早……做买卖，又是牲口买卖，哪有这么快的。别的不说，单是这路上，把牲口吆去吆来的，就不知要费多少事。

"这时候，正兴可能也快要回来了……估计是，吆着猪，走得慢。

"也可能是行情不太好，耽误了一点时间。——他去得早，就算场上耽误了一点时间，也不会对他的回程产生多大的影响。很有可能是路上遇到熟人，大家边聊边走，所以走得慢些。"

…………

张望了好几次，都没有见到丈夫的踪影，加之眼皮又在一个劲地跳，蔡氏的心不由得悬了起来，以致忍不住胡思乱想。

"太阳都快要下山了，咋个还不见他的人影呢？是不是买卖不顺利，耽搁了时间？还是……昨晚和今早，自己可是反反复复地叮嘱了他好几次的，说是，两只小猪，就算价格不合心，好歹也要把它们给卖了，免得回来时麻烦。——他咋个就不听呢？

"赶场天，路上人多，应该安全的。就算有事，也会有人……"

…………

天色越来越暗，蔡氏的心里越来越毛乱、越来越牵挂，于是，她索性把张望、等待的地点转移到了村口。

"我们这里的'口号'：'说到曹操，曹操就到。'说不定，自己走到村口边时，正好和正兴碰个正着呢……

"再怎么耽搁，这个时候，他也应该回来了呀！也许，他已经快到寨子边了，只是，天色昏暗，自己看不清而已……"

她还在自我宽慰。

然而，随着夜幕的降临，蔡氏的那些自我宽慰变得越来越苍白、越来越乏力。焦虑中，她忍不住沿着去往张家寨的大路，深一脚浅一脚地向前走去……她想沿路去找找、迎迎正兴。

路上静悄悄的。蔡氏壮着胆子，一边走一边看，不知不觉走出去了好远，但她脑海里反反复复地设想了多遍的惊喜，始终没有出现……

"莫非是，小猪一只也没有卖出去，吆回来时，路上淘气，以致耽搁了太多的时间？这个呆脑壳，昨天晚上、今天早上，自己可是反反复复地叮嘱了他好几遍的，要他行情不好的话，好歹也卖了，省得回来时淘气、麻烦。他咋个就不听呢？

"今天早上，自己叮嘱他时，他只会嗯嗯喔喔地敷衍自己；自己多说几句，他还不耐烦呢，还嫌自己啰唆、碍事呢……不啰唆，自己放心得下吗？哼哼！啰唆了，又能怎样？自己费尽口舌，说了那么多，还不晓得人家听进去一点没有呢……哼！"

焦虑至极、紧张过度，蔡氏心里不由得迁怒、抱怨起正兴来。

天色已经完全黑下来了，四野里，黑漆漆的一片，一个人影也没有——就算有，也不一定看得见了；周围，除了蔡氏自己的脚步声、喘息声、心跳声外，就再也没有其他任何一丝声响了。蔡氏心里凉到了极点："丈夫肯定是出事了，出大事了……"

见不是头，蔡氏不得不停下脚步来……这时，她必须做出一定的取舍了："自己再往前，也没有多大意义了，不如……当务之急，是赶紧返回寨子里去，请几个——越多越好——人来帮忙找一找，那样，或许还有一线希望，或许还能帮丈夫捡回一条命来，假如，他只是受了点伤；假如，他只是被人家捆绑，丢弃在了某个地方……"

……………

赵家大院里，赵贵发才刚吃完晚饭，正坐在饭桌旁，一边悠然自得地抽着旱烟，一边有一句没一句地和张氏拉着家常……突然，钱蔡氏一脸惶急、惊恐地闯进门来，猛地将他和张氏吓了一大跳。

急匆匆地赶回寨子里后，蔡氏首先来到了贵发家：一是，贵发家离得近，且顺道；二是，贵发和正兴关系很好。——正兴家没有和哥哥正启家挨在一起，两家甚至相隔较远。钱家院子里，兄弟俩共有的那两间老宅，分家时，正兴主动让给了哥哥正启，自己则在庙山这边建房另居。

"二娘，咋个了？！"贵发和张氏异口同声地问道。

急切，加之气喘，蔡氏大张着嘴巴，喔喔啊啊结结巴巴怎么也说不清楚……不过，才刚听了三两句，贵发就明白是怎么回事了，于是，他几步抢到大门口，对着外面，急火火地大声呼叫起明全、明智来。

明全、明智不知出了什么事，急急忙忙地跑了过来，迭声问道："爹，咋个了？！咋个了？！啊？！"

"老二，你赶紧去请大伯伯、大姨爹、钱二伯和钱大爷；老大，你去请幺爷，请他们现在就去寨子边，到往张家寨去的那条路的路口集中。找得到其他人的话，请他们另外再找几个，人越多越好；有火把的——灯笼更好，有刀有枪的，统统带上。快去！快去！"事情紧急，贵发来不及向两个孩子解释，只顾分派任务。

一见这阵势，两个孩子立刻明白了事情的严重性和紧迫性，便不再多问，转身拔腿就跑。

"二娘，你先不要急，人我已经叫老大、老二去请去了。张氏，你们几个在家陪二娘，寨子边就不要去了。后边有哪样事情，我会安排人来跟你们说……"

贵发一边吩咐，一边手脚麻利地准备起火把来。制作火把的材料是现成的，主要是些晒干后剖成长长的一片一片的葵花秆，平时就码放在屋角干燥处。贵发用稻草将它们捆扎成茶杯粗细的火把，总共有五六束，然后打来一碗菜油，挨个将火把竖立起来，将菜油从其顶端慢慢地淋下来。淋的过程中，他还不时地将火把横过来，来来回回地，慢慢地转动几圈……

…………

一行人打着明晃晃的火把，急匆匆地行走在暗夜里……到了离寨子两三里远的地方，大家放慢了脚步，一边呼唤着，一边仔细地搜寻。远远望去，只见火把队伍里，不时地分离出一两个火把来……这一两个火把，歪到一边去，往四下里晃一晃、照一照，而后再转回来，汇入队伍里去，和大家一起向前行进；不久，又歪过去……遇到岔路，明全、明智和贵立便结成一组，举着火把，沿着岔路，向前搜寻好一段距离。见没有什么发现，这才原路返回，返回到原来的路上来，然后快步赶上前去，和大家汇合……

　　大家一边呼唤，一边仔细搜寻着……蔡氏的声音里，已经明显带有哭腔了。刚才，她不顾张氏等人的劝阻，执意要跟过来，和大家一起寻找。——这个时候，丈夫都还没有任何音信，吉凶未卜，她哪能坐得住？张氏劝阻不住，也只好一起跟了过来。

　　沿路搜寻了十五六里，贵立抢上前几步，压低声音，悄悄地对贵发说道："二哥，这钱二哥恐怕……再往前边，四五里的样子，就到张家寨了。如果钱二哥真的出了那样事，那估计就在这附近。"

　　贵发明白贵立的意思。脚下的这一小段路，地势极为凶险；前边几步远的地方，就是所谓的填尸坑、填尸沟了。

　　"老幺，那我们就分成几拨，在这附近好好找找。"贵发对贵立附耳低言。

　　"嗯！最有可能的，就在这附近……我带一帮往这边，你带一帮往那边，大家围着那条沟沟，好好地找一圈。"贵立一边应答，一边用手中的火把比画、示意了一下。

　　"大家分开来，一些跟我、一些跟老幺，在这附近找找……大家看好点，注意脚底下的坑坑、沟沟。"贵发停住脚步，对大家吩咐道。因为忌讳提起填尸坑、填尸沟这一名称，尤其是在眼前的这种情况下，所以他便把坑、沟二字前边起修饰、限制等作用的字词都给去掉了。

　　于是，火把迅速四散开来，星星点点的，在路旁方圆一两里的范围内晃动……

　　"喔！喔！猪在这里！猪在这里！"突然有人尖叫。听声音是明智。

　　很快，四周的火把迅速地移动，齐刷刷地，一起向尖叫声传来的地方围过去……

　　火光里，一头猪伏卧在路旁的草丛里，瞪着一双惊恐的眼睛，并不时地轻轻哼上一两声。

　　"对！对！对！这就是钱二爷家的老母猪……它的耳朵上有一个大缺口，我认得的。"友福惊叫了起来。前不久，他刚和二弟友禄去正兴家买过小猪，因此认得这头母猪。

　　可是，周围却不见正兴的影子。

　　"哇——"蔡氏突然放声大哭。眼前这一幕，让她一下子从头顶凉到了脚心。希望完全破灭了，天塌了一般，她一下子瘫坐在了猪的旁边，号啕大哭。

不远处，正启也蹲在地上抽泣。

黑漆漆的荒野里，号哭声、抽泣声、数落声，搞得大家人心惶惶的。

于是大家又四散开去，并尽量放低火把，在地面上仔仔细细地搜寻……

"喏！那里……我们大家再过去看看。"贵立用火把指了指填尸沟那里，提议道。

大家打着火把，又在填尸沟四周来来回回、仔仔细细地搜寻了好几遍，但依然没有发现任何的可疑之处。

借着火把的光亮，贵立小心翼翼地挪动脚步，慢慢地靠近填尸沟的边沿，然后将手掌拢在嘴上，倾斜着身子，"二哥！二哥！"地对着沟里大声呼叫。

"这就怪了，按理说，猪在这里，人应该不远的，不管他……"贵发喃喃自语道，一脸的茫然。因为忌讳，他把最后一句话中的"是死是活"给咽了回去。

"老幺，你好好想一下，如果钱二爷真的是在这里出的事，那他现在会在哪里。"贵发侧过身子，向贵立问道。

贵立摇了摇头。——今晚的事情实在是太蹊跷了，他也是百思不得其解。

"怕是，遇到危险的时候，二爷丢下猪跑了？"友福猜测道。但他很快就觉得，自己的猜测有些荒谬，便又赶紧补充道："但是，也不可能这样啊！怕是……"然而，话未说完，他就赶紧打住了，随后摇了摇头，不再吱声，只管杂七杂八地想起自己的心事来："这年头，小百姓家真不容易，没钱呢，受穷；有钱呢，惹祸……小百姓家，今后没什么紧要事的话，尽量不要出远门，或者不要远离人群。家也要尽量安在人烟稠密一点的地方……看看正兴，出趟远门，赶个场，一不注意，小命就给弄丢了。像贵友、贵发这样的，时不时地要外出做做买卖——且还常常是买牛卖马这样的大买卖——的生意人，安全更是大问题……想来想去、比来比去，还是杨家山杨老大家安逸：买卖自己送上门来，一家人只管坐地发财，又清闲、又安全……再一想，自己这样的庄稼人，竟然也有庄稼人的好处：辛苦是辛苦点，但起码生命无忧……"

友福的"也不可能这样啊"，大家其实也都想到了：就算正兴丢下猪跑了，这个时候，他也早该回到猪的身边，或者回到家里去了。再说，他现在要是还在附近的话，看到这么多的火把，也应该知道是怎么回事了，咋个会不现身，甚至一声不吭呢？——除非他没有跑脱。可是，没有跑脱的话，大家现在也该找到他了呀……

　　"肯定是出事了，而且就在这附近……但是，这地下，咋个一滴血、一丝丝拖拽的痕迹都没有看见呢？"一直沉默的正文开口了。

　　"这个时候，不要说一滴了，就是一摊，你也看不见了……除非牵条狗来闻一闻。"贵立应道。

　　大家僵在了那里，你看看我、我瞅瞅你，都没有了主意。事已至此，继续留在这荒山野地里，已经没有什么意义了。可是，回去呢，一时又下不了这个决心。——就这么回去，总觉得有些过意不去，有些于心不忍……

　　"事情肯定是出了……回去吧！后面还有很多事情，而且，有些事情还得连夜做，所以要抓紧点。实在放不下的话，明天一大早，大家再过来看看、找找。到时候，带几根大索子来，吊两个人下到沟底去看看，看它个分晓。"贵发咬咬牙，做了一个十分艰难的决定。而后吩咐明全、明智道："老大、老二，你们两个先走，抓紧回去通知一下家里面，叫大家把灯笼、香纸等该准备的东西准备好。他们不清楚的，你们两个提醒一下。——以前，二爷做的时候，你们两个也见过的，需要哪些样，你们应该晓得的。我们吆着猪，随后就来。"

　　"二伯，要不我们两个过去劝一下大爷，把情况给他讲清楚，请他帮忙拿个主意？这样下去也不是个办法。其他人呢，再分头找一找。"贵发向正文建议道。

　　正文想了一会儿，而后便和贵发相互搀扶着，步履沉重地向正启走去……

六

　　村头，去往张家寨的路口边，几盏灯笼挂在路边的树枝上，在夜风中轻轻地摇晃着。昏暗、摇曳的灯影里，人头攒动，影影绰绰，二三十人的样子。

　　路的一侧，男人们聚在一起，七嘴八舌地小声谈论着正兴的事情。说到激愤处，大家忍不住好一阵咒骂，对劫匪们的残忍、对正兴的不幸、对孤儿寡母今后的艰辛。他们坐的坐、蹲的蹲、站的站，衔在嘴里的短烟杆，烟斗处火光忽明忽暗的；挨近烟嘴处的那一小片脸面，也随之时隐时现的。

　　路的另一侧，几个妇女——贵友的媳妇、贵发的媳妇、友福的媳妇等陪着蔡氏，一边小声地劝慰着，一边不停地抹着眼泪。

蔡氏抽泣着，异常痛苦。这段时间，连续几个晚上，她做的梦都不太好。昨晚，她梦见自己和正兴一起去山上，正兴割草、她讨猪菜。她走在前边、正兴走在后边，彼此有说有笑的……正高兴时，不知咋了，后边突然变得静悄悄的。她回头一看，正兴却已不见了踪影，凭空消失了似的……周围都是一人多高的茅草、荆棘，什么也看不见。茅草、荆棘密密匝匝的，将她紧紧地包裹在中间……她害怕极了，担心草丛中会钻出条毒蛇、窜出只豺狼来……她扯着嗓子，大声呼喊，希望能得到正兴的回应。可周围死一般的寂静，任她喊破了喉咙，也没有传来任何回应。更可怕的是，她发现自己喊叫时，虽然拼尽了全力，但没有发出一丝声响来……因为对昨晚的梦境有些忌讳，且又不愿、不敢直接把自己心里的担忧说出来，所以今早正兴出发后，她尾随了老远，唠唠叨叨、委婉含蓄地叮嘱了正兴好半天。

"呜呜……晓得这样嘛，今天早上，我咋个都不让他去赶这个场了。呜呜……"蔡氏忍不住又大声哭诉了起来。

香烛、纸钱、公鸡等丧葬物品，都已经准备好了，却迟迟不见要举行仪式的意思……大家都还不愿接受这一事实，都还想再等一等，都还在盼望着奇迹的出现。一个大活人，早上出门时还有说有笑的，现在却需要给他操办后事，换谁，一时都很难转过来。

"大爷，开始吧！"贵发沙哑着嗓子，委婉地提醒正启。

正启止住抽噎，点点头，站起身来。

大家见状便赶紧围上来，相帮着，抬的抬、挪的挪，七手八脚地，把仪式所需的东西摆放好。

供桌正对着张家寨的方向。桌子上正中间是满满的一升大米；大米前边，从左至右，整整齐齐依次摆放着一把香、一沓纸钱、一碗清水以及两支不大的红烛；大米后边，靠近左右两个桌角处，各自摆放着一截饭碗大小的白萝卜——作烛台用的。桌子下，一只大红公鸡绑着双脚，借着双翅的支撑，昂着脖子，半匍匐在地面上……

正启将红烛插进"烛台"里，点燃。然后就着烛火，燃上几炷香，双手举着，对着张家寨的方向，望空作了几个揖，而后将香插进大米里。接着点着几张纸钱，迅即弯下腰去，将它们抛在桌子脚边，任其燃烧、焚化。直起腰来时，顺势抱起了桌子下的大红公鸡……

正启后退两步，一手拧着鸡，一手对着张家寨的方向，指指点点、比比画画，哽咽、沙哑着嗓子。他的身后三两步远的地方，蔡氏瘫坐在地上，几个孩子跪着，泣不成声。

蔡氏匍匐着，把脸埋在地面上，肩背剧烈地抖动着，不时地用额头重重地磕几下地面，或双手狠狠地在地面上、脑袋上抓挠几下……一旁的刘氏、张氏等人，不时地伸出手去，扶扶她的肩膀、额头，让她稍稍立起身来、抬起头来。可她们才刚缩回手来，蔡氏又把头给埋了下去……

…………

正启走近供桌，端起桌上的清水，含了一大口在嘴里，随后弯下腰去，将碗里剩余的水沥在了桌子下边。接着，他直起身来，将鸡的两腿攥紧，倒提着，上下左右舞动了起来，动作几近疯狂……公鸡使劲昂着脖子，惊恐地扇动着翅膀，拼命地挣扎扑腾着。鸡翅膀扇起来的风将桌上的蜡烛吹得摇曳不定，吹得香灰、纸灰四处飘散……突然，正启把鸡往地上一掼，继而"噗——"的一声，将含在嘴里的水远远地喷了出去。几声长长的悲怆的呼唤后，便一屁股坐在了地上，神情呆滞、双唇紧闭，不再吱声。

兵荒马乱、颠沛流离的年代，这样一个简单的仪式表明主人家、亲朋好友们最终接受了这样一个残酷的事实——斯人已矣，不复归来的事实。

第五章　借吉日诚心延客　牧小猪猛兽做东

一

中午，明全和明智一人一只手提着一大桶猪食，来到猪圈喂猪。猪圈里养着两头半大的小猪：一白一黑，白的小一点、黑的大一点。

往常这个时候，一听见外面有响动，两头小猪便会争先恐后地冲到圈门边，哼唧着、拥挤着，不停地用嘴拱着门脚，迫不及待地想吃食，而这时，送猪食过来的人离圈门口都还有好长一段距离呢。可今天却有些反常，猪食都已经提到圈门口了，两头小猪却不见一点儿动静。

放下猪食桶后，明全便歪到一旁，蹲下身来，一边看着明智忙活，一边卷起旱烟来。

明智咬紧牙关，哈着腰，憋着一口气，一只手紧握着猪食桶的提手，将桶高高地提起来后，另一只手兜着桶底，使劲往上抬，使桶身尽量倾斜，甚至于完全倒了过来，以便把桶里的猪食尽数倒进圈门旁侧的大石槽里去……倒完猪食，放好桶，明智又侧过身去，躬身取下顶在圈门上的杠子，打开了圈门。——圈门是朝外开的，关的时候，用一根长长的木杠子倾斜着，一端顶在圈门上不易滑脱的地方，一端紧紧地抵在圈门侧的大石槽下即可。有时，担心关得不够严实，主人还会提起一只脚来，在杠子上使劲踩一踩，使其顶得更紧、抵得更牢。

一打开圈门，明智便迅捷地侧身歪到一边，因为按以往的经验，圈门一打开，两头小猪便会飞也似的冲出来，不注意被它们撞上了，非摔个四仰八叉不可。

明智等了一会儿，不见小猪们出来，便轻轻地拍了拍圈门，同时"啊啰嗡""啊啰嗡"地呼叫了几声，想把它们逗引出来……即便如此，依然不见小猪们出来，也听不到圈里有一丝响动。这时，兄弟俩才感觉到有些不对劲，警觉了起来。

兄弟俩挤在圈门口，探着身子、伸长脖子，朝圈里面张望。猪圈低矮狭窄——也就一人多高，半间屋子大小的样子，加之天色有些阴沉，所以圈里面显得有些昏暗。瞅了好一会儿，待眼睛适应了圈里的昏暗后，兄弟俩这才看清楚了圈里面的情况：黑猪站立在圈后的一个角落里，瑟缩着，瞪着一双惊恐的眼睛，直愣愣地盯着圈门口的兄弟俩；白猪则躺在另一个角落里，大半个身子蜷缩在乱草中，一动不动的。

它们莫非是生病了？兄弟俩疑惑了起来。这段时间，连着下了好几天的雨；尤其是昨晚上，雨下得更大，电闪雷鸣的。猪圈的顶，是用苞谷秸秆、稻草简单盖就的，很不严实。圈里面，天晴的时候，顶上会漏下一缕缕亮光来；下大雨的时候，雨水则会过筛子似的，从秸秆、稻草的缝隙间，淅淅沥沥地洒落下来。只有四个角落不漏雨或漏雨少。据此，兄弟俩怀疑小猪们是不是淋到了雨，受凉了，生病了，以致影响到了食欲？——如此的话，更要逗哄它们出来吃一点，这样才有助于增强抵抗力，使其尽快康复。明智于是又轻轻地拍了拍门，又"啊啰嗡""啊啰嗡"地呼叫了几声。可是黑猪依然傻呆呆地僵立在那儿，眼神呆滞，没有一点上前的意思；白猪呢？依旧躺在乱草中，一动不动。

明智倒吸了一口凉气，鞋也顾不上脱，一个箭步，便冲到了圈里面去。

黑猪被明智这一突兀的举动吓了一大跳，猛地向前一跳；脚刚落地，便又嗖地往前一蹿；继而逃命似的冲出门去。站在圈门口张望的明全见状赶紧闪开。

"啊！大哥，快来看！快来看！"明智突然惊叫道。

"咋个了？！咋个了？！"明全被吓了一大跳，鞋也顾不上脱了，一边颤声追问着，一边三两步冲进圈里来。

"你看！你看！白猪……呐！呐！"急切间，明智有些语无伦次。

只见白猪的脊背两侧，几条长长的口子，皮肉外翻，血都已经凝固了；脖子下几个孔洞，看样子很深，应该是很长、很锋利的犬齿咬出来的……

…………

"能够将这么大的一头猪抓成这样，并最终将其咬死的，会是什么东西呢？"明智低着头，盯着白猪身上的伤口，陷入了沉思："豺狼估计不行，除非是一群……然而，就算是一群，它们也是不敢贸然闯进寨子里来的。而且，从白猪身上的伤口来看，也不像是一群豺狼撕咬出来的；而且……

"'狼蕨豹'也不行，它们太小了，且常常独来独往的，抓只鸡、叼只鸭还差不多。

"老虎倒是不在话下。别说这么一头小猪了，就是一头三五百斤的大肥猪，它们也都制服得了。——只是，多年前，它们就已经在寨子四周销声匿迹了……

"思来想去，咬死这头猪的，应该是只大豹子——金钱豹之类的。如今，寨子周围的深山老林里，还能不时见到它们的踪影；夜深人静时，它们偶尔也会闯进寨子里来；它们咬死、咬伤家畜的事情，也时有传闻。它们虽然没有老虎那么厉害，且也是独来独往的，但，捕杀这么一头半大的小猪，它们是绝对有这个能耐的……"

"嗯！肯定是大豹子咬的。"傻呆呆地沉思了好一会儿后，明智点点头，自言自语道。

"嗯！豺狼不大可能，它们没有这个胆量。况且，一两只豺狼，也是很难咬死这么大一头猪的。老虎更不可能。……你看，这伤口，既不像是豺狼抓的、咬的，也不像是老虎抓的、咬的。不是豺狼，不是老虎，那就只能是大豹子了。"明全轻轻地说。刚才，他也在认真思考、推测，且也想到了豺狼虎豹等野兽。

"如果是大豹子咬的，那它是怎么进到这圈里面来的呢？"兄弟俩有些疑惑。但是，很快，二人便不约而同地抬起头来，转动着脖子，下意识地扫视了一圈圈里，继而几乎同时抬起手来，指点着圈门上方，说道："对了、对了，这里、这里……（豹子）肯定是从这里钻进来的。"

赵家大院里的这间猪圈，十分简陋，这前边也简单介绍过的。它建在院子后面，院墙的一个角落里，一面山墙，是借用作坊的；另一面山墙和后墙，则借用了近乎垂直相交的两面院墙。换句话说，这间猪圈，只有前面的这堵矮墙是另建的——只建了半人多高——。这堵矮墙和房檐之间，那一道两三尺高的空隙，足够一只成年的大豹子钻进钻出。

"那它又是怎么进到这院子里来的呢？院墙高高的，足有一丈多，它跳得进来吗？……——喔！对了、对了，那里、那里……"兄弟俩又不约而同地想到了另外一个地方——院墙上的豁口。

这几天，阴雨连绵，一阵接一阵的。前天傍晚，一场大雨过后，不久，"哗"的一声，院门侧后方的院墙上，垮塌了，出现一个大大的豁口。——当初大约是因为那一段院墙不是"门面"，所以，建造的时候，有些马虎：用的黄泥黏性差；石块也砌得凸凹不平龇牙裂缝的。……连续几天的雨水浸润，使其变得酥松，终致垮塌。

这几天，贵发一直在杨家山帮忙，为修庙的师傅们打下手。他早出晚归的，来不及组织家人及时将豁口修补上。想不到，就出了这样的事情。……豁口离地面七八尺高，对成年豹子来说，也许算不得什么，轻松一跃，便可跳上来。

"幸好昨晚上雨大，又电闪雷鸣的，大家没有出门来，否则，碰到那只豹子的话，那就不得了了。——不要说豹子了，就算碰到的只是只豺狼，那也不得了。"明智十分庆幸。

"昨晚上，这两头猪肯定东逃西窜，遭（被）吓惨了、遭咬惨了……都怪我们，竟然一点响动都没有听见，——可能是雷声太大了，把它们的喊叫声给盖住了。——不然的话，隔着大门吼几声，或者冲出门来打两枪，就可以把那豹子吓跑了。"明全说道。

"半夜三更的，最可怕的是哪样啊？不是豺狼虎豹，是人！豺狼虎豹可怕，人更可怕……所以今后，晚上听见外面有些哪样响动，不晓得是哪样声音的话，千万不要开门。有枪也不行！你有，人家也有。最主要的是，你在明处，人家在暗处；而且，人家还可能不止一两个……莽莽撞撞地打开门冲出去，遇到那些人，你想想，吃亏的是哪个？"明智撇撇嘴，提醒明全小心谨慎。

彼时，社会很不太平，天才刚擦黑，甚至太阳才刚落山，寨子里，家家户户就已经早早地阖上了门、关上了窗。灰蒙蒙、静悄悄的寨子里，只有那些胆大的中青年男子，才敢偶尔出来串串门。

"嗤！胆小鬼。"明全嬉笑道。

"来来来，我们先把这猪拖出去，然后抓紧去找把尖刀来，看看还能不能放出点血来……放不出来，就说明血已经窜到肉里面去了。窜了血的猪肉，红彤彤的，不好看；吃起来，也腥得很！"说话间，明智已弯腰拽住了白猪的一只后脚。——刚才只顾闲聊，差点忘了该干的事。

"我去找刀来。"把白猪拖拽到猪食槽旁边的石案上后，明全转身便要去找尖刀。

"哎！大哥，顺便叫我妈烧点开水，等会儿好烫……喔！再看看老三他们在不在家，在的话，叫他们去把老爹找来。"明智又想起了一些事情，便赶紧对着大哥离去的背影，大声吩咐道。

"嘿嘿，有肉吃了。"明智摇摇头，自嘲道。继而忍不住笑了起来，为自己的孩子气。很快，他的脸止不住烫了起来，为自己的"心魔"："本来家里遭受了这么大的损失，自己应该难过才是，然而，自己竟然像小孩子盼望杀年猪那样……自己这么大的人了，想不到还这么馋，这么不懂事……"

二

白猪挺在石案上，贵发用木瓢舀起木桶里的热水，从上到下、从头至尾，慢慢地淋到猪身上。腾腾热气中，明全、明智兄弟俩，一人一把菜刀——一手紧握刀把，一手使劲按捏着刀背，"哧哧哧哧"地刮着猪毛。遇到刮不动、不好刮的地方，贵发又淋上些热水，再烫一烫。明德、明礼、明英站在一旁，津津有味地看着热闹。

"可惜了，半大的猪，正是长肉长膘的时候……都怪我，这几天去庙上帮忙，一忙起来，就把自己家的事情给搞忘了……早点把这院墙修补好，豹子也许就进不来了，我们家也许就不会折这个财了。"贵发喃喃自语道。

"我和大哥也是，天天忙着放牛割草，也把这件事情给搞忘了。"明智有些歉疚地说。

"忘了就忘了、折了就折了，只要人没有事……昨晚上，幸亏菩萨保佑。"贵发安慰了一下明智，而后换上一种轻松的表情、口吻，一边忙着手上的事情，一边逗哄几个年幼的孩子道："老幺，你们咋个晓得我在杨家山？"

在贵发的心里，损失了这么大的一头猪，确实有些可惜，但较之家人的安危，这点损失又算得了什么？想到家人的安危，他暗自庆幸——

"我妈讲的，说你一大早就去杨家山了。"明礼嫩声嫩气地回答。

"我妈讲，昨天晚上，你和大伯就已约好了，说是今天山王庙完工，事情多得很！忙得很！你们要早点过去帮忙。"明德补充道。

"喔！难怪得……"贵发故意装出一副恍然大悟的样子，微笑着说道。

"爹，豹子是哪个样子的？"明礼好奇地问道。

"嗯……就像猫那样，但是要大很多。"贵发用木瓢拍了拍石案上的猪，接着说道，"嗯！和这头猪差不多，只是没有它这么肥。"

"爹，这豹子凶得很哈？"明英的眼神里，既有些佩服，又有些恐惧。

"嗯，凶得很！这么大的猪，而且还是两头呢，都打不过它……你看，白猪遭它咬死了、黑猪遭它吓疯了，你说它凶不凶？"明智代爹爹回答道，其神情、语气，颇有几分神秘。

"黑猪背上，也遭抓了好几道血糊糊的大口子……早先时候，我们还以为它没有遭伤到呢。——可能是黑猪身上黑，所以伤口看上去没有白猪的这么明显。刚才我去吆它，想让它过来吃点猪食。开始的时候，它倒还听话，一吆就走，但是走到猪圈边上的时候，它就畏畏缩缩的，一步也不敢再往前边走了。我在它屁股后使劲推了一把，想把它推到猪槽边来，结果，吓得它哟！嗷的一声，扭头就跑……它估计是遭豹子吓破胆了。"明全接着说道。

"咬死白猪以后，估计是哪样声音——应该是雷声……昨晚上，雷声实在是太大了，感觉房子都给震得摇晃起来了，吓到了它，把它吓跑了。要不，它就要咬开、撕开这猪的肚皮，把脑壳拱进去，把里面的肠肝肚肺吃得干干净净的。"明智的话像是说给大家听的，但那神情、口吻，又像是在故意逗哄、吓唬几个年幼的弟弟妹妹。

"爹，你见过豹子没有？"明礼好奇地追问。爹爹和两个哥哥绘声绘色地描述，勾起了他的好奇心。

"老爹和大伯他们，老虎都见过呢，何况豹子？"明智逗哄明礼道。

老虎这种猛兽，对明全、明智这一代人来说，似乎已经有些遥远了。而上一代人——而今四五十、五六十岁的，闲聊时，倒是偶尔有人说起，说自己曾经亲眼看见过的。比如，钱正义就曾多次说过，多年前自己还很年轻的时候，哪天哪天，在哪里哪里，自己亲眼见到过一只大老虎。他还说，那老虎也应该看见他了，只是，那老虎那眼神哪！寒光闪闪的，刀子一样。吓得他哟！全身软绵绵的，腿脚都提不起来了……嘿嘿，据说尿都差点给他吓出来了。幸亏那老虎没有追过来，而是一转身就不晓得钻到哪里去了。奇怪的是，在那密密层层的枝叶间，那么大的一只老虎，活动起来，竟然静悄悄的，一点声响都没有弄出来。他僵立在那儿，脑袋一片空白……也不知道过去了多久，总之，直待确定那老虎已经远去了，不会再回来了，他这才敢挪动酥软的腿脚，朝着相反的方向，小心翼翼地逃离了那片危险之地。最后，他还带着一脸的庆幸，神秘兮兮地说：由此可见，老虎是有灵性的，一般不随便伤人、害人的。可是任他怎么说，听的人总感觉像是在听故事。

"见过！而且还不止一次两次、一只两只呢……而且，我还遭豹子舔过呢。"贵发笑着说道。

三个孩子瞪大了眼睛，半是惊讶，半是不信。

"不信啊？"贵发被孩子们的神情逗乐了，便直起腰来，笑着说道："前几年，我去对面山上割草，在半山腰上的一蓬狼蕨叶下面，发现了两只豹子——'狼蕨豹'。我歪到一边，用镰刀背使劲敲了几下岩石……之后，等我再歪过来看时，它们就已经不晓得跑到哪里去了。"

"你不怕它们咬你？"明英的眼睛瞪得更大了。

"不怕！这种豹子不大——和条土狗差不多，一般不伤人的。它们胆子小得很！你还没有挨近，它们早就跑了……这么大的猪……"贵发又用木瓢拍了拍石案上的猪，而后继续说道，"猪长到这么大，就不怕它们了。它们抓的主要是些小东西，比如鸡呀、鸭呀、兔子呀之类的。"

"昨晚上咬死我们家这头猪的，应该是另外一种豹子——皮毛上斑斑点点的那种。那种豹子要大得多、凶得多。不要说是猪了，就算是牛和马，遇到了它们，也都怕得不得了，也都不一定跑得脱。饿极了，牛马它们也照吃。有一年，一天早上，我去田坝里放水。当时，我实在是太累了，盖着蓑衣，靠在田埂上，不知不觉就睡着了……突然间，我感觉脚杆上有点痛，像是有人拿刷把使劲刷一样。我惊醒过来，睁开眼睛一看……咦！吓了我一大跳。——你们猜，我看到哪样了？"说到紧要处，贵发说书人似的，卖起了关子来，想看看几个孩子的反应。他明显感觉到，几个孩子才刚放下来的心，又高高地悬了起来。

"看到哪样了？啊？爹！"

"爹！快讲嘛，看到哪样了？"

"你们再好好想一下，我刚才讲过的。……嘿嘿，看哪个猜得到。"贵发故意逗趣道。

…………

"我一看，哎哟！"贵发大声说道，神态、语气十分夸张。

几个孩子心头猛地一紧，眼睛、嘴巴不由得瞪得更圆、张得更大了……

贵发瞅了瞅孩子们的表情，忍住笑，接着说道："一只豹子，正在舔我的脚杆呢，舔得我好痛噢。我脚一动，就把它吓跑了。昨晚上抓咬我们家猪的，应该就是这种豹子。"

"舔一下就这么痛？"明礼有些不解，便下意识地抬起一只手来，伸出舌头，在手背上使劲舔了舔。

明礼的有趣之举，逗得大家哈哈大笑。

"豹子、老虎，包括家里喂的猫，舌头上都有倒刺，舔在肉上，痛得很！"明智解释道。

"爹，它没有咬你？"明英再次瞪圆了双眼，不解地问。她想不明白，连这么大的猪都能咬死的，连牛马们都感到害怕的这种豹子，爹爹的脚一动，就能把它给吓跑了？

"那只豹子不大，估计是只小豹崽。另外，白天，豹子实际上是有点怕人的。遇见人，它一般会躲开的。当然，躲不开，它可能就要咬人了。它们主要是晚上凶……"说到这，贵发低下头，看了看白猪身上的伤口，神情颇有些惋惜。这时，白猪已经被刮洗得白白净净的了，其脊背上的抓痕，脖子上的伤口旁的皮肉外翻着，看上去令人胆战心惊。

"'折财免灾'……你们几姊妹记好，今后，晚上，听到外面有响动——不管是哪样响动，哪个都不准开门、开窗。豹子、豺狼，还有坏人，也可以从窗口钻进来的。昨晚上，幸好……"贵发有意把事情说得更严重一些，想让大家更加警惕。——提高警惕，防患于未然，对安全至关重要。

"我们不敢的……有响动，我们就悄悄地来跟大人讲。"明英懂事地说。

"对对对，就应该这样。"贵发赞许地点了点头，一脸的慈爱。

…………

一家人，大人小孩，一问一答的。问的打破砂锅，答的不厌其烦；问的严肃认真，答的嬉笑逗乐——好一幅天伦之乐的美妙画卷。

三

晚上，贵发家摆了两大桌酒菜，正房一桌，刘氏那里一桌。正房这边坐有贵发、贵友、贵立、正文、正启、友福和刘老幺，以及帮忙修庙的一位师傅和他的两个徒弟几人；刘氏那里坐有大伯妈赵沈氏，小舅妈刘武氏及其两个孩子，三个女主人，以及明全、明智兄妹几个。

菜肴以猪肉为主，炒的、炖的、蒸的、煮的，全是猪肉和猪内脏。被豹子咬死的白猪打理好后有五六十斤肉。这些肉比较嫩，水分大，做腊肉不合适，现在也不是做腊肉的时候，加之去哪里找这么多盐。贵发于是安排妻子，把全部猪肉都下了锅。之后，他又匆匆赶回杨家山去了：一则，参加庙里的完工、迎神仪式；二则，乘便邀约一起在工地上帮忙的朋友以及几位工匠师傅，请他们事情结束后到自己家来喝杯酒，也算是为修庙这件好事表示一下自家的心意。

正房这边，大家没有过多客套，饭菜一上桌，便吃喝了起来……今天实在是太忙、太累了，加之午饭又吃得有些早、有些急，以致大家的肚子里早就唱起"空城计"来了。

吃喝得差不多了，大家便悠闲了。烟瘾大的早已抽出随身携带的小烟杆，装上旱烟，贪婪地吧嗒着。大家一边不时地抿一小口酒、吃一小口菜或吧嗒几口烟，一边借着酒兴，七嘴八舌天南地北地胡吹乱侃。聊着聊着，他们很快便聊到这些天修庙塑像、迎神等事情上来了。

下面先插叙几段，介绍一点相关内容：

那天，在正文家，"五老"商定修庙的事情后，第二天一大早，正文便行动了起来。他带着正武、正启等人，早出晚归、走街串巷，这家募点、那家化点，三两天的工夫，就把修庙所需的资金给筹备好了。有了资金，所需的材料很快就备办好了，工匠师傅也很快就请好了。紧接着，请正启择个良辰吉日，放挂鞭炮、上几炷香、烧几张纸，举行一个简单的开工仪式，便开工了。

庙不大，可谓小巧玲珑。三位外村请来的工匠师傅，加上本村七八个出义工的村民，不到半个月就将庙修建好了。若不是这段时间经常下雨，影响了施工，完工的时间或许还可再提前一些。

　　小庙没有窗户，仅在前面开了一道大门——说大门也不恰当，因为，此庙根本就没有前墙，为方便、俭省，此庙只修建了三面墙，即两面山墙、一面后墙。庙里面，紧贴后墙的是一座饭桌高矮、四五尺长宽的石台基；台基上，一尊神像，描红画绿、粘金贴银的，即所谓的山王是也。台基前面，是一张狭长的木供桌。供桌正中摆放着一个用作香炉的大陶钵；供桌前面空间有限，勉强够三四个人并排焚香烧纸、鞠躬磕头、起坐打转的样子。可以想象，仪式场面较大、人员较多时，大多数的东西、人员，就只能放置、停留在庙外了，这样，从较远处望过来，庙就成了大户人家供奉在堂屋里的一尊"神龛"了。

　　今天是庙上最忙的一天，之所以忙，是因为建庙的工作必须赶在吉日吉时前完成，完工后，还要趁吉日吉时到来之际举行两个重要的仪式：竣工仪式和迎神仪式。此类建筑建好后，一般要先由乡绅组织一个竣工仪式，这是"俗世"的仪轨。紧接着，还要请阴阳先生或僧侣、道士等组织一个迎神仪式，迎请真神入住；同时祷以愿望，上达神明，祈求护佑。收拾好猪肉后，已是下午三四点。张氏生怕贵发错过了这两个重要的仪式，便一再催促，要他尽快赶回庙上去。在她看来，丈夫不着家地忙了这么些天；甚至为此而疏于顾家，以致家里损失了这么一头正在添膘长肉的半大猪，为的不就是及时顺利地完成这两个仪式，错过了是个大大的遗憾。

　　贵发回来得还算及时，没有错过最重要的迎神仪式。之前，刚由正文代表"五老"组织并主持了一个简单的竣工仪式；接下来，就该正启上场，主持下一个仪式，迎请真神了。迎神仪式后，真神入住，神像便可以接受村民们的祭拜、祈祷、镇一方风水、保一方平安了。……贵发赶到时，迎神仪式即将开始。庙前面的那一小片空地上，人头攒动，敲锣打鼓、焚香放炮的，十分热闹。

　　贵发一到，就赶紧挤到正启身边，然后歪斜着脑袋，将嘴巴凑到正启耳边，悄悄地嘀咕了好一阵。正启则频频点头，心领神会……

　　…………

　　下面再回到酒桌上来：

　　"几位师傅，来来来，再喝一点。"贵发端起碗来，向几位工匠师傅点了点，劝大家喝酒。

　　"好的、好的，多谢！多谢！"几位师傅也端起碗来，异口同声道。

　　"这些天来，劳烦几位师傅了……招待不周，简慢大家了。"正文也端起碗来，陪着几位师傅，轻轻地抿了一小口，以示感谢，并致歉意。

"这几天辛苦大家了……对大家照顾不周，饭也没有好好地吃一口、酒也没有好好地喝一杯。怠慢了，怠慢了。"正启附和道。

"不客气、不客气……大家都忙，管不了那么多。只要事情顺顺利利地办好了，比吃哪样、喝哪样都好。做好事、积功德，我们大家都乐意，喝口凉水都是甜的。"年长一些的工匠客套道。——师徒几人出门在外，应酬交际时，面子上的话，大都由他这位当师傅的代为回答、言表。

"今天这顿饭，本来应该由寨子里面来请的，我和他们几位老者也已经商量好了的，准备安排在我家。但是，赵二爷非说要由他来请；还说昨天晚上，豹子都已经把肉给准备好了。嘿嘿、嘿嘿……"正文抹抹嘴，接着说道。

"'豹子都已经把肉给准备好了'？"一个年轻的工匠想不明白，便忍不住好奇地问。

另两位工匠师傅，还有正启，也凝目蹙眉，一副困惑不解、若有所思的样子……

正启努力开动着被酒精烧灼得有些糊涂、迟钝的脑袋，认真琢磨起"豹子都已经把肉给准备好了"这一关子来……他知道，这种关子、语气，通常是大人们用来逗哄小孩子家玩的。另外，正文肚子里名堂很多，且很喜欢卖关子、说俏皮话。且，他的某些关子、某些俏皮话，有时候，别人得想好几天才能想得明白。所以，自己得好好想想，谨慎应对，以防上当，头脑糊涂、迟钝的时候，更应如此。如果急于回答，甚而抢着回答，则会让自己显得胸无城府、幼稚可笑，那不就正好中了对方的下怀了？

今天下午，举行迎神仪式的时候，贵发、贵友、正文、贵立等人凑在了一起，贵发便将昨晚上自己家的猪被豹子咬死的事情，绘声绘色地给大家细说了一遍。其时，正启正在人丛中央手舞足蹈、念念有词地忙碌着，故而不知道这一茬。

"哈哈……"见正启等人傻呆呆的，正文忍不住大声笑了起来……随后，便将昨晚豹子翻墙入院，钻进猪圈里，将贵发家的白猪给咬死了的事情，眉飞色舞、添油加醋地给大家描述了一番。

"喂了多长时间了？多大了？"正启侧过头来，看着贵发，关切地问道。

"喂了将近半年了……估计有百把斤。"

"难怪得，这肉吃起来这么香、这么嫩……这半把年、百把斤的猪，肉最香、最嫩——太小了，嫩是嫩，但是不够香；太大了，香是香，但是不够嫩。"正启仰着红通通的脸，煞有介事地说道。他的这番香嫩之说，不知是信口开河，还是确有其事。

"可惜了、可惜了，半大的猪，正是长肉长膘的时候。"年长的工匠师傅不无惋惜地说。

"也没有哪样可惜的，该来的……今天山王庙完工，正好借这个吉日，请大家喝杯酒，吃块新鲜肉，庆贺庆贺。——嘿嘿，豹子不来'帮忙'的话，就只有吃其他肉了。"贵发轻描淡写地说道。

"主人家行善积德，又帮着修庙，又破费请大家喝酒，今后一定会有好报的，一定会顺顺利利的。住在这山里面的猛兽就不敢再来祸害好人家了。"工匠师傅信口说道。

"主人家是积善人家，现在的这点损失，今后也一定会成倍成倍地补回来的。"一年轻工匠跟着恭维道。

"赶你们几个师傅的吉言……你们来我们寨子，帮我们做好事，今后也一定会有好报的。"贵发赶紧回应。

"'举头三尺有神明'，今天迎神的时候，我专门给大家求告了的，保佑大家发家发财、顺顺利利的。"正启兴冲冲地说。今天下午，迎神仪式前，贵发对他附耳低言的，就是求告神仙菩萨这事。

"我兄弟诚恳得很！踏实得很！修这座庙，他不仅出了两块大洋，而且还早出晚归的，自始至终在工地上帮忙。今天中午，几个娃娃去找他，说是家里有急事，他这才中途回了一趟家……把猪打整好后，他又赶紧回到庙上去帮忙。"贵友替弟弟说道。

"主人家又出钱又出力……现在，又招呼大家喝酒吃肉，太谢谢了、太谢谢了。"工匠师傅连连道谢。

"要是个个都像我二哥这样的话，不要说一座山王庙，十座都修得起……有些人，钱也不出、力也不费，还经常跑到工地上来故意刁难、捣乱，这种人要让他遭报应。"贵立愤愤地说。

"你讲的这种人我也见了。这些天，我也一直在工地上，工地上谁是哪样人，我清楚得很！

"哼！那种人家抠得很！枉费他们这么有钱，连那些一般人家都不如……看看人家友福，有钱出钱、有力出力。寨子里的事情，人家热心得很！"正文指了指友福，夸赞道。

"嘿嘿……"友福望着正文笑了笑，算是对正文褒扬的回应。他有些尴尬，不便多言，便只管吧嗒自己的旱烟。

"那狗东西不实在，滑得很！先前，我们去他家劝他捐点钱；他哼哼哈哈的，就想跟我们绕弯子、打游击。他也不说不捐，他就是给你拖，说手头暂时没有现钱，叫你等等。今天拖明天、明天拖后天，拖来拖去，最后……"说到这里，正文嘴巴一撇、两手一摊，表示事情泡汤了……随后，他还指了指桌上的酒菜，接着补充道："看看，现在，饭都已经吃了，也还不见他们家一分一厘。"

"他之所以这个样子原因有两个：一个是抠，另一个是心头不舒服。抠就不用多说了，大家都晓得的，他家从根上就是这样的。心头不舒服，为哪样不舒服呢？他就是不想把庙修在他家那里，怕给他家带来什么不好的影响。哪个有闲工夫天天去找你、等你、催你？你不想庙修在那里，就不修在那里了？那山是你家的啊？你凭哪样说三道四的？啊？……"正文越说越生气，有满腔的怒火需要发泄似的。说到激愤处，他甚至忍不住骂起人来。其言谈中之所指到底是谁，在座的除几位工匠师傅外，大抵都知道。

"人家杨启前家就没有那么啰唆。启前他妈不仅捐了钱，而且还经常到工地上来，这里瞅瞅、那里看看，问问这样、说说那样，关心得很！人家说话也很和气、在理。"正启说道。

"他家和启前家，同一个爷爷，还亲得很！但是，想不到的是，他竟然连人家孤儿寡母都想欺负，什么便宜都想占。——听说，老以前两家还差点闹到了打官司的地步。这个狗东西的，那是你幺娘、堂弟嘛，你咋个这么做得出来？哼哼，现在人家启前长大了，有出息了，老子看你还敢不敢再乱来？"正文愤愤地说，语气颇为不屑。

"有些人啊！生来就是这样的，不要说婶娘家了，就是亲兄弟姊妹家，有便宜他也照占不误……这种人啊，笑面虎，表面上兄弟姊妹和和气气的，实际上，私底下一个巴不得咬一个几大口呢。"正启涨红着脸，伸长脖子咽了咽口水，而后继续说道，"为了钱，不讲亲情，兄弟姊妹变仇人；不讲道理，欺负人家孤儿寡母……这样的事情，不只他杨家山有，其他地方也有，我们不能有嘴说别人，无嘴说自家。比方说，我们钱家……"他今天很高兴，不知不觉间就喝多了，于是渐渐地口无遮拦。然而，"酒醉心明白"，感觉自己差点就要失言了，他便赶紧刹住了。

"'人比人，气死人'……这世上，哪样人都有，和和气气、通情达理的有，凶呲恶暴、蛮不讲理的也有……这些年来在外面做工，各种各样的人我们几师徒也见识了不少。但凡那些和和气气的，通情达理的，家境大都比较好；而那些凶呲恶暴的，蛮不讲理的家里大多穷屑屑的。这是为哪样呢？一句话，是穷是富，那都是有讲究的。所以说，这人啊！穷点无所谓，也不怪你，更不会瞧不起你，但是，你脾气、德性要放好点，不要像那'茅澌坎上的石头——又硬又臭'。有一年，我们几个去帮一个寨子修财神庙——那庙也很小，也就五六尺长宽、五六尺高矮的样子。修得差不多的时候，请人来写对联。人家那副对联写得很好也很有道理：'和气求财财易至，昧心做事事难成'。你们这里的那副写得也很好。"说起对联，年长的工匠师傅摇头晃脑的，颇有些读书人的风范。

"咦！吴大爷呢？他咋个没有来？今天好多人见到'庙门'上的那副对联，都夸奖写得好。"说到对联，正启想起了志德来。

"他临时有事，来不了。"贵发答道。

"志德其实写了好几副：'守风护水佑佳境，知礼识文酬大神''挥鞭瞋目守佳境，达理知书当好人''善举善心善男女，好山好水好乾坤''求子求财求好运，叩神叩鬼叩良心'。他拿来和我商量，说看看哪副更合适、更恰当……我们两个商量来商量去，还是觉得第一副好——上联符合我们的心意，下联体现对大神的尊崇。其他几副呢，感觉有点落于俗套。"聊到对联，正文也摇头晃脑的，读起对联来时，他还特意换了一种抑扬顿挫的语调。

"好是好……只是，'知礼识文酬大神''达理知书当好人'，用在文昌阁、文昌庙上，感觉更妥当。"贵友说道。

"大爷，风水这东西，到底有些哪样讲究？"贵发趁机转移了话题。他担心再这样聊下去的话，尴尬的恐怕就不止友福一人了。

"大爷，你好好地摆一摆……这风水咋个看？有哪样区别？风水好或者不好，会有哪样影响？"贵立来了兴致，有一段时间，他差点就去拜个师傅，好好地学它一学了。

"风水这东西，讲究是应该要讲究的……但是，最该讲究的，还是人心。

良心才是最好的风水，好人才会有好报……比如，我们钱家……"

"嗯！嗯！我看，大家也喝得差不多、吹得差不多了……"正文打断了正启的话题，随后站起身来紧接着说道："现在，请几个师傅跟我去我家一趟。有一些感谢费、辛苦费要回家去取一下。然后，安排几个人，护送几位师傅回去。十多里路，快得很！"

"好的、好的，今后有机会再喝、再吹。"友福知趣地附和。

"我们几个……"贵友用手指在面前横着比画了一下，表示所有在场的本村人皆为护送人，然后接着说道："再加上明全、明智……七八个人、三四把枪，估计就差不多了。"

"灯笼我这里有的，一两盏就够了；枪嘛，我带一支、大哥带一支、老幺带一支，三支就够了。"贵发建议道。

"好！那就这样。走！"正文一边说，一边率先走出门去。

外面黑漆漆、静悄悄的，一片安宁、祥和……

第六章　绝壁间独苗受损　矮檐下寡母求援

一

钱家大院里的几兄弟，虽说血缘上还很亲近——仅在血缘的浓淡上有一点点区别，即，四兄弟同父异母，正义、正文一个妈，正武、正斌另一个妈，但关系、情感上，却都十分疏淡！疏淡的原因，说起来有点复杂，且有些因人而异的味道。这么说吧，正义与正文之间疏淡，原因是二人向来就有些"志不同，道不合"的意思。比如，正义重利，一心只想着收罗聚敛、发家致富。且过于悭吝，舍不得吃、舍不得穿，一心只想往家里扒拉；更不愿干那些今天你请客、明天我做东的事情，要干的话，除非只做客不做东。为防吃亏，他甚至不愿结交朋友、与人来往，只想待在家里，好好地守着自己那来之不易的家业。正文重名，家里的事不大管，外面的事却十分热衷，且喜好交朋结友、吃喝玩乐，因而交游颇广，周围几十里范围内，男男女女、老老少少，提到他钱正文的大名，很少有不知道的。如此，"道不同不相为谋"也就是情理之中的事了。

正武与正斌之间，疏淡的原因却很少有人知晓。不知晓，猜测自然就多，比如，有人猜测是八字不合，有人猜测是性格相背……

两对同父异母的兄弟之间，疏淡的原因，村民们虽也很感兴趣，可是，想来想去，其思维的双腿，却总是跨不出那道血缘围成的低矮、狭窄的篱笆。

有意思的是，兄弟四人所以疏淡的一个更为重要的、更深层次的原因，即利益上的冲突，却很少有人提及。之所以这样，大抵是因为这一因由实在是太过寻常了，寻常得不值一提。——或许是，太过寻常、不具"特色"，或"特色"不够突出的事情，往往很难激发人们的兴趣。

下面着重聊一聊兄弟几个利益上的某些瓜葛：

多年前，祖上剩下来的那点家业，均分给了正义兄弟几家：大家一样的房屋、一样的田地……说是均分、说是一样，但有些人家却不这么认为，比如，哥几家就一致认为：分家时，小弟正斌家占了大便宜，尤其是在田地方面。其他方面也就不说了，看得过去就行；可田地方面，则是必须认真对待的。——田地，那可是生存的根基呀！然而，分田分地时，父母却有些不"认真"，比方说，大家所分到的田地，虽说总面积上大致相当，可位置、肥瘦等方面，差别就大了。看看正斌家的，大多在路边、河畔，且大多是整块整块的，耕种、管理、收割都十分方便。而哥几家的，则大多远离大路、河沟，且十分的零散，这里一小块、那里一小片，补丁似的。因此，几个哥哥家，特别是正武家，意见很大，老是抱怨父母偏心，把好田好地都分给了正斌家……

利益上出现了较大的分歧、冲突，兄弟间，就算关系、感情很淡，隔阂、矛盾很深，意见、牢骚很多，通常情况下，大家也都会尽量管控好自己的情绪、嘴巴，以防家丑外扬……妯娌间则不然，她们往往闹腾得十分厉害，唯恐无人知晓，或知晓的人不够多似的。这不，分家后不久，正义的妻子赵氏、正武的妻子黄氏，很快便将自己家的这些破事公之于众。"演说"时，二人或各自为政，或一唱一和，不仅不分场合、不看对象，且常常是场合越尬、听众越多，二人说得越动情、越带劲；说到恨处、痛处，还少不得要发发牢骚、说说怪话，非议父辈们几句。听众中，有过类似遭遇的，听到恨处、痛处，每每感同身受，几不自已……

经这两妯娌这么一闹腾，再加上别人的传播、放大，使得很长一段时间里，兄弟几家的这些家务事，成了寨子里人们茶余饭后谈论的焦点，时至今日，这些陈年旧事，仍是村民们的重要谈资之一。闲谈的人们，说什么的都有。有的说："'手心手背都是肉'，做父母的，咋个会偏心？大体上，还是公平的……总不能拿戥子来称吧！就算称了，也不可能做到完全一样嘛！所以，要理解父母嘛！"话刚说完，马上就有人唱反调："哼！说得轻巧。火烧到哪个的脚背，哪个才晓得痛……'手心手背都是肉'，确实……只是，肉和肉不一样啊！手心里，肉又肥又厚；而手背上呢？就那么一层薄皮皮。而且握紧拳头，整只手还是向着手心的。"有的说："正斌是幺儿，且从小体弱多病，父母偏爱一点，也是可以理解的。这哪家都一样：哪个娃娃家要薄弱点，父母就要为他们家多操点心。——'哪只桌子脚低，就要垫垫哪只'，正常得很嘛！"话音刚落，立刻就有人站起来反驳，说："再咋个说，一碗水也得要端平啊！端不平，今后有得吵、有得闹的。你们没有看见啊？那钱赵氏、钱黄氏，吵闹得多凶。"有人说："兄弟之间，情同手足，应该互相谦让，不要太计较。作为哥哥，让让弟弟也是应该的。"当即就有人不同意，说："亲兄弟也要明算账，那些田地，方便的和不方便的，肥的和瘦的，应该搭配起来分，那样才合理……千万不能搞成一笔糊涂账，否则，会影响到兄弟之间的感情。再说，兄弟是亲兄弟，妯娌不一定是亲姊妹。兄弟间让得，妯娌间不一定让得；兄弟间可以不计较，妯娌间凭哪样不计较？"有人说："'打铁要靠本身硬'，父母留下来的，只是个基业、基础。今后咋样，还得靠自己，干得好，家业越做越大；干得不好，坐吃山空，正房吃成偏刷。那斩白蛇起义的汉高祖，那要过饭、放过牛、当过和尚的明太祖，不就是白手起家，最后当上皇帝的？所以说，关键还是要靠自己。"有人便说："有点基础还是好，最起码可以扶自己一把。白手起家当皇帝的，几千年来，出了几个？再说，皇帝，天上的星宿，是我们小百姓所能比的？我们小百姓家，有吃有穿，过好自己的小日子就行了。你看你，扯得多宽、多远？——呵呵，连老皇帝都给搬出来了。"

因为利益上的冲突，所以，兄弟、妯娌们虽然生活在同一个院落中，左邻右舍地住着，进进出出，每天也要碰上好几次面，但很少交流，更不兴串门、聚会这些……狭路相逢，高兴时，彼此点点头、哼一声，算是招呼；不高兴时，脸扭到一边，各走各的路、各忙各的事……

多年后，兄弟几家，境况都有了很大的改观；相应的，几家人的心态和关系，也随之发生了某些微妙的变化。

正义家是，在妻舅家的大力帮扶下，加上自家的精明、俭省，短短几年的时间，就把家业给重新振兴了起来。近些年，他们家更是异常的顺利，买田置地，做生意、放高利……可谓是，什么赚钱就干什么；干上什么，什么就赚钱。家境好了以后，夫妻俩的心情也就好多了，于是，渐渐地，便不再把正斌家放在心上了；人前人后，钱赵氏也懒得再提起那些陈芝麻、烂谷子的事情了。这时，夫妻俩考虑得更多的是：第一，如何守好这辛辛苦苦挣来的家业，以防别人占了丝毫的便宜去，亲兄弟也不行。第二，偌大的家业，如何传承下去？传给谁？相较而言，后一个问题显得更为重要、紧迫，常常令夫妻俩辗转反侧，苦闷不已。——这或许也是夫妻俩无心和其他几家纠缠的一个重要原因。

传给谁？问得好奇怪。传给下一代不就行了？——问得不奇怪！问题恰恰就出在这下一代上。这一问题，前边介绍过的，现在再来简单聊一聊。原来，婚后多年，钱正义夫妻俩一直没有生育……困难时期也就罢了，往宽处一想，夫妻俩很快就释然了。两口子，汤汤水水的尚且难以为继，再多张嘴，岂不更艰难？再说，生下来而养不起，或养不好，做父母的岂不更难过？如此，还不如不生不养呢。可是，家境渐渐殷实起来后，夫妻俩的心境很快就发生了很大的变化，渴望下一代的心情变得越来越迫切、后继无人的焦虑感越来越强烈：没有子嗣，后继无人，家业再大又有什么意义？到头来，不过是逗狗打架，为他人做嫁衣裳罢了。于是，两口子强忍着割肉般的疼痛，该送礼的送礼、该破费的破费，赔着笑脸、说着好话，问了许多巫医术士、讨了不少灵药妙方，反复尝试。还多次趁着早晚天色昏黑，外面人少的时候，悄悄地跑到庙山上去，一头钻进断垣残壁间，对着那尊斑斑驳驳、一身尘灰、蛛网的神像拜了又拜、说了又说，也不管人家管不管送子这事。——这些诚意和祷告，直到周氏进了钱家的大门，成了钱正义的二房后，方才一一得到了"应验"。

正文家呢，夫妻俩原本就对正斌家没有多大意见。最多是，媳妇严氏受人挑唆，忍不住对丈夫吹了几句枕边风而已。幸亏，媳妇的话，正文大多不以为意。他是个很有主张的人，一向认为：别人的话，包括自己媳妇的，不可不听，但不可全听；不可不信，但不可全信。如今，经济上，他们家的境况，虽说还远不如大哥家那般殷实，甚至连两个弟弟家也还都赶不上，但在寨子里，好歹也属于中上。政治上，社会地位上，正文是寨子里的"五老"之一，且常常是其中起决定性作用的那位，在本村本寨，在周边四乡八寨，有着较高的社会地位和名望，俨然功成名就的绅士。可以说，一年三百六十五天，起码有三百六十天，他的周围，常常是前呼后拥的，充斥着恭维话、弥漫着马屁味。这种优越感，这种面子，是他那几个俗不可耐的兄弟所无法比拟的。另外，夫荣妻贵。正文的社会地位和名望，也让其妻十分享受、陶醉。人之常情——或许是吧：有优越感，就会自觉或不自觉地，将自己置于强势的地位，从而不屑于与其他处于弱势地位的人为敌、计较；有面子、好面子，就会更加爱惜自己的羽毛，从而不敢太过计较、苛刻。总之，优越感加上要面子、好面子的心理，使得正文夫妻俩对小弟正斌家不但没有了想法，反而渐渐地有些同情起那对孤儿寡母来。有时，看到正武家对秦氏过分了，正文心里竟然有些愤愤不平。无奈，人家正武和正斌是更亲的兄弟，自己这个所谓的二哥、二伯，终究隔了一层，不好怎么说。

　　对正斌家的那些所谓的不快，正义家和正文家，都早已放下了。唯有正武夫妻俩，不仅没有放下，反而额外滋生出了许多新的"想法"。

　　看着大哥家越来越兴旺发达，正武夫妻俩心里很是嫉妒、着急："夫妻俩精心算计了这么多年，想不到，到如今，家境竟然还差大哥家这么一大截……"怎么赶超大哥家呢？夫妻俩为此伤透了脑筋，并常常为此而思谋到深夜。据说，本着"人无横财不富，马无夜草不肥"的歪心思，急功近利的夫妻俩琢磨出了不少的鬼点子、馊主意，也干了不少上不得台面的，甚至可谓伤天害理的事情。这些事情，突出的有两件：一是勾结外地的劫匪、绑匪，来本村打"窝边草""牵肥猪"，夫妻二人负责充当内应；二是，打小报告，帮助保甲抓壮丁。这些事情，寨子里老早就有了不少风言风语，只因是猜测、传言，且忌惮于钱家的势力，所以大家都说得十分含蓄、隐晦，且说的时候，每每表情神秘，左顾右盼的，担心不该听的人听了去、该听的人听懂了似的……讽刺的是，夫妻俩对此竟浑然不觉，或者，人家本就不以为意。

　　不可思议的是，亲兄弟家的主意，正武夫妻俩竟然也打过，甚而将其作为重点，考虑了很长一段时间。大哥家富得流油，当然很有诱惑力，奈何大哥太狡诈、大嫂太厉害，加之又有人丁兴旺、家境殷实的外家做后盾，自忖占不了便宜，甚而担心被"倒打一耙"，于是只好打消了这一念头。二哥家没有多少油水，且一家人也都不是吃素的，所以最好别去招惹，以免"羊肉没吃到，反惹一身骚"。小弟家倒是个不错的选择，理由嘛——一是，他们家家业也搞得很不错，颇有些油水；二是，自己和正斌是亲兄弟，而亲兄弟间的事情，外人不便插手；第三，最主要的是，正斌早亡，侄儿又还小，且弟媳又是个妇道人家，空子应该很大的。于是，夫妻俩很快便把焦点放到了这对孤儿寡母的身上，并蠢蠢欲动，只是碍于颇多羁绊，短时间难以下手。有时，夫妻俩还会这样想：是不是自己家的风水出了问题，或不够好，以致流年不利。为此，夫妻俩曾不惜放下身段，多次造访隔壁院子，赔着笑脸，请求正启过来帮忙看看。怎奈正启老是借口田间地头有事，旋即装出一副忙忙碌碌的样子，一边和他们夫妻俩客套着，一边急匆匆地出门而去。有时实在推脱不过，便只好跟在他们夫妻身后，磨磨蹭蹭地过来，装模作样地，房前屋后瞅瞅、楼上楼下瞧瞧，然后哼哼哈哈、模棱两可地敷衍几句了事。可笑的是，前不久，杨家山山王庙竣工时，一向对公共事务采取"四不"——不问、不管、不出钱、不出力态度的夫妻俩，竟然破天荒地到场参加了那场迎神仪式；还说，过些天还要准备些供品，过来祭拜祭拜呢。

二

一大早，钱秦氏喝了碗稀饭后，便下地干活去了，只留下幼子兴雄在家看家，并照看一下鸡鸭鹅。兴雄是个乖巧孩子，吃了点稀饭后，便蹲在自家大门口，一边玩着石子、树枝，一边注意着那几只躁动不安的家禽。那鸭和鹅，喜欢随地下蛋，找块松软一点的地面，或选个干扰较少的旯儿，匍匐下去，一会儿就把蛋给下下来了。那蛋下下来后，就得赶紧捡回家去，不然，一会儿的工夫，它们就不翼而飞，不知所终了。

"小雄，你在搞哪样啊？你妈呢？"兴雄的三伯母钱黄氏从自家的后门里探出个头来，大声问道。

"看家！我妈做活路去了。"兴雄抬起头来，脆生生地回答。

"等哈，和伯妈上山讨蕨菜、挖折耳根去！有些果果好吃得很！回家来后，我叫你妈用蕨菜、折耳根炒鸡蛋给你吃。"

"伯妈，我要看家。"犹豫了一会儿，兴雄答道。

"把门锁好就行了。——有没有锁？"

"嗯！有的。"七八岁的孩子，终究抵挡不住诱惑……

很快，黄氏便背着一个小竹篓、提着一把小锄头，从自家后门出来了。

"你会不会锁门？"黄氏关心地问道。

"会的，会的。"兴雄高兴地答道。

"快去锁门，伯妈等你。"

…………

山野里静悄悄的，除了黄氏和兴雄外，再看不到别的人影。

太阳升起来了，金灿灿的光辉洒满了大地。小路两旁，花花草草、荆棘灌木枝枝蔓蔓的，绿意盎然。枝叶上，露珠亮晶晶的，折射出童话般的七彩光泽。油菜已经开始泛黄了，枯黄的叶片掉得满地都是；麦穗长长的，鼓鼓囊囊的。阳光里，兴雄小脸蛋红扑扑的，光洁水润。

　　黄氏背着竹篓走在前边，东张西望的，不时地弯下腰去，折一两根蕨菜、掘一两根折耳根，反手扔进竹篓里。兴雄蹦蹦跳跳地跟在后面，兴致勃勃地，一会儿这边，探着身子，撩撩灌木丛上不知名的小野果；一会儿那边，弓着腰背，在荆棘丛底下仔细瞅瞅，看看有没有肥嫩的蕨菜、折耳根……偶尔，一两只惊起的鸟儿，"噗噗噗噗"地，从前面不远处的草丛里、灌木丛里冲上天空，在二人的头顶上叽叽喳喳地盘旋着——淡淡的影子，在地面上不停地掠过，来来往往，穿梭似的。每每这时，兴雄总要停下脚步来，随后仰起脑袋、眯着眼睛，目光追逐着小鸟们的身影，饶有兴味地观望好一阵。而后，再一阵小跑，向着前方已然远去的三伯母追去。

　　沿着小路往前走，地势变得越来越窄，小路也变得越来越崎岖……不知不觉间，二人走进了一段狭窄、幽深的山谷。山谷两边，相向而立的两座大山，一座山势较为平缓，山腰以下，是台阶似的旱地，一级一级的，杂种着油菜和小麦；旱地间，地埂可以为路。山腰以上，灌木、荆棘、杂草等层层叠叠的，无路可循。另一座，巉岩乱石，犬牙交错。一道崖壁刀削一般，又高又陡，仰面望上去，让人不禁有些眩晕。崖壁的顶端，中间的地方，横着一块巨大的岩石；岩石的一端，突出崖壁来，尖尖的，远远看去，鸟喙一般。因这样的形象构造，当地人便将这道崖壁、这块岩石称为鹰嘴崖、鹰嘴岩；同时，还借鹰嘴之名来命名这座大山，曰鹰嘴山或鹰嘴坡。鹰嘴山上，一条狭窄、崎岖的小路，由山脚下蜿蜒而上，穿过一道道岩石、崖壁的缝隙，到达"鹰嘴"边后，再从"鹰嘴"这边的"嘴角"穿到那边的"嘴角"去。远远望去，小路犹如一条被横叼在"鹰嘴"里的长长的，弯弯扭扭的长虫。

　　"小雄，我们去这边。这座山上，蕨菜、果果多得很！"黄氏停下脚步，指了指鹰嘴山这边，而后便率先走了过去。她走路爬山、上田下地，脚下还是比较利索的。在山桃寨这样偏远、贫困的地方，妇女们也得出门干农活、讨生活。

　　鹰嘴山是一座岩石山，上山的小路梯子一般，弯来绕去的，又窄又陡。有几个地方，关口似的，很是狭窄，且台阶又高。想要爬上去的话，须得先费力地搭上一条腿去，然后双手攀扶、拉拽着两旁的岩石、草木，继而将双腿、双手、腰身等协调、调动起来，猛然间发力，方能挣扎上去。年幼的兴雄，猴子一般，上蹿下跳的，十分敏捷轻快。只是这一路走来，并没有见到三伯母所谓的好吃的果果。不过，这也无所谓了，能这样开开心心地玩耍玩耍，就已经很不错了。

很快，二人来到了那个十分险要的地方，即鹰嘴崖的"鹰嘴"边。——大着胆子，沿着脚下的这条小路，从"鹰嘴"的这边"嘴角"钻进去，再从那边"嘴角"钻出来，眼前，定然又是另一番景象……

这鹰嘴崖确实险峻。陡峭的崖壁，少说也得有十多二十丈高。崖壁上，"鹰嘴"下四五尺的地方，一溜密密匝匝的灌木、荆棘和茅草，虬须一般，将"鹰嘴"捂得严严实实的。"鹰嘴"里，光线较为昏暗，只有那些草木较为稀疏的地方，方能穿过枝叶的缝隙，从外面透进巴掌大的一绺绺光亮来。站在"鹰嘴"里，由于受到这一溜灌木、荆棘和茅草的遮挡，因而视线很是有限。当然，想要视线更为开阔些，甚而想要瞅瞅崖壁底下的话，就得尽量将双脚挪到"鹰嘴"的边缘，并尽可能地向透光处倾斜身子、伸长脖子，探出头去。可是，那得需要多大的勇气和胆量啊！一般人，别说靠近"鹰嘴"边缘了，就是沿着"鹰嘴"里的小路穿行，都得鼓起十二分的胆量和勇气。

"鹰嘴"里，不仅低矮、狭窄，而且怪石参差。那些怪石，有从顶上垂下来的，有从下面钻出来的，还有从里侧鼓凸出来的，且长短不一、形态各异。比如，有的通体圆滑，有的则棱角分明；有的如玉般柔和，有的则如竹钉般尖利。穿行在这样低矮、狭窄的空间里，稍有不慎，就会被这些怪石碰到、绊到、顶到，那样，人就有掉落到崖壁下的危险。另外，"鹰嘴"里，还会时不时地穿过一阵强烈的山风。那风"呼呼呼"的，吹得人身上凉飕飕的、脚下颤巍巍的，感觉自身就像一张纸片、一片羽毛，稍不注意，就要被它们给吹到崖壁底下去。所以，真正穿越这"鹰嘴"时，光有胆量和勇气的话，显然是不够的，还得讲究一定的技巧，并时刻保持注意力的高度集中，比如，你得身子尽量靠内，同时尽量弯曲着腰、低垂着头；且最好是手上先找个稳固的地方抓握好，然后再慢慢地挪动双腿。还有，值得一提的是，行进时，眼睛要尽量平视，尤其不能往下看，以防心里发虚。此外，还不能急躁，以防忙中出错，每挪动一两步，就得停下脚来，转动着脑袋、眯缝起眼睛，往头顶、身侧、脚下仔细瞅瞅，以便估算好身体与那些怪石的距离，及时协调好自己的姿态和行动，以防到时被它们碰着了头、绊到了脚、顶着了腰……

"鹰嘴"里，钱黄氏小心翼翼地走在前面，并不时地稍稍侧过头来，提醒一下身后的兴雄，要他注意脚下、头上。行进在这样险峻的地方，得一心几用：既要提防脚下踩空、羁绊，又要小心脑袋、腰身被岩石碰到、顶到，还要克服恐惧心理……偶尔感觉脚下踩得不够踏实，或衣裤被某些东西轻轻地刮擦了一下，人就会冷不丁地被吓一大跳，一颗心"怦怦怦怦"地，好久都平复不下来……因为背上背着竹篓，所以钱黄氏更是小心。她一边摸索前行，一边在心里不停地提醒自己："记住，不要随便转身；记住，自己背上还背着竹篓；集中精力，千万不能有丝毫的恍惚……"——忘了，或稍有恍惚，便极有可能发生危险，比如，一转身，背上的竹篓就可能会触碰到崖壁、岩石，而这一触碰，搞不好就会把她给"顶"下崖壁去。多年前，寨子里某罗姓小伙子不就吃了这样的大亏？那天，他背着一个大竹篓，在岩石间割草。割着割着，就忘记了背上的竹篓。结果一转身，竹篓碰到了身后的岩石，一下子就把他从几丈高的崖壁上给顶了下去。后来，他虽说庆幸捡回了一条小命来，却落了个终身残疾。如今，这一残疾，使得年近四十的他，走路一瘸一拐的，上田下地、进进出出很是不便。还使得他得了个罗掰子、罗老掰的诨名……诨名叫久了，叫习惯了，真名、大名便渐渐地被人们淡忘了。如今，寨子里，男男女女，当面呼叫，或背后谈论起他来时，便常常以其诨名呼之。甚至于，几岁的小孩子家家，背地里提到他时，也都罗掰子、罗掰子，罗老掰、罗老掰地，叫得巴巴的、脆生生的。"前车之覆，后车之鉴。"这么多年过去了，这一坠崖事件，还会时不时地被大人们搬出来，用以教育、警醒孩子们：翻山越岭、涉险处危时要小心在意，不能心浮气躁……

离"鹰嘴"那边"嘴角"不远处，是一块稍微宽阔一点的地方。到了那里，钱黄氏停了下来，喘息着，估计是想歇一会儿、松口气，然后好一鼓作气地穿过去。刚才，她实在是太紧张了，以至于有几次竹篓轻轻地擦碰了一下岩石、崖壁，就让她一个激灵，止不住脊背发凉、两股战战。兴雄见状，便加快脚步，想从外侧越过伯母，抢到前边去。谁知，当他走到黄氏的身侧时，黄氏竟然猛地朝里转了一下身子。这一转，可就不得了了：随着黄氏身子的转动，其背上的竹篓，便快速地向外旋了过来，一下子就顶到了兴雄的肩膀……兴雄猝不及防，"妈呀"一声尖叫，便"噼里啪啦""稀里哗啦"地掉了下去。崖壁边上那些密密匝匝的灌木、荆棘和茅草，一下子被他跌出了一个筛子大小的"窟窿"。与此同时，黄氏也"哎哟"地惊叫了一声，继而朝着那"窟窿"，"小雄""小雄"地大声呼叫起来……

跌落下来的那一瞬间，兴雄脑袋里一片混沌，心里只有一个念头："完了！完了！"好在崖壁上那些灌木、荆棘的阻挡大大地降低了他坠落的速度……蓦地，他感觉身子猛地一震，震得肚子里隐隐作痛，而这一震之后，他竟然奇迹般地停止了下坠。昏昏沉沉中，他顾不得——其实也忘了——疼痛，也无暇多想，只想赶紧看看，电光石火间，自己何以能止步于这地狱的入口？这一看，他心里忍不住惊叫了起来："哎呀！谢天谢地谢祖宗，自己真是太幸运了……"原来，层层叠叠的灌木、荆棘和茅草下面，竟然隐藏着一块小小的平台……这平台，宛然摩天大楼上凸出来的一方小小的阳台；而那些从平台外沿下密密实实地斜生上来的枝条，就成了这"阳台"的"栏杆"。而他，正好跌落在了这方小小的"阳台"上。——你说怪不怪、巧不巧？

稍稍回过神来后，兴雄这才听清了上方传来的"小雄""小雄"的呼叫声。他知道，那是三伯母在焦急地呼叫他，他得赶紧应答。谁知，还未等他开口，头顶上，他刚刚跌出来的那个"窟窿"里，就"唰唰唰唰"地，接二连三地掉下好几块大石头来。他来不及多想，赶紧一个翻滚，下意识地往平台最里侧靠过去。他趴在那儿，身子紧贴着崖壁，双手紧紧地抱着头，脑袋里一片空白。庆幸的是，由于受到灌木、荆棘以及崖壁凸出部分的阻挡、反弹，那几块大石头并没有直直地掉落下来，而是斜斜地，擦着他所在的平台的外沿，掉了下去……崖壁下，一阵"噼里啪啦""稀里哗啦"的声响过后，紧接着几声"咣咣当当""咚咚咚咚"的脆响、闷响，而后，便一切都归于寂静……

等到一切都安静下来后，兴雄这才斜仰着头，目光在头顶上的枝叶间仔细搜寻起来；同时张开嘴巴，想要回应伯母的呼叫，即便这时那呼叫声早已经停止了。可是正要出声时，他却突然想到了什么似的，身子突然僵住了；张开了一半的嘴巴，僵了一两秒后，旋即迅速闭上——紧紧地闭上。

"刚才，自己走到三伯妈身边时，她的那一个转身，也实在是太'意外'了……这也就算了，权当'巧合'或'不巧'吧！可是，那些石块，又是怎么回事呢？

"莫非，这就是三伯妈所谓的'好果子'？莫非，三伯妈想要……"想到这，兴雄心里猛然一惊——那感觉，就像心脏冷不丁被谁狠狠地抓捏了一大把似的，继而忍不住暗自庆幸："幸亏自己刚才没有出声回应、呼救，否则，那些

'果子'，说不定还会接二连三地掉下来，朝着自己跌落的地方、发出声音的地方掉下来，让自己吃不了兜着走。"——这一跌、一震，一惊、一想，让他的脑袋里灵光一现，很快就"顿悟""彻悟"了。

"自己稍稍懂事后，母亲有空时，便会向自己灌输一些防范意识，诸如'人心隔肚皮''画虎画皮难画骨，知人知面不知心''害人之心不可有，防人之心不可无'之类的，要自己提高警惕，小心防备……有几次，母亲甚至明确提出，要自己学会辨识身边的小人，尤其是那些别有用心的所谓的亲人，谨防他们使坏。还说：'我们家要是穷一点的话，情况或许还要好一些，因为那样的话，也许就没有人想来打我们家的歪主意了。或者，要是你爹还在的话……但偏偏是，我们家又多少有几文钱，而你爹又……'说到后面，母亲的眼里，明显有些湿润。只是此前，对于母亲的这些告诫，自己嘴上虽然'嗯嗯喔喔'的，答应得很好，却没有真正放在心上。而现在……"兴雄不敢再想下去了。他蜷缩着，让身子尽量紧贴着崖壁、尽量隐藏在枝叶底下。他一动也不敢动，生怕再发出点什么声响来。——经历了这一次危险，他仿佛一下子长大了，瞬间明白了许多许多……

三

钱黄氏干号着，跌跌撞撞地往家赶……一路上，她竟然没有碰到一个熟人、一个"信使"。有没有人看见她，或听到她的号哭呢？答案是，就算有，人家也不想凑上前来找这个麻烦、寻这个晦气。她两口子的刁钻撒泼、阴险狡诈，在寨子里早已家喻户晓、尽人皆知。寨子里的人们见到她两口子，犹如见到瘟神恶煞一般，避之唯恐不及，哪里还敢往前凑？总之，一般情况下，远远地望见她（或他，或他俩）过来了，人们便会早早地歪到一边去，尽量避免与她（或他，或他俩）打照面、费口舌。

黄氏号哭着冲进院子里来……院子里静悄悄的，仿佛一个人也没有，让她的号哭声显得更加的凄厉、刺耳。

黄氏没有进自己家，而是从自家的山墙底下绕到秦氏家大门口，然后对着秦氏家大声哭喊道："幺娘幺娘！……"——刚过来时，她就发现了，秦氏家大门半开着。她知道，秦氏收工回来了。

"咯咯咯咯""嘎嘎嘎嘎"……还未听到秦氏的应答，匍匐着挤在她家屋檐下晒太阳、养精神的鸡鸭鹅们便抢先做出了回应。——它们一边惊叫着，一边争先恐后地站立起来；愣怔了一会儿后，便直着脖子、拍着翅膀，惊叫着四散开去。

"搞哪样？搞哪样？啊？！"秦氏被吓了一大跳，惊慌失色地冲出门来，颤声问道。

猛然间听到黄氏呼叫自己，声音那么凄厉，且带着哭腔，秦氏的心里即刻涌上一种不祥的预感来，顿时全身酥软，心"怦怦怦怦"地，狂跳不止。今早在地里，她老是感觉心神不宁、魂不守舍的。心里七上八下的，说不上来的烦躁，怎么也平静不下来；身体也感觉很不对劲，生了场大病似的；时不时的，眼皮还会好一阵跳动……这些令她心里很是忌讳。

实在放心不下家里、放心不下孩子，所以，耐着性子，急急忙忙地干了一阵后，秦氏便提早收工回来了。来到自家门口，只见铁将军把门，一副戒备森严的样子。吃饱喝足了的鸡鸭鹅们，在门前的泥地上静静地伏着、踱着、刨着，一副慵懒、悠闲的样子。

"小雄！小雄！"秦氏站在家门口，转动着脖子，对着院子里不同的方向呼唤了几声，但院子里依然静悄悄的，没有一丝回应。

"孩子到底哪里去了呢？是不是和哪个小伙伴出去玩去了？应该不会的。这孩子一向听话、懂事，是不会到处乱跑的。平日里，要他看家，他就会好好地守在家门口，玩玩石子、逗逗蚂蚁、撵撵鸡鸭，一待就是大半天，直到大人回来。他也一般不会走出这院子去的……今天竟然连个人影也见不到……"秦氏一边想，一边掏出随身携带的钥匙，打开了家门。

正思索着，猛然间听到黄氏凄厉地哭叫，秦氏冲出门来，见到黄氏这般模样，她被吓得魂飞魄散。

秦氏铁青着脸，痴痴呆呆地僵立在家门口，被使了定身法似的……

黄氏瘫坐在地上，哭哭啼啼、唠唠叨叨地诉说着，披头散发的，鼻涕眼泪混在一起……

这时，正义夫妇也围了过来。他夫妻三人正好在家，听见哭叫，便走了出来，想看看究竟。平日里，有事没事，正义和赵氏都喜欢窝在家里，两耳不闻窗外事，宁可呆坐、傻坐，也不愿出门来走走看看。

"咋个回事啊？啊？三娘！"赵氏一边问，一边用异样的目光打量着黄氏。

黄氏闭着眼睛，哀号着答道："我早上出去……呜呜……想去山上找几棵蕨菜、挖几棵折耳根……呜呜……小雄非要跟我去……过鹰嘴崖的时候，呜呜、呜呜……小雄踩滑了，掉下去了。呜呜、呜呜……"

听说小雄坠了崖，而且还是险峻无比的鹰嘴崖，秦氏双腿一软两眼一黑，一屁股瘫坐在了地上……她全身发抖，牙关紧咬、脸色惨白；脑袋炸裂了一样，"嗡嗡嗡嗡"的……她的第一反应是，自己的孩子命犯小人，遭遇了伥鬼，看样子凶多吉少了……

"哎呀！——鹰嘴崖呀！那么高、那么陡……"赵氏惊得合不拢嘴。自诩精明的她，千想万想，也没有想到这一茬。

"赶紧想想办法呀！到山上去找一找……我去场坝上找找老大，叫他赶紧去把二爷他们找来……"周氏赶紧提醒道。

"快去！快去！我这就去找正武。"正义忙不迭地催促周氏，同时自告奋勇地要去找正武。

周围的人说了些什么，秦氏仿佛一点也没有听见。她傻呆呆地坐着"哇——"紫涨着脸闷了好一阵，秦氏终于猛地哭了出来，声音无比的凄厉。紧接着，她一边哭，一边挣扎起来，发疯似的冲出院子去……

四

赵家大院里，贵发和两个孩子——明全和明智正在忙碌着，将猪圈里的粪扒拉出来，然后运送到田地里去。猪圈、马圈是"平圈"，隔一段时间，就得把里面的粪肥清理出来。不像牛圈，是个深坑，可将粪肥积蓄在里面，需要时再一次性清出来。

贵发赤着脚，高高地挽着裤腿，使劲挥动着钉耙，负责往圈外出粪。他先是站在圈门口，努力前倾着腰身，把钉耙远远地伸出去，将圈后这一小片猪粪扒拉出来，堆放在圈门口。接着后退几步，或歪到圈门两侧，再用钉耙将这些猪粪扒拉、倒腾到圈门两侧或圈门前方更远处堆放好，将圈门口腾出来。随后进入圈里面，再像之前那样，努力前倾着腰身，远远地伸出钉耙去，将圈里面更深处的猪粪往自己面前扒拉。待扒拉过来的猪粪堆积得差不多了，便后退几步，然后再次挥动钉耙，再一次重复此前的工作。如此循环往复，蛙跳似的，不断地接近圈门，直至将这些猪粪扒拉、倒腾到圈外来，并和之前清出来的归拢、堆放在一起。一上午，贵发就这样，进进出出、来来去去的，忙得满头大汗，忙得不亦乐乎。

明全、明智兄弟俩则一人一马，一趟一趟地，负责往田地里驮运猪粪。装载时，驮子不用从马背上取下来，但粪肥得需交替着，一点一点地往驮子两边的大竹篓里添加，以尽量保持驮子两边的平衡。到达目的地后，解开竹篓的底子，粪肥便自动卸了下来。当然，卸的时候，赶马的人通常会伸出一只手，或支起一条腿，使劲兜托或顶住驮子一侧的大竹篓的底部，然后歪扭着腰身，将另一只手从马脖子底下弯过去，在驮子另一侧的大竹篓的底下轻轻一拨——拨弄机关似的，那竹篓的底子便被打开了，于是，竹篓里的粪肥便缓缓地卸了下来。兜托或顶住驮子的这一侧，为的是尽量"抵消"另一侧失去的重量，以免驮子失衡。不过这时，马也会很有灵性地，配合着将这一侧的前后两条腿稍稍往外分开一点，同时身子微微地往"失重"的一侧倾斜，以保持身体和驮子的平衡。此外，粪肥——尤其是牛粪——里面夹杂着的那些为数不少的没有沤烂的稻草、秸秆等，还会丝丝缕缕地，紧紧地纠缠在一起，从而大大延缓了粪肥倾倒下来的速度，这也使得驮子两端不至于猛然失衡。总之，驮运粪肥这活，只要掌握了一定的技巧，一人即可操作。

粪肥驮运到目的地后，再由人工将其分散到田地的各个地方去。如长时间用不上，或没空分散，则可将其垒成堆，压紧压实，用泥土紧紧覆盖住，要用时再打开。

…………

赵张氏急急忙忙地将哭哭啼啼的秦氏带到猪圈边时，贵发正和明智一左一右地往马背上的驮子里装粪。见秦氏这般模样，父子俩情知不妙，便赶紧停下手中的活。

秦氏的哭诉，贵发才听了三两句，便什么都清楚了。他把钉耙往粪堆上一插，急匆匆地吩咐明智道："不驮了。你去！赶紧去！把我们家攒马的那几根大索子找出来带来。尽量多找几根，要粗大牢实的那种。等老大回来了，你们两个一起，直接去鹰嘴崖找我们。我现在就去找人。——快点！快点！"

贵发一边说，一边解开竹篓的底子，将已装了大半篓的猪粪给卸了下来。

随后，弯腰提起地上的鞋子，急火火地冲出院门。

马放野外，没空看管或不能随时随地看管时，寨子里的人们便常常对马采取"攒"这一措施。这里所谓的"攒"马，有两种方法：其一，用一根又粗又长的绳子，一头打个活结，套在马的一只前脚上，收紧；另一头栓在木桩、岩石或树干上即可。——这样可以限制马的觅食范围，防止其跑丢了，或者吃了别人家的庄稼。其二，用一根较为粗短的绳子，两端两个活结，分别将马同一侧的前后两只脚套住、收紧。收紧的过程中，适当收短绳子，使马迈不开较大的步子，从而达到一定程度上限制其行动，防止其乱跑乱窜。——这一方法，适用于地势较为平坦开阔的地方，且需要人的适当看管。

贵发和正斌关系很好，两家人来往密切，有事常常互帮互助。以往，遇到什么急事难事，拿不定主意时，正斌夫妇俩总喜欢到贵发家来，找贵发和张氏商量商量。只可惜几年前，正斌伤寒不治，撇下了母子二人。正斌死后，秦氏一个妇道人家，不便再像以往那样，隔三岔五地往赵家大院里跑，于是，两家的往来便陡然间减少了许多。不过，遇有急事难事，秦氏依然喜欢来找张氏，然后再由张氏转告贵发。今天，见情况紧急，不等秦氏开口，张氏便将她直接带到了猪圈旁。

…………

村外，贵发、贵立等人与正义、正文、正启、友福一行不期而遇；不久，明全、明智也赶上来了。大家汇成一群，小跑着，一起向鹰嘴崖方向奔去。

到达鹰嘴崖下，大家立即四散开来，在草丛中、荆棘丛下、岩石旮旯里，仔仔细细地搜寻起来……

在离崖壁下大约半里远的地方，张氏使劲拽住了秦氏，不让她再往前走。

秦氏呆坐在一块岩石上，茫然地看着崖壁那边，眼珠子随着大家，机械地转动着……她不哭也不闹，一脸的惨白、木然，傻了呆了似的。张氏红着眼、噙着泪站立在她身旁，一手紧紧地握着她的一只手，一手轻轻地搵着她的肩头，默默地陪伴着她。

崖壁下，大家仔仔细细地搜寻了一圈，却没有发现任何可疑之处。那些一直反复出现在大家脑海里的惨象，一丝一毫也没有见到。甚至是，崖上、崖下，层层叠叠的草木间，丝毫因碾压而倒伏的痕迹都没有。一时间，一种意外之喜涌上了大家的心头。这时大家也才意识到：之前搜寻的过程中，大家调动的主要是眼睛和四肢；加之心情沉重，无心交谈，以至于嘴巴竟然没有派上一点用场。于是，便昂起头来，把两只手掌拢在嘴巴上，对着崖壁上，"小雄""小雄"地大声呼唤起来。

听见大家的呼唤声，秦氏的脸颊顿时激烈地抽动，身子也激烈地颤抖。张氏也反应过来了，便赶紧松开了手。秦氏"嚯"地站起来，一边跟着大家，"小雄""小雄"地呼唤着，一边跌跌撞撞连滚带爬地向崖壁下跑去……大家的呼唤将她心里的希望之火给点燃了。而且，那火一经点燃，很快便"噼里啪啦"的，差不多就要把她的心给照亮了。

"哎！哎！——我在这里，我在这里。"崖壁上，"鹰嘴"下一两丈的地方，密密层层的杂草、灌木丛里，传来了孩子脆生生的应答声。

"啊！啊！——"大家惊喜万分，情不自禁地欢呼了起来。

"哇——"秦氏欣喜至极，一屁股坐在地上放声大哭。

就在大家还在引吭欢呼额手称庆时，明全、明智兄弟俩早已猴子似的，抢在大伙前面，快速地向山上跑去。斜挎在明智肩上的绳子，随着他身体的跳跃、腾挪而一甩一甩的……

贵发和友福小心翼翼地分开面前的枝条、荆棘、茅草等，走到崖壁底下，然后转动着头上下左右打量。其他人则伫立在不远处，默默地观察着他二人的一举一动，等待着某个结论、答案。怕看不真切，他俩又向前几步，扒开崖壁上的杂草、灌木等，仔细察看了一番。二人此举的目的，主要是想看看，能不能在崖壁上找到一条可供攀爬的路径。然而，崖壁刀削的一般，十分的陡峭、平滑，且似乎是一整块，根本找不到一点抓扶、落脚的地方。于是二人只好退了回来。其他人见状，不用谁招呼，便都不约而同地往山上走去。

大伙到达"鹰嘴"边时，明全、明智兄弟俩早已等候在"鹰嘴"里了。

"爹！你看！小雄估计就是从这里掉下去的。"明智指着崖壁外的那个"窟窿"说道。而后，他还慢慢地靠近崖壁边沿，进一步指点道："喏！就是这里……爹，你看！你看！"接着，他小心翼翼地探出一点身子，指着崖壁下方说："小雄估计就在这下面。"

"小心点！大意不得噢。"贵发提醒明智道，而后盯着明智肩上的绳子，高兴地说："嘿嘿嘿嘿，这索子带对了。"

"先把我吊下去……找到小雄后，先把他吊上来，然后再吊我上来。"明智自告奋勇地说。

　　听了明智的话，大家这才认真打量起周围，看看这绳子该拴在什么地方。该从哪里吊人下去。然而，这"鹰嘴"里，竟然找不到一个适合拴缚绳子的地方。

　　"用人拉着行不行？"明全说道。

　　"不行！不好拉。——这里面太窄了，伸展不开，用不上劲；脚下又滑。不行！不行！"贵发摇着头说道。

　　用人拉着，将明智这么一个壮小伙吊下去，这拉的人，至少得有三四个，且还得是壮汉。而且，拉拽时，为了能使上劲，这几个人还得隔着一定的距离，顺着受力的方向纵向排列；且还得拔河似的，绷直腰身、腿脚，脚尖抵着脚跟，身子尽量下沉后倾。可是这"鹰嘴"里面就一道缝隙，纵深很有限，怎么排列？怎么施展？

　　"看样子，索子只能从这上面吊下去了。"贵发指了指头顶上，继而接着说道："老大、老二，你们两个就在这里等着。等我们从上面吊下索子来后，你们找根树杈杈，把它钩过来，系在腰杆上。——记得系牢实噢！大意不得噢！下去的时候，一定要一只手捏紧索子，一只手抓紧崖壁上的草草、枝枝，免得荡得太远。记住！索子一定要系牢实；系好索子后，不要忙着下去，等我们下来检查好了再说。"

　　贵发、友福等人钻出"鹰嘴"来，向"鹰头"后绕过去。

　　在"鹰头"后，贵发和正启负责四处察看，寻找适合捆缚绳子的地方。贵立、友福则负责将几根绳子接续起来，接成长长的一根。为使接头处更加牢靠，每接好一根，两人便拔河似的，拽住接头的两端，使劲拉拽；或者，一个人一只脚踩住接头一端，双手拽住接头另一端，然后身子后仰，使劲向上拉拽。绳子接续好了之后，适合捆缚的地方——一棵生长在"鹰头""后脑勺"下的大腿粗的树木——也确定下来了。

　　很快，贵立便将绳子的一头牢牢地捆缚在了树干根部。那绳子，预留了一定的长度——能从"鹰头"上搭过去，到达"鹰喙"处的长度——后，余下来的，被他给盘了起来，挂在手肘上。而后，他佝偻着，手脚并用，慢慢地向"鹰头"的头顶上，向"鹰喙"处爬了过去。紧接着，友福也跟着爬了上去。站稳了，并估算好了位置后，贵立取下挂在手肘上的绳子，向"鹰喙"下抛了下去。

趁贵立等人攀爬"鹰头"的时候，贵发弯下腰来，扒拉着树干上绳子捆缚处，仔仔细细地检查了好几遍，看看绳子捆绑得是否牢实。立起身来的时候，他还顺便将预留出来的那段绳子拾起来，然后与树干拔河似的，一只脚蹬在树干上，绷紧腰腿，身子努力后仰，双手使劲拉拽。——这样做的好处，一是，可使绳子捆缚得更加结实；二是，可检验一下捆缚处，看看有无松动、滑脱的迹象。见没有什么安全隐患，他这才放下心来，而后沿着来时的路径，向"鹰嘴"那边绕了回去。

见绳子垂下来，明智用一根细长的树枝扒拉过来，然后在明全的帮助下，将绳子的另一端牢牢地系在了自己的腰上。

明智才刚系好绳子，贵发就已经返回到"鹰嘴"的"嘴角"边来了。

"等哈！等哈！"贵发大声叫住了正要往崖壁边沿靠近的明智，随后快步走上前来，拉着明智，反复检查了好几遍他腰间的绳子。确定没有问题了，他这才点点头，随后"注意了"一声高呼，示意大家可以行动了。

头顶上，听见贵发的招呼，早已拔河似的排列好了队形的贵立、友福等人迅速摆好姿势，然后试探着，缓缓地收紧绳子，并做好了随时发力的准备。

接近崖壁边沿时，明智转过身来，面朝里慢慢地跪下去，而后，两手撑着地面，匍匐着，倒车似的，一点一点地往后退，慢慢地向崖壁边移动。明全则抓着绳子——抓握处为距离明智腰间三四尺远的地方，使劲往"鹰嘴"里拉，以防万一明智身下打滑，或手上抓不住、抓不稳，身子往外荡时，好帮他一把。

挪到了崖壁最边上，明智完全趴了下来。接着，他尝试着，小心翼翼地把一只脚垂下去……在崖壁下探索了好一会儿，待这只脚找到了一个适合的地方踩牢了，再垂下另一只脚去。这时的他，宛然一块搭在桌子边上的抹布。接着，他一只手反转到身后，在崖壁边摸索到一根较大的、较为牢实的枝条，紧紧攥住；然后抬起另一只手来，握紧绳子。最后，借助腰腹的力量，让身子慢慢地向崖壁下滑下去。

"哎！——下去了哈。"贵发仰起头来，大声招呼道，示意贵立等人注意了。旋即，他又火急火燎地嚷了起来："放手！放手！老大，放手！"

明全被父亲紧张的表情、急促的呼声吓了一大跳，于是下意识地松开了手。

刚才，贵发一直紧盯着明智，见明智即将滑下崖壁去，他便抬起头来，向贵立等人发出了"信号"。然而，话音刚落，他就吓了一大跳。原来，他看到明全还在紧紧地抓握着绳子，并使劲地往里拽。——因为过于使劲，明全两腿绷得直直的、腰身绷得紧紧的，脸也涨得通红；且身子后仰得相当厉害，腰背似乎都快要触到地面了。他赶紧叫明全放手。娃娃的这个举动，虽然出于好心，但实在危险。想想看，万一明智脚下踩空，手上又抓不牢那些枝枝草草，以致身体猛然向外荡了出去，其腰间系着绳子，绳子有贵立等人使劲拽着，想来无大碍。可明全呢？猝不及防，来不及松手，极有可能被猛然间绷紧的绳子给带出"鹰嘴"去……

救援工作很快圆满结束。鹰嘴崖的"嘴角"边，一块一两丈见方的平地上，大家紧紧地围着兴雄和明智，叽叽喳喳地问个不停。

小雄被救上来后，秦氏流泪抹眼地拉着他的手，先是将其从头到脚仔仔细细地查看了一遍，而后深深地拥进怀里，哭泣着问道："儿啊！你咋个会跑到这种地方来呢？身上有哪里痛没有？啊？你好好审一下，看看有哪里痛没有？有的话，要讲出来。脑壳痛不痛啊？啊？肚子呢？"

见秦氏如此担心，明智便赶紧代小雄回答道："幺娘，下面是一个小平台……也就一张小床这么宽，丈把多长的样子。"说到这，明智下意识地用手指指向地面，并比画了几下，示意平台的大小、宽窄。而后接着说道："放心，小雄应该没有受到哪样内伤，顶多也就是一点点皮外伤。那地方，离上面顶多也就一丈四五这么高，不算太高。何况小雄掉下去的时候，崖壁上的那些枝枝丫丫、藤藤草草，帮他起了很好的缓冲作用；而且，小雄又是掉在一层厚厚的叶子草草上。那些叶子、草草，厚厚的、软软的，就像一层厚棉絮一样。——嘿嘿，小雄运气好，正好掉在那'棉絮'上。先前我还以为，小雄肯定是遭树枝枝挂住挡住了，哪个晓得，那个地方，竟然会有这么一块平台。——嘿嘿，实在是太巧了。"

小雄凝神静气，自我感觉了好一会儿，这才答道："嗯！只是手有点痛，脸上也有点痛。"紧接着，他还抬起手来，翻转着，看了看手掌，又看了看手背。放下手来之前，他还顺便轻轻地摸了摸脸颊。跌下悬崖的那一瞬间，他的脑袋里一片混沌，只晓得两只手下意识地往崖壁上乱抓——抓寻救命稻草似的……以至于两只手掌被茅草、荆棘等划拉出了好几道长长的血口子。然而当时，他却没有感觉到一丝疼痛。直到落到了平台上，慢慢地回过神来后，他这才感觉到手掌、脸颊火辣辣的……刚才被救上来后，由于心情过于激动，加之注意力的转移、分散，使得他暂时忘记了疼痛；现在一经提醒，他又感觉到疼痛了。

"二哥，那上面，软软和和的，睡着还有点舒服呢。睡着睡着，我就睡着了。——刚才，听见了你们的喊声，我这才惊醒过来。"小雄笑着对明智道。

"儿啊，你看，手都划成这个样子了，咋个不痛？你看，这一道道血口子……看看看看，这里还有一棵刺。"秦氏托起儿子的手掌来，低着头，一边仔细察看着，一边心疼地絮叨。而后眯缝着眼睛，用拇指和食指的指甲，掐捏着，小心翼翼地将孩子指肚上的一根小刺拔了出来。接着，她又抬起头来，一脸慈爱地查看起儿子脸上的伤情来；同时喃喃自语道："脸蹭到了一点点，有点红肿，幸好没有破皮……脸皮这么薄这么嫩，咋个经得住？咋个不痛？"说着说着，又忍不住啜泣了起来。

"我吊下去的时候，这么小心了，脸上、手上还是划破了好几处。小雄掉下去的时候，肯定心慌得很！——是不是呀，小雄？"明智看向小雄，见对方点了点头，便接着说道："心一慌，两只手就只晓得乱抓，抓到茅草也不管、抓到刺蓬蓬也不管……抓到哪样算哪样，哪里还顾得上痛不痛。"明智一边说，一边闭上双眼，两手拼命地抓舞了好几下，模拟小雄掉下去时慌慌张张、手忙脚乱的样子。其夸张、滑稽的表情和动作，引得大家好一阵哄笑。连泪汪汪地猫在母亲怀里的小雄，也忍不住破涕为笑。

"手上皮厚，回家后，拿点烧酒擦一擦，过几天就好了。小儿呐！算你福大命大，过了这一关，今后就一切平安万事顺利了。"贵发笑着说道。

"儿啊，这么宽的地方，你是咋个掉下去的？"秦氏爱怜地抚摸着儿子圆圆的脑袋，柔声问道。

"你三伯妈讲，感觉你是碰到了她的背篓，你掉下去后，你三伯妈急得哟……她说是，她对着下面大喊大叫的，就是听不见你回应。没有办法，她只好赶回家去找人……"正武插言道。他才刚急急忙忙地赶过来，气都还没有喘匀。

"嗯！我记得是，我走得快了点，想超过伯妈去……快要超过去的时候，伯妈正巧转了个身。我不注意，碰到了她的背篓，就掉下去了。我掉下去后，就昏过去了，也不晓得是摔的，还是吓的。——没有听见伯妈喊我。"这个聪明的孩子，几句话，就把责任完全揽在了自己身上，并把自己没有回应三伯母呼唤的那一节，巧妙地遮掩了过去。

看到孩子那躲闪的眼神，大人们心里不禁嘀咕了起来……

"这是老天有眼，保佑你，保佑你们一家子。"

"经过了这一劫闯过了这一关，今后就平安顺利了。"

"是啊！看看人家杨启前，现在多有出息，在省里面……小时候，他也是多灾多难的。前一两年，他都还在'渡劫'呢。唉！人这一辈子，哪会那么容易。"

"度过劫、吃过苦的人，今后才会有出息。度过的劫越深、吃过的苦越多，今后出息就越大。——大悲才会有大喜、大落才会有大起，那些过得太过于安逸、平顺的，今后不会有多大出息的。"

"友福，下星期，星期三，——不！不！还是星期五吧！——你们一家人来我家，帮忙薅薅烟地、打打烟叶。记好噢！来早点，一大早就来。"正义大声对友福说。

稍远处，一脸欣慰的张氏，见这样的场合中，正义这个做大哥、大伯的，竟如此不知趣、不识相，便忍不住悄悄地瞪了瞪眼睛、撇了撇嘴巴；脸上的表情，也由欣慰变成了鄙夷。

"谢天谢地……儿啊，回家后我们母子两先去山王庙磕个头、许个愿。等过节的时候，准备些东西，再去还愿……你看，你是在这山上出的事下面偏偏有个台子，台子上竟铺有那么厚的叶子和草，而你又偏偏落在那台子上幸免于难……儿啊！今后不指望你像人家那样有多大出息，只希望你能够平平安安、顺顺利利地长大成人。呜呜呜呜……"说着说着，秦氏又忍不住抽抽搭搭了起来。——儿子坠崖一事，天灾还是人祸、蹊跷还是正常，她心里早已一清二楚，只不过无凭无据，不便多说。

第七章 "牵肥猪"秀才遇匪 "抱大腿"老马识途

一

前一阵子，风传到处都在抓壮丁，吓得寨子里的青壮年男子长期不敢着家，害怕被抓了去。此事传得沸沸扬扬的，说什么的都有。有说怕的，说是被抓了去，死在了外面，家里面恐怕都还不晓得呢；有说不怕的，豪言道，"杀人不过头点地""脑袋掉了，不过碗口大的疤"。有说想在家里过安生日子的，有说可趁机出去开开眼界见见世面的。有说害怕打仗的，有说喜欢打打杀杀的。其中，钱正文说得最为精彩——可谓是头头是道、有鼻有眼。他说：哎呀呀，怕个哪样啊？！人家也不是逢人就抓嘛。注意！人家是抽，而不是抓；而且，人家是，"三丁抽一""五丁抽二"，像杨启前这样的独苗，人家是不抽的。不要讲得这么吓人、这么难听嘛。再说，被抽去了，说不定还是件好事呢。你们想嘛，抽去了，管吃管喝不说，过几年，运气好点的话，说不定还能混个一官半职呢。否则，你一个小百姓家，还有哪样门路出人头地光宗耀祖？一辈子窝在这山旮旯，坐井观天，能有多大出息？张家寨的张三爷，和我关系好得很！听他说，前几年，他二哥和四弟就是被"五丁抽二"给抽去的。现在，人家二哥是营长、四弟是连长，在队伍里面都混得好得很！听说这次，带队来我们这一带抽丁的，就是他家四弟。老二、老四混得好，他弟兄几个——张大爷，他，还有张幺爷——还能不跟着沾光？现如今，他弟兄几家，家家生意兴隆、家业发达，在寨子里受人敬重得很！这些，你们多少也是晓得点的嘛。前段时间，他还约过我呢，说是我们自己搞点枪、拉点人，村村寨寨走走，保境安民。嘿嘿，抽丁的时候，他二哥倒是爽快，一句话不说，跟着就去了。他四弟呢？刚开始的时候，哭哭啼啼的，死活就是不愿意去，估计是因为年纪有点小，想家，而且也以为那是坏事。后来估计是想到，家里人口多，经常吃不饱肚子，甚至是吃了上顿无下顿，还不如去当兵呢。——当兵，好歹有口吃的。这才勉强跟着去的。你们看，他这一去，几年时间，就当上连长了。当初，他要是不去的话，那他还能有今天？啧啧、啧啧，我要是能够年轻个二十来岁的话，不用人家来抽，我自己跑去。

这人哪！口才再好，再怎么会说，说得再怎么好听、缜密，说多了，也难免有个百密一疏的时候。——言多必失呀！这不，钱正文话音刚落，有人就抓住了其话语中的某些破绽、漏洞，大声问道："你说独苗不抽？那我问你，杨启前以前有没有被抽过？哼哼！人家才不管你几丁几丁呢。为了交差，人家是遇到合适的就抓。"

"启前被抓丁，那只是个传闻，你们哪个亲眼见到了？再说，人家现在不是好好的？也可能是，人家抽的时候，不晓得他是独苗；抽去后晓得了，就把他给放回来了……"正文辩解道。

杨启前遭遇"抓丁"一事，大家也只是听说，并没有谁亲眼看到。是否确有其事，他本人也不愿多说。对于是不是因为上面有关系，所以他才会中途被放了回来这一问，本人更是讳莫如深。然而，他越是不说，别人越是好奇、传闻越是纷杂。最后，经不住某些人的缠问，他只好敷衍道，是自己报出了省里某个人的名号、说出了某种关系，人家这才放了自己的。末了，他还自顾自地嘀咕道："哼哼！那帮人，有丁就抽，才不管你是不是独苗呢……"若再追问更为具体、详细的情节，他则要么语焉不详，要么讪讪地走开。不过，有一点却是十分明显的，从那以后，在寨子里人们的心目中，他变得更加神秘、高深。

但前年，他被"牵肥猪"一事，却是确确实实尽人皆知的。而且，有些细心的人还发现：那年，过完年后，他前脚才刚刚离开寨子，保务团后脚就来了——维持治安、保境安民来了。这是不是也太巧了？据说那次，保务团在山桃寨、张家寨一带活动了很久，且前所未有的严厉，光是脑袋就砍了十多颗。后来，启前回来探亲时，有人提到了这一茬，问他道："上次，保务团下来的事情，和你被绑架的事情有没有关系？是不是……"启前并没有正面回答，他只是有些神秘地说："在省城，自己和一同学私交甚好、过从甚密。那同学，省里的；其父，省里的名人，很有权势和影响力。回到省城后，自己去拜望那老人家时，闲聊中无意间说到了自己年前被绑架勒索一事，老先生听了很是生气，大骂绑匪无法无天，不知天高地厚。最后，老先生还表示，这事不能就这么算了，得好好地杀一杀绑匪们的气焰，否则，他们会更加嚣张；否则，他们会以为保务团是吃素的，其手里的家伙，就是根烧火棍子。"后来，还有人听说，启前即将过门的妻子，就是他那位同学的妹子。他经常去那同学家玩，一来二去，就和同学的妹妹相互产生了好感……

启前为何遭到绑架？他最后又是如何被救赎回来的，等等情况，请听我慢慢道来。

那年腊月，年关将近，启前从省城回乡过年。走到离山桃寨还有十多里的地方，天快要黑了。

独自走在这荒郊野外，启前的心情颇有些复杂：既有些激动，又有些害怕；既保持着必要的警惕，又怀着一丝丝的侥幸。崎岖的山路上，鼓凸的石块，纠缠在一起的枯草和藤蔓，旁逸斜出的荆棘和灌木，不时地绊一下他的腿脚、挂一下他的衣裤……

起风了……傍晚的寒风，一阵接着一阵、一阵高过一阵。寒风中，掉光了枯叶的枝杈，怕冷似的瑟缩着；密密层层的枯草，波浪似的涌动了起来……寒风吹过，寒意随即侵入衣襟，进而渗入骨髓，让他忍不住打了个寒战。伴着寒风，接踵而来的沙沙沙沙、簌簌簌簌的声响，让他不禁有些紧张；一些回眸乍现，却又转瞬即逝的淡淡的模糊的影子，更是将他吓了一大跳……

"自己脚下的这条山路，是周边几个大寨子的主要通道，白天里行人自然不少；天气晴好的傍晚，一路上，也还能偶尔见到三两个行人呢。眼下虽然天寒地冻暮色沉沉不比往日，但因自己所处的位置，离周边村寨都不算太远，因此，碰到一两个路人的机会，也不敢说绝对没有。天色昏暗，周围的环境又十分隐蔽，再适合'剪径'不过了。如果自己是强人的话，肯定会选择这里或附近某个旮旯埋伏起来，以逸待劳，坐等游鱼上钩、飞鸟触网、走兽投陷……只是这个时候，估计已经很难遇到一个行人了。嘿嘿，想着想着，自己竟感觉自己成了劫匪了。转念一想，对真正的劫匪来说，自己不就是个行人吗？"想到这，启前更加紧张起来，不由得加快了脚步。

"以前，自己就曾多次听说过，说是就在这条路上的某个地方，哪年哪月，某某村的某某某被'牵'了'肥猪'，差点丢了小命。哪天哪时，某某寨的某某某半路遭抢，身上的财物被洗劫一空，连衣裤都给扒了个精光。这些破事，大都发生在寒冬腊月里，由此或可这样推测：这年月，对加害者和受害者来说，年关也许都不大好过。眼下，自己真要遇到这样的倒霉事，情况又会怎样呢？小命也许不用担心，因为劫得财物后，劫匪们一般是不愿随便增加自己的杀孽的，除非有某种严重的后顾之忧，或被劫者真的不想活了。那些战战兢兢，一身冷汗，自认为劫后余生从鬼门关里捡得条小命回来的，多半是被劫匪们故意做出来的凶狠架势给吓蒙了。——装凶扮狠，这或许也是劫匪们的一种策略：干这一行，还能和和气气、轻言细语的？不表现得凶狠一点，还能进展顺利，有所收获？小命也许不用担心，但是，某些尴尬，比如，被扒了个精光，不得不忍饥受冻，延挨到天黑，然后借着夜色的掩护，躲躲闪闪地回到家中的尴尬，自己或许避免不了。看看！自己身上这身读书人的行头……"想到这，启前下意识地拍了拍自己的衣襟和裤腿，继而心里自嘲道："嘿嘿，怕啥？这个时候、这种天气，再'敬业''执着'的劫匪，恐怕也早已收工回家了。天下本无事……"

乖乖，你别说，这世上，还真有那么几个特别"敬业"特别"执着"的劫匪……

仿佛真有某种所谓的第六感似的，杨启前才刚想到这事，这事就真的出现了，且和他所想惊人的相似：在一个较为隐蔽的地方，他被几个蒙面人给拦住了。三个劫匪，两个用枪、刀顶着他的胸膛，将他逼住；另一个则赶紧转到他身后，手忙脚乱地将他的双手反绑起来，而后扯下自己的头巾，将他的眼睛给蒙上。继而，两个劫匪，一边一个，架起他的胳膊就走……

启前深一脚浅一脚，趔趔趄趄地，按照劫匪们手上传递过来的"信息"，机械地迈着双腿……过草丛、穿灌木，走石径、越土埂，七弯八拐地，他最终被带到了一个神秘的所在。

停下来后，启前这才回过神来。根据自己脚底下的感觉，以及劫匪们脚步声的回声，他猜测自己应该是被带到了某个山洞里。而这里，离自己先前遭遇劫持的地方，少说也有五六里。

"抖抖索索的，难道是劫匪们紧张了、害怕了……"启前天真地想。刚才，在劫匪绑他的手、蒙他的眼的时候，他明显地感觉到了，那劫匪的手，在止不住地轻轻地颤抖。此外，他还感觉到了，另外两个劫匪，也紧张得嘴里不断地发出咝咝、咝咝的抽凉气的声音。他甚至能感觉到，那顶在自己胸口上的枪管、刀尖，吹到自己脸上的微弱的气息，似乎也在微微地颤抖。

"想些什么呢？杨启前哪杨启前，你真是个书呆子，幼稚、无知……这样的时候、这样的地方，且还是三对一——全副武装的'三'，对你这个手无寸铁、文弱不堪的'一'，人家还会紧张、害怕？人家那颤抖，是冻的、喜的。冻的：天寒地冻的，又在草丛、荆棘丛后面埋伏了这么久，任谁，都会被冻得瑟瑟发抖。喜的：好不容易等来了、到手了这么一桩大'买卖'——从穿着打扮上看，自己还真像个有钱人家的公子哥，人家心里焉能不喜？

"眼下，对方拥有绝对的优势和主动权，所以，自己最好老实点，不要胡来，不要激怒人家，接下来，自己该如何脱身呢？看来，那也只能寄希望于劫匪们能良心发现，劫去财物后，能够痛痛快快地放了自己；且放的时候，最好不要把自己给剥得赤条条的。怕的是，自己口袋里的这几文钱，入不了人家的法眼。再加上自己这一身还算像样的衣服，人家只怕也还不满意呢。想想，忍冻受饿了这半天、一天，好不容易逮到了一个人，却没有捞到多少油水，人家会满意？人家不满意，又会怎样呢？唉——"想到这，杨启前不由得长长地抽了口凉气，心里暗暗叫苦："在自己身上榨不出多少油水来，那他们会不会把自己当成'肥猪'给'牵'了呢？——不是当场洗劫，而是大费周章，把自己给转移到这么一个偏僻、幽闭的地方来，何也？成了'肥猪'，自己就得更加小心了，因为，稍有不慎，就会葬送掉自己的小命。'牵肥猪'的时候，绑匪们往往已做好了必要时'宰猪'的准备。如此，自己还能怎样呢？躺在人家的案板上，就只能耐心等待，听天由命了。"

二

杨启前被"牵"了"肥猪"的消息，他妈是第二天中午才知道的。将这一消息传递给他妈杨何氏的，是钱正武。

听正武说，大清早的，他去村外捡柴，路上遇到了一陌生人。那人身材矮小但感觉很精悍、结实，一身庄稼人的打扮。有些古怪的是，对方一直戴着一顶破草帽，且帽檐压得低低的，把大半张脸都给遮住了……

"这人哪里来的？咋个感觉怪怪的？这不出太阳、不下雨的，他戴顶草帽干啥？"正武有些奇怪。然而，没等他想明白，那人就已经主动走上前来，和他套起了近乎。

那人给正武敬了两片烟叶，然后说道，自己从这里经过，受杨启前委托，顺便帮他带封信给他妈。还说，自己是外地人，不熟悉路径，不晓得杨家山在哪里、怎么走，且还有其他急事要办，所以，想请正武帮帮忙，替他把信给捎过去。正武想了想，觉得举手之劳，帮帮何妨？加之，又连着受了人家好几片好烟叶，吃人嘴软，于是便一口答应了下来。

捡柴回来，正武又里里外外地忙了好一会儿家务……待他将信送到杨家山，交到启前母亲的手上时，已是中午时分了。

正武说明来意后，杨母当时就滋生出了不少疑惑："这送信的到底是个什么样的人呢？如果是熟人，那他为哪样连杨家山在哪里、咋个走都不晓得？——这么大的一座山，看不见吗？看不见，不会找吗？不会问吗？如果不是熟人，那儿子为哪样会托他带信？儿子一向谨慎，如果没有特别重要、特别紧急的事情，他是不会轻易给家里写信的；就算有事，他也宁愿自己亲自跑一趟。再说，年关将近，有哪样事情，等回来过年时再说不行？上次离家去省城时，他就说过，今年，无论如何，他一定要回老家来过个年……"

杨母不识字，接过信后，便赶紧拆开——她想趁正武在场，顺便请他帮忙念念。

正武展开信笺一看，顿时呆住了，一时间不知该不该念，该怎么念好……

杨母是个精明人，虽不识字，却很会察言观色、揣摩心里、分析事理。刚才，平白无故地收到儿子的来信，她心里就有些忐忑了；现在，见正武的表情不对，她的心更是一下子就提到了嗓子眼里……

"三哥，里面讲了些哪样？啊？快念给我听听……快点！快点！"杨母迫不及待地催问正武，声音颤颤的。

信笺上，寥寥几行字，歪歪扭扭的，无非是说，启前现在在他们的手上，要一百元的赎金。赎金要按时送到某个地方，否则后果自负，等等。

还没有听完，杨母双腿发软，一下子就瘫坐在了地上。

"三哥，请你……到隔壁去……帮我……帮我喊一下老大和老二……请他们过来一下。"杨母一脸惶急，结结巴巴、有气无力地央求道。

…………

杨母语无伦次、结结巴巴的，怎么也说不清楚。最后，还是在正武的帮助下，才将启前被"牵肥猪"的事情，向杨老大兄弟俩讲了个大概。而后，她急切地望着这兄弟俩，期盼他们能帮自己拿出个主意来。

然而，兄弟俩虽也一脸的惶急、焦虑，却也只会唉声叹气。

"这种事情，人家在暗处、我们在明处，而且，人现在在人家手上，所以，我们不能乱来，更不能硬来。依我看，救人要紧。他们想要的，无非是几个钱。凑点给他们，先把人赎回来再说。'留得青山在，不怕没柴烧。'"见杨家兄弟俩面露难色，一声不吭，正武便建议道。

"我家这点家底，翻个底朝天，顶多也就这二三十块钱。老大，你那里有没有点闲的？有的话，先借给我救救急。写个借据给你也可以。三哥，请你帮忙做个见证人。"杨母满怀希望地望着自己的大侄子。

"救救你兄弟，他今后会感谢你的。你放心，我们会尽快连本带利还给你的，不会耽误你做生意。实在不行，我就把家里的田地给卖了。"见杨老大作难，杨母赶紧表态。

"幺娘，那些都不是问题，主要是……唉！实在是不凑巧。早些时候，我家里面也还多少有点，凑个七八十不成问题。但是，现在……你也看见的，前几天，我才刚刚进了好些菜籽，钱都给搭进去了；家里面的那点菜油，现在也还没有卖出去。"杨老大垂着眼，委婉地说。

"管它多少！能凑的话，帮我凑凑，凑一点是一点。"

"幺娘……"杨老大欲言又止，看样子是真的没钱，真的为难。

杨母明白了："眼前这兄弟俩，十有八九是靠不住了。老二家没钱，拿不出钱来，老大家有钱，但人家不愿意帮，自己又能怎样？帮自己家？这些年来，这兄弟俩，尤其是他杨老大，不记恨自己家就不错了，还能……几年前，为了点房子、田地的事情，自己还差点和他家打上官司了呢。幸亏启前及时赶回来劝解，说是家丑不可外扬，不要让外人笑话；说是自家人不和，人家外人就会欺上门来；还说左邻右舍的，又是一家人，撕破了脸皮，今后也不好相处；还说，自己这些年长年在外，家里的事情，说不定还有用得着他哥俩的时候……经儿子这样劝解，自己这才算了。哼哼！现在，他杨老大说不定还记恨着自己家，甚至打起自己家的歪主意来了呢！启前要是真有个三长两短，那不正合了他杨老大的心意？那自己家的这点家业，还能逃得过他两口子的手掌心？所以，后边处理启前的事情时，对于他哥俩，不但不能寄以希望，反而还得小心防备。"

"自家人都不肯帮，外人就更不消说了。哎呀呀！这个时候，自己还能指望谁呀！这个时候，儿子一定在眼巴巴地盼着、等着，等着自己这个当妈的筹钱去赎他、救他，可是，我的儿啊！你咋个……"杨母有些绝望了。

"不行！不能再等了。自己得赶紧想点别的办法，千万不能再耽搁了。万一超过了时辰，……干脆，到街上去说说看、找找看。救人如救火，自己得抓紧。"

蓦地，杨母迅捷地爬了起来，随即颠着小脚，急匆匆地冲出门去。打定主意后，她就顾不了什么了。

"幺娘，你要去哪里呀？啊？"

"幺娘，你要搞哪样？啊？"

杨家兄弟俩大声问道，但杨母却一声不吭，听不见似的，只管走自己的路。

无奈，兄弟俩只好赶紧跟了出去。——他俩担心自家幺娘到处乱说，为自己哥俩引来诸如"自家堂兄弟出了这样的事，他幺娘都急成这样了，他兄弟两个也不晓得帮一把""这样六亲不认的人，早晚会遭报应的；这样冷血无情的人，大家最好离他们远点"之类的非议，败坏自己哥俩的名声。

正武见状，也赶紧跟着走了出去。出来后，他还不忘随手把门给带上。

一路上，杨母跌跌撞撞、哭哭啼啼的，见人便说、有问必答，其目的：一是，让大家都能知晓自己家的事情，看看有谁能够，并愿意帮自己家一把；二是，羞一羞紧跟在自己身后的那兄弟俩。她的身后，几丈开外，杨老大兄弟俩尴尬地跟随着。为尽量抵消因自家幺娘的哭诉而给自己哥俩带来的负面影响，兄弟二人不得不时不时地拉住一些才刚听过杨母哭诉的村民，然后或独当一面，或协作配合，耐心细致地做上一番解释工作。

杨母这一路的哭诉，一传十十传百……很快，整个寨子便都知道了：杨家山杨启前被人家"牵肥猪"了，他妈杨何氏没有办法，只好到街上来哭诉、乞求，看看哪个能帮帮忙……

直待杨母跨进了钱家大院，杨家兄弟俩这才反应过来：原来，人家早就有主意了，人家这是找钱正文来了。为什么找钱正文？原因不外乎两个：一是，正文是寨子里的"五老"之一，不可能不管；二是，寨子里，甚至周围的村寨里，正文一向有着热心公益，喜欢替人出头平事的好名声，他本人又很看重这一名声，更重要的是他又与启前关系不错。由此看来，幺娘出门前就已经打好了主意了。她刚才这一路的哭诉，其目的至少有一半不过是想出出自己兄弟俩的丑罢了。看来，老姜面前，自己兄弟俩还是嫩了点。

让兄弟俩有些"欣慰"的是，听了自家婶娘的哭诉后，正文除了问询、宽慰之外，一时间似乎也想不出什么好办法来。想来正文也知道，在本村乃至周围十里八乡，自己虽然有点名望、人缘，有些影响力、号召力，但想要解决这样的问题，难度还是很大的。绑匪们是不在乎什么名望、人缘的，他们在乎的，是赎金。为了钱，他们脑袋都可以别在裤腰带上，难道还会怕你正的、歪的，文的、武的？

"喔——信呢？给我看一下。"正文问道。

正文从杨母手里接过信来，展开，一边看，一边念叨道："嗯！这信应该是启前写的，他的笔迹我熟得很！——估计是铺在岩石上或者地面上写的，所以写得歪歪扭扭的。"

"送信的那个人，啷个样子？大概是哪里的口音？"正文转脸看向正武，细细地问道。

"没有看清楚。个子矮矮小小的，大半张脸都叫草帽给遮住了；说话的时候，声音怪怪的，又一直埋着脑壳，所以……"

"寒冬腊月的，又没有太阳，他戴个草帽搞哪样？"正文像是在问大家，又像是在自问。

"当时，我就觉得有点古怪，只是不好意思问。当时，我也是糊里糊涂的，一点也没有多想。后来，看了信后，我才明白，他戴个草帽，而且故意把帽檐压得低低的、把脑壳埋得低低的，就是不想让我看到他的脸。唉！可惜了，他的脸我竟然一点都没有瞅见。"正武解释道，言语间颇有些歉疚、遗憾。

"幺娘，要不，我先帮你凑点？我家全部凑起来，多的没有，五六十应该不成问题。加上你的二三十，总共七八十，差不多了。"正武慷慨地表示，弥补歉疚、遗憾似的。

"好的！好的！"杨母忙不迭地应答，仿佛于急流旋涡中抓到了一根救命稻草似的。

"三哥，把启前赎回来后，我们母子要上门来感谢你，感谢你们家。过完年，我就去请中人、找买主，把家里的那几块田地给卖了。卖得钱后，马上连本带利还给你。一时间卖不出去，而你又想要的话，也可以抵给你，想要田给田、想要地给地。"杨母激动地表示，感激之情溢于言表。随后，她还伸出食指，"喏、喏、喏……"地，挨个指了指在场的其他人，请大家帮忙做证。然而很快，她脸上的激情便迅速地退去，有所考虑、担忧似的。这又是为何呢？思谋了一会儿，又扫视了大家一遭后，她这才说道："只是，人家要一百……这七八十块，怕不行吧？"

"哎哟！他们要多少，我们就得给多少？不可能嘛。这就像做生意一样，卖的，高高地喊，为的是尽可能多得点；买的，狠狠地还，为的是省一点，能少给尽量少给。他要一百，我还五十；他要五十，我还三十，这都是可以讨价还价的。哪里能他要一百，我就得给他一百？七八十，我想应该差不多了，他们说要一百，肯定是留得有二三十块的商量余地的。给得太爽快了，要多少给多少，万一再临时给你加点价，那就麻烦了。现在应主要考虑，咋个才能安全地把钱送到，把人救回来。不要到时候，钱送到了，人却……"正武分析得头头是道。

正文笑盈盈地看着自己的三弟，很感谢他为自己解了围；同时，他也颇有些意外："这个正武，平时铁公鸡似的一个人，这回想不到竟这般的爽快，换了个人似的，真是奇怪。"

…………

后面，安排人押送赎金、护送启前回来等事情，都是正文跑前跑后张罗的。钱财上帮不上人家，脑力、气力等方面，就不能再吝啬了。从那以后，正文与启前关系迅速升温，且很快打得火热。启前每次回乡，不是正文去看望他，就是他来拜会正文。年龄相差了一大截的二人，你来我往、称兄道弟的，让自家的那些堂兄弟，甚至亲兄弟，看了都嫉妒不已……

总之，在启前这事上，正文可谓是做尽了好人、赚足了声望；杨家兄弟俩呢，虽则尝了不少口水，但后来哥俩的表现——主动的也好、被动的也罢，姑且不说，好歹也给人们留下了些"亡羊补牢""知错能改"的印象。只有正武，似乎最不划算。看看他，又是送信、又是借钱，又是跑腿听差、又是出谋划策，到头来，却成了"智子疑邻"中的那位"邻人之父"，让人疑窦丛丛："一个平常一毛不拔，只知往自己家里扒拉，甚而为了利益，可以对别人家的死活不闻不问的人，怎么一下子就变得如此热情、大方起来？这样的一个人，其反常举止的背后，肯定隐藏着某种目的、动机，甚至是不可告人的目的、动机……"至于这种"疑"有无道理、根据，谁也不愿多说——估计也说不清楚。

第八章　凭心胆临危不乱　靠智谋化险为夷

一

深夜，赵家大院里，静悄悄的。灰蒙蒙的天光，虽然微弱，但也能勉强照见一些模模糊糊的影子。

大概是晚上喝的茶有些浓了，赵贵发躺在床上，翻来覆去怎么也睡不着。他索性穿衣起床，打算到院子里去走走……

踱到猪圈旁边的院墙下时，他听见院墙外传来一阵窸窸窣窣的声响，那声响很是细微，像耗子窜动时所发出来的似的，他立即警觉了起来。

"会不会是之前咬死白猪的那只豹子又来了？它们尝过一次甜头，便会想到第二次、第三次……

那声响还在继续，且似乎比刚才还要大些。

"难道真是豹子来了？"贵发不敢确定，毕竟从小长到这么大，豹子走动的声响，他也从未真正听到过。

贵发好奇心大起，便悄悄地走到猪圈旁边的作坊里，轻手轻脚地扛起那架靠墙而立的长长的木梯子。他小心翼翼尽量不让梯子触碰到任何东西，以免发出较大的声响来。——一则环境熟悉，二则小心在意，三则又有一丝丝天光，使得他将梯子扛出来时，还真是没有触碰到任何东西。

贵发扛着梯子，蹑手蹑脚地走到院墙根下透出声响来的地方，小心翼翼地放下，随后屏住气、弓着腰，前后交叉着双脚，尝试着，小心翼翼地，让那梯子一点一点地，慢慢地往后倒，直至将其轻轻地靠在了院墙上。

贵发顺着梯子，轻手轻脚地爬了上去。在其头顶快要高过院墙时，他停下了。随即身子缓缓下挫，先预留出一定的上升空间——头顶与院墙顶之间的距离，然后再跨上一道梯子去，蹲在上面。接下来，他佝偻着身子，一只手扶着梯子，一只手慢慢地举起来，轻轻地摸索并攀扶住院墙顶端。而后，他屈着腿脚、弯着腰身，试探着，从院墙顶上慢慢地冒出小半个头去，谨慎地扫视了一下院墙外。感觉安全，他这才最终直起腿脚、腰身来，进而两手撑着院墙顶，探出上半身，伸长脖子，往墙根下张望。这一看，他不由得心里一紧……昏黑中，一个黑影蜷缩着，模模糊糊的。

贵发紧张了起来。他使劲眯起眼睛，这一看，他顿时毛发倒竖，一颗心止不住狂跳。

原来，蜷缩在院墙下的，并不是什么豹子、豺狼，而是一个人。——对！一个蹲在地上的、蜷缩着的人。

"这深更半夜的，蹲缩在别人家的院墙下，鬼鬼祟祟的，到底想搞哪样？莫非是想来挖我赵某人家的'墙脚'？果真那样，就和他客气不得。对了，他的同伙呢？"贵发愈加紧张，他暗想："那种营生，一个人是干不下来的，少说也得三五个人协同配合才行。这个人可怕，那几个看不见的更可怕！说不定，就在自己窥探脚下的这个人影时，其他地方，某个黑暗的角落里，几双眼睛也正在悄悄地盯着自己呢。'螳螂捕蝉，黄雀在后'，说不定，自己就是那只螳螂……"想到这，贵发下意识地朝四周，朝更远处望去……

"那人蜷缩在自己家的院墙下，探头探脑的，看上去没有离去的意思。怎么办呢？先下手为强！趁地势有利，趁对方还在院墙外，现在再不采取行动，等他们进到院子里来，那就麻烦了。"

贵发轻手轻脚地从梯子上下来，而后哈着腰、眯着眼，借着那一丝丝昏暗的天光，在院墙根下仔细搜寻起来……见到石块模样的东西，便伸手过去摸索。——很快，他就收集到了好几块鹅蛋大小的石头。这些石头，除了手上的两块，其余的悉数码放在梯子下。

贵发再次轻手轻脚地爬上梯子，悄悄地直起身子来，并将上半身尽量探出院墙外去。而后高高地扬起手来，瞅准了，准备将石块狠狠地砸下去。

关键时刻，那人突然站立了起来正仰头察看。或许是贵发不小心弄出了声响惊动了他。——这样的夜晚，任何一丝轻微的响动，都会被寂静无限放大。

贵发心头一紧，那手就要劈将下来了。

"二爷，不要打！不要打！是我！是我！"千钧一发之际，那人赶紧出声阻止。大约他也看清了贵发手上的动作。

"喔！"贵发来不及细看，更来不及细想，随口便轻轻地应了一声。随后，他下意识地，迅捷地缩回身子来轻轻地退下梯子来。

"那人会是谁呢？其声音，公鸭叫声似的，有些熟悉；且其称呼自己为二爷，知道自己的排行，可见对方应该是熟人，至少是认识的。那他会是谁呢？——刚才那种情形下，自己是不便多问，也不应问起这些的！也幸亏没问。管他是谁，反正自己赶紧歪开就对了……"站在梯子下，贵发搜肠刮肚地想着。

"喔！——对了，是他！自己所认识的人中，嗓音如此沙哑的，不是他王承忠是谁？"贵发终于想起来了。

王承忠，邻村王家沟人，三十来岁，身材高大壮实，颧骨宽大、眼睛细小，令人印象最深的，是他那锈涩、沙哑的嗓音。和人说话时，他总是直着脖子、涨红着脸，样子十分的急迫——硬要将两块干树皮、破麻布摩擦出某种好听的声音来似的。无奈嗓子却是个慢性子，任他憋得面红耳赤，憋得脖子上青筋暴跳，也常常不肯轻易吐出一个字来。好不容易蹦出一句话来，却又是断断续续、结结巴巴的。他那费力的样子，越急越说不出来、说不明白的样子，常常让听者为他着急不已。因为与赵贵友有点拐弯抹角的亲戚关系——其堂兄王承先，乃赵贵友的连襟——所以，他经常到山桃寨来玩，也因此与赵贵立混得很熟，与钱正武更是打得火热。每次过来，他都喜欢落脚贵立家。以前，在贵立的引荐下，他也曾到赵家大院里串过几次门，因此上，贵发和他也认识。

刚才，乍一听到王承忠的声音，贵发便赶紧采取了一定的回避措施，其中的原因，大概有两个：一是，潜意识；二是，对方那沙哑的声音，他似曾相识。——而这种相识，或许又进一步激发了他的某种潜意识。

"他，或者他们，想搞哪样呢？——三更半夜的，鬼头鬼脑的，肯定不是什么好事，肯定是见不得光的事。有些事情，知道得越少越好！不知道最好！管他的，回屋睡自己的觉去。"贵发一面想，一面轻轻地拆去梯子，轻手轻脚地将其放回原处。

问题是，他还睡得着吗？

二

"爹！爹！吴大爷家遭抢了。"一大早，明智便急匆匆地赶过来，向贵发报告这一重大消息。他本来是要上山放牛、割草去的，走到半路，听见人们谈论此事，且此事关系爹爹的至交好友，便赶紧折返了回来。

"老二，你听哪个说的？"张氏正在堂屋里扫地，见状便直起身来问道。

"好久遭的？啊？！"贵发也在里间问道。昨晚，回到屋里后，他躺在床上，东想西想的，久久难以入眠。加之后来又起了风，似乎还下了几颗雨，滴滴答答的，扰得他更是难以入睡。鸡叫后，他这才不知不觉地迷糊了过去。因为失眠，习惯于早起的他，却还昏昏沉沉地蜷在被窝里。

"昨天晚上，我路上听人家说的，好多人都在讲。"明智对着里间答道。为方便大家都能听到，他的声音很大。

贵发一边整理着身上的衣服，一边从里间走了出来。

"老二，喏！把那脸盆拿过来一下。"贵发指了指放在墙角的木盆，吩咐明智，然后转身去取挂在墙上的洗脸帕。

"他家那里也谨慎得很嘛，咋个还会遭抢？"张氏喃喃自语道。

志德家院落、房屋的构造与贵友家的十分相似，也是前面一个五六尺宽、两丈长的小院子。石头砌的院墙，一丈多高，异常的坚固；杂木做的院门，厚实、牢固……

"哼！人家有心抢你，随你咋个谨慎，比皇宫谨慎也不管用。"贵发感慨道。

"听说，估计是熟人来抢的。是从后门进去的。抢完以后，从大门出去，上大路跑的。"明智补充道。

"嗯嗯！"贵发机械地洗着脸，眼神茫然，若有所思……

"自己家院墙下的这条小路，不就正好通往志德家屋后吗？莫非……志德家屋后，大半圈密密实实的荆棘'篱笆'，和房屋的后墙一起，围成了一个大大的后院。荆棘一人多高，上面的刺，密密麻麻的，锥子般大小、尖利，猫狗都不敢轻易触碰。在荆棘'篱笆'和后墙的结合处，留有一道仅能容一人侧身通过的缝隙——类似于'院门'。这道缝隙，平日里用一大捆干枯的荆棘紧紧地塞着、堵着；只有需要过人时，才会把这捆荆棘小心翼翼地拖拽到一边……不熟悉环境的人，是不会知道这些的；知道了，也是不敢贸然进去的。莫非，昨晚上……"

"我过去看看。"贵发一边说，一边向外走去。好朋友家出了这么大的事情，应该赶紧过去看看。

明智还要去放牛、割草，便跟着爹爹一道走了。

…………

志德家家里，凳倒桌歪，一片狼藉。贵发来到他家时，他正坐在堂屋里生闷气。

"遭了多少？"贵发关切地问道。

"哼哼！几件旧衣裳、一点点粮食、一小包盐巴——大概五六两的样子、升把大烟、十多块钱。东西倒是不多，也值不了几个钱。主要是，气人得很！——蚂蚁籽闹不死人，但是，胀肚子得很！"志德苦笑了一下，说道。蚂蚁籽，借指损失小、问题不大等。这里所谓的蚂蚁籽，或有两个意思：一个，指蚂蚁卵；一个，指蚂蚁。——"籽"，则用于描述、形容二者之细小。

"咋个进来的？几个人？"

"从后面撬门进来的，五个人。"

"不要气了。只要人没有事情，其他的，糟就糟点，今后小心点就行了。"贵发安慰道。

"嗯嗯！我气的是，连我家他们也要搞。真的是，不是熟人不害人。哼哼！他还以为，他蒙着脸、不吭声，就可以瞒天过海了，别人就不晓得他是哪个了？谁知，老天有眼……"出于某种顾虑或考量，志德没有再说下去。

出于某种顾虑或考量，贵发也没有再追问下去。

"志德所谓的'熟人'，到底是谁呢？"贵发虽然很想多了解些情况，以便和自己的猜测相互印证印证，但看到志德颇为顾虑，似乎有什么难言之隐，便克制住了自己的好奇心。——"有些事情，人家不主动说，自己就不要再问了；再则，知道多了未必是好事。"不过，联想到昨晚上的那一幕，他心里便已经明白了八九分……

昨晚上，志德家里的情况是这样的：

丑时末，那伙劫匪从后门进来后，经过灶房——位于神龛背后，和堂屋一墙之隔，摸摸索索、蹑手蹑脚地来到堂屋里。随后，一矮个劫匪摸索着，先轻轻地打开了大门，继而走出去，轻轻卸下院门门杠，让院门虚掩着……显然，劫匪们很有心计，这样做，是为撤离或逃跑提前做好准备，颇有些未雨绸缪的意思。

待矮个子回来，并轻轻地掩上大门后，劫匪们这才敢点上灯笼，并将其插在墙缝里挑着。而后分头冲进各个房间去……

劫匪们把志德一家四口逼到堂屋的一个角落里，由矮个劫匪和另一个头歪肩斜的劫匪——因一边肩胛骨较为鼓凸，使其头和肩显得有些歪斜——端着枪监视着、看守着。其他人则再次分头冲进各个房间，开始翻箱倒柜地搜寻来……

搜寻了许久，却没有多少收获，这令劫匪们很是不满意、不甘心。于是，矮个子便用枪顶着志德，拿腔作势地，威逼他交出藏匿的钱财以及贵重的东西。志德只好磨磨蹭蹭地走过去，从大门旮旯里，墙壁上一个昏暗的缝隙里抠出一个小纸包来，递给了矮个子。矮个子接过纸包，旋即将其转交给了另一高个劫匪。那高个劫匪由于身材高大，十分惹眼，因而一开始就吸引了志德的关注。从劫匪们的举动来看，志德推测，高个可能是领头的。

高个劫匪背对着志德一家，走近灯笼，将纸包凑近灯光，打开。纸包里面，是几张叠在一起的钞票，总共十多块。

志德十分明智，他知道，自己若是嘴硬，硬要说一分一厘、一点一滴都没有，劫匪们肯定是不会相信的，换谁都不会相信。——那就很可能会危及自己和家人的安全。所以，不如多少交点出来，先打发了这帮饿鬼再说。但劫匪们显然不太满意，似乎都觉得，兴师动众的，就这么点收获，很不划算，于是，矮个便又拿腔作势地，再次逼问起志德来……这回，志德知道，自己断断不能再松口了，只能一口咬定：家里再没有钱财及其他贵重物品了。为什么要这样呢？因为，急切间，他的脑海里"嗖嗖嗖"地闪过了好几道这样的"灵光"："一是，自己家堂屋里，除了那十多块钱以外，就再也没有其他较为值钱的东西了，不用担心对方再次搜寻。二是，其他几个房间里，能找到的，想必都已被这帮家伙洗劫一空了；找不到的，他们估计也找不到了。当然，他们就算再搜出点什么来，那也和自己的'表现'无多大关系，因为，自己又不在那房间里，他们找到了什么、没有找到什么，自己怎知道？三是，这时，自己若是再交代出点别的什么来，定会再次勾起劫匪们的贪欲，也会令他们更加不相信自己，认为自己没有如实交代，那样，他们就会一而再再而三地逼问自己。若再逼问不出点什么来，而他们又还不相信、不满意的话，那自己一家就麻烦了。总之，这节骨眼上，就算家里还藏着点别的什么，也是断断不能再松口了。"果然，见志德的嘴巴里再也榨不出什么来了，矮个劫匪便不再逼问他了。

然而，才刚扔下志德，矮个就转而恶狠狠地逼问起志德的妻子和两个孩子来。这令志德不由得脊背发凉、汗毛倒竖，一颗心都快要跳炸膛了。阿弥陀佛，幸亏媳妇和两个孩子也像志德一样，一口咬定，说自己实在想不到家里面还有什么值钱的。娘几个之所以能有这样的表现，其原因，或许是受到了志德言语、表现的启发；也或许是真的不知道家里还有些什么，——孩子不当家、媳妇不管事，当然也就不知道了。

经过这一番折腾，志德明显地感觉到，劫匪们已经松弛下来了。但很快，他们又有了新的主意似的，又像之前那样，由矮个和斜肩监视、看守着志德一家几口；其他三人，高个继续留在堂屋里搜寻，另两个则再次钻进志德夫妇俩的卧室里，把横七竖八的箱子柜子们又倒了个过……这一次搜寻，劫匪们全程无交流，甚至连个细微的眼神、手势都没有，却配合得相当熟练、默契。

高个劫匪东张西望的，在堂屋里仔细地思量着、搜寻着——思量一会儿，接着搜寻一会儿；搜寻一会儿，又再思量一会儿。也许是受到了志德藏钱的方式方法的启发，搜寻中，他不时地把脸凑近墙壁，斜着脑袋、眯着眼睛，使劲往墙缝里瞅，想看看里面有没有一点意外的惊喜。遇到比较深的，难以看清里面的墙缝，他还会将手指伸进去，四下里抠一抠，然而，每每令他很是失望。不过当他搜寻到灶房门口时，意外的惊喜终于出现了：灶台上方、"炕笆"底下，两个鼓鼓囊囊的小麻袋赫然映入了他的眼帘。——两个小袋子，长期挂在"炕笆"的吊架下，一个装的是粑粑果、一个装的是洋芋片。只是粑粑果、洋芋片，那也就算了，让志德心疼的是，装洋芋片的袋子里，还藏着一小包盐巴（为防潮，平时一直藏在灶火上方）。他于是迫不及待地钻进灶房里去，仰着头，抬手就要去摘取那两个小袋子。谁知这时他的脚下，一堆柴火灰烬，突然间死灰复燃了。高个冷不丁被吓了一大跳，旋即双脚交替着，剧烈地跳动了起来，同时赶紧低下头来。样子很是滑稽。——然而，就在他低下头来的那一瞬间，更加意想不到的情况出现了：一不小心，他的额头蹭到了"炕笆"边沿上翘出来的一小片篾条；其蒙在脸上的黑布，一下子就被那篾条给刮掉了。他猛吃一惊，下意识地扭过脸来，想看看大家的反应。不过，转瞬间，他又赶紧把脸给背了过去。——时间仿佛凝固了；空气中，某种压力在急剧地膨胀、膨胀……

哪来的柴火呢？咋又会燃得这么巧呢？原来这几天天气潮湿，志德家里的泥巴地面老是湿漉漉的，且许多东西都有些发霉了。于是今晚，他便在灶房的灶下生起一大堆柴火，想烘烤一下家里。临睡时，他倒是把柴火给弄灭了的，只是，剩下来的那一点点灰烬，他只是简单地扒拉了几下，并没有把它们摊开。

有些不可思议的是，这堆灰烬，何得死灰复燃？且为何早不燃、晚不燃，偏偏高个劫匪走到跟前就燃了起来呢？冥冥中，莫非真有某种天意？——哼哼！真有天意的话，还能任由这些人为非作歹？……其实，死灰复燃的真正原因是，风。因为志德家屋后是大山，别无人家，不用担心走漏风声，所以，劫匪们进来后，便任由后门大敞着。另外，虚掩着的大门，缝隙又很大。于是，前后门对流，便形成了一股股较大的穿堂风。那堆灰烬，被这穿堂风三吹两吹的，早已欲燃将燃，这时，高个劫匪快步闯入，其脚下、裤脚掀起、扇起的风，终于一下子就将它们给吹燃了……

也就是在柴火灰烬死灰复燃的那一瞬间，从一开始起就一直在悄悄地关注着高个的一举一动的志德，正好瞥见了他的脸。而这一眼，差点把志德给吓了个半死，因为，他所瞥见的，是一张颇为熟悉的脸。

…………

这时，志德那颗"怦怦怦怦"的心狂跳不止。

"好险啊！刚才高个劫匪用手掌遮挡着脸，再次转过头来，目的十分明显，就是想从指缝间观察一下自己一家的反应。要是高个发现他的脸已经被自己看到了、看清了，那自己，乃至家人，就十分危险了。——暴露了面容的劫匪，极可能会将自己及家人灭口。幸亏媳妇和孩子胆子小，自始至终低着头，不敢正眼看他们一眼；幸亏光线昏暗，使得对方看不清自己额头上的冷汗，以及陡然间脸上神色的变化；幸亏……

"最为惊险，也最为庆幸的是，在高个劫匪下意识地扭过脸来的那一瞬间，自己已迅速地低下了头去，并合上了被惊得张开了的嘴巴。想不到，关键时刻，自己竟然反应这么快！

确如志德所猜测的，发现他们一家低着头，老老实实地挤在墙旮旯里，并没有表现出什么异样来，高个这才放下心来。高个手掌遮着脸，面对志德一家时，其心里想必也闪过了不少念头。那时刻，志德一家的命运，可谓尽在他的一念之间。他始终没有想道：就在他下意识地转过脸来的那一瞬间，火光中，志德已一眼看清了他的脸。只是，电光石火间，志德一个激灵，便鬼使神差般地，迅即低下了头去。——那一眼，注定将是伴随志德后半生的噩梦……每每午夜梦回，他定然免不了冷汗淋淋、全身酥软……

吃了这大大的一惊后，志德变得更加谨慎。接下来的时间里，他要么故意埋着头、要么刻意仰着脸，装出一副听天由命、无可奈何的样子。当然，他的余光随时注意着劫匪们的一举一动，以便出现危急情况时，自己能够尽快做出反应……

…………

现在，想起昨晚上那极其惊险的一幕，志德依然心有余悸。心悸之余，是恨！恨那些人，恨他们为了一点财物，良心、交情都不要了……

贵发和志德谈话间，正文也来了。正文是寨子里的"五老"之一，寨子里的人家出了这样的事情，他好歹要过来看一看问一问；何况，出事的还是自己的朋友呢。

简单地问了几句事情的经过以及损失的情况后，正文对志德也是好一番安慰。

"二哥，你晓不晓得哪里有枪卖？"志德问贵发道。可不等贵发回答，他又紧接着说道："我想买一把来看家、防身。昨天晚上，要是手边有把枪的话，老子……"志德不由得咬紧了牙关。

"昨晚上，那种情况下，你的做法是对的。一家老小都被他们拿枪逼着，硬来是不行的。遇到那种情况，哪个都反应不及，有枪也来不及。——枪的事情，遇到贵立的时候，我帮你问问。他有路子，我现在的这把，就是他帮忙搞来的。"

"不用你亲自开枪了。过段时间，会有人来帮你开枪，为你报仇的。"正文神秘兮兮地说道。

贵发、志德盯着正文，期待着他的"下文"。

"昨天下午，和启前闲扯的时候，听他说，过一段时间，'保务团'可能又要下来了。到时候，可以去找他们告一状。他们下来一趟，杀他几个、十几个、几十个，天下就可以太平一段时间了。启前消息灵通，他讲的应该准确的。——他是前天下午才从省城过来的，两口子一起来的，说是来看看他老妈。"言语间，可以看出来，正文对启前十分的欣赏、推崇。

"不会吧？去年年初不是才刚来过一次？不会这么快又来吧？"贵发有些不信。

"这些年，一般都是三四年才下来一次。"志德也有些不信。

"去年年初的那次，估计是临时决定的，可能是因为启前的事情来的，不算！再说，近几年，社会比以往要乱得多，你们没有感觉到？社会太乱了，他们下来的次数自然要增多。"

贵发、志德频频点头，对正文的分析表示认可。

"这种事情，次次都望靠'保务团'的话，感觉不太实际，所以，我以前也曾经这样想过：这周围四乡八寨里，我认识的人也不少，可不可以自己搞几条枪、拉起一帮人，平时这个村庄走走、那个寨子看看，巡逻一样，自己保护自己呢？"正文有些得意起来，竟然想要自己拉队伍。

这回，对正文的想法，贵发和志德没敢表态，甚至连话都不敢接。

一通宣泄、一番安慰、一阵闲扯……志德家的烦心事，就这样"解决"了。

第九章　揽活计罗家苦累　开伙食赵氏抠搜

一

天刚蒙蒙亮，罗友福一家五口——友福两口子、大儿发富夫妻俩，再加上小儿发达——扛着薅刀、锄头，早早地就来到了钱正义家大门口。

钱周氏打开门，想让友福一家进到屋里来。殊不知，门才刚打开，钱赵氏便飞身抢到了她的前面，用身子堵住了门。接着，赵氏弯下腰来，迅速地提起旁边的一张小凳子，而后一手扶着门框，努力弯着腰，将上半身探出门外去，将那凳子往大门边一放，对发富的媳妇刘金花说道："来来来，小花，你坐这里。——家里坐不下了，你就在大门口这里将就一下吧。"

"响鼓不用重槌敲。"一听赵氏这话，金花心里一下子就明白了。原来，她上个月月底才刚生过小孩，至今都还在月子里呢。赵氏忌讳她身上不干净，怕晦气，所以不想让她进屋。

友福妻子武氏见状也不进屋了，就在门口陪着儿媳，婆媳俩共挤一张凳子。

"小花，你月子都还没有坐够呢，还差十来天呢，就出来干活了？这样，怕身体遭不住噢！坐不好，怕今后得月子病噢！再说，你等会儿咋个给娃娃喂奶？干脆，你回家去歇着算了。"赵氏出言敲打起金花来。

"不得事不得事，习惯了。……嘿嘿，我们庄稼人，哪里有这么娇气？该喂奶的时候，老大会背来给我的。"金花红着脸答道。

"一个一次月子都没有坐过的人，还想来教别人怎么坐月子。笑话！哼哼！你管人家坐得够不够，反正又不会耽误你家的事情。"武氏轻轻地撇了撇嘴，心里很不痛快。

"不得事不得事，哪家没有娃娃？哪个女的不生娃娃？"周氏看不惯、听不惯赵氏的嘴脸、言词，便出言呛道。

被周氏狠狠地抢白了几句，赵氏心里异常恼火，却苦于不便发作。近两年来，她明显地感觉到，在与周氏的明争暗斗中，自己已不再像以往那样应付自如了。

说话间，正义，兴明、兴秀兄妹俩也起来了。三人到堂屋里打了个照面，招呼一声，然后就各自梳洗去了。

"这小点点事情，请两三个人，加上我们一家就够了，你咋个请这么多？呵呵，连月子里的人都来了，凑数来了。"赵氏钻进厢房里，低声对正准备洗脸的正义抱怨道。刚才一开门，见到友福家来了这么多人，连还在月子里的儿媳妇也来了，她心里顿时别扭了起来。

"这么多人，要吃多少伙食？要开多少粮食？请几个人、请哪几个，你是不是没有给人家讲清楚？"见正义不吱声，赵氏进一步走近前来，低声嘀咕道。

"唔唔唔唔……咕嘟、咕嘟……"正义含着一口水，含混不清地应道。他是个讲究人。每天早上洗脸前，他都会这样做：将吸足了温水的洗脸帕从脸盆里捞出来，将其一角缠裹在并在一起的食指和中指上，然后将这两根手指伸进嘴里，上下左右里外前后将牙齿擦拭一遍，而后再埋下头去，端起盆来，在盆里吸上一口水，"咕嘟咕嘟"地漱漱，之后才是洗脸。

"噗——"正义一扭头，将嘴里的漱口水远远地喷吐出去说道："哪个晓得他们家会来这么多人？算了算了，来都来了，将就了。——今天的事情，也需要多几个人手。又不挑、又不扛的，月子里的人也干得下来的。你好意思把人家撵回去？这次把人家撵回去了，下次就不好再去请了。等哈我们三口子去带着他们干，让他们薅认真点、打仔细点、搞快一点。有时间的话，再顺便把烟地边的那几小块地挖一挖、松一松，过几天好栽点早苞谷……那几小块地，零零碎碎、弯来绕去的，一哈宽、一哈窄，一哈上、一哈下的，不好犁，麻烦得很！他们帮忙挖一挖、松一松，就省得我吆牛去犁了。你放心嘛！到时候，这些事情忙完了，时间还早的话，再找点别的事情给他们做就行了。反正是不会让他们闲着的，咋个都能找点事情给他们做的。"

"呵呵，你今天还爽性。——太阳从西边出来了。"赵氏嬉笑道。

"人都已经来了，自己就算想撵，也不一定撵得动了。——刚才，自己不就试着撵了一下？结果……"事已至此，赵氏也无可奈何了，只好按下心头的不快，一头钻进厨房里去，协助周氏准备早餐去了。她打着小算盘：人头没有卡好，伙食就得好好地卡一卡，否则，一反一正的，这亏就吃大了。

早餐是苞谷面稀饭。考虑到人多，周氏特意煮了满满的一大砂锅，且特意煮得十分黏稠。这苞谷面稀饭，做得好的，黏稠金黄，热气腾腾的，散发着一阵阵淡淡的清香，不仅吊人胃口，而且吃下去还十分耐饿。

赵氏钻进厨房里来时，周氏已经将苞谷面稀饭做好了。这东西，做起来省时省力、吃起来简单方便，特别适合农忙时填肚子。——怎么个省时省力法？即，把水烧开后，一边慢慢地往锅里倾撒苞谷面，一边快速地搅动。待苞谷面全都下到锅里去后，稀饭也就差不多可以出锅了。

赵氏找来一口小砂锅，将大砂锅里的稀饭匀出一部分来，单独放在一边。——她知道，这么好吃的东西，给多少人家都能吃完，不提前匀出点来的话，别想有剩余。而后弯腰从灶下旮旯里拾起几片苞谷壳，将其覆在手掌上，继而双掌挤托住大砂锅那有些弧度的底沿部分，小心翼翼地将其捧到堂屋里来。

周氏捧着碗筷，也跟着走了出来。放好碗筷后，她又转身回到厨房里，端出一个小碟子来。小碟子里一边是一小堆红糖，一两左右的样子；一边是一小堆炒黄豆，六七十颗的样子。

"这么甜的东西，还要放糖啊？甜上加甜，也不怕吃了烧心？炒黄豆又这么干，也是烧心的。烧心，口爱干，喉咙也躺得很！等哈到了地头，口干起来，看你们到哪里去找这么多水来喝？"见碟子里的东西有点多了，赵氏又不高兴了，于是又忍不住唠叨了起来。在她看来，这种稀饭，汤汤水水的，吃起来，既有"饭"，又有"汤"，爽滑得很！且香香甜甜的，别说放糖、下菜了，什么都不用，自己随随便便都能吃它几大碗，——假如可以敞开吃的话。可周氏故意和自己怄气似的，不仅把它们煮得如此黏稠，而且还要给糖、给菜下，而且糖和菜还给这么多。

"又没有放盐，糖也只是这么一点点，又不是咸得很、甜得很，躺哪样躺？！"周氏听得闹心，便忍不住回了一句。

"哼哼！"赵氏哼了哼，难得地住了嘴。她所以这样，不是不想回击周氏，更不是想任随大家吃喝，而是担心纠缠不清，影响到今天的正事、大事。——你别说，利益问题上，她还是掂得清轻重缓急的。

关于咸淡的问题，此间有很多传说。听寨子里的老人说，他们小的时候，盐尤其金贵。很多时候，吃盐，只能吃个"意思"，比方说，一大锅汤，放盐时，是这样做的：将盐块——也就手指尖这么大的一点点，说"块"其实夸张了点——捏在指尖，到汤里快速晃荡三两圈，然后赶紧拿出来，风干藏好。那汤，和白开水差不多，根本尝不出一点盐味来。有的人家，当家人还会将盐包好揣在荷包里，随时带在身上，以防媳妇不会当家，做菜时放多了。据说，有的人家，实在吃不起好盐，只好想办法弄点硝盐来替代。这些年，盐虽感觉不像传说中那么金贵，但也价格不菲——比之"斗米斤盐"的说法，恐怕只会有过之而无不及，难怪赵氏会如此心疼。"不当家不知柴米贵"，为了盐这东西，赵氏着实伤了不少脑筋。要她做菜的话，费盐的，比如霉豆腐、豆豉、腊肉之类的，她是绝对不会做的。霉豆腐、豆豉、腊肉这些东西，腌制时，盐放少了，腌不透，东西也就不能长期存放。天一热，它们或生蛆或变味，那就白白浪费了。盐放多了，又心疼。不过，盐多有盐多的好处。一是，东西腌得透，可以长期存放，可以吃它个一年到头，且能悉数吃到肚子里去，物尽其用。二是，吃时，消耗小，比如吃霉豆腐，每次也就筷子尖轻轻地点一点，沾上点意思即可；加之，有了它们，油和其他菜也能省下不少来。霉豆腐、豆豉、腊肉之类的，不做、不吃也就罢了，让她十分为难的是，逢年过节偶尔做点肉吃的时候。咸淡合适，可口，但费肉，盐也要多费一点；太淡了，肉没味——"无盐肉不香"，不仅体验不到吃肉的快感，甚至还会使其变得难以下咽，如此，又有什么意思？还不如不吃呢。

周氏也不再吱声，转过身去，撇了撇嘴，而后拿起碗来，只管盛饭。她盛了满满的一大碗，先递给武氏。武氏接过来，拾起桌上的筷子，夹了点红糖、撮了几颗炒黄豆，放在稀饭上面，然后端出门去，递给金花。

见周氏为大家盛好了稀饭，赵氏便走上前来，一边自言自语着："我把锅腾开，等你们好吃……"一边捧起桌上的饭锅，哈着腰钻进厨房里去了。

这苞谷面稀饭确实是个好东西，色泽黄灿灿的，散发着阵阵淡淡的诱人的清香；吃到嘴里，甜甜的，很能勾起人的食欲。只是，"心急吃不得热稀饭"。想要将这么好吃的东西尽快吃到嘴里、咽进肚里，得讲究点方法。先用筷子在碗里快速地翻搅一阵，让稀饭尽快凉下来。然后顺着碗的边沿，用筷子尖将那些表层的、贴着碗壁的，因而温度较低的稀饭扒拉到一起。继而将嘴凑上去，贴住碗的边沿。最后，再在筷子的帮助下，"哧溜哧溜"地，将那些稀饭扒拉、吸吮进嘴里去。而后又是好一阵快速地翻搅，好一阵仔细地扒拉，好几下贪婪地吸吮。如此，一大碗稀饭很快就见碗底了。

青少年男子饭量大，吃喝粗犷，"稀里哗啦"的，很快，一大碗稀饭就吃得干干净净的了。

发达吃完碗里的后，却看不到锅里的了。便端着个空碗，坐在那里，左顾右盼的，就是舍不得放下来。

"三哥、三哥……"兴秀轻声喊道。

兴秀比发达小几岁。很小的时候，她经常和发达，以及哥哥兴明，老表明德、明英、明礼等人一起玩。而今，大家虽然很少联系了，但儿时结下的那份友情还在。

"老幺，把碗给我。"周氏打断了女儿的话，伸出手去，示意发达把碗给自己。

接过发达的碗后，周氏转身进了厨房。赵氏见状，也端着碗，紧跟着走了进去。

"这么一大碗哪，都还不够啊？过早，就是一人一碗——一大碗，垫垫肚子就行了嘛，难道还想要吃个饱？好了好了，半碗就行了。"赵氏一边嘴上轻轻地唠叨着，一边监工似的，皱着眉头，两眼紧紧地盯着周氏的一举一动。

周氏仍不吱声，盛好了大半碗稀饭后，扭身便自顾自地走了出去。一大早到现在，赵氏"嗡嗡嗡嗡"的，蚊蝇般的唠叨，让她心烦意乱；赵氏那些猥琐的行为举止，更是让她窝了一肚子的火："哼哼！小家子气。这么抠搜的人，实在少见。这个死婆娘，不仅是只拱屎虫，一心只想往自己家里拱，而且还是只铁公鸡，一毛不拔。自己一毛不拔也就算了，可恨的是，她还老想着去拔别人的毛。难怪得，寨子里的人，包括她的那些亲兄弟、堂兄弟，有哪个愿意和她打交道。路上远远地看见了她，人家都会赶紧歪到一边去，生怕丢人，生怕被她缠上似的。好笑的是，像她这种鼠目寸光，缺乏自知之明的人，却又偏偏喜欢自以为是，总以为自己呢精明得很！别人呢，都糊涂、蠢笨得很！哼哼！'账'都不会算一个的人，还精明？她也不仔细想想，不让人家吃饱一点，等会儿咋个干活？咋个把活干好？当然，也不能说她一点都不会算。算起'小账'来，她确实精明得很！精明得蚂蚁籽过路都分得清公母。"

跟着周氏走出厨房来时，赵氏已经开始在嘬筷舔碗了。——早一点看到这情景，不知发达还有没有再来一碗的胃口。

估计是被赵氏嘬筷舔碗的举动吓到了，友福、武氏等人吃完碗里的后，便乖乖地放下了碗筷……

二

钱正义家的烟地，大小四块，坐落在钱家坟山下面，与山谷中间的那条小河隔着一溜儿水田。这几块烟地，形状各异、错落有致、相互毗邻，总面积五六亩的样子。眼下，正值旱烟疯长的时节，正义家的烟，长势很好，远远望去，绿油油的一大片，十分的惹眼、喜人。寨子里一般人家，好田好地都要用来种粮食，这可以理解：困顿时，烟可以不抽，饭却不能不吃。——只有那些边角旮旯，才会匀出簸箕大小的几片来，种上十几窝、几十窝旱烟、大烟，收个一捆、两捆，一升、两升，勉强够自己消耗就行。而钱正义家则不然，他们家是将旱烟、大烟当成产业、生意来做的。只有成片地成规模地种植，才能获得较好的经济效益；只有不断提高产品质量，才能卖得快、卖得好；有需求，就种；没有需求，就不种。需求大，就多种；需求少，就少种。一句话，生产经营中，不仅要讲究数量和质量，还得重视对市场行情的分析、研判。

为把旱烟种好、烤好，多年前，正义两口子常常像个小学生一样，虚心向年龄上比自己小很多的赵贵立请教，请教各种旱烟种植、加工的经验和技巧。而今，经过好些年的摸索、历练，两口子已经积累起了丰富的经验和技巧，把个旱烟事业搞得越来越好，让一向好为人师，喜欢以师傅自居的贵立，也不得不由衷地佩服。当然，和贵立等人比起来，正义的高明之处，还远不止种烟经验、技巧这方面。其他方面，比方经济头脑这一块，他也将贵立等人远远地抛在了身后。经济头脑上，他高明在什么地方呢？举个例子，近些年来，他发现，大烟虽然价格较高，但收获、加工麻烦，且市场需求量一直在不断地萎缩。而旱烟则不然，其市场需求量一直都很大、销路一直都很好。此外，旱烟还不大选择地方，瘦地里也能长得很好，也能有高产出；且种植起来投入少，管护简单……这些比种庄稼轻松、省事、划算多了。那么，大烟何以需求萎缩呢？原因很简单，即，会吹的人，条件好的，大都自家种得有，且收获基本能自给；条件差的，吹不起的，也都已经在想办法戒除了。旱烟何以需求大、销路好呢？道理也很明了，即，它们价格不贵，条件好的、差的人家都吃得起，且不怕上瘾。一句话，旱烟的消费群体庞大、稳定。远的不说，单是这周围十里八乡，上了点年纪的中老年男人，甚至未婚的大小伙子，谁不是人手一支烟杆？有的甚至有两支、三支，长短兼备，长的在家用，短的出门用。这说明什么？说明现在、将来，旱烟都将保持较大的较为稳定的需求量。而这些，贵立等人也许压根就没有想过。——有些道理，看似简单寻常，可奇怪的是，很多自诩聪明的人，却常常对其视而不见。

今天的劳动任务，主要是给旱烟锄草、松土、培土。此外，遇到长势不好的植株，比如那些叶片泛黄的，或枝杈过多的，也要将发黄的叶片、弱小的枝杈打掉，以利于其他叶片、枝杈的生长。

才到地边，赵氏脚一蹬、鞋一脱，倏地下到地里，挥起锄头便大干了起来。她一边干，一边用余光扫大家，看看有没有不识相的。她想："自己家的事情，自己得带头干、用心干、卖力干，这样，前来帮忙的人也才不好意思拖沓、窝工。——花代价请来的劳动力，必须充分加以利用，否则……"果然，罗家几口，包括钱周氏赶紧跟着，认真、卖力地干了起来。

唯有正义，一副大东家的派头：背着双手，在地埂上瞎转悠，这里瞅瞅、那里瞧瞧，这里摸摸、那里捏捏，并不时地蹲下身去，撩起旱烟的叶子，仔细察看一下其根茎的长势。

"哎！"正义望着赵氏，大声招呼道，而后抬起手来，一边对着烟地里指点、比画，一边对赵氏大声说道："喏！喏！这里、那里……这几大片，长得不是太好。你看，那杆杆，瘦精精的；那叶子蔫巴巴的；可能是这几处地方太瘦了。连着种了这么多年的旱烟，把地都给扯瘦了。下一季的时候，要么多放点牛粪、猪粪，把地给养肥起来；要么，另外换个地方种。"

"不只是瘦，而且还干。你看……"应答间，赵氏已弯下腰去，用手指捏起一点点泥土颗粒，然后直起身来，继续对正义说道，"喏！你看，这泥巴干得……手指头轻轻一捻，就成了干粉粉了。过几天，把后门边的那一小堆鸡粪挑来，撒在这几个地方。然后再挑担桶、拿只水瓢来，去对面河沟里打水，先把这几个地方润一润。再过十天半月，下雨了就好了。"赵氏挂着锄头把，嘴上和丈夫说着，眼睛却一直盯着埋头干活的其他人。

"嗯嗯！是有点干。要不，我现在就去挑担桶来？"正义说道。

"先蕹。水的事情，下午再说，也不用专门跑一趟。等哈我回家去做饭，做好后用桶送来。那样，不就有桶挑水了？后门边的那点鸡粪，也就两三驮的样子。中午，等兴明、兴秀放牛放马回来，叫兴明用马驮来。"赵氏安排道，俨然一副当家人的架势。

"嗯嗯！那样更好，免得我多跑一趟。哎！——老幺，给我！给我！"还没有和赵氏把话说完，正义突然对着罗发达叫了起来。

原来是发达立起身来，将几小片匀下来的，枯黄、半枯黄的烟叶团成一团，准备扔到烟地外去。可他才刚扬起手来，就被正义及时叫住了。

正义侧着身子，顺着烟地的沟垄，小心翼翼地向发达那边走去。接过发达手中的烟叶后，他旋即转过身来，一边小心翼翼地往回走，一边自言自语道："这些烟叶，差是差了点，但还是可以吃的，丢了可惜得很！有吃的，再差也总比没有吃的好……"

回到地埂上来后，正义把那团烟叶展开来，认真叠放在一起，然后在地埂边找块干净的地方放好。之后，他还特地围着烟地转悠了一圈，将大家早先扔在地埂附近的几小团烟叶也收集起来，展开叠好，并与之前的那几片放在一起。末了，他还捡起一块干净、平滑的石块，轻轻地压在这些烟叶上，生怕它们逃跑了似的。最后，他还抬起手来，食指向下，指点着自己放烟叶的地方，对着地里的人大声吩咐道："哎！这里！后边你们匀下来的烟叶不要乱丢，都拿来搁在这里。喔！你们不要过来了。有的时候，喊我一声，我过来拿就行了。——嘿嘿，这样，免得你们来来去去进进出出的，麻烦！"接着，他又弯下腰去，一边忙活，一边大声絮叨道："那些烂得不成样子的，实在吃不成的，也不用丢到这外边来，就丢在地里面，当肥料……又不是毛稗，匀出来后，怕它们重新活过来，要丢到田外面来。干脆，管它烂不烂，都给我。太烂的那些，晒干后，揉成烟渣渣，拿片好的一裹，也还是可以吃的。"

"匀下来的，等兴明他爹过来拿。"赵氏担心大家耽误正事，便赶紧高声补充道。怕大家没有听清似的，她又高声重复了一遍。

四月中下旬，天气还比较凉爽，让人感觉很精神。人一精神，劳动效率便提高了不少，因此，才一个多时辰，大家就差不多忙完了一块烟地——几块中最大的一块。

赵氏立起身来，抹了一把脸上的汗水，随即又转过身去，好好地欣赏了一下身后的那一大片劳动成果，心里颇感高兴，也颇为自得："嘿嘿，你主人家不带头干、不卖力干，人家帮忙的人能给你好好地干？看看，今天大家干得多快、多好，才一个多时辰，就干了这么多……"

把大伙带上"路"后，赵氏一边干活，一边想想心事了："看看正武家，请了人，就把事情全都丢给了人家，两口子就只管站在田埂、地埂上，指手画脚；即使下到田里、地里去，两口子也顶多是装装样子，糊弄几下，然后赶紧找个借口，躲到别处歇气去了。就这样，两口子还不满意，还嫌这嫌那的，那样，人家能高兴？人家不高兴了，还会给你好好地干？哼哼，自家不好好干，就只晓得眼红这家、眼红那家，怪这怪那的，那钱还能从天上掉下来？说句实在话，干农活这方面，他两口子加在一起，也抵不过人家钱秦氏一个。不得不承认，在吃苦耐劳、精明能干方面，秦氏丝毫不输自己。对她，自己心里面是很佩服的，即便自己并不怎么喜欢她。——喔！再过一两个时辰，就该吃午饭了。吃了饭，才有力气接着干哪！早上搞忘了，应该给兴秀讲，叫她提前回家做饭、送饭，那样，自己就可以多在这地里干一会儿了。不过，忘记给她讲了也好。怕她大手大脚的，高兴了别人，自家吃亏。当家才知柴米贵哪！今天吃哪样咋个做，自己昨晚上就已经想好了。饭，就吃麦疙瘩。那东西，吃到嘴里回甜，可以节省不少菜，甚至不用菜都可以。菜嘛，一锅四季豆、半桶素牛皮菜就可以了。四季豆昨晚上就已经煨好了，等会儿烩一烩就行了。素牛皮菜，菜水甜甜的，正好解渴。园子里，牛皮菜都已经有些老了，得抓紧吃；再不吃，就要浪费了。老点也不怕，多煮一会儿就行了。多吃点牛皮菜，还可以节省点其他饭菜呢。咦！时候差不多了，自己也该赶紧回去准备午饭了。"想到这，赵氏立起身来，大声和大家打了个招呼："哎！——我回去做饭去了。"

没有谁回应她一声。——正义游走到远处去了，应该是没有听见。其他人呢，或没有听见似的，只管埋头干自己的活；或当她那话是自言自语，不需回应……

三

友福一家五口收工回来时，天已经快黑了。

　　回到家里，父子三人放下工具，随便找个地方坐下，便迫不及待地卷起旱烟来。劳累了一天，美美地吸上一支烟，再惬意、解乏不过了。——再有二两烧酒的话，那就给个神仙都不当了。武氏和金花放下工具后，便各自一手拎个小布袋、一手提只小砂罐，相跟着出门去了。发达见状，便赶紧站起来，探身取下挂在门后墙上的两个小麻袋，快步追了出去。

　　婆媳二人是去打晚饭，发达则是去领取劳动报酬。这里有条不成文的规矩：忙完一天后，雇工的晚饭，一般是不在雇主家吃的，而是按一定的量，比如，一个人头五碗或六碗，从雇主家打回自己家去吃。雇主家打饭时，通常用大碗，且一般都会多打一点，以便对方家里的老人、小孩也能跟着沾沾光。除了伙食外，雇主家还要给雇工支付报酬。报酬多为粮食。苞谷、小麦的话，男劳力一天六七斤、女劳力一天五六斤；大米的话，给得要少得多，只有苞谷、小麦的一半多点。所以，大多数时候，雇工们都会选择量多的这种。本来，报酬是不用这么着急去领取的，改天去也可以，但发达不想日后再麻烦，只想趁便领回来了事。

　　下面插叙几句，简单介绍一下今天劳作的情况：

　　今天，在赵氏的带动、督促下，大家劳作的效率十分高。可以说，除了午饭时间，其他时间大家基本上没怎么停歇。友福父子三人烟瘾上来了，也只是直了一会儿身子，快速地卷上一支烟，点上后，又匆匆地弯下腰去。武氏和金花，实在太累了，也顶多是手上稍稍缓一缓，权当休息休息；而后，又赶紧恢复了之前的劳作频率。天色昏黑下来前，四块烟地，就只剩下最小的那块没干了。

　　效率高，时间、人手就挤出来、腾出来了。下午，钱正义还额外做点施肥、浇水之类的事情。他先是端着粪箕，一粪箕一粪箕地将堆放在地边的鸡粪运送到地里，一小堆一小堆地，分散堆放在那几块烟叶长得不是太好的地方。——鸡粪是兴明午饭后抽空用马驮来的，粪箕也是他顺便带来的。运送工作结束后，他又逐一走到堆放鸡粪的地方，蹲下身来，慢条斯理地，一手轻轻地扒开烟叶，一手抓起鸡粪，小心地撒放在旱烟的根部附近；随后再顺手从四周拢点土过来，覆盖在鸡粪上。施完粪肥后，他还去小河沟里挑了好几担水来，将施过粪肥的地方轻轻地浇了一遍。鸡粪会发热，为了防止它们将旱烟"烫"伤，施放时，不能让它们接触到旱烟的根部，且最好再浇上点水，将粪肥适当稀释一下。

"周氏，你回去做晚饭吧！嘿嘿，午饭我做，晚饭换你做。"赵氏立起身来，抹了一把脸上的汗水，对周氏吩咐道。

周氏沿着垄沟，向地埂处走去，准备回家做晚饭。嘴上却不吱一声。

"饭嘛，就做苞谷饭，苞谷饭吃下去经饿。菜呢？大鼎罐里面还有好些煨好的四季豆，烩一烩就行了；牛皮菜，中午洗好的也还有……你好好算一下，不要做得太多了，免得后边吃剩饭、剩菜。中午，我跟小秀讲了，叫她留在家里面，先把饭分好，然后再洗点菜。下午，放牛割草的事情，叫她哥哥一个人去就行了。——这样，你回去后，三下两下就做好了。"赵氏放心不下，又对周氏唠叨了好一阵。而周氏呢？依旧一声不吭，就像没有听见一样，只管理着头，穿自己的鞋、忙自己的事。近些年来，对于赵氏的安排和吩咐，她可以动手、动腿，甚至动脑，但就是不愿"动嘴"。

这里，做苞谷饭时，通常要蒸两道。第一道，先将苞谷面甑上蒸个七八分熟，这时，苞谷面已经粘连成了一个圆柱形的大饭团，然后将其倾倒在簸箕或大盆里。随后一手往饭团上洒着凉水，一手用筷子或饭勺，将饭团扒散、摊开，谓之"分饭"。"分饭"前，如果小孩子家吵嚷肚子饿，便可以给他们盛上一碗、半碗，先垫垫肚子。他们牙口好、胃口好，常常吃得津津有味的。第二道，将"分"好的饭重新装入甑子，彻底蒸熟即可。据说，这样做出来的苞谷饭，松软可口。松软到什么程度呢？有人说，满满的、尖尖的——但不要刻意压紧、压实——一大碗这样的苞谷饭，两勺菜汤浇下去，就缩成半碗、小半碗了……

都走出去好远了，周氏突然想起什么似的，又折了回来……来到赵氏跟前，她眼皮也不抬一下，对着赵氏淡淡地说道："盐巴！"

"这个……盐巴嘛——等我回去再放。"

周氏听闻此言，便不再啰唆，转身就走。

原来，家里面，盐巴是由赵氏来保管的。为防别人多用，出门在外时，她常常会将它们带在身上。

前边说了，这年月、这地方，盐还是比较珍贵的。一般人家，腊肉是腌制不起的，豆豉、霉豆腐等也很少做，因为那实在是太费盐了。也许，只有那些条件很好的，且又舍得吃喝的人家，才会偶尔腌制几块拳头这么大小的腊肉，逢年过节时解解馋。腊肉腌好后，留在坛子里的那一点点盐血水，有时还可接着用来腌制几块豆腐。

插叙完毕，下面再回到打饭、领取酬劳的事情上来：

周氏人很麻利，再加上女儿兴秀的协助，不到半个时辰，她就把晚上的饭菜安排得妥妥帖帖的了。

刚刚收工回来的赵氏，掇条小板凳坐在大门口，饶有兴致地看着周氏母女忙活。马上就要打饭了，她得盯着点。

罗武氏婆媳二人来到钱正义家大门口时，周氏已在堂屋里摆好了饭菜——一大甑苞谷饭、两大砂锅菜。昏黄的灯影里，苞谷饭热气腾腾的，散发出阵阵清香。两大砂锅菜和中午的一样：烩四季豆、素牛皮菜。只不过是，四季豆里的油水，显然比中午的要多得多。每当菜瓢搅动时，菜汤上漂浮着的那一层油花花便闪烁了起来，波光粼粼的。且放了不少的辣椒、葱蒜等作料，因而色泽也要诱人得多。牛皮菜煮得很软，看不见多少汤水。

武氏和小儿发达径直跨进钱正义家的大门，跟在他俩身后的金花，也想跟进门里来。

"哎！小花，等一哈等一哈，一个一个来。你就在这里等着，叫你婆婆给你打过来就行了。堂屋头窄，人多了，转都转不开。"赵氏一边说，一边迅即站起身来，两手把住大门两边的门框，将金花挡在了门外。

金花这才反应过来："喔——人家忌讳自己呀！今早的早餐，自己不就是在这大门外吃的。"于是不由得脸上好一阵燥热。

金花就这样杵在了人家的大门口，进也不是、退也不是，十分难堪。

"小花，等一哈啊！马上就给你打。"周氏见状，赶紧赔着笑脸，热情地对金花说道。

"嗯！嗯！"金花使劲地点了点头，满怀感激地应道。周氏的客气，很大程度上缓解了她的难堪。

将金花挡在了门外后，赵氏便将注意力转移到了周氏的手上。

"呵呵，周氏，碗有点小，你打满点、压紧点。你这种打法，表面上是六碗，实际上，七碗、八碗都有了。"见周氏用来打饭的碗有点大，且又打得很满、压得很实，赵氏心里有些不舒服，便一边说着风凉话，一边朝周氏这边走了过来。

近些年来，关于雇工的晚饭，山桃寨这一带通常是：雇工只要干满了一天，且干得比较踏实，则不分男女、不论老少，一律每人六碗。当然，雇主们也知道：凡事不能，也不应太过拘泥，能多给的，尽量多给一点儿。然而，她钱赵氏却不管这些。

"大妈，你坐、你坐……你忙了一天了，好好地歇一下。"一旁帮忙的兴秀，怕两位长辈呛起来，便赶紧出声打圆场。

"呵呵，我哪里坐得住哇？既要操心外头，又要操心家头，一天到晚，我这心哪——难得有个清闲的时候。要是家里面多个把有点出息的人，我就放心了，板凳也就坐得稳了……"赵氏唠唠叨叨的，把周氏盯得更紧了。

"是喽！那些有点出息的，既会打鸣，又会下蛋。只是，不晓得到哪里去找。"周氏忍无可忍，话语中便不免夹枪带棒。

"喂哟！——会下个'蛋'，不得了不得了。下了个蛋，就'咯哒咯哒'的，拍着翅膀、伸长脖子，到处乱窜、乱叫，生怕人家哪个不晓得似的，好像这世上就只有它会下蛋似的。"赵氏叫嚷了起来。叫嚷的同时，她又是翻白眼、又是晃脑袋，甚而差点拍起手、跺起脚来，样子十分的滑稽。——因为不能生育，所以，对下蛋、下崽之类的言词，她十分敏感、忌讳。

"哼哼！偏偏是那些不会下的，反而叫得更凶。"周氏反唇相讥。她一边斗着嘴，一边手不停歇地忙着打饭、打菜。神情十分轻松、轻蔑。

"诶、诶……"赵氏憋得满脸通红，却没有憋出一句完整的话来。周氏那尖刻的话语，差点把她的肺给气炸了。

"大妈，地都薅完了吧？"兴秀笑眯眯地问赵氏。

"嗯！"

"要不，你去我爹那里看看，帮帮他？——他眼睛不太好，厢房里面光线又暗，不要把秤看错了，亏了人家。"兴秀想支开赵氏。

之前，趁家里没有其他人，周氏、兴秀娘俩就商量好了，说是等会儿打饭的时候，如果赵氏太过啰唆，嫌这嫌那的，就让兴秀故意打岔把她支开。为把好事做好、做实，周氏还做好了这样的思想准备：如果赵氏盯得太紧，硬是不让给人家多打一碗、半碗，那自己便每碗都给它打满一点、压实一点。——今天，烟地里，罗家一家五口的辛苦劳累，自己是看在眼里的。不给人家多打一点，自己心里会很过意不去。

厢房里，钱正义正在称量作为报酬的粮食。他用一只破升子，将麦子从齐肩高的囤箩里舀出来，小心地装进发达带来的麻袋里。——这一过程中，他树懒似的，动作十分缓慢，生怕撒落一粒、两粒。估计装得差不多了，他便开始称。称出个大概来后，接着是一系列烦琐的微调工作：称多了，减一点出来；称少了，加一点进去。减多了，又加一点进去；加多了，又减一点出来。微调中，每称量一次，他都要将秤杆凑到灯盏边，而后眯起小眼睛，仔仔细细地查看好几遍。

"嗯！"赵氏嘴上答应，脚下却一动不动，生了根似的。在她看来正义那边，无须操心；盯紧周氏这边，才是当务之急。为什么呢？因为，尺秤有"定制"，升斗无"深浅"。——用尺秤来量、来称，出入一般不会太大，不用太过担心；可用升斗、碗盆来量，那就大不一样了，松一点、紧一点，尖一点、平一点，出入可就大了。再说，做了这么多年的夫妻、"姊妹"，她难道还不了解正义和周氏？她知道，她肯定知道：正义是个精明人，是不会在利益问题上犯疏忽的；他心头的那杆"秤"，除了"平"，便只有"漂"。周氏则不然，这个臭婆娘，是个十足的马大哈、败家子……

第十章　抛情理夫妻下网　避祸殃母子离乡

一

午饭后，贵发约上贵立和志德，一起来到了钱家大院。三人从正文家大门口经过时，正文夫妇俩还面对面地坐在堂屋神龛下的大方桌的两边，慢条斯理地吃着午饭。他们那两个还未成家的儿子，兴勇和兴猛，牙口好、胃口好，狼吞虎咽地，早就吃好了。放下碗筷后，哥俩转眼间就不知哪里去了。

瞥见三人，正文赶紧起身招呼，热情地邀请大家屋里坐；其妻严氏也紧跟着站起身来，对着三位客人笑了笑，而后便端着自己的饭碗，转身钻进厨房里去了。

三人进屋后，谦虚承让、嘘寒问暖、递烟倒茶，好一阵忙乱。

坐定后，贵发率先简要地说明了来意，说是三人要到小雄家去一趟，小雄他妈说有事商量。听完贵发的话，正文说道，自己早上也接到了弟媳秦氏的邀请，正打算吃完午饭就过去。而后，正文请贵发等人先在自己家喝杯茶、抽支烟，稍等一会儿，等自己吃完碗里的饭后，大家再一起过去。于是，三人只好耐着性子，坐等其细嚼慢咽。

…………

贵发一行来到秦氏家大门口时，秦氏家的堂屋里，神龛下的大方桌上，烟叶、茶水等都已摆放好了。

听见家门口有动静，秦氏赶紧笑盈盈地迎出门来，将大家热情地迎请进屋里。

"老幺，请你帮我招呼一下大家，请大家先喝喝茶、抽抽烟、说说话……"交代好贵立后，秦氏就转身钻进厨房里去了。

四人还未抽完一支烟，贵友、友福和友禄也来了。紧接着，正义、正武和正启也走了进来。每来一拨人，大家都要拉拉杂杂、叽叽喳喳地客气、谦让好一阵。一时间，钱秦氏家的堂屋里，变得十分热闹、拥挤。

坐定后，大家便都装作不经意的样子，悄悄地，你瞅瞅我、我瞄瞄你……奇怪的是，尽管眼里满是困惑和尴尬，但没有谁问起。大家何以困惑、尴尬？困惑，源于不知情，即，钱秦氏的葫芦里，到底装的什么药；她把这些人请来，到底为了什么事……这些，直到现在，大家——说大多数人或许更准确些——都还一无所知。尴尬，则源于怪异的气氛和"特殊"的环境。那，气氛和环境又因何而变得怪异、"特殊"呢？怪异，是因为钱正义、钱正武和罗友禄的到来。平日里，这三人，尤其是钱正武和罗友禄，和在座的其他人鲜有往来，甚至基本上没有什么往来，而且，钱正武家和钱秦氏家，还风传关系一向不好……可现在，不知怎么，三人竟也堂而皇之地来了，这让其他人感觉很是突兀、意外，也让气氛陡然间变得怪异起来。——当然，在这一点上，那三人想必也有着类似的感受。尴尬，则是因为钱秦氏寡妇的身份。"寡妇门前是非多"，而现在，这一帮大男人，不但没有止步于人家门前，反而登堂入室。总之，一时间，大家似乎都有些反应不过来：到底是什么事情，让这样一些人，包括自己，凑到了一起，凑到一个寡妇家的堂屋里来了？——不过有一点，他们倒是很快就"反应"过来了，那就是，在座的应该都是她钱秦氏专程请来的。

今天一大早，钱秦氏就带着小儿兴雄，满寨子去邀请亲朋好友，说是有要事相商，请他们午饭后一定光临自己家。母子俩先就近请了同一个院子里住着的小雄的三个亲伯伯。继而出院门，绕到隔壁院子，请了娃娃的本家大伯钱正启。从钱家院子出来后，母子俩又穿过院子前边的场坝，来到戏楼后面，请了赵贵友、罗友福和罗友禄。最后，母子俩这才来到赵家大院，请赵贵发，并委托贵发，请他帮忙请赵贵立和吴志德。

昨晚，在该请谁、怎么请等问题上，钱秦氏着实费了不少脑筋，并为此差不多想了一个通宵。

"该请谁呢？"在这个问题上，她是这样考虑的："该请的，首先当然是自己家请得动的，比如，那些和自己家向来关系不错，比较关心自己家的；或是抹不开面子，不好不来的。其次，是敢于，并愿意在关键时刻为自己家仗义执言、主持公道的，比如贵发和贵立。——这点很重要，否则请了也是白请、来了也是白来。正斌在世时，和贵立也很要好，二人称兄道弟的，经常一起去贵发家喝茶、聊天。尤其可贵的是，正斌走了以后，贵发和贵立并没有因此就凉了茶，而是依然像以往那样，时常关照着母子，比如那天在鹰嘴崖，为救小雄，二人跑前跑后、爬高下低的，可谓不遗余力。把小雄顺利救上来后，贵立怕自己这个当妈的不清楚里面的道道，怕自己缺乏应有的警惕性，还悄悄地提醒自己，说是'日防夜防，家贼难防''害人之心不可有，防人之心不可无'，要自己小心防备。再次，应该是具有一定代表性和能服众的。"

"怎么请呢？"这更为讲究，因而也更伤脑筋。对此，她是这样想的："鉴于自己家的特殊情况，请的时候，要注意策略：一是，先不要急于说明事情及缘由；二是，最好是一个一个的单独请。不说事情及缘由，是为了防止人家感到为难而婉拒。单独请，是不想让人家提前知道，除了他以外，自己家还请了哪些人，以免出现这样的尴尬情形，即，人家或是不愿与其他受邀者中的某人碰面，或是根据其他受邀者的身份，大致揣摩出了自己家的邀请所为何事，从而借故不来。总之，自己之所以这样劳心费神，为的就是防止被请者有所顾忌、顾虑而不肯赏光……"

正文等人的困惑和尴尬，钱秦氏是看在眼里的。——趁着忙碌的间隙，到厨房门口晃一晃；或借进出厅堂的机会，用余光扫一扫，堂屋里的情形，便都悉数入了她的眼。对此，歉疚——仅对部分客人——之余，她也忍不住有些得意："大家困惑不解，这就对了。自己要的，不就是这么一个效果？困惑，不知所为何事，大家才不会拒绝自己的邀请；困惑，也才能激发起大家的好奇心，使其舍不得中途告退。如果不困惑，那么今天，自己所邀请的这些人，好几个或许是不愿跨进自己这个寡妇的家里来的。嘿嘿，现在，自己家的堂屋里，亲朋好友、街坊邻居，该来的都来了。其中，吴志德还是个文化人呢。有个文化人写得一手好字的文化人——在场，到时候……嘿嘿、嘿嘿……"

确实，接到钱秦氏的邀请时，受邀者中不少人困惑，只不过那时，秦氏急急忙忙的，三言两语后便以还有其他事情为由，匆匆告辞，使得他们来不及——或许也是不愿、不便——问一问事情及缘由。现在则不然，在强烈的好奇心的驱使下，他们想不动动脑筋都不行了。

就在大家胡思乱想、百思不得其解之际，一个令他们更为困惑，更加料想不到的情况出现了。什么情况？即，杨家山的杨老大、杨老二兄弟俩也来了。

这兄弟俩的到来，更是让大家莫名其妙，一头雾水，惊讶、意外之情溢于言表。大家何以如此呢？大抵是因为"少见"，所以"多怪"吧！

"少见"，指接触少、不了解。这兄弟俩，尤其是杨老大，性格十分古怪。怎么个古怪法呢？举个例子：哥俩一向不大喜欢与人交往，更不喜欢与人亲近，常常一副拒人于千里之外的样子……二人若有人相伴左右，那那人十有八九是他们自己的媳妇，或者孩子。平日里，天一擦黑，二人便早早地关上门窗，既不愿去别人家散散心，也不愿别人来自己家解解闷。做生意时，除了谈斤论两讨价还价，其他的，二人从不多说一句。甚至就算是相距不过半里远的亲妹妹家，一年到头，二人也去不了两三次。对亲妹妹、亲妹夫都这样，对其他人就更不用说了。这钱家大院的门槛，几十年间，兄弟俩跨进来的次数，连今天这次算在内，总共也不过两次：第一次是在前年，即他们的堂弟杨启前出事的那年；第二次是今天。有所不同的是：上一次，兄弟俩来得别扭，来得极不情愿。兄弟俩也和其他人一样，自觉地止步于院门侧后方的"太平缸"边，并没有深入到院子深处去，更没有深入到院子里哪一家家里去。而这一次，兄弟俩不但到院子里来了，而且还钻进人家家里。另一个例子：几十年来，这哥俩，尤其是杨老大，和贵发、贵友、正文、志德等人很少照面、鲜有交集；和贵立、正武、正启等人，更是形同陌路、不交一语。如今，好几十岁的人了，哥俩还是第一次跨进这钱秦氏家的大门，第一次和在座的其他人同处一室呢……

"多怪"的"怪"，即上面所谓的惊讶、奇怪等情感。这么两个和大家八竿子打不着的人，如今竟堂而皇之地出现了。——对此，大家焉能不奇怪？

见自己所请的人都来了，钱秦氏这才从厨房里走出来，红着脸，向大家说明了事情的原委。——原来，她想将自己家的几块田地卖给杨老大。她今天请大家来，就是想请大家帮忙做个见证、立个字据。

"喔——原来是这么一回事！"

"难怪得……"

…………

大家终于不再困惑了，只是，猜测又渐渐地多了起来……

二

前两天，在赵贵发、罗友禄等人的大力协调、撮合下，钱秦氏基本和杨老大谈妥了买卖的相关事宜；所差的，就这么一个"仪式"、这么一纸字据了。这件事情，秦氏之前一直瞒得很紧，且要求买方和知情者先暂时保密，就是为了防止节外生枝、中途生变。她知道自己所要出卖的那几块田地，方方正正的，土质肥沃，交通、灌溉等十分方便，眼热心痒的人肯定不少。而这些人中，肯定不乏这样的人：很馋别人家的东西，却又舍不得出价钱，老是想把价格压一压、压一压，再压一压，力争以最低的价格，拿到最多、最好的东西；甚而妄想不花一文钱，就能占个大便宜。于是采取观望、等待的对策，寻找等待时机。实在等不及了、耐不住了，就只会玩弄一些卑劣的伎俩，设圈套、搅浑水，作梗使坏，比如，人前人后故意把你的东西贬损得一文不值，以欺哄其他有意购买者，以防其出价过高，甚至直接打消其购买的念头，等等。然而，等到别人把事情谈妥了，他又觉得可惜了，于是又不免心生嫉恨。一嫉恨，就要进一步捣鬼、使坏，妄图把人家的事情给搅黄。——搅黄了，他今后又可能有机会了。这种人实在是太坏了，自己不得不小心提防。

"怎么提防呢？"钱秦氏也没有想出一个特别好的办法来。想来想去，所能做的——也算一个办法吧——只能是：尽量保密，事成之前，知道的人越少越好。当然，这么大的买卖，少不得要找个可信的人商量商量，征求一下意见，为此，她一连跑了好几趟赵家大院，和贵发、张氏商量了好几次。为防有人从中作梗，三人还约定：这件事情，以及相关的事情，不到时候，对任何人一点口风都不能透露。

"田地卖了，你们今后吃哪样？"正文有些担忧地说。

"也没有全部卖，还留得一点的，够吃的。留下来的那几块，我也不打算自己做了。我想先借给大伯家做，不要租子的。"说到这，秦氏看了一眼钱正启，示意其所指的大伯是哪位，而后继续说道："我这几年感觉身体不是太好，累不得；小雄又还小……过几年，等我身体好了，小雄长大了，想做的话，再收回来。——这件事情，也请大家帮忙做个见证。那几小块田地，和大伯家的挨在一起的，他家做起来方便。"说到这，秦氏转脸向着正启说道："大伯，你也看到的，那几小块田地，从去年小季到现在，一直是荒弃的，可惜得很！你想做的话，明天就可以去做。"

听了秦氏的这些话，正启是既高兴，又意外。高兴的是，秦氏的许诺，真能兑现的话，自己家的收成少说也能翻上一番。意外的是，这样的好事，咋就落到了自己的头上？——眼前这三兄弟，人家可是正斌的亲哥哥、小雄的亲伯伯呀！秦氏咋不拿去照顾他们呢？

"那咋个可以？咋个好意思？嘿嘿，嘿嘿……"正启一边假意推辞，一边悄悄地观察眼前的这几兄弟，看他们有何反应。

"现在够吃，但是，今后呢？今后，等小雄长大了，娶了媳妇成了家，有了娃娃，恐怕就不够吃了。——何况前段时间，你还卖了不少粮食出去。"正文考虑得还比较长远、周全。

"田地这东西，你买我卖、你卖我买，进进出出、来来去去的，不可能永世留在哪家手上的。现在我家手头紧，忙用钱；劳力又少，做不了这么多，我就卖点出去。今后，等手头宽裕了，家里人手多了，我又可以买点进来。"秦氏这理由，怎么说呢，有人觉得有些"牵强"，难以理喻；有人又觉得合情合理，天经地义。

"嗯嗯！嗯嗯！"正启频频点头，连声附和。

"哼哼！今后，你还买得到这么好的田地？如今，卖倒是容易噢，几个钱、一张纸就解决了。但是今后，等你想买的时候，恐怕就没有这么好、这么合适的了。就是卖，也要先给家里人说一声嘛，先紧着家里人来嘛……咋个一声不吭就卖了呢？卖给自家人，今后你想要买回去的话，也好商量嘛。"正武有些急了。

"嘿嘿，这买田卖地，也和其他买卖一样，哪个卖得便宜，我就买哪个的；哪个出价高，我就卖给哪个。买卖买卖，看的是票子、大洋，而不能说，非要买哪个的，或者非要卖给哪个。"贵立冷笑一声说。

"已经和人家讲好了，打不得反悔的。——今天请大家来，就是为了做个见证、立个字据。"秦氏微笑着说道。随后稍稍侧过脸来，赔着笑，对着志德说道："吴大伯，你识字，请你帮忙写一下。"不等志德回答，她又扭头对着里间大声喊道："小雄，把纸和笔拿出来……哎！还有墨。"

志德哼哈了两下，不置可否。他虽面对着秦氏，眼神却不由自主地悄悄地斜向了正武……

小雄将纸、笔、墨等往神龛下的大方桌上一放，又转身钻进里间去了。

"吴大伯，你只管写。买高买低、卖长卖短，是他们双方的事情，和你无关，和大家无关。这里也只有你识字，会写……来来来，我帮你磨墨，给你当书童……嘿嘿，字嘛，我不会写；墨呢，我还是会磨的。"贵立鼓动道。他看出志德有些顾虑、为难。

"嗯嗯！嗯嗯！"正启又频频地点起头来。

"嗯嗯！嗯嗯！你就只晓得嗯嗯！"正武狠狠地白了正启一眼，嘲讽道。

正启一下子闹了个大红脸……但他很快便挤出不少笑容来，借以化解自身的尴尬。——自此以后，他该赔笑赔笑、该点头点头，就是不再吱一声。

"嘿嘿，钱二伯也识字的嘛，也会写的嘛。"志德将了正文一军。

"不行、不行，我写得不好。再说，我是小雄的亲伯伯，也不方便写……还是你来写比较好，比较合适，而且这种字据，你时常写的，晓得咋个写。"正文赶紧推辞。

"吴老伯，你看，人家钱二伯都说了，叫你写。叫你写你就写嘛，谦虚些哪样？你看，墨我都给你磨好了。——来来来，你先写，不够的话，我再磨。"贵立明里鼓动志德，暗里也顺势将了正文一军。

"既然大家都这么说，那你就写吧！这种大买卖，空口无凭，必须得立个字据，免得今后扯皮。他们两个，一个愿卖、一个愿买，你照着他们的意思写就行了……写好后，念给大家听听，如果他们双方都没有意见，签字、画押就行了。"贵发也鼓动志德道，而后转过脸来，对着秦氏和杨老大道："小雄妈，杨大爷，你们过来，到桌子边来，把你们讲好的给吴大爷说一说，他好写。"

犹豫了一会儿，志德只好提起笔来……

大家见状便纷纷围拢过来，一边饶有兴味地观看志德舞文弄墨，一边叽叽喳喳地扯闲话、开玩笑："老幺，干脆你连鞋也帮着脱了算了……你一个人，把磨墨、脱鞋（靴）的事一起干了算了。"正文开起了贵立的玩笑来。

"嘿嘿，脱了鞋，你叫人家吴大伯赤着脚写啊？再说，写字，用的是手嘛，关鞋和脚哪样事？——难道，吴大伯用脚也能写字？"贵立有些困惑地说。看来，正文的玩笑过于"高雅"了，于他而言，有点对牛弹琴的味道。

"依我看，方圆几十里范围内，文笔上能够和吴大爷比一比的，恐怕只有张家寨的尚大爷了。"

"还是尚大爷的水平高一些，人家好歹比我多读了几天书。"志德一边忙活，一边谦虚道。

"咳咳！尚大爷嘛，笔下还是要差一点……和我们吴大爷比起来，他充其量只能算'二爷'。"正文慢悠悠地说。

"差一点？差哪点？"

"以前，我看他写过东西的，感觉他文笔上和吴大爷差不多……和吴大爷比起来，感觉他确实要差一点，只是，差在哪点、差多少，我们看不出来，更说不上来。"

"看不出来、说不上来，可能是因为我们没有文化，是老粗、外行。我们这种人，只能看看热闹。要想看出点门道来，晓得差在哪点、差多少，估计只有钱二伯、吴大爷这样的文化人、内行人才行。"

正文所卖的关子，大家颇为不解。尚大爷其人，大家却是知道。这周围四乡八寨，几十里范围内，有点文化的，能识文断字的，也就那么三五个人，大家还能不知道？

"嗯嗯！他笔下——鼻子下面——差一点。"正文一本正经地解释。

"哈哈哈哈……"片刻的沉寂之后，大家火山爆发似的，好一阵哄堂大笑。

原来，多年前的一天早上，这尚大爷在山上割草时，不慎摔了一跤。摔下去时的诸多细节，急切间、慌乱中，他的脑袋里乱糟糟的，根本来不及反应。事后回想起来，他只依稀记得："当时，好像是自己脚下一滑，身体便失去了平衡，趔趔趄趄、摇摇欲倒……就在即将扑倒下去之际，自己下意识地将手中的镰刀使劲往远处一扔，然后双手直直地往地上撑去……扔开镰刀，是为了防止落地时身体碰在刀刃或刀尖上；双手往地上撑去，是想要撑住身体，或至少缓冲一下胸腹等部位与锋利的岩石尖的碰撞。谁知双手却撑了个空，以致嘴巴、鼻子重重地磕在了一块岩石的尖利的棱角上……"

这重重的一磕，尚大爷只感觉脑袋里面轰的一声，眼前一黑，便昏昏沉沉地分不清东南西北了。好一会儿，头脑清醒过来后，他的第一感觉是，自己应该伤得不轻。他于是静静地趴在地上，紧闭着两眼，想好好地感觉一下，自己究竟伤到了哪儿，伤得重不重……

"胸腹里虽有一丝丝隐痛，但感觉并没有什么太大的不适，摔得最惨伤得最重的应该是鼻子和嘴巴。只觉得嘴巴里辣辣的、咸咸的，鼻腔里热热的、腥腥的……"想到这，他稍稍侧了一下身子，伸出手来，在鼻梁骨上轻轻地捏了捏、摁了摁，而后，又用舌尖轻轻地抵触了一下门牙……"两颗大门牙早已不知去向，定是被连根磕掉了……"他挣扎着爬起来，佝偻着走过去，弯腰拾起地上的镰刀，对着光线，用刀身上锃亮的地方——紧挨刀刃的那一小溜——照了照自己的嘴巴……只见他的上嘴唇上，人中的一侧，被岩石尖戳了一个大口子。伤口皮肉外翻，血淋淋的。伤口和鼻子里流出来的血，在嘴巴、下巴这交汇，血糊糊的一大片……

第二天起来，尚大爷的上嘴唇又红又亮，肿胀得跟猪嘴似的，不小心触碰到，一下子痛得他额头上直冒冷汗，嘴巴里"咝咝咝"地直抽凉气……更为头疼的是，几天后，那伤口竟然发炎了，一张嘴，就会渗出丝丝淡淡的血水来；隔一阵子，还能挤出不少脓血来。害得他每天只能强忍着疼痛，忍住那刺鼻的腥臭味，小心翼翼地吸食几口水一样的稀饭。说话也不敢张嘴，只能"嗯喔""咿呀"几声。为治伤口，他们家可是花了心思，问了许多医生，求了许多好药，可惜均不见效果。后来一个偶然的机会，家人打听到了一个小道消息："某老汉割草时，手指不小心被镰刀划了一道又深又长的口子，抑或是天气太热，那伤口发了炎，后来，竟中了蛇毒似的，整只手臂都乌黑肿胀。他痛得不住地呻吟：'唉……这只手一天到晚痛得我不得安生，有时真想一刀把它给剁了……现在，我只能时不时地挤一挤脓血，再看看能不能访到个土方子，万一治好了，说明自己有福气，命不该绝。'——别说，他还真有福气。老汉抱着'死马当作活马医'的心理，房前屋后随便找了点苦蒿来，捣烂了敷在挤尽了脓血的伤口上，奇迹竟然出现了：不久那只手臂，肿胀渐渐地消了，肤色也渐渐地恢复了正常……又过了几天，那伤口渐渐地愈合了。"于是尚大爷如法炮制，自行治疗。也怪，敷上那蒿子后，他的伤口也很快便收了水分、消了肿胀，不久，竟也奇迹般地好了。——可见，药不在于贵贱、多寡，而在于对不对症。那苦蒿，漫山遍野都是，遮蔽了庄稼、掩盖了道路，人们都把它们当作杂草、害草，毫不犹豫地割掉、铲掉，谁知道它们竟然有这么大的用场、这么好的疗效。——遗憾的是，因为时间太长，致使伤口处的皮肉腐烂、脱落掉了指甲盖这么大小的一块，从此，这尚大爷的上嘴唇上，就留下了一个不小的豁口，他也因此得了不少绰号，像漏嘴、漏瓢、兔子之类的。

"虽然只是差了那么一点点，但影响实在是太大了。不重要的地方，多差点也不打紧；但是，关键的地方，差一丝一毫都不行。——唉！实在是太不巧了，他所差的那一点点，偏偏正好差在要害上。"贵发不无遗憾地说。

"他动手，比如写字，你们也许见过，但是，他动嘴，比如说话，尤其是吃东西，你们就不一定见过了。自从嘴上有了那么一个豁口后，他就只愿意动手，而不愿意动嘴了。而我呢，不仅见过他动手，而且还见过他动嘴。"正文道。

"哟——他变君子了？"

"变哪样君子哟——人家君子是，动口不动手；他呢，正好相反。"

"他写字，我倒是没有亲眼见过，但是，他张口讲话，我还是亲眼见过的……只是那个时候，他的嘴还不漏。"

"漏了也不要紧，别人的嘴巴能做的，他的嘴巴也能……有一次，我去张家寨赶场的时候，正好碰见他一边呷着叶子烟，一边在和别人讲价钱……感觉他嘴巴也还利索得很嘛！"

"利索？咋个利索法？吃吃喝喝的时候，利不利索呢？"

"你听我说完嘛……他讲话的时候，某些口音确实有点不清楚，但是，其中的意思，还是很好理解的，并不像你们想的那样，叽里咕噜、呜里哇啦的，一点都听不懂。嘿嘿，好笑、好玩的是，他说话的时候，通过他嘴皮上的那个豁口，可以清清楚楚地看见，他那红通通的舌尖，在嘴巴里面快速地跳动……"

"嗯！像你说的那样，确实好笑、好玩。"

"嘿嘿，这还不算。更好笑、更好玩的是，他吃东西的时候，他嘴上、手上的那些动作……在座的，见过他吃东西的，你们回想一下，他的那些动作，和兔子捧着东西吃的动作像不像？哈哈，太像了。只是，兔子呢，叫麻利；他呢，叫麻烦。咀嚼的时候，他上嘴唇一绷紧，那豁口就会张得更大。有时候，他嘴巴里面包的东西过多，那豁口还会张得更大，以至于一不注意，一些东西就会从那豁口里漏出来、挤出来……所以，吃东西的时候，他一是不敢大口大口地吃；二是得腾出一只手来，以便时不时地捂一捂那豁口。——嘿嘿，小口小口的、细嚼慢咽的，并且还时不时地用手掌掩一掩嘴巴，你们说，这吃相文雅不文雅？"正文笑嘻嘻地说。

"吃的时候，可以用手去捂一下、堵一下，那喝的时候呢？咋个捂、咋个堵？"

"这么说来，他喝水、喝酒的时候，就只能像鸡那样，撮一小口进嘴里面去，然后就得赶紧昂起脑壳来，伸长脖子吞下去，否则，那水、那酒就漏出来了。嘿嘿，漏掉了酒，多可惜呀！"

"嘿嘿，这样，人家吃肉喝酒的时候，就可以好好地馋一下你们了。"

"呵呵，要是看见他是咋个嚼那肉的，把那肉嚼成哪个样子了；看见那酒是咋个漏出来的，是不是还扯着口水，你们恐怕就不馋了。"

"哈哈、哈哈……"大家又是好一阵哄堂大笑。

开完尚大爷的玩笑，吴大爷的任务也基本上完成了……

志德不愧是寨子里的文化人、老先生，他将两张——一式二份——字迹优美、言语流畅、词句凝练的契约拟写好了。而后，他放下笔，直起身来，指了指摊在桌上的墨迹未干的契约，笑着对大家说道："我的任务完成了，下面，是你们的事情了。"

"哎！哎！等哈！等哈！吴大伯，你的任务还没有完成呢，你还得给大家念一念呢。嘿嘿，这些字，钩钩叉叉的，你不'介绍'一下的话，它们不认识我们，我们也不认识它们。"贵立笑着提醒志德。随后侧过头来，对着独自歪在一边的秦氏大声提醒道："幺娘，'纸'写好了，吴大伯念的时候，你好好地听一下，看看对不对。"

见贵立叫自己，秦氏下意识地向前挪了挪身子，做好聆听的准备。刚才，跟着志德书写的节奏，表述完自己的意思后，她就远远地歪到一边去了。她才一歪开，其他人便纷纷围上前去。

于是志德只好又俯下身去，双手撑着桌面，盯着字据，一字一顿地念了起来……

志德话音刚落，贵立就迫不及待地大声招呼道："来来来，大家都过来，帮忙画个押，做个凭中人……喔——等哈！等哈！等他们双方先画了，然后我们凭中人才好画。"

"哼！画个屁！我不画！"见事情已无法逆转，钱正武恼羞成怒，口不择言地撂下一句气话后气冲冲地出门去了。

钱正武的鲁莽之举，表明秦氏之前的那些顾虑并不多余。

"凭中人，三四个就足够了……哼！多一个不多、少一个不少。"贵立望着正武离去的背影嘟囔道。而后转脸对秦氏说道："幺娘，刚才吴大爷念的时候，你听清楚了没有？听清楚了，没有意见了，就可以画押了。"

围观者赶紧纷纷歪开，以便秦氏走到桌边来……志德于是再次俯下身去，用右手食指指点着契约的右下角，准备指导秦氏画押。

"都听清楚的，没有哪样意见了。"秦氏一边应答着，一边挪到桌子边来在志德的指引下画好押后，她立起身来，歪到一边，静候着其他人画押……

"请大家到厢房里面去，喝杯酒！"秦氏一边小心翼翼地将契约收起来，一边热情地邀请大家到厢房里去喝酒。

"才刚吃过午饭不久，吃不下，吃不下。"

"这么早……"

"客气哪样？一点小事情。"

…………

众人纷纷推辞，并准备告辞。

"咋个能不喝？我都已经准备好了。今天这杯酒，大家一定要喝。不喝的话，我心里面难在得很！——幺爷，请你帮忙招呼一下大家。"秦氏赶紧挽留道。之前，厢房里拼在一起的两张小桌子上，她已经把酒菜都给摆好了。本来，堂屋里宽敞明亮，最适合摆酒宴客。无奈客人太多，十分拥挤，且大桌子上笔墨纸砚摆得满满的；桌子周围又站着围观者，自己端着碗碟，来来去去的，汤汤水水的，实在不方便，于是，她便将宴请的场所临时改在了厢房里。

"大家都不要走，管它吃过了好久，管它早不早，大家喝了酒再回去。今天，幺娘家这杯酒，大家要喝！一定要喝！嘿嘿，不喝不准走……"受秦氏委托，贵立赶紧帮着挽留大家。

今天，秦氏家所请的这杯酒，意涵丰富，大家确实该喝。

三

今天，秦氏家所请的这杯酒，意涵确实丰富：一是感谢，感谢大家今天特意上门来帮自己家立字据、做中人，感谢大家多年来对自己家的关心和帮助；二是辞行，和大家及家里人告个别、辞个行。当然，对于第二点，现在还需保密，还"不足为外人道也"！

秦氏何以想到要离家出走呢？原因在于，近来前前后后发生的一些事情，尤其是小雄在鹰嘴崖遭遇险情一事，使得她心里的压力越来越大；她觉得再这样下去，不出三五个月，就算没有出现任何不测，自己也要被弄成神经病了。夜深无眠时，将那些破事联系起来一想，她常常被惊出一身冷汗。她越来越深切地感受到，一张无形的大网，正在悄悄地向他们母子二人的头上罩下来。再不尽快脱身的话，说不定哪天，灭顶之灾就真的降临了。自己倒无所谓，可是孩子还小啊！

秦氏是不是在杞人忧天呢？不是！

那天中午，她去邻村催讨利钱回来。路上，她感觉心神不宁，眼皮也不时地好一阵跳动。她不由得加快了脚步……

穿过前方那一小段山谷，就可以看见山桃寨了。那段山谷十分狭窄，山谷两边的大山上，荆棘、灌木和杂草郁郁葱葱、层层叠叠。山谷中段，两堵七八丈长、十来丈高的峭壁，门神似的，相向而立……

走着走着，"噗噗噗噗"地，左边崖壁的顶上，杂草、灌木丛中，突然飞出几只大鸟来，把她给吓了一大跳。大鸟们在她的头顶上盘旋着、啼叫着。

"它们可能是被自己的脚步声惊吓到了。这么幽静的地方，自己的脚步声，'噗嗒噗嗒'的，能传出去好远……"秦氏一边走，一边想。

"噼里啪啦""噼里啪啦"……正走着，头顶上突然传来了一阵剧烈的声响。

"不好！有危险！"秦氏本能地往旁边一窜，继而迅捷地往路旁的崖壁上靠了过去。才刚贴上崖壁，好几块升斗大小的石块就接二连三地，从她的头顶上"呼呼呼呼"地落了下来，而后"嘭嘭嘭嘭""啪啪啪啪"地，重重地砸在离她咫尺之遥的小路上，溅起一缕缕白烟……

秦氏紧贴着崖壁站立着，两眼直愣愣地盯着石头砸过的地方，傻呆呆的，一动也不敢动。"要是自己还在那里，或者窜得、靠得不够快，那……那几块大石头，随便哪一块，砸在自己头上、身上，那这条小路就是自己的黄泉路了；这段山谷，就是自己的鬼门关了……"

过了许久，见没有一丝动静了，秦氏这才紧贴着崖壁，慢慢地向谷口方向挪动。她知道，谷口处是一个低矮的垭口；垭口下，不远处，是一大片平坦的田地——山桃寨的田地，地势十分的开阔。到了垭口那里，自己就安全了。快到崖壁尽头时，她鼓足力气和勇气，猛地向谷口处跑去……彼时，她心里只有一个念头：赶紧逃离那道山谷、那堵崖壁，逃得越快越好、越远越好……

前方，近处，一片片田地，以及那随风轻轻涌动着的绿油油的庄稼；远方，一簇簇竹树，以及竹树荫里那一片片灰白色、深褐色的石板的、茅草的屋顶，次第映入了秦氏的眼帘。近处，"阡陌交通"；远处，"鸡犬相闻"……这些此前十分熟悉的情景，眼下，竟让她感到有些陌生，有些不真实……

终于从鬼门关里冲出来了。看到家了，安全了……秦氏长舒了一口气，眼泪差点就掉下来了。她下意识地转过头去，朝刚才落石的崖壁的顶上望去……不望不打紧，这一望，让她不由得脊背发凉、汗毛倒竖。——她隐约看到，那崖壁顶上，一个黑色的人影，鬼魅般地穿行在层层叠叠的枝叶间，时隐时现。那黑影竟有几分眼熟……

"刚才的那几只大鸟，会不会是那人惊起来的？那几块大石头，会不会是他触碰下来的？——触碰？！会不会……阿弥陀佛，菩萨保佑！感谢那几只大鸟，感谢它们让自己关注到了头顶上、峭壁上，自己才有了后来那神助一般的一窜、一靠……

"大中午的，那人去那里干啥呢？那样的地方，一向很少有人涉足的。那些石块，为什么早不掉晚不掉，偏偏自己刚刚走到那里时，就朝自己的头顶上掉了下来？莫非……"秦氏倒吸了一口凉气，不敢再想下去了。

那天中午，秦氏回到钱家大院时，妯娌钱黄氏正在自家门口喂鸡。见秦氏走了进来，黄氏老远就热情地问道："幺娘，去哪里来呀？"

"啊……去外面。"秦氏一边敷衍着，一边往自己家走去。她不想和这个女人过多纠缠，担心自己言语有失。平日里，她和黄氏就不大合得来，很少搭话，自从出了鹰嘴崖那桩事情后，她对黄氏更加反感，一瞅见对方，便会感觉胸闷气短，好一阵莫名的烦躁。——不过，也正是从那个时候起，每次碰到黄氏，她都会极力控制好自己的情绪，主动和对方打招呼。她自己都能感觉到，自己的表现都有些讨好对方的味道了。

"去搞哪样啊？啊？"黄氏却没有住口的意思。

"啊……一点小事情……"秦氏只得停下脚步，转过身来，继续敷衍道。

突然，一个黑影出现在了院门口，且似乎想要抬脚走进来……见到秦、黄二人，那黑影一个激灵，似乎感到很意外，犹豫着想要缩回去……然而，估计是料想到自己已被秦、黄二人瞅见了，不好再缩回去了，于是只好顺势走了进来。

"庄稼长得咋个样了？长得好不好？一大早就出去，说是去看看庄稼……哼！一直看到现在？连中午饭都不吃了？"黄氏对着那黑影唠叨道。

秦氏很快就看真切了，那黑影，是小雄的三伯伯钱正武。

"长得还可以……只是有点旱。过段时间，下点雨就好了。"正武低着头，一边说，一边径直朝自己家走去，神色颇有些不自然。

"天哪！之前自己所看见的，崖壁上那个鬼魅般的黑影，莫非是他？"秦氏惊得张大了嘴巴。短短的一瞥，她分明看见，一身黑衣黑裤的钱正武，举手投足，和崖壁上的那个魅影，何其相似！其所穿的草鞋上面都还挂着些青草的草屑呢。但她很快便恢复了镇定。接下来，她还东拉西扯地，不动声色地和黄氏敷衍了好一会儿，然后这才转身离去，回自己家去了。

…………

那天晚上，秦氏又失眠了。白天所遭遇的那一幕幕——头顶上惊起的大鸟、从天而降的大石，溅起的碎石、腾起的白烟，崖壁顶、枝叶间那个鬼魅般的飘忽不定的黑影，院门口那犹疑不决、欲进不进的身影，钱正武那闪烁的眼神、诡异的装束，及其草鞋上挂着的那几根青草的草屑——老是浮现在她的眼前，放幻灯片似的，搞得她心烦意乱的，怎么也睡不着。将这些情形联系起来一想，更是令她不寒而栗，手心里捏了一把又一把的冷汗……"那一幕幕之间，到底有没有某种关联？如果有，其目的……"很多极端的想法，反复刺激着她的脑神经，让她不敢、不愿去想，却又不得不想；不敢、不愿相信，却又不得不信……

"前几天，自己家又出了件蹊跷事：那天下午，自己舀水做晚饭时，发现之前放养在水缸里的那几条葵花籽大小的小鱼，不知怎的竟都翻了白肚。这到底咋了？早上自己舀水洗漱时，它们明明还游得很欢快的，咋个下午就都翻了白肚了呢？自己当时就有些怀疑：是不是水缸里有问题？无奈之下，趁着天色还有些光亮，她把水缸里的水全都舀出来倒掉。然后叫小雄看好家，自己则往返几次，挑了好几担水回来，先把水缸里里外外仔仔细细地清洗了好几遍，然后才放心蓄上生活用水……第二天一大早，叮嘱好小雄后，自己又跑到村外的沟渠里，捞回来几条秕谷大小的小鱼，依旧把它们放养在水缸里。

"再往前推。小雄掉下山崖去后，那大石块随之接二连三地滚落下去的情景，与自己今天所遭遇的何等的相似……这两件事情之间，有没有某种关联呢？现在看来，关联是显而易见的。那天回到家里后，只有母子二人在场时，他这才告诉了自己实情。经历了那件事后，孩子就像变了个人似的，一是变得沉默寡言、胆小怕事。比如，白天不愿多出门，晚上老是做噩梦……二是变得异常的懂事，懂事得叫人心酸。前几天，看到水缸里的那几条死鱼，再瞅瞅自己的神情、举动，他就什么都明白了……

四

　　早上八九点钟的样子，村头，秦氏与张氏、刘氏等人拉着手，殷殷话别……不远处路旁，贵发、友福一左一右，倚着同一块岩石，一边抽着旱烟，一边聊着闲话。二人身边，三驮行李整整齐齐地摆放在一起，一驮是粮食，两麻袋，两百来斤的样子；另两驮，无非是些铺笼帐盖、锅碗瓢盆之类的东西，蓬蓬松松的，看似囤箩那么大，实则并没有多重。更远一点的地方，明全、明智和贵立各自牵着一匹马，不时地将它们牵引到路边草多、草嫩的地方，让它们好好地吃上几口。马儿们低着头，专注、贪婪地啃食着那些还带着露水的青草，不时地打上几个响鼻。三匹马，两枣红、一浅黄。枣红的是贵发家的，浅黄的是友福从友禄家借来的。两匹枣红马，大抵平时较为熟悉，常常紧挨在一起。偶尔，由于专注于觅食，黄马、枣红马不小心挨得过近，双方于是倏地抬起头来，竖起耳朵，嘶鸣着，龇牙奋蹄，意欲扑向对方。无奈被人拽着嚼子，挣不脱，于是便调转身子，屁股对着屁股，望空使劲尥上几个蹶子，然后猛地蹿出几步……

　　昨天晚上，秦氏牵着小雄，到贵发、张氏家来串门。

　　"二伯，明天早上我就要带着小雄奔外家去了。以后，恐怕要五年、六年，十年、八年才能回来了……东西我都已经收拾好了，到时候，想请你、幺爷、罗大伯，还有明全、明智两兄弟，吆马帮我驮一趟。到了地方，吃完午饭回来，估计要人半天的时间。帮忙的人多点，路上要热闹一点，也要安全一点。二伯，看看你得不得闲？"秦氏声音有些沙哑，眼圈也有些泛红。

　　秦氏的外家，在邻县毛栗寨——这一名称，源于寨子四周大山上那一片片的毛栗树。该寨子位于其所在县的边界上，与山桃寨相距不过二三十里，路也比较好走，行程安排得紧凑一点，大半天一个来回应该没有问题。

秦氏的这番话，让贵发和张氏感到十分的突然、意外……一时间，夫妻俩竟不知该说什么。

"前天下午，写纸的时候，本来就想跟你和幺爷讲的，但当时人太多，不好开口……主要是，小雄的几个伯伯也在场，怕他们多心，所以就没有说。"见贵发和张氏有些困惑，秦氏赶紧补充道。

"难怪得，这么好的田地都舍得卖出去……秦氏走到这一步，肯定有她的苦衷，只不过是不好说出来罢了。"贵发恍然大悟。

前天下午，在秦氏家厢房里，当大家都喝得差不多了的时候，秦氏牵着小雄走了过来。她站在门边，微笑着，先是就酒菜的简单、招待的不周等和大家客气了几句，而后感谢大家道："今天的事情，麻烦大家了，请大家随便喝杯酒，感谢感谢……感谢大家多年来对我们孤儿寡母的关心、照顾……从今往后……"说到这，她声音哽咽、眼睛发红，再也说不下去了，便捂着脸，转身走开了。

…………

对于秦氏的这一决定，比贵发夫妇更感突然、意外的，是钱家大院里的那几兄弟、几妯娌。——和秦氏母子同住一个院落的他们，是今天早上才知道这事的。

今天，一大早，贵发、友福等人牵着马，驮着驮子，鱼贯走进钱家大院里来，并径直来到秦氏家大门口。早起洒扫、喂鸡的周氏、黄氏，见到这一情景，感觉十分奇怪。黄氏按捺不住内心的好奇，便上前询问，这才知道了秦氏母子将要搬家这事。于是很快，院子里的几兄弟、几妯娌便聚集到了秦氏家的大门口，叽叽喳喳地议论起来。几兄弟、几妯娌到得这么齐、挨得这么近、说得这么多，这景象，清明节集体祭祖时，都不曾见到过。

"幺娘，去那边，住哪里？"赵氏故意问道。她以为，这母子二人到那边，肯定是住在外家。此地风俗，嫁出去的女儿，偶尔回娘家省省亲，住个三天五天、十天半月，那都是可以的。但长期居住的话，就不是办法了，那不仅会产生诸多的不便，且传言还会给舅家带来运程上的不利影响——谓之，"姑妈吃老舅"。

"随便！有个窝就行了。"秦氏淡淡地说，一副心不在焉的样子。她忙于收拾、打理家里家外，没心思和赵氏啰唆。

"常言道，嫁出去的女，泼出去的水……女人家，嫁出来了，再回到外家去住，恐怕有点不大好吧？"赵氏阴阳怪气地说。

"金窝银窝，不如自家的狗窝。"黄氏也插言道。

"这泼出去的水，淌回来的也不少哇！哼哼！挡都挡不住！它没有别的地方淌，而且别的地方，人家也不一定让它淌……前边、两边都被堵得死死的，淌不过去，于是，它就只能往回淌了。——它往回这么一淌，那就不得了了：一旋、一卷，其他不说，单是这地上的泥巴，都要被它刮走一层。"说到这，明全停了下来，伸出手指，表情夸张地比画了一个水流回旋、裹挟的动作，而后这才继续说道："这么一淌，它就变成肥水了；变成肥水之后，它一个大转弯、急转弯，就淌回自己家去了。"说到这，明全又停了下来，用食指在胸前左右快速地比画了一下，示意一个一百八十度的大转弯、急转弯，然后接着阴阳怪气地调侃道："之后，它就不再往回淌了，因为，它怕流到'外人'田里去了。常言道，肥水不流外人田……哈哈哈哈……"

想不到，明全这个向来说话不过脑袋，不会转弯抹角的人，现在竟能行云流水般地，说出这一段段妙趣横生、意味深长的话来。

赵氏被呛得说不出话来，只有干瞪眼的份。

"老大，说这些搞哪样？遮得风，还是挡得雨？"贵发低声喝道。

"我已经托我爹、我哥他们帮忙找好房子了。"为赶紧打发开赵氏，秦氏只得耐着性子补充道。

赵氏自觉没趣，便歪到一边去，不再吭声。

"到了那边，你们以哪样为生？"黄氏大声问道。

"这个，你们不用操心……'猫猫有猫猫路，耗子有耗子路'，讨口要饭，当长工、打短工、做佣人，哪里找不到口吃的？何况，我们家也还没有到这个地步。"秦氏颇不耐烦，便冷冷地说。一大早就碰到了这两口子，且这女的还如此不识相，碍手碍脚碍眼的，再想到以往二人对自己母子的那些戏弄、欺辱，她不由得心烦气闷，牙根发痒。马上就要离开这里了，她没有必要再去讨好迎合谁了。

"幺娘，有哪样需要帮忙的，你说一声。一家人，如果以前有哪点做得不好、不对，请你不要放在心上，过去就算了。一笔难写两个钱字，小雄和兴盛他们，是堂兄弟，今后肯定还要往来的，还要好好地往来的……"正文的妻子严氏关切地说。这个时候，人家都要走了，随口关心几句，给对方留个好印象，有百利而无一害。"做人留一线，日后好相见"哪！

"嗯！"秦氏挤出些笑意来，低声应道。对这个二妯娌，她虽说不上亲切，但也谈不上忌恨。彼此间关系淡淡的，还真有几分"君子之交淡如水"的味道呢。

人圈外，周氏默默地看着秦氏、贵发等人忙活。她眼圈红红的，样子颇为难过、不舍，却什么也没有说。她知道："就此别过后，就不知哪年哪月才能再见面了。'在家千日好，出门事事难'，若不是过于作难，甚至是无奈，谁愿背井离乡，远离自己的家园、故土？"

说话间，秦氏里里外外都收拾、打理好了。

贵发等人赶着马，驮着东西，先行一步。秦氏留在后面，她还想再检查一下，看看有无东西遗漏。屋里巡视了一圈后，她走出门来，转身锁上大门。接着，她踱到院坝中间，站定，而后转动着脖子，深情地扫视了好几遍这座自己生活了十多年的房屋、院落。最后，她一咬牙，毅然决然地头也不回地，走出钱家大院……

…………

贵发一行走出寨子来时，村头，张氏、刘氏等人早已等候在了那里。

贵发等人两两相帮着，卸下马背上的驮子，稍事休息，让马儿们吃几口草，也方便张氏、刘氏等人与秦氏说说话。

秦氏赶过来后，几个女人，手拉着手，嘀嘀咕咕的，有说不完的话。说着说着，大家眼睛就红了、声音就哑了……这一别，就不知哪年哪月才能再相见了。

见女人们这样，贵发便站起身来，高声吆喝道："走了！趁早。"

几位青壮年男人，很快又重新给马儿们压上了驮子。

明智弯下腰去，从背后将双掌插入小雄的腋下，而后借着直起身来的力道，一下子将小雄高高地举了起来。他把小雄托举到马鞍上，让其双脚跨着马脖子，骑坐在驮子中间。这一驮东西不重，再加上一个小孩的重量，马儿也不会太吃力。

"老二，等一下！"张氏叫住明智，随后走上前来，将几个熟鸡蛋塞进小雄的怀里。

一大堆的恩恩怨怨是是非非，跟随着秦氏母子，渐渐地远去、远去……

第十一章　赵贵友倾情援手　王承先避祸搬家

一

晚上，贵发家楼上，贵友、贵发兄弟俩躺在烟榻上，一边吹着大烟，一边商量着事情。

"我那个姨佬，王承先……你还记得不？"烟雾中，贵友眯着眼睛，向贵发说道。

"记得！记得！邻县王家沟的嘛……连他堂弟王承忠，我都认得……嘿嘿，你这个姨佬，是不是不大喜欢走亲戚呀？他来我们这里的次数，感觉都还没有王承忠的零头多呢。"贵发笑道。

"他以前也来过我们这里好几次的，我也带他来你家玩过的。承忠要年轻点、贪玩点，喜欢东跑西跑的。在我们寨子里，承忠认识的人还不少呢，贵立、正武，都和他熟得很！"犹疑了一会儿，贵友接着说道："今天下午，承先来我那里，喝了杯茶、讲了几句话，屁股还没有坐热，就急火火地赶回去了。"

"这么大老远过来，就是为了讲几句话？"贵发插言道。

"不是……主要是……他惹祸了，惹大祸了，所以特意赶过来和我商量，看看咋个办？"顿了顿，贵友感慨道："唉！想不到，以前天不怕地不怕，上嘴皮巴天、下嘴皮巴地的这么一个人，现在，竟然六神无主，——我今天晚上过来，就是想和你商量一下，看看咋个帮他一把。"

"难怪得……他惹了哪样子祸了？这么严重？"贵发不解地问。

"哪样子祸呀！哼哼！还不是他们那一路人的那点破事——'分赃不均，打破脑门'。"贵友端起矮几上的茶水，轻轻抿了一点，润润嗓子，然后慢条斯理地，将那些破事向贵发娓娓道来："听承先说，前不久，承忠约上他，和他们隔壁寨子的另一伙人，出去干了一票，抢了外县的一户大户，把人家家里面搜刮得干干净净的。他们太猖狂、太性急了，也可能是因为彼此间信不过，得手后，还没有走出寨子，就急着想分东西了。想不到他们才刚停下来，气都还没有好好地喘一口，人家寨子里的人听到消息后，几大帮，扛枪的扛枪、提刀的提刀，一下子从不同的地方冒出来了、冲过来了。那架势，估计是想把他们围起来，然后慢慢地收拾。人家人多，大呼小叫的，老远，那枪就叭叭叭地打起来了；那刀，磕到石头上，当当当当、当当当当的……看见这架势，他几弟兄哪里还顾得上分东西哟！赶紧夹起尾巴跑。嘿嘿，大晚上的，天黑得伸手不见五指；地形又不熟，他们东拱一头、西拱一头，管它坡坡坎坎、泥巴水塘，管它草蓬蓬还是刺巴林，只要过得去，就阿弥陀佛了……哎哟，那样子呀，狼狈得很！大家东逃西窜的，一个顾不了一个，很快就跑散了……

"第二天，一大早，隔壁寨子的那一伙，派了两个人来王家沟，说是代表他们那一边，来找承先和承忠分东西……嘿嘿，那两个家伙辛辛苦苦地找了一天，却连承先两兄弟的影子都没有瞅到一眼。隔天，那两个家伙又来了。这回他们倒是找到了承先他两兄弟，只是最后，大家不但没有分成东西，反而生了一肚子的气……咳咳咳咳……"

"生哪样子气？为哪样生气？咋个只来分承先他们两兄弟的呢？"贵发好奇地追问。

贵友忍住咳嗽，又端起矮几上的茶水，抿了两口。感觉嗓子不再那么痒了，他这才接着说道："分的时候，那两个人见承先他们拿出来的东西太少——就只有几块烟土、几件衣裳、几块大洋、一小包盐巴，以及一点点大米，就怀疑承先他两兄弟私吞了大部分东西。几个人讲着讲着，就搞呛起来了。

"咳咳……其他情况，今天下午，我也只是听承先讲了几句，大概了解到一点点。承先说，那天晚上，他和承忠一人一个大麻袋，负责装、负责背；其他人则负责抢、负责搜。那个时候，他们就像老母猪进菜园那样，管他三七二十一，只要是看上去值点钱的，统统往麻袋里面塞，把两个麻袋胀得鼓鼓囊囊的。——大老远地跑过来，冒着这么大的危险来干这种事情，哪个不想多捞点？嘿嘿，看到两个大麻袋鼓鼓囊囊的，大家高兴得不得了，都以为这一趟没有白跑、这个险没有白冒，跑得值得，冒得值得！都以为这回'肥'了。结果分的时候，却只见到他两弟兄拿出这么一点点东西来。——东西这样少，你说，人家怀不怀疑？

"人家当然要怀疑了。换作是我，我也会怀疑。人家说：袋子那么大，又装得那么鼓，咋个可能只有这么点东西？承忠说：那天晚上逃跑的时候，他背的那个麻袋，确实有点重，估计里面装的东西有点多。可惜的是，他跑到一个地方，麻袋被树丫挂了一下，害得他差点滚了一大跤。他心一慌，手一松，麻袋就掉到下面的河沟里去了。当时，一是天太黑，看不清，地势又不熟；二是，跑了半天，自己也累得没有劲了；三是，大家各顾各的，又找不到一个帮手；最关键的是人家追得太紧，所以他就没有下到河沟里去，把那些东西给找回来。——所以，最后得到的，就只有承先背回来的这一点点。

"承先也说了，他背回来的这一麻袋，虽然看起来鼓鼓囊囊的，但里面其实并没有多少东西。他还反问对方：'装的时候，装进去了多少，你们难道不晓得？'见那两个人还是不信，他又解释说：'如果东西太多、太重，那我还能背得动？还能跑得起来？还能跑得脱？麻袋为哪样那么鼓呢？衣裳胀的！衣裳蓬蓬松松的，几件就可以把一个大麻袋胀得鼓鼓的。不信的话，你们可以去试一试。'

"这样听起来，承忠和承先说的，好像都很有道理……咳咳！咳咳！"

贵友又抿了口茶水，缓口气，继而接着说道："但是，那两个人的怀疑，我觉得也是有一定的道理的。他们说：这么一家大户人家，而且被自己一伙搜刮得这么干净，咋个可能只有这么点东西？再说，那家人家也说了，说自己家遭抢走了很多东西——这样、那样，这些、那些……

"几个人吵吵闹闹的，咋个都扯不清楚……反正是，不管承先他两兄弟咋个说，人家就是不信。到后来，双方甚至闹到了指天画地，赌咒发誓的地步。后来人家还说：昨天，我们过来找你们的时候，你们去哪里去了？是不是故意躲我们，卖我们的'桃子'？哼！你两兄弟不耿直。听到对方说自己两兄弟不耿直，承先和承忠一下子就冒火了……双方很快就吵了起来。大家越吵越凶，差点就要打起来了。快要打起来的时候，那两个家伙估计是想道：一来，这是在人家的地盘上，'强龙不压地头蛇'；二来，自己这边人手少，怕吃亏。——对方虽然也只有两个人，但是，人家潜在的帮手多呀！所以关键时刻，那两个家伙忍住了。扯又扯不清、打又打不过。最后，两个人赌气一样东西都不要，甩起手，气冲冲地走了。走的时候，撂下一句话，说是过几天再说。

"后来，承先和承忠两兄弟一商量，觉得事情有点严重。对方气成那个样子，而且一点东西都没有得到，肯定是不会善罢甘休的。万一他们瞅个机会，悄悄地过来报复，自己咋个办？承先就是怕对方来报复，所以才大老远地跑过来找我想办法的。听他说，承忠跑得更快，昨天早上，一大早就带着一家老小，奔他老亲爹家去了……

"他们这桩事情，稀奇古怪得很！承忠讲，逃跑的时候，他丢失了一麻袋东西；承先讲，他的那个袋子里面，其实并没有多少东西……咋个丢的，丢在哪里，真丢还是假丢；袋子里面到底有哪些东西，有多少，这些，哪个看见了？哪个来证明？没有当场、当面分清楚，转过身再分，甚至隔了好几天再分，就算东西一点也没有丢失，而且全都拿出来了，也已经说不清楚了，想让人家不怀疑，也不可能了。亲兄弟都还要明算账呢，何况他们这种？——明，就是要当场、当面搞清楚。另外，那家人放出来的那些话，说自己家损失了好多东西，这样那样的，可能是真的，也可能是假的。如果是真的，说明承先和承忠确实值得怀疑；如果是假的，说明那家人太狡猾。故意夸大损失，好让承先他们这一伙人起内讧，狗咬狗。——嘿嘿，以前那么多遭抢的人家，还没有听说过哪家用过这个办法，放个假信号，搞一搞反间计呢。

"嘿嘿，起初，我是听了这个的，觉得有道理；听了那个的，也觉得有可能。听了这个的，我怀疑那个；听了那个的，我怀疑这个……裹来搅去的，最后，哪个说的是真的，哪个说的是假的；哪句是真的，哪句是假的；该听哪个的，不该听哪个的，我自己都搞糊涂了。他们那些人哪，会说得很！一开口，就叭叭叭叭的；个个说的都像真的一样。——哼哼！是真是假，估计只有他们自己晓得，只有天晓得。他们的话，我们听的时候，要多个心眼，以防被他们牵着鼻子走。咳咳！咳咳！"

大概是说得多了点、快了点，加之刚刚抽过烟，嗓子干涩、发痒的缘故，贵友又忍不住剧烈地咳嗽了起来……

"那伙人，冒了这么大的险、费了这么大的力，到头来，却一点点好处也没有捞到，心头肯定窝火得很！肯定不会善罢甘休的……你打算咋个帮承先呢？"贵发问道。

"咋个帮？我也不晓得，我就是特意来找你商量的。"

"咋个办呢？可惜，我们这边，离他们那边有点远。唉！任何人，只要出了自己的寨子，办起事情来，就不再那么顺手、那么容易了。家门口，简简单单的事情，到了外边，就大不一样了……'在家千日好，出门万事难'哪！到他们那边，我们实际上就成了外地人了。那时候，需要帮忙、需要照顾的，反而是我们呢……咝——啧啧！该咋个办呢？"贵发喃喃自语道。他的眼神有些迷茫，似乎陷入了沉思。

"干脆，就像承忠那样，'三十六计——走为上'！叫承先把家搬到我们这边来，先避避风头；其他的，今后有机会再说。过个三年五年、十年八年，等事情平息下去了，他想回去的话，就可以回去了。——前几天，秦氏家也……"贵发建议道。——王承忠投奔其岳父家的事情，给了他很大的启发。此外，他还联想到了秦氏家搬家的事情，只是，想到个中的原委不便明说、多说，他便把后边的话给咽了回去。

"嗯！可以、可以……只是，不晓得他愿不愿意搬过来。另外，搬过来后，又咋个安排？"贵友有些顾虑。

"他愿不愿意，我们可以先不去管，我们只管把自己该做的事情做好就行了……我们做好准备，到那边，他愿意搬，我们马上就可以帮他搬；他要是不愿意搬，那我们就没有别的办法了，那样，今后出了哪样事情，就怪不得我们了。住的地方嘛，我这院子外面，靠猪圈那边，那两小间旧房子——以前砌猪圈、修围墙的时候，把它们隔在外边了——，空着的，修补一下，还可以住的。等他们来了，该修的修一修、该补的补一补，比如，和点黄泥巴糊一糊、割点茅草盖一盖，然后再在房子后面、园子边上挖个茅坑，那样，就可以安家了……房子修补好之前，他们一家人可以先暂时在我家这里挤一挤，凑合几天。等那两间房子打整好了，他们就可以搬过去了。吃的嘛，目前，他自己家肯定有点的；以后，实在不够的话，可以从我这里借点；再往后，他们还可以自家种……

"自家种的话，所需要的田地，可以先从正启那里租一点。——得到秦氏家借给的那几块田地后，正启有点忙不过来了，正好可以去找他商量商量。今后有条件了，遇到合适的田地，自家也可以买一点。那样，今后，想继续留在我们这里的话，好有点家底；想搬回老家王家沟去，田地卖起来也容易。"贵发考虑得相当周到。

"嗯！这个办法好！只是，你这边……"贵友欲言又止。

"这个你不用管……我这边要宽敞一点，错得开，安顿十个八个，没有多大问题的。"贵发明白大哥的意思，便赶紧表示。

"那就抓紧点……这件事情，拖不得。——那些人，个个都是刀口上舔血的亡命徒，不抓紧点，怕他们抢先。明天一大早我们就过去。"贵友有些急不可耐了。

"你、我，贵立、友福，明全、明智，再加个刘老幺……多几个人，路上热闹、安全。——记得带好刀和枪，以防万一。驮的，我家两匹，再请友福从友禄那里借一匹，三匹，够了。"贵发高兴地说。

"好！就这么定了。我现在就去约友福，叫他先把马借好。明天一大早，我们就过你这边来，和大家汇合。"

"嗯嗯！来来来，再吹几口……过好瘾，等会儿好睡觉。睡好觉，明天才有精神。从我们这里到王家沟，四十里，一个来回，七八十里，没有点精神不行。"贵发笑道。

于是，昏黄的灯影中，兄弟俩的面容又模糊在了袅袅的烟雾里……

二

清晨的山野里，寂静、凉爽，阵阵清风吹来，让人感觉神清气爽。远山后面，霞光红彤彤的，将天边染成了绯红。一条羊肠小路蜿蜒着，时而盘旋而上，爬上山腰；时而急转直下，一头扎进谷底。小路两侧以及路面上石板缝隙间，长着茂密的杂草、藤蔓。小路掩映在杂草、藤蔓间，时隐时现、若有若无。行到高处，放眼望去，霞光里，层峦叠嶂、草木葱茏，无边无际，让人感觉犹如置身于碧蓝色的大海之中……

贵发一行赶着马，有说有笑地行进在这狭窄、崎岖的山路上，笑语声、马蹄声、鸟鸣声，交织在一起，划破了山野的宁静……

明全、明智、友福赶着马走在前面。三人不时地扯开嗓子，或不约而同地，或此起彼落地吼叫一两声，及时纠正马儿们某些行为上的偏差，或制止它们之间即将发生的某种冲突。

三匹马都是青壮年儿马，性子暴烈、脾气不好，动辄就要撕咬、踢打。小路狭窄崎岖，又时常下临深谷，撕打起来十分危险，所以，赶马人得时刻注意着、提防着，一看到它们摆出打斗的架势，就得赶紧制止，以防患于未然。友福的马是借来的，他更加小心谨慎，亦步亦趋地跟在马屁股后面。为防止马儿们贪吃、偷吃，耽误行程，赶马人给它们的嘴上套上了嘴笼。但它们似乎很不甘心，走着走着，便歪到一边去，停下来，伸长脖子，努力用嘴去够那些鲜嫩的青草……前边的马停了下来，后边的马赶了上来，猝不及防，两匹马差点碰到了一起，于是各自一惊，迅速跳将开去；继而做出一副凶相，气势汹汹地，转身就要扑上来……好在即将迎头相撞时，双方好像猛然"反应"了过来，于是很快变得"理智"：彼此用鼻子嗅嗅对方，或轻轻地哼一哼，或打个大大的响鼻，继而提起一只前脚来，使劲地刨了几下地面，再各自歪了开去。

后面，贵发、贵友、贵立和刘老幺悠闲地跟着，一边津津有味地吧嗒着旱烟，一边饶有兴致地聊着些家长里短、奇闻轶事……

"我这个姨佬哇，犟得很！以前，我就说了他好几次，叫他踏踏实实地种点庄稼、做点生意，安安稳稳地过点小日子算了，省得一天到晚提心吊胆的，但他就是不听。哼哼！每次劝他的时候，他都是顺嘴打哇哇，答应得好得很！但是，转过身去依然是老样子，一点也不把别人的劝告放在心上。劝多了，他还会堵你两句：'这年头，你抢我、我抢你的，我不去抢别人，别人就不来抢我了？'他弟兄两个，门挨门、户挨户的，不但不劝，反而是你拉我下水、我拉你扑火……看看，这回，惹大祸了吧？晓得利害了吧？年轻力壮的，做点哪样不行？大生意做不起、做不来，小生意该可以吧？小生意也不会，种庄稼该可以吧？哼哼！非要去干那种营生？呵呵，现在，看看、看看，他闯了祸，我们又不可能站在干坎坎上，不管他的死活……结果，看看，害得大家……"贵友絮絮叨叨的，颇有些无奈、抱怨和歉疚。

"一家人，客气些哪样？"贵发明白哥哥的心思，便宽慰道。

"也不能完全怪他们两个，他们也许是身不由己……他们那里，我去过好几次……王家沟、王家沟，还真的是条沟——山沟沟、穷沟沟。寨子周围，二十里内——再远的地方我就不晓得了——找不出几块像样的田地来。一眼望去，感觉到处都是岩旮旯、石窝窝……栽苞谷的时候，一个岩旮旯、石窝窝，栽上两三窝后，就得换另外一个，再栽一两窝、两三窝……一大片岩旮旯、石窝窝，看上去宽得很，其实种不了多少庄稼。而且，栽上了也长不好。那些岩旮旯、石窝窝里面，土脚浅得很！又不沥水，有雨涝、无雨旱，所以，那苞谷经常是枯黄枯黄的，蔫巴巴的。嘿嘿，那样的苞谷，吃苞谷不行，吃苞谷秆倒还不错。——收的时候，那苞谷秆秆也才拇指这么大，大人的肩膀这么高，你说，那能有多少收成？还有，路又不好走；很多地方，甚至连路都没有。我们现在走的这条小路，和他们那边的比起来，算得上阳关大道了，稀罕得很！而庄稼地呢，又偏偏大多在那半山上、山顶上。那些山上，空手上下都困难，更不要说种庄稼、收庄稼了。唉！也不晓得他们是咋个种、咋个收的。穷山恶水的，种庄稼不行。那么，做点小生意行不行呢？也不行。他们那里，乡脚窄，走好远都难得看见一两户人家；人家又穷，很多人家是盖秧被、吃淡菜，一年到头难得吃口肉……你做买卖，卖给哪个？有几个买得起？而且，最近的场，也要走二三十里，路还不好走。一大早出门，肩挑背扛的，辛辛苦苦赶到场上，可能场都快要散了，或者已经散了好久了，那还做哪样生意？"贵立拉拉杂杂地说了一大堆。他和王承忠关系很好，曾经多次到王承忠家做客，因此，对于王家沟，他比贵友还要熟悉。

"种不好庄稼、做不成生意，养几头牛喂几匹马，总该可以吧？山旮旯里面，庄稼长不好，草应该长得好吧？两三年养一拨，挣个一两百块钱，应该不成问题吧？一两百块钱，节约点，当他两三年的家用。"对贵立的说辞，贵发有些不以为然，便抛出一套"逻辑"来反驳。

"嘿嘿，应该的事情多得很！问题是，别人不想让你'应该'呀！等哈，亲自看看后，你就晓得了……养牛养马，好是好，只可惜，太显眼了，目标太大了，不像大洋、票子，几十块带在身上，不显山不露水，神不知鬼不觉的……他们那地方，经常是，今天你过来抢我家、明天我过去抢你家，几乎没有闲着的时候。太显眼了，目标太大了，牛马再多，也扛不住抢。十天半月，保证给你抢绝种……寨子里人家不多，又还住得很散，遭抢了，亲戚朋友晓得，赶过来帮忙时，劫匪早已跑得无影无踪了。"贵立说道。

"在那样的穷地方，干这一行，难得有大一点的进项……得到的少，得来又很辛苦、危险，所以，大家就会很在意。很在意，疑心就会变得很重。在这种情况下，同伙里面，哪个要是胆敢私藏、私吞，其他人发现了，是不会轻易放过他的，会恨不得把他家灭门……所以，姨爹才会这么着急。"贵立接着说道，语气颇为"内行"。

"嗯！嗯！难怪得，昨天下午，承先会这么着急，火烧了眉毛一样……见他急，我也跟着急，所以，昨晚上，我才连夜请好大家，以便今天一大早就能够赶过去帮他。"贵友暗自庆幸。听了贵立后面的这几句话，他更加坚信昨晚，自己和贵发所做出的及早帮助承先搬家的决定和安排，是十分必要的。

大家吃喝着、说笑着，不知不觉间，两三个钟头就过去了……再次翻过一个垭口后，大家的眼前顿时一亮：前方，脚下，一条幽深、狭窄的山谷，郁郁葱葱；俯瞰谷底，只见一条小河，顺着山谷的走势时隐时现，向远方蜿蜒而去。小河两岸，竹树荫里，依山而建的房屋，东一家、西一家，稀稀拉拉、若隐若现的，总数大概七八家的样子。——王家沟到了！脚下，就是王家沟了。

三

王承先家的房屋，一排三间，窄窄矮矮的，石块砌墙、茅草盖顶……房屋前面的院子，院墙半人多高、两拃多厚，用石块简单砌成，不着任何灰渣。院墙上攀附着多种荆棘。荆棘一人多高，生长得十分密实，猫狗都钻不进来，从较远处望过来，只见荆棘，不见院墙。大约年代有些久远，以及经历了不少风霜雨雪的缘故，承先家的房屋，墙壁变成了灰黑色，房顶则呈现黑褐色。三间房屋，居中一间是堂屋，对开的两扇门，大大地敞开着。两侧两间：一间，前面开着一道小门——门板是用木条简单钉成的，十分粗陋，门侧摆放着一口石槽。不用说，这间房屋里面，或至少前半部分，肯定是牲口圈。另一间，前面没有门，只有一方升子口大小的窗户，看样子应该是伙房……牲口圈对面，"院墙"的角落里，是茅坑。茅坑因形就势建成，即，"院墙"的角落里，地下挖个水缸大小的土坑，坑边随便围上半圈——另半圈为"院墙"——半人高的石墙，然后再在土坑上搭块木板或条石、石墙上搭盖上稻草或苞谷秆即可。茅坑较为低矮，进出须得佝偻着腰；里面和外面的人，想通通信息的话，咳嗽一两声即可。茅坑和牲口圈之间，是一小片菜地。菜地分为几畦，种着好几种不同的时令蔬菜。

贵友一行来到承先家院门口时，承先正蹲在大门口，低着头，认真地修理着农具——一张犁。听见响动，他抬起头来，还未等他看真切，贵友就已经走进院子里来了。

猛然间见到贵友等人，承先激动不已，赶紧放下手里的事情，起身迎上前来，把大家往屋里让，同时对着屋里大声吆喝，叫媳妇赶紧烧水泡茶、淘米做饭，叫娃娃赶紧拿些草料来喂马……

这承先三十六七岁的样子，中等身材，瘦精精的，黑黝黝的脸上，小眼睛、鹰钩鼻。一身庄稼人的短打，黑漆漆、皱巴巴的。原本较短的裤脚、袖子，因为皱褶、缩水而变得更短，露出好长一截小腿、手臂。但脚上的草鞋却比较新，看样子才穿不久。

招呼大家屋里坐好，并敬上烟、茶后，承先道声歉，便匆匆走出门去，满院子抓鸡去了……穷乡僻壤，没有其他好东西。招待客人，宰只鸡，煎几个鸡蛋，或许还可以蒸上、炒上一小盘猪肉，就算是很高的礼遇了……只苦了鸡们，它们原本在墙根、树荫下慵懒地蜷着，漫不经心地刨着、啄着，十分的安闲。现在，被承先这么一惊，顿时扑腾了起来，拍着翅膀、直着脖子，尖叫着四散开去，满院子乱窜。

承先出去时，贵友也起身跟着走了出去。他一面看着承先忙活，一面将自己的建议和打算告诉承先……屋里的人，听不清他二人说些什么，就只见承先对着贵友，一个劲地点头。

屋里本就低矮、狭窄，一下子涌进这么多人来，就更显局促了。明全和明智有些坐不住了，喝完碗里的茶水踱出院子。哥俩对陌生的环境颇为好奇，于是相约出去走走、看看。

"大伯，我们出去转转。"明智对贵友说道，而后侧过脸来，对着承先笑了笑。

"嗯！不要走远，转转就回来。"贵友叮嘱道。

"早点回来，午饭一哈就得了。"承先热情地招呼。

二人"嗯"了一声，点点头，很快便钻进院子前面的竹树荫里去了……

…………

午饭过后，已是下午两三点钟的光景。大家也不歇歇，消消食，又赶紧忙碌了起来，你来我往、进进出出地，帮着承先收拾、打包家当。

好在承先家是小户人家，家当有限，因而很快，重要的东西，比如粮食、畜禽等，就收拾、整理得差不多了。粮食主要是苞谷、麦子，装了鼓鼓的四麻袋，总量四五百斤的样子，正好两驮；畜禽主要是一只小猪崽、几只鸡鸭，分装在两个竹篓里，可以配成一驮。装畜禽的这副驮子较轻，五六十斤的样子，还可以再加点重量。为使驮子两边重量均衡，装鸡鸭的这边，竹篓的腰间，从孔眼里交织穿插入一些藤条，形成一张"网"，将竹篓分隔成上下两层。这样便可下层装鸡鸭，上层再装一些碗碟之类的家什，以增加这一边的配重。最后，还在驮子顶上绑搭上几样大件的农具，以及一大包衣服、铺盖之类的东西。

收拾停当，贵友便安排道："大姨爹、幺舅、老大、老二，你们驮起东西先走；姨妈还有三个娃娃和你们一起走。——路远，又不太好走，要抓紧！现在出发，走到大半路，可能天就已经黑下来了。我们几个留在后边，再检查一下，看看漏掉哪样东西没有。随后再来追赶你们……"

大家便两两配合着，将驮子抬上马背上去。抬畜禽驮子时，猪崽受到惊吓，惊叫着，在竹篓里拼命挣扎；对面的竹篓里，鸡鸭们也跟着躁动，惊叫着，互相拥挤、踩踏着……它们这一闹腾，差点让刚刚抬起来的驮子失去了平衡。为了保持平衡，以防驮子过于歪斜，甚至于倾覆，抬驮子的两人，只得杂耍顶幡一般，赶紧顺着猪崽挣扎的力道，碎步迅速地移动，而后相机将驮子放下来……过了好一会儿，小猪崽才消停。它蜷成一团，喘息着，似乎在重新积蓄着力量。鸡鸭们也停止了喧闹，一个个伸长并扭动着脖子，四处张望……人们这才小心翼翼地，重新把驮子抬起来，架到马背上去……可是马儿才刚起步，畜禽们再次挣扎、躁动了起来，搞得马儿都有些趔趄了。不得已，赶马人只得让马儿原地稍稍停歇一会儿，让畜禽们适应适应……

出发时，明智还一把将承先的小儿子举起来，让他骑坐在自己的肩膀上……

送走友福一行后，承先、贵友等人又转身回到屋里，仔仔细细地察看、搜寻了一遍，并将搜寻出来的几件小东西拿到院子里，归拢在一起，以备带走。接着，几人还举行仪式似的，绕着房子察看了一圈，而后，随便找个地方坐下来，各自卷上一支烟，一边吧嗒，一边闲聊，打算过好烟瘾后就出发。

…………

贵友、承先等人说说笑笑、走走停停，这里瞅瞅、那里看看……爬上承先家对面的山口时，天已经黑下来了。接下来，山路较为平坦，摸黑行走都无妨，不用太着急，于是几个人便在路边的岩石上坐了下来，喘息着，打算抽支烟、歇口气再走。

一支烟还没抽完，大家就惊讶地发现：山脚下，王家沟那边，离寨子一两里远的地方，突然亮起了一队火把。远远望去，昏黄的火光里，隐隐约约的，似乎有许多人影在晃动……

那一队火把，快速地移动着，蛇行一般……很快，"黑幕"上，前边的火把停了下来，而后边的却还在继续快速前行，直至与前边的交汇在一起，犹如长蛇盘起来一般……但很快，火把又迅速地分开成两队，左右包抄，形成了一个大大的包围圈，犹如人的双臂，先张开出去，而后再合抱回来。

借着那火光，贵发等人隐约看到，火把圈中，有几间低矮的草房……

大家噢噢、噢噢地，不约而同地站立了起来，而后大张着嘴，傻呆呆地盯着那一圈火把、那几间草屋。——好险哪！火把圈里，那几间草屋，不正是承先的家吗？

第十二章　屈篱下承先气短　陷利中武氏心焦

一

远山后面，太阳冒出头来了。

站在庙山顶上，放眼四望，只见霞光里，天地间灰蒙蒙的一片。一团团雾气，在峰峦间飘动着，时浓时淡、忽远忽近……远处，山腰间，杂草、荆棘、灌木等构成的大背景中，几点人影在跳动；人影不远处，两匹马、一头牛，低着头，不停地晃动着脖子，贪婪地探寻着、啃食着……

那几个人影，是贵发、贵立、刘老幺和明全、明智兄弟俩，他们正在忙着割茅草。今早，天刚放亮，几人就扛着扁担、提着镰刀，牵着马、赶着牛，上庙山上来了。早上凉快，人精神，做事效率高，正好干活。

贵发已割好了两大捆茅草。山路边，他坐在岩石上，掏出烟叶，卷了起来。——抽支烟、歇口气，等大家都割好后，就可以一起回去了。

贵发一边抽着旱烟，一边回想着昨晚和今早的事情：

"昨晚上，送走友福、贵立、刘老幺等人，并安顿好承先一家老小后，自己躺在床上，翻来覆去地想着心事，好不容易才进入了梦乡……

"许多事情，真正做起来时，其中的问题和困难——许许多多、各种各样的——才会逐渐暴露出来……这时，自己也才能意识到自己之前的思虑是多么的不周、不妥，多么的简单、幼稚……这些思虑上的欠缺，给自己带来了不少的难堪和别扭。当然，难堪和别扭的不只是自己，还有承先一家，还有……招待大家吃晚饭时，自己就察觉到了，承先两口子以及年龄较大的那个孩子，神情很不自然，难堪、羞涩之情溢于言表。这种难堪和羞涩，在贵友、友福等人离去后，表现得更加突出；在自己安排他们一家住宿时，达到了极点。难堪、羞涩到了极点，承先两口子站也不是、坐也不是，吭吭哧哧的，不知说什么好，不停地搓手、挠头。其神色，大有一种恨不得找个地缝钻进去的意思。——他们何以如此呢？大约是赵武氏那满含着别扭和不快的神色，早已被他们看在了眼里；大约是……如何尽快化解这些难堪和别扭呢？最好的办法，就是赶紧把那两间废弃的房子修补好，让承先一家及早搬过去，大家各过各的日子。——那样，大家就都方便、自在了。

　　"好在吃晚饭时，自己就已经提前给友福、贵立、刘老幺等人打好了招呼，请他们今天再过来一趟，而且一大早就过来，再来帮帮忙，把那两间破房子修补一下，以便承先一家能尽快地搬过去……人手多一点，你做这样、我忙那样，一天下来，那两间房子基本上就可以修补、收拾好了。

　　"今早，大家碰了个头，简单地做了一下分工：贵友和友福留在家里，负责帮助承先修补墙面，更换、架设房梁、椽子；自己和贵立等人，则负责上山割盖房顶用的茅草。为了赶早，大家连早餐都没有吃。起床时，自己就给张氏交代好了，要她们午饭做早一点。午饭可以简单点、将就点，以免耽搁干活；晚饭则要做好一点，就当是圆工饭，不晓得……"

　　"二哥，你也割好了？"不远处传来的问话声，打断了贵发的沉思。

　　贵发扭过头来，循着问话声望过去，只见贵立挑着两大捆茅草，提着镰刀，快步向自己这边走来；其肩上的扁担，随着他的步伐，一颤一颤的。——那两大捆茅草，看来不轻。

　　"嗯！过来，咂根烟、歇口气，等他们都割好了，大家一起回去。"贵发大声招呼道。

　　…………

　　贵立放下担子，紧挨着贵发坐了下来。

　　"你那镰刀，不能这样提在手上，你可以把它别在茅草里面嘛……你这样提在手上，万一脚下打滑，或者绊到了哪样，摔下去，撞到刀口上，咋个得了？"贵发一边说，一边从怀里摸出两片烟叶来，递给贵立。

　　"嘿嘿，我怕它落了，今后没有用的。"

　　"落了？你听不见啊？你耳朵扇蚊子去了？那铁巴掉在石头上，叮叮当当的，声音那么大……"贵发大声数落道，但样子却十分的友爱。

　　"嘿嘿，万一掉在泥巴上、草草上呢？再说，那扁担嘎吱嘎吱的……这耳朵，又要听声音，又要扇蚊子，还真的有点忙不过来。"贵立一边卷着烟，一边贫着嘴。兄弟俩关系亲密，见面喜欢开开玩笑。

"露水太大了，裤脚都打湿了，重坨坨的，卷起来又掉下去、卷起来又掉下去；贴在这脚杆上，有点不舒服……不小心，手又遭茅草割了好几道口子，火辣辣的……"贵立一边吸着烟，一边絮叨道。

"那口子，再咋个火、咋个辣，总不会比刀割的火吧？割这种草的时候，一是刀要快，二是急不得。你要小心地捏好、捏紧它们的秆秆，然后再割。——捏好、捏紧，是为了防止它们在手里面滑动……它们那叶子，边沿像刀口一样，而且还长有锯齿，快得很！——尤其是，不能贪多图快，贪多，一下子抓一大把，捏不好、捏不紧，一不注意，就会被它们割到手。图快，手还没有捏好、捏紧，就急急忙忙地下刀；或者是，这一只手还没有完全割下来，那一只手就忙着拉扯，这样，那些没有割断的或者没有完全割断的，在你手心里一捋……嘿嘿，这就厉害了，你那手掌心里、手指头上，肯定一下子就多了几道大大的血口子。茅草这种东西，你不要以为它们是草，软得很！其实，它们快得很！"贵发颇有经验地说。

"是的、是的，要小心点才行，'小心驶得万年船'……大姨爹就是不小心，所以才吃了这样的亏，阴沟里翻了船。昨天晚上，幸好，他只是'翻了船'，人没有事。嘿嘿，要是我们不去帮他，或者走得再晚一点，遭那帮人逮住，那可能就不得了了。那时候，不只是他，连我们也都要跟着遭殃了。——你看人家那阵势，啧啧、啧啧……"

"嗯嗯！要是我们不过去帮忙的话，他拖家带口的，还能跑得脱？昨晚上，我睡在床上，这心头都还在怦怦怦地跳呢……老幺哇，你自己也要小心点，能不出去，就不要出去了。——最好不要再出去了。"

"嗯嗯！干那一行，只要不起私心，就不会出现大姨爹他们这种情况。——今后，我要是真的遇到了哪样麻烦，那肯定是从外面来的。我和承忠交往多年，对他很了解。他那个人哪！特别喜欢吹，经常大话连天的，吹自己如何如何的义气、如何如何的耿直，为人处世如何如何的好，但是，背地里，他私心其实重得很！遇到便宜，不分亲疏远近，哪个的他都想占，都敢占，都好意思占。所以说，那帮人不相信他两弟兄，怀疑他两弟兄，人家肯定也是有人家的道理的。"

对于贵立的上述评论，贵发不置一词，只是微微地点了一下头。

"一个对熟人家都要打歪主意的人，说自己没有私心，或者私心不重，说自己不占便宜，或者不随便占便宜，哪个相信？他王承忠，看面相、听声音，就不像个直爽的、正经的人。幸亏自己和他没有哪样深交，也就是见过几次面、说过几句话而已……"贵发的思绪又被拨动了起来。——他又联想到了那天晚上，自己家院墙下那个鬼鬼祟祟的人影，以及志德家当晚所遭遇的事情……

"老幺，你也割好了？咦——你还想得周到嘛，连藤子都给准备好了。这么一大捆，应该够用了。"贵立大声说道。霞光里，刘老幺也挑着两大捆茅草，颤悠悠地过来了。贵立注意到，在他的扁担尖上，还晃荡着一大捆盘成一卷的藤子。

"嗯，割好了……割的时候周围正好爬满了藤子，所以就顺便扯了点来。"

往房顶上絮茅草时，最下面的一层，要用藤条、草绳等紧紧地绑缚在椽子上。往上絮第二层、第三层时，也最好用藤条、草绳等材料，絮棉絮似的，把它们——连同第一层——层层牵连在一起。这样，茅草就不易被大风刮卷走了。也就不会像诗圣家那样，于暴雨倾盆之前，被八月的秋风，卷走了屋顶上的三重茅。

"老幺，歇口气。"待刘老幺走到跟前，贵发这才招呼道。

"不歇了……茅草又不重……趁早，一口气把它们挑回去……歇下来，怕一哈不想动。——这人哪！歇不得……歇下来，就会越歇越想歇，越歇越不想动。"刘老幺停下脚步，微微喘息着说道。

"歇哈歇哈，咂根烟，等一哈老大和老二，然后大家一起回去。"贵立也劝道。

"不歇了……刚才老大、老二说了，叫我们先回去……他们想等牛马多吃几口草。"刘老幺也不放下担子，就这样挑着和贵发、贵立说话。

"喔！二哥，那我们也一起走了。——再不走的话，怕后边真的越歇越想歇，越歇越没有精神。"说话间，贵立已经站了起来。

"嗯！嘿嘿，那两个家伙，肯定早就打好主意了。等哈，四捆茅草，配成两驮，两匹马，一匹一驮，驮起就走了。他们乐得清闲。嘿嘿，我们还坐在这里，傻呆呆地等他们搞哪样？"贵发笑道。真的是，知子莫如父。

远山顶上，太阳已经升起来一丈多高了。飘浮在空中的雾气，也已消散殆尽……

二

贵发等人割茅草回来时，贵友、友福等人已经把墙面修补好了。房梁和椽子等，也已基本更换、架设完毕，就等着往上面絮茅草了。

"看样子，茅草可能还要差点……等哈，吃过饭后，王姨爹留在家，招呼打整一下屋里面，我们几个再去割一趟，再割个七八捆来，就足够了……盖厚实一点，今后，十年八年都不用管。"友福高兴地说道。

"大姨爹，后面还有四大捆呢……这么多，还不够？人家说的，憨包不识货，也会看堆垛……你难道连堆垛都不会看？"贵立开起友福的玩笑来。

"够不够，要看你咋个盖……盖一两层，和盖三四层、四五层，能一样？我刚才讲的，盖厚实一点，你没有听见？你耳朵生到背后去了，扇蚊子去了？"友福反击道。

"等哈看看，不够的话，再去割……山上茅草多得很！密密匝匝的，想割多少割多少。要去的话，还是我们这几个去；你们继续留在家里面，再帮王姨爹家砌个煤灶、挖个茅坑……煤灶砌好了，明天早上就可以开火了。——明天日子好，适合搬家。喔！最好再在旁边搭个小猪窝。"贵发笑着对友福说道。

"嗯嗯，等哈就干，一哈就砌好、挖好了……这样，下晚点，或者明天早上，承先一家就可以搬过来了。"友福应道。

大家正说话间，赵武氏一手提着个茶罐，一手拿着只土碗，慢悠悠地走了过来。

"那碗，你就不会多拿一个？这么多人等着喝茶……"贵发对武氏嚷道。

"就你鬼事多……将就了。换着喝。"武氏有些不耐烦，拿话呛贵发。

"嘿嘿，是我鬼事多、屁事多呢，还是你鬼话多、屁话多？"贵发赔着笑脸，自我解嘲地说。他是个聪明人，很会察言观色，武氏心里想些什么，他一清二楚。

这一两天，赵武氏心里一直在怨怪——怪王承先，怪赵贵友，更怪赵贵发：

"王承先哪王承先，你们家想搬家的话，搬去哪里不好？咋个偏偏搬到我们这里来，搬到我们赵家大院的旁边来？来也可以，但不要这样麻烦人嘛……我们家欠下这么多人情，大老远地去帮你们家搬家，这就不说了；你们家搬过来后，先暂时在我们家借住几天，这也不说了。心烦的是，接下来，我们家不仅要借房子给你们家住，而且还要请人来帮你们家修这样、补那样。往后，可能还要……凭哪样啊？啊？

"赵贵友、赵沈氏，你两口子也太会打算、太会安排了。王承先、王沈氏，那可是你们的亲姨佬、亲姊妹呀！该帮他们家的，应该是你们呀！你们咋个不安排他们一家去你们家住呢？你们家难道就没有一两间空闲房子？——哼哼，你们看看，看看自己像不像话？看看我们家，昨天忙了一整天，巴心巴意的，大老远的去帮他们家搬家；搬过来后，还要帮他们家招呼帮忙的人，还要借房子给他们家住。今天，还要请人帮他们家修补房子，还要帮他们家做饭、打酒来招呼大家。——今天，为了帮他们家，一大早，直到现在，自己和刘氏、张氏，做饭做菜、端茶倒水，进进出出、跑前跑后，喝口水的空闲都没有。但是，你们家呢？看看，你赵沈氏过来帮帮忙，淘淘米、洗洗菜，也都像是在帮我们家一样。好像这些事情既不是他王承先、王沈氏家的，也不是你赵沈氏家的，而是我赵武氏家的。哼哼！好像那王沈氏不是你赵沈氏的亲姊妹，而是我赵武氏的亲姊妹；那王承先不是你赵贵友的亲姨佬，而是我们家赵贵发的亲姨佬……

"帮帮忙也可以，但是，该算清楚的得算清楚，千万不能搅糨子。亲兄弟都得明算账呢，何况其他人？算一算！昨天，帮他王承先搬家，前来帮忙的人，是我们家请的、我们家招呼的。——他们家呢？到头来，不过出了三升苞谷，一升给了罗友福家、两升给了我们家，说是给马的饲料。今天，来帮忙修补房子的人，也是我们家请的；大家的伙食，两顿饭菜，也还得我们家来帮忙备办。不过，好在今天他们两家也还算省事：为了招待好帮忙的人，一大早，王承先就把自家昨天从老家带过来的鸡鸭，各宰了一只，还拿了十多个鸡蛋、一小点盐巴、一小袋大米、两小张票子出来。赵沈氏过来的时候，也顺便带了点糯米面、干豇豆、粑粑果过来。——不然的话，他们就真的不像话了。

"以前，自己就曾多次提醒过贵发：这年头，好人不好做。你忘了？这些年来，我们家吃了多少亏？'吃一堑，长一智'呀！你要好好地吸取一下教训哪！但他就是不听，依然喜欢大口马牙、大包大揽的，依然喜欢打肿脸充胖子。他也不好好想想，当初，他大姐家落难的时候，他是咋个帮她们家的？为了帮她们家，他一天要往人家那里跑好几趟，比对自己家都还要用心。哼哼！

结果如何？结果是几年后，人家起来了、发达了，就翻脸不认人了，连正眼都不看他一眼了。——这些，他难道都忘了？赵贵发呀赵贵发，你也不想想，自家亲姐都这样，何况别人？现在，人家捧你、夸你，不过是为了得到你的帮助罢了。今后，人家翅膀硬了，你看人家咋个对你。到时候，人家过好了，不一定会想到感谢你；人家过得不好，不感谢你不说，说不定还会怪你，怪你帮得不好、帮得不够呢。当初，你亲姐、亲姐夫不就是这样的？先是捧你、夸你，然后是踩你、贬你。而且，捧你、夸你的时候，捧得、夸得有多卖力、多好听；踩你、贬你的时候，就会踩得、贬得有多使劲、多难听。——费力不讨好、好心没好报，你说你冤不冤、亏不亏？！

"亏就亏点吧！'吃亏是福''吃得亏，打得堆'……吃点亏、受点累，赶紧帮着把这两间房子收拾好，让他们一家尽快从自己家搬出去，免得大家长时间挤在一起，让人心烦、难受。也免得不小心舌头碰到了牙齿，或者牙齿咬到了舌头。在一起的时间长了，又挨得这么近，舌头和牙齿，还会不碰一两下？而这一两下，之前的人情、好处，等等，也许就一笔勾销了。

"赵贵发呀赵贵发，我犟不过你，就只能随你了。你好面子，喜欢做好人。刘氏和张氏呢？又喜欢顺着你，就算自己心头一百个不情愿，也从来不会和你唱一句反调。娃娃们呢？又不太懂事，大人叫咋个，他们就咋个。所以，人家都夸你们好。只有我赵武氏，因为管不住这张脸、这张嘴，心头不高兴、有意见，脸上就挤不出一丝笑意来、嘴里就说不出半句软话来；而且还喜欢出头，所以经常得罪人、做仇人，经常遭人家在背后说风凉话、戳脊梁骨。人家得了好处、占了便宜，当然要夸你们呐！换作是我的话，我也会天天夸你们，从早上一直夸到晚上，保证气都不歇一口……夸句好，哪个不会呀？上嘴皮碰碰下嘴皮，随口就来，难得很吗？那王承先和王沈氏，眉开眼笑的，开口就夸、见人就夸，大家看看，他们费了多大力气？以往，遇到昨天、今天这样的事情，经常就我一个人出头、一个人说，所以到最后，得罪人、做仇人的，也就我一个人。哼哼！这回，你们不说，我也不说；你们做好人，我也做好人。我倒要看看，在王承先家这件事情上，你们这好人做得了多久？现在，我先把话撂在这：远香近臭。挨得太近了，相处的时间一长，隔阂、误会肯定免不了。亲兄弟、亲姊妹间都免不了，何况我们两家这种关系？——我们两家，不过是转弯抹角地沾点亲、带点故而已。今后，如果他们家就这样在我们家这里定居下来了，那我们这一辈，也许不用太担心，但下一辈、下两辈呢？"

赵武氏拉拉杂杂、反反复复地想了许多许多……她是不是太过计较了，以致想得太多、太复杂了？不过不得不承认，有些情况还真是被她预测到了，即，几十年后，当他们这一代逐渐凋零后，他们的下一代、下两代，还真的为了某些利益上的纠葛，产生了不少较为激烈的矛盾和冲突。只是这些都是后话，这里不宜过多啰唆。

第十三章　月黑夜赵家失马　风高天山谷斩贼

一

丑时将近，赵贵发这才从野地里放水、蓄水回来。前几天打好的秧田，得找机会赶紧蓄点水。谷种已经捂上，过两三天就可以撒播了。到时候，万一秧田蓄不到水，开了裂，那就麻烦了。

农历四月上中旬，打秧田、撒谷种时节，雨水虽然逐渐多了，但依然难以满足生产需求。这时节，河流、沟渠里，水流一般很小，常常是上、中游一用水，中、下游便断了流。那些担心因缺水而耽误了农时的庄稼人，为此心里常常十分的焦躁。一焦躁，脾气便有些大、有些暴，以至于为了争取一点点水，面红耳赤，恶语相加，甚至大打出手的情形时有发生……贵发家的秧田属于"尾巴田"，用水本就十分的不便——抗旱时节，河渠里为数不多的水，得等到位于河渠中上游的秧田不再需要了，方才轮得到它们。而他又很不愿为此而和人争执、红脸那怎么办呢？他的办法是，去晚一点，尽量和别人家错开。每天晚饭过后，便扛着薅刀、提着木盆，来到田野里……有机会，如，夜深人静，田野里没有或很少有人家蓄田水了，便趁机堵一点或戽一点，补充进自家的秧田里去；如果没有机会，那就权当出来消消食、散散心，明晚再来。

…………

贵发才刚走到自家院门口，借着一点点微弱的天光，他发现，以往关得严严实实的院门，现在却大大地敞开着。——平时，天一擦黑，两扇院门就被紧紧地关上，并从里面闩牢、抵死，不是熟人，决不轻易打开。以往，深夜回来时，他总会先绕到院子侧边，将手拢在嘴上做喇叭状，对着自己房间那升子口大小的窗洞，轻轻地呼唤，呼唤张氏起来开院门……听到张氏应答后，他这才返回到院门前来等着。

贵发扶着门框，努力歪斜着身子，伸长脖子，试探着，小心翼翼地将脑袋伸进院门里去。随后，他屏住呼吸，眯缝起眼睛，这里瞅瞅、那里瞧瞧；支起耳朵，歪过来探探、侧过去听听；仔细分辨着黑暗中所能瞅到、听到的任何一丝模糊的影像、细微的声响，猫儿追踪老鼠似的。他为何这样小心谨慎？为的是，一，防止弄出较大的声响来，暴露自己。黑暗中，磕磕碰碰的，极易弄出某些较大的声响来。尤其是那两扇厚重的院门，稍有触动，便会嘎嘎作响，让人冷不丁心头一颤。——弄出声响来，吓走那些不良之人，当然最好；怕的是自己被那声响所暴露，对方一慌张，图穷匕见，铤而走险。二，提防黑暗中潜藏着的某些危险……

贵发探头探脑地，仔仔细细地瞅了、听了好一会儿，确定院子里没有危险，这才悄悄地钻了进来。进来后，他试探着，轻轻地，一点一点地，半掩上院门。为什么是半掩，而不是关死？为的是出现紧急情况时，让穷寇有路可逃，而不至于狗急跳墙；也为自己留条退路，以防不测。总而言之，给人"方便"，自己"方便"。

而后，贵发顺着墙根，摸索着，蹑手蹑脚地向牛马圈走去……他最担心的是家里的牛马。虽然牛马圈的另一侧紧挨着的就是猪圈，但他却不用担心猪，猪哼哼唧唧磨磨蹭蹭难以驾驭，不好带走，而牛马们则不然……

牛马圈紧靠着正房一侧，一堵半人多高的矮墙，将里面分隔成前后相通的两个半间：前半间是平圈，为马圈；后半间是地圈，为牛圈。马圈里面，前方向外开着一道门，即所谓的圈门，供牛马进出；侧面，则通过正房山墙上那道只有个门洞的门，与明全的房间连通，以便主人照看牲口、添加草料。平时睡觉前，明全都会经由正房山墙上的这道门进入牛马圈，而后，他先从里面将圈门闩牢、抵死，接着给牛马们上足草料，最后才转回自己的房间睡觉。

贵发的担心并不多余，摸索到牛马圈门口时，他的心咯噔一下，凉了大半截。牛马圈的圈门，也是大大地敞开着的。圈里面，以往那叮叮当当的，响个不停的马铃声，现在却鸦雀无声，一点动静也没有。马一般不睡觉，整晚站立在槽前，晃动着脖子，吃个不停，因而，它们脖子上的铃铛，便会整晚响个不停……它们即便打个盹，也是站立着的。如果哪一天它们躺下睡觉、休息，就说明，它们十有八九是不舒服，甚至是生病了、病倒了。

就像刚才摸进院子里来时那样，贵发站在牛马圈门外，轻轻地扶着门框，屏住呼吸，探头探脑地朝圈里面瞅了、听了好一会儿，然后才试探着，小心翼翼地跨了进去……

槽枥边，两匹马果然都不见了。贵发来不及细想，又赶紧抢到牛圈边，趴在那堵半人多高的矮墙上，使劲探过、俯下身子去，眯着眼睛使劲往里瞅——还好，牛还在！两头都还在！紧接着，他转过身来，摸索着，经由正房山墙上的那道门，进入明全的房间。——奇怪，房间里，明全那一向扯得山响的呼噜声，这时也听不到了……

黑暗中，贵发摸索到床边，摸索到了明全的身子，便使劲摇晃起来。

"哪个？！哪个？！搞哪样？！搞哪样？！"明全惊醒过来似的，迭声惊叫道。

"搞哪样？！你起来看看，看看那马还在不在？！"贵发大声吼叫道。

明全一下子腾身坐了起来……

父子俩点上灯，来到马圈里。昏黄的灯光中，马已不知去向，只剩下两串"操子"，落寞地斜搭在马槽上。

看样子，那些人应该是将刀片从门缝里插进来，然后一点一点地，小心翼翼地将门闩拨开……

"门杠呢？啊？你是咋个搞的哟？啊？咋个连门杠都忘记抵了？"见明全如此粗心大意，贵发十分恼怒。往常，这牛马圈的圈门，除了闩上而外，还要用门杠从里面紧紧地抵住。——"双保险"。

"那天晚上，猪遭豹子抓了、咬了，你听不到；今天晚上，马遭牵走了，你也听不到。那天晚上，雷雨声太大，你听不到，不怪你，但是，今天晚上……哼！"贵发絮絮叨叨的，连那晚白猪、黑猪被豹子咬死、咬伤一事，也迁怒到了明全头上。

面对父亲的责备，明全不吱声。以往，照他的性格、脾气，他准会争辩，甚至顶撞几句，而现在，估计是感觉损失太大了，心里愧疚、难受……

此刻，明全的心里，确实充满了愧疚：大约半个时辰前，他从熟睡中惊醒，被某种声响惊醒的。恍惚中，他似乎又听到了那种声响，那种将他惊醒的声响……他瞪大眼睛，屏息静听。黑暗中，那声响窸窸窣窣的，像是耗子打架的声响；哒哒哒哒的，像是马儿躁动时，连续踩踏地面的声响。——不对！那声响，应该是人发出来的。

"坏了，家里进贼了。"意识到这一点后，明全顿时脊背发凉、汗毛倒竖……

　　明全蜷缩在被窝里，起来不是，装睡也不是，十分尴尬。

　　起来，他不敢。黑灯瞎火的，看不清对方在哪里、有几人，他害怕。他也知道："敢于半夜三更钻到别人家里来干这种营生的，定然是些性格凶残、手段毒辣之徒，且他们通常好几个人一伙，一般都带有刀枪……此刻，他们中的一两个，说不定正躲藏在山墙上门洞的侧边，虎视眈眈地监视着，提防主人家从房间里抢出来呢。——山墙上的这道门，也就一个门洞，可谓畅通无阻，而自己的床头，就在这门洞边上。"想到这，明全更是害怕得一动也不敢动，生怕弄出一点声响来，将对方的注意力吸引到自己这边。这时刻，别说下床了，就是呼吸，他也得控制好"力度"，不敢把那气吸得太重、呼得太大。——而处于紧张状态中的人，呼吸声又偏偏会不由自主地变得有些粗重……

　　装睡，他又觉得不妥。为何不妥呢？他知道自己睡着后，一向爱打呼噜……刚才，醒来之前，如果自己是打呼噜的，那现在该咋办？自己的呼噜声都已经停了好久了。这呼噜声突然停下来，便会引起对方的怀疑，如果自己之前没有打呼噜，而现在又打了起来，同样也会引起对方的怀疑。——那自己岂不是欲盖弥彰、弄巧成拙了？他们一怀疑，就会提高警惕、加强戒备，这种情况下，自己冒冒失失地冲出去，岂不正好着了对方的道了？

　　明全正想着，那窸窸窣窣、哒哒哒哒的声响，已从自己房间的前面经过，向院门那边去了。

　　"要不要追呢？不追吧，心有不甘，自己也会嘲笑自己胆小；追吧，自己孤身一人，且手边又没有任何武器，就算追上了，能讨得到好？

　　"时间不等人，要追的话，就得趁早……哼哼！有什么好紧张、好害怕的？自己紧张，对方更紧张；自己害怕，对方更害怕……

　　"不能追！至少不能现在就追，一是，对方还未走远，肯定留得有断后的。这些人行踪诡秘，且异常的狡诈、凶狠，常常让追赶者防不胜防，吃尽苦头。走出院子、寨子前，其防范会更加严密。二是，自己在'明处'，人家在'暗处'；自己没有任何准备，而人家则是有备而来的。所以，不能追，不能轻举妄动，以免撞到对方的枪口上。

　　"不追，等会儿父亲回来，发现并追问起此事来，自己又该如何应对？扯谎肯定不好，也怕今后圆不了。之前的胆小懦弱，已让自己羞愧难当，再要扯谎的话，自己就真的要找条地缝、找个尿罐钻进去了。据实陈说，又怕被人耻笑。那怎么办呢？索性假装糊涂，假装什么都不知道，先蒙混过去再说……蒙混，那也得需要一个理由啊！只能谎称自己睡着了，睡得太死了。哼哼！自己睡这个房间，每晚负责关圈门、上草料，并守护这几头大牲口，麻烦、受累不说，还要担惊受怕的……

"自己假装睡着了，等父亲发现了情况，呼叫起来时，自己再假装惊醒过来……也只能这样了。——现在，那伙人想必已经走远了，想追，恐怕也追不上了……"

…………

二

察看了一遍牛马圈，训斥了一顿明全，又沉吟了片刻，贵发决定采取行动。

"老大，你估计一下，他们大概走了好久了。"贵发缓和了一下语气，问道。

"嗯，应该没有多久。——我感觉我才睡了一哈哈，就遭你摇醒了。"明全答道。他昏昏沉沉的，也不知道时间到底过去多久了，只觉得自己好像才刚刚迷糊过去，连梦都还没来得及做，就被那伙人惊醒了……那些让人心惊胆战的声响完全消失后，大约又过了一支烟的时间，自己就被爹爹摇"醒"了。

"那你赶快去，把老二喊起来，朝门边等我……我去拿枪……不要惊动其他人。"贵发一边吩咐，一边急匆匆地冲出牛马圈去……

很快，院门外，父子三人聚到了一起。

"老大，你赶紧去，先去请隔壁的姨爹，然后再去请大伯、幺爷、大姨爹和幺舅……记得提醒他们，带好防身的东西……那帮人估计是往张家寨方向去了，我和老二先追，你们赶快来。快去！快去！"贵发吩咐道。

"他们从其他地方走呢？"明智提醒道。

"管不了那么多了……追对了，可能追得回来；追不对，也只能认倒霉了。"贵发说道。刚才，他已迅速地作出了分析和判断：穿村而过的，就那么一条大路。黑灯瞎火的，那伙人十有八九是经由这条大路，往张家寨方向去了。其理由是：走大路速度快，能尽快脱身。其他的小路、毛路，弯来绕去、坑坑洼洼的，别说外地人——何况还牵着两匹马，还慌慌张张的，就算是本地人，慢条斯理地摸索前行，黑暗中，也免不了磕磕碰碰跟跟跄跄的，稍有不慎，说不定还会栽个大跟头呢。加上庙山这边更为近便、安全，几步就到了村外，且不用经过人家较为密集的场坝上。到了村外，自己就三分天下有其二了。

"爹，等一哈。等我去拿副'操子'来。"说毕，明智转身就跑进院子里去了。

"拿来搞哪样？"贵发正待要问，明智却已跑出去老远了。原来，明智曾听人说过，说是这"操子"，马儿戴久了会"回应"其声响。如果马儿丢失了，且怀疑其就在附近，搜寻中，便可使劲晃动"操子"，使其哗啦作响。马儿听到这响声会嘶鸣回应。

明智将"操子"装在小麻袋里，压紧压实，然后将麻袋空虚的部分折过来，卷煎饼似的裹叠了好几次。每裹叠一次，就相当于将"操子"多包裹了几层，最终将二者裹叠、压缩成紧紧实实的一团，紧紧地夹在自己的腋下……这样做，为的是尽量减小行进中铃铛的晃动，发出较大的声响来。明智的确很明智，这么一件小事，他都能想得这么周到。

…………

"老二，靠两边走，尽量不要走中间。"追出村口后，贵发轻声提醒明智。

明智心领神会，马上斜到路边去。

父子俩一边追赶，一边努力调动自身的眼力、听力和脑力，仔细观察着、探听着、分析着……感觉前方模模糊糊的，似乎有影子在晃动，父子俩便缓下脚步来，眯起眼睛，仔细辨认……发现是自己看花了眼，或是产生了幻觉，定了定神后，便又快步追了上去。遇到岔路口，二人便又停了下来，开动脑筋，对对方可能的去向分析、研判一番……好在这周围二三十里范围内，有哪些路径、路况如何、分别通向什么地方，父子俩都十分熟悉，因而能很快作出相应的判断。接着，又是好一阵急追猛赶……

"哒哒哒哒、哒哒哒哒……"后面传来了急促的脚步声。父子二人明白，援兵赶来了，便稍稍放缓脚步，等一等后面的人。

后面，明全等人走得很急、很快。他们不用过多去观察、分析、判断，也不需过于小心谨慎，只管沿着大路，甩开步子往前赶即可。

大家汇合后，人手多了，胆子也就壮了。胆子壮了，大家也就放得更开了，于是放开腿脚，拣路中间平坦处，只管疾步向前追赶……

…………

突然，抢在最前边的明全和明智，发现了什么似的，猛然停了下来。后边的人，见状也紧跟着停了下来。

原来，前方似乎传来了某种极其细微的声响。哥俩于是停下脚步，屏息静气，侧耳细听、仔细分辨……随后，其他人也轻轻地走上前来，也像他哥俩那样，屏息静气，侧耳细听……

听了一会儿，大家默契地聚拢过来，小声地交流起自己的分析。

"嘀嗒、嘀嗒的，有点像马蹄声……离我们这里应该不远，估计也就二三里的样子。"明全说道。

"嗯！不错，应该是马蹄声。"贵立肯定地说。

"爹！要不要把'操子'拿出来摇一摇？"明智想到了夹在腋下的东西。那东西，他辛辛苦苦、小心翼翼地带了这么久、这么远，很想发挥、见证一下其作用和效果。殊不知，一急迫，他就变得有些不明智了。

"摇不得、摇不得。"怕明智鲁莽，贵发赶紧出言制止。紧接着，他解释道："现在还隔得太远，还不是时候。想摇的话，靠近点再摇。——只有实在找不到的时候，才用这个办法，把马给逗得叫起来。"

"嘿嘿，幸亏没有搞错方向，该不蚀财……要是搞反了，那就只能越走越远了。"贵发有些得意。

"大家脚步放轻点，追快点！前边，再走个七八里，就到张家寨了。进了寨子，那就麻烦了。——他们随便找个熟人家躲起来，我们就无法了……你难道还敢进人家家里去搜？就算人家让你搜，你又能咋个？搜不到，人家不会轻易放过你；搜到了，你恐怕也走不脱。"承先很有经验地说。

"那就快点追！我在前边，大家跟着我。"贵立说罢，便率先冲了出去。

…………

前方，那声响越来越清晰……

来到一座大山脚下时，贵立下意识地放慢了脚步，并弯下身来。随后，他猫着腰，一边忽左忽右地，借助山体、岩石或荆棘的掩护，尽可能地隐藏好自己的身影、行踪；一边蹑手蹑脚地，小心翼翼地摸索行进……走到一块大岩石的边上时，他停了下来，而后蹲下身子，蓄势待发似的。其一系列的举动，和"大猫"十分相似。那些有经验的"大猫"，比如成年虎豹，发现猎物后，便会一边紧盯着猎物，随时关注着其反应和动向，一边伏下身子、放慢脚步，隐藏好自己的气味和行踪，而后走走停停、瞅瞅看看，极有耐性地，悄悄地，一点一点地接近猎物……待时机成熟、距离合适，便稍稍蹲下来，身子后挫，压缩弹簧似的，而后弹簧似的弹将起来，扑将上去……

见贵立行动诡异，其他人便也跟着放慢了脚步，小心地提防着脚下，避免发出较大的声响来，而后照着他的动作、路径，慢慢靠上前来。

迟疑了一会儿，贵立转过身来，对正好赶上前来的贵发小声说道："二哥，这地方我熟悉……这条路，围着这座大山绕了大半圈，一直绕到山的背面。他们从那边绕；我们呢，从这边绕。我们从这里……"贵立望空比画了一下，示意了一下方位，而后指点着一旁的庄稼地，继续说道："我们从这里斜斜地插过去，穿过这片庄稼地，就差不多到山背后了……到了那里，正好可以抢在他们的前面，截住他们。——这片庄稼地，平平整整的，好走得很！过去后，我们就埋伏在地埂上的刺蓬蓬后面，等他们过来。等他们靠近了，我们就开枪。枪声一响，保证他们跑得快得很！我们在高处、他们在矮处，我们在暗处、他们在明处，他们晓得利害。"

"嗯！好！"贵发表示赞同。

"跟我来！这边，快点！快点！"贵立直起身来，轻轻地招呼着大家，同时挥手示意了一下方向。随后便率先摸索着下到庄稼地里，走在前边为大家带路。

黑暗中，以远处的一丝丝天光为"背景"，贵立的那个姿势，剪影似的，虽然模模糊糊的，但大家还是能看到的。

…………

大家才刚埋伏好，那边，伴随着轻微的哒哒声，几个影子出现了……

大家屏着呼吸，紧张地盯着那几个影子……

起风了……夜风一阵阵地拂过，其所到之处，草木簌簌、万籁有声……

那几个影子，以及那哒哒哒哒的声响，越来越近、越来越响，大家的心也跟着跳得越来越厉害，怦怦怦的，都快要跳出胸腔来了……

黑暗中，对方人影憧憧，分不出有几个——看样子得有四五个；马的影子，倒还比较清晰，一前一后，共两匹。

"没错！就是马！两匹！"贵发激动得身子都有些微微颤抖了。

…………

"叭！"贵发手中的枪响了。

"叭！叭！叭！"紧接着，贵立、承先、贵友的枪也响了。

听见枪响，那几个人影似乎愣了那么一瞬，之后便很快倒伏到路的那一侧去了，不知是被枪打下去的，还是本能使然……受惊的马匹，则在原地上打起了转转……

路的这一侧，贵发他们埋伏的地方与路之间隔着一小片缓缓的斜坡。斜坡八九丈见方的样子，坡面上只有一些低矮、稀疏的杂草、灌木，视线较为开阔。路的那一侧，下面则是一条沟谷。沟谷掩映在荆棘、灌木、杂草丛中，虽不算深，但底下乱石嶙峋。那几个人，就算没被枪打中，跌到这乱石沟底，侥幸逃得一条性命，回到家里，少说也得要熬它十天半月的药罐罐。

贵发抢先抓住一匹马的缰绳，将其紧紧地攥在手里，生怕马儿会得而复失似的；明智则迅速抓住了另一匹。其他人则端着重新上好子弹的枪，对着路坎下、沟谷中，瞪大眼睛、直起耳朵，小心地察看着、戒备着……

为了安抚一下惊恐、烦躁的马儿，贵发一手紧着缰绳，一手轻轻地抚摸着马的脑袋、脖子……突然间，他愣住了。这又是怎么了？原来，抚摸到马的嘴角边时，他突然感觉手心里湿漉漉的，且觉得，那湿漉漉的东西不像是马的口水。此外，空气中，他还隐隐地嗅到了一丝淡淡的血腥味……他把那只湿漉漉的手掌凑近鼻孔，使劲嗅了嗅，顿时，一股浓烈的血腥味猛地冲进了他的鼻腔里，侵入了他的肺脏里，把他给呛得差点就要吐了。他心里一沉："这血，是马的还是人的呢？刚才那几枪，难道有一枪'一箭双雕'？应该是马的吧！人的，不可能溅得这么远，都溅到马脑袋、马脖子上来了。如果是马的，那自己又是在哪儿摸到的呢？"想到这，他不由得再次伸出手去，在马的脑袋、脖子上轻轻地、仔细地抚摸起来……

"那几个人，到底有没有被枪打中呢？现在，他们的境况又如何？自己不想伤人，更不想害命，只想吓跑对方，拿回自己的东西了事，所以，刚才的那一枪，自己是斜斜地打过去的……但是，黑暗中，只有天知道了。——自己呢？只知道这种枪总不太准，歪打正着的情况时有发生。就算是自己的那一枪打得很'准'，达到了相应的'效果'，可另外那几枪呢？人命关天，可别……"这时，贵发竟有些担心，担心起那几个冤家的安危来。那几个家伙确实可恨。他恨他们不去踏踏实实地劳作、生活，而是总想着发横财，发不义之财；恨他们给自己家添了这么多的麻烦，让自己和亲朋好友们费了这么多的精力……可枪打出去之后，他又有些后悔、有些不忍了。他想下到沟底去看一看，但又有些不敢。他知道，贸然下去肯定是不行的，万一对方也有枪呢？对方肯定有枪的，干他们那一行的，还能少得了这东西？且下面黑咕隆咚的，也未必看得见什么……

"但愿那几枪都没有打中他们，而只是把他们给吓跑了。或者，就算打中了，也没有伤到他们的要害。既留了他们一条小命，又给了他们一个大大的教训，那才是最好的结果。"事到如今，贵发也只能这样想了。

"天下熙熙，皆为利来；天下攘攘，皆为利往。"尘世中多少人，也许只有到了弥留之际，方能看得破、想得开：钱财物事，皆如尘烟，根本不值一提。好好地活着，一家人平安无恙、共享天伦，才是人生最大的福气……

第十四章　蓄田水贵发受惊　提请正启求心安

一

好长时间没有下过一滴雨了。前几天，贵发好不容易蓄进秧田里点水，如今就只剩下棉纸般薄薄的一层了。秧田底，几处较高的地方，泥土甚至都冒出头顶来了。再不赶紧放点水的话，田土就要开裂了。这田土一旦开裂麻烦可就大了：一是，刚刚生长起来的秧苗可能就此废掉；二是，田里今后就不坐水了。想坐水的话，除非将田重新打一遍。总之，撒入谷种后，看护方面就得更加小心，比如，为利于秧苗的生长，秧田里的水要求深浅适宜，因而得时常过来查看，水太多了、太深了，要放掉一些；太少了、太浅了，又得及时补充一点……当然，这时节雨水稀少，因而秧田里的水常常是少的、浅的时候居多。

亥时将尽，贵发喝好了茶、过足了旱烟瘾，扛上薅刀，提着一只小木盆，就往杨家山那边放水去了。对他而言，去早了没意思，因为那时田坝里，尤其是前边，放水的人总是很多，去了也是白去。贵发何以"全副武装"，又是薅刀，又是木盆的，为的就是必要时能够用薅刀在河渠里拢起一道低矮的围堰，将水流拦蓄起来，提升水位，然后弯腰弓背，用木盆将水戽进水沟里，使其流到自家秧田里去。就算河水断了流，但只要有些许残存于河底低洼处的水，他也可以用随身带来的小木盆，将它们悉数戽进水沟里去，使其多少能流一点到自家的秧田里去，救救急。

野外，黑漆漆、静悄悄的，不见一个人影。

转到杨家山后面，贵发离开了大路，而后沿着一条狭窄崎岖的岔路，往田坝深处走去……不久，他又离开了岔路，下到弯弯扭扭、松软狭窄的田埂上，向着自家秧田走去……

田坝里静悄悄的，贵发暗自高兴："今晚运气太好了，偌大的田坝里就只有自己一个人来放水。"

贵发家的秧田位于田坝的边缘，与坝子中央的小河之间还隔着好几块别人家的水田。秧田的一侧，和田埂并排着，有一条小小的水沟。这侧的田埂相对宽阔一些，通常作为进出田坝更深处的通道。这条小水沟的两侧还枝丫似的分出去好几条更小的水沟。这些更小的水沟弯弯曲曲的，向田坝的更深处延伸过去，以便更多的水田用水。如果把小河比作一条大动脉，这些纵横交错、四通八达的水沟，就好比从这条大动脉上分支出去的一条条大大小小的血管。"大动脉"里的水，通过这些"血管"，最终输送到田坝的每一个角落，流淌进家家户户的水田里。

来到自己家秧田，贵发弯腰放下薅刀和木盆。继续向前方走去。走到小河边，他弯下腰，尽量探着身子，使劲地朝河底瞅，并不时地侧过耳朵去听听……心里对水流大致有了个预估，他这才折转回来。

回到刚才放薅刀和木盆的地方，贵发趴下身来，半跪在田埂上，用手刨开田埂上的水口。刨下来的泥巴、石块，顺便用来堵塞住水沟。这样，等会儿，从小河那边流过来的水到了水口这里，受到堵塞物的阻挡便拐个弯，流进自家的秧田里去了。忙完这些后，他稍稍侧过身子，顺便在秧田里水洼处涮洗了一下手，而后站起身来，提着薅刀和木盆，再次向小河那边走去。

小河的底部通常要比河两岸水沟的底部低很多，因此，只有在雨季，雨水的流量比较大、水位比较高时，河水才能灌进水沟里去，然后再自动输送到田坝的每一个角落里去。枯水季节，比如眼下，一般只能依靠人力，拦河拢起一道低矮的围堰，将河水截住，蓄积起来，然后再用桶、盆或龙骨车，将其舀到、车到水沟里去。

贵发脱掉草鞋，高高地挽起裤腿，小心翼翼地摸索着下到河里。他挥动着薅刀，将河底四周的泥沙刨起来、拢过来……忙碌了好一阵，一道围堰的雏形便呈现了。而后，他放下薅刀，弓着腰，双手摸索着，将河底细碎的泥沙捧捞起来，对初具规模的围堰进行进一步的完善和加固。感觉围堰上某些地方还有些不足之处，他便又拾起薅刀，使劲地刨起来、拢起来。

一顿饭的工夫，一道高高的围堰便筑好了。

贵发喘息着爬上岸来，在河边摸索着找了块岩石坐下来。接下来的事情，就是等待，等待水位上升。

　　贵发之所以把围堰筑得较高，是因为他想试试，等一会儿，看蓄积起来的河水的水位能有多高，能不能自动灌入水沟里，进而自动输送到自家秧田里去。而他之所以想试试，是因为听那哗哗哗的水声他感觉河里水流应该比较大，水位应该能提升得比较快、比较高。此外，这里水沟位置较低，河水水位稍高一点就有可能实现自动灌溉的目标。他今晚的运气又特别好，田坝里就他一个人在放水，这也使得他有闲情、有耐心试一试。

　　黑暗中，贵发闲坐在岩石上，东瞅瞅、西望望，挠挠头、揉揉腰……打发着无聊的时光。

　　…………

　　这人啊，一闲下来，就容易胡思乱想，尤其是在这荒郊野外，万籁俱寂、这时，人们最容易联想或者自己吓唬自己。刚才走在大路上时，贵发心里还不怎么紧张。可是一旦上了岔路，来到田边、河岸，这会儿他又闲了下来，这让他不禁又想起了钱正启和他吹嘘的："阴阳殊途。白天，阳盛阴衰，人的天下；夜间，阴盛阳衰，鬼的世界。是以，白天，鬼怕人；夜间，人怕鬼。"

　　"鬼？怕哪样？哪来的鬼？'疑心生暗鬼'，心里面坦然，就不会疑神疑鬼了。夜晚，在这荒野里，没有什么比蛇更让人害怕了。每次穿行在田埂上，脚下总感觉麻麻的，就是因为害怕踩到蛇。刚才，坐下来之前，自己抢着薅刀在这岩石周围仔细地扫了好几遍，也是怕有蛇。一旦踩到或摸到它们，哪怕没有被它们的毒牙所伤，也会惊吓得让人吃不消。甚而可以说，那种惊吓比被毒牙咬伤还要致命……好在这个时节蛇还不太活跃，多数时候还赖在洞里。到了盛夏，就得加倍小心了。"贵发转念一想心里笑道。

　　说到蛇，贵发想起了曾经听过的一个故事：

　　盛夏的夜晚，甲乙两人去田野里放水。穿行在稻田间，甲对乙说："那边田埂上有根木棒，你去看看还在不在，在的话，把它拿过来，等会儿走路的时候，好用它来扫扫草丛以免被蛇咬到、吓到。"——说得入情入理。乙是个老实人，听后，二话不说，摸索着就走了过去。到了甲所示的地方，他弯下腰，眯着眼，仔细搜寻。果然，田埂上横着根棒子样的东西。他无暇细看、细想，伸出手，一把就抓了上去。这一抓，可就不得了了。只见他哇地大叫一声，同时猛地跳开去，继而跳着脚，连滚带爬地跑了回来……原来当他抓到那根"棒子"时，那"棒子"凉凉的、软软的，还会蠕动。乙被吓惨了，回到家里，大病了一场。

甲其实只是想开开乙的玩笑，后来，看到乙被吓成了这样，感觉玩笑开得太大、太过了，便将错就错，他不敢承认他是在开玩笑，说他可能是记错了地方或者是乙抓错了东西。其实那天中午，他去田里查看自家秧苗的长势时就看到了有条蛇横在那里晒太阳。晚上，他一时心血来潮，便随口叫乙过去看看。他不知道那条蛇还在不在那里。

"要是真有鬼魅的话，它们一定比蛇可怕得多。蛇好歹还能看得见、摸得着……要是附近能有一两个人壮壮胆就好了，自己也许就不会这么害怕了……有人壮胆？算了吧！有些时候，最可怕的反而是人，比如，几天前的一个夜晚，钻进自己家院子里将自家马匹牵走的那伙人；再比如，那些既劫财、又害命，让正兴至今魂无所归的人……那些人比蛇、豹子等可怕多了，甚至比鬼魅们都还要可怕……"

分散了一下注意力，缓解一下心里的紧张和恐惧，贵发站起身来，提起薅刀，走到小河边，蹲下身来，用手在小河和水沟的接口处摸了摸，想看看河水是否自动灌进水沟里去了。然而，他所触摸到的只有干燥的沟底。于是他半跪着一手斜撑着地面，身子努力俯下、前倾，而后另一只手尽量够下去，想探探围堰里的水位。然而，许是河水并不像他想象的那么大，加之此处河槽又比较宽，以至于这么久过去了，围堰里的水位依然十分的低，还远不足以自动灌流到水沟里去。

"照这样下去，要等到什么时候啊。秧田又不太大，要不了多少水的，干脆用盆戽算了。使劲戽上一两个时辰，估计也就差不多了。"打定主意后，贵发又伏下身来，用手摸索着，从旁边的秧田里抓刨来一些石块、烂泥，将水沟与小河的接口处堵住，防止戽进沟里的水回流到河里来，然后高高地挽起裤脚，摸索着下到围堰里。他弓着腰，抢动着薅刀，将围堰底部，水沟与小河接口处下方的那一小片，淘得更深、更宽一些。而后，他探身将薅刀放回河岸上。缩回身子来时，他顺便将薅刀旁边的木盆拿了过来，随后便弯腰戽起水来。

"噗、噗、噗……""哗、哗、哗……"戽水声、水流声，划破了夜的宁静……

鼓足干劲，快速地戽了大约一支烟的工夫，贵发累得气喘吁吁的，感觉脚下的水位已下降了不少，有几次，木盆都触碰到河底了。于是，他便爬上河岸来，放下木盆，歪到先前坐过的那块岩石边，一屁股坐了下来。他打算歇一歇，一方面恢复一下体力，一方面等待围堰里水位升高。

"常言道，'远处怕水，近处怕鬼'。前一个怕，是对水下情形不知情；后一个怕，却是因为知道得太多。不知情的情况下被吓到会很快缓过神来，但如果知道得太多，一旦受到惊吓，情况可能就会严重很多，比如，可能会被吓得心胆俱裂，一辈子有心理阴影。这种严重的惊吓，自己几年前就曾领教过一次。那天，自己一个人干活回来，快到村口时，天已经黑下来了。走着走着，一块菜地的荆棘'篱笆'后面，突然间传来了几声噼啪、哗啦的声响——声音虽然不大，但在寂静的傍晚，在坟冢累累而又见不到一个人影的村外，显得异常的清晰、瘆人。那几声声响把自己吓了个半死。说来不怕别人笑话，自己当时被吓得小便差点都失禁了。何以害怕成那样？一个重要的原因就是，自己知道发出声响的地方厝着一具棺材。棺材里的人是半月前去世的。由于主家认为近期没有适合下葬的日子，于是便将棺材用两条长凳子支着、两张破席子盖着，暂厝在菜地边上。如果不知道那声响处厝着这么一具棺材，自己心里也许就不会那么害怕、那么疙瘩了。"

"关于鬼魅的传说，自己听过的实在是太多了。这些传说，往往十分的玄乎。虽然言之凿凿，甚而还有人宣称自己曾经亲历过，但大都经不起仔细推敲。不过，不得不承认，虽然不大相信，可眼下，自己心里还是很毛乱的。暗夜里，仿佛鬼魅们的世界，而自己这个人，则成了这个世界中的一个异类……

"对面，不远处的山脚下、山腰间，好几片坟地。经年累月，坟地里坟堆累累：新的、旧的；有主的，无主的；高大、气派的，低矮、破陋的……层层叠叠，拥挤不堪。大雨过后，被冲刷去浮土的地面上，不时地还会现出一小段灰白色或黄褐色的枯骨来。"

想到这，贵发紧张、害怕极了，便不由得再次朝那一片片坟山上望去。黑暗中，那些地方，影影绰绰的。那些影子，缥缥缈缈、忽远忽近的，贵发害怕极了，他发疯似的，拼命地挥舞着薅刀。这个可怜的人啊！在巨大的心理压力下，他已然是精神错乱、神志不清了……

二

一大早，张氏刚打开院门，冷不防地被吓了一大跳。——她看见贵发趴在院门口一动不动，他的一只手横在门槛上，垫着额头；另一只手稍稍外斜，紧紧地握着家里的那把薅刀。

张氏定了定神，仔细再看时便发现贵发不对劲，只见他头上大汗淋漓，像刚被水洗过似的，衣服也是湿漉漉的，紧紧地贴在贵发的脊背上。

张氏见状急忙伸出手轻轻地摇了摇贵发。被她这么一摇，贵发头一歪，便将大半张脸给露了出来……

只见贵发脸色铁青、双眼紧闭、牙关紧咬。张氏被吓得不由得大声惊呼起来："老三！老三！快来！快来！"

"搞哪样？！搞哪样？！"明德眯缝着睡眼，急火火地冲出房门来，颤抖着嗓音，连声问道。

"快来看！你爹昏倒在这里了……昨晚上，出门的时候他还好好的……薅刀还在，但是，盆呢？"张氏大声说道。

明德小心翼翼地取下爹爹手中的薅刀。随后，母子二人相帮着，将贵发的上半身扶起来，明德一边扶着爹爹的肩背，一边蹲下身来坐到门槛上去。坐好后，他双手环抱住爹爹的腰，让其背靠着自己的胸膛，箕坐在地上。

"哎！哎！你咋个了？啊？"张氏轻轻地摇晃着贵发的肩头，大声问道。

见贵发没有任何反应，张氏便又抬起另一只手来，用拇指的指尖使劲地掐了几下贵发的人中。可贵发依然没有任何反应。

这时，明智闻声也跑过来了。"三妈这声音，又惊又急，看样子是遇到什么急事了。"想到这，明智赶紧胡乱套上衣裤，鞋也来不及穿，光着脚丫就急匆匆地向院门口跑去。

看见爹爹脸上的神色，明智也被吓了一大跳。他赶紧转过身去，背对着爹爹蹲下来，而后吩咐明德道："快把爹扶到我背上，两只手伸到老爹的胳肢窝下面，往上抬……对，就这样，再抬一下……"

…………

在张氏的指导下，明智、明德相帮着将爹爹横着仰躺到床上。接着，哥俩又配合着，帮爹爹换下湿漉漉的衣裤。而后，二人抬腰的抬腰、抬腿的抬腿，配合着将爹爹安顿睡好。

躺在床上，盖好被子，贵发渐渐苏醒了……虽是醒过来了，但他却丢了魂似的，不言不语，目光呆滞、神情茫然……

"老二，你赶紧去，把鞋穿好，然后去把钱大爷请来……就说，你爹昨晚上在野坝里撞到不干净的东西了，可能把魂搞丢了。"张氏吩咐道。

"嗯！"明智应了一声，转身就去了。

…………

不久，正启就来了。进得屋来，正启首先来到卧室看望了一下贵发。贵发半卧在床上，有气无力的。他神色虽然还有些恐慌，但神志已经完全清醒过来了。和大家聊起昨晚上的事情，他也能描述得清清楚楚、有条有理的。只是昨晚上，自己究竟是怎么挣扎着回来的，又是怎么昏睡在自家院门口的，这些，他竟然一点也想不起来了。

了解了贵发的情况后，正启好一顿准备，他要把贵发的魂，给喊回来。

正启那古怪的扮相、滑稽的举止，早已让明智兄弟几个忍俊不禁。跳着、舞着、念着，其间正启不明其意的动作竟让明德、明礼忍不住笑出声来了。一旁的明智为了避免失礼，只得装出一副一本正经的样子，将那笑硬生生地憋着——直憋得他面红耳赤，小肚子酸胀。好不容易憋住笑后，明智还伸出手悄悄地戳了戳两个弟弟的后腰，小声提醒道："不要笑，再笑，爹爹就要骂人了。"不料却好心办了坏事：他这么一戳，可就苦了明德和明礼。努力憋了这么久，哥俩已经憋得，犹如两个胀鼓鼓的气球，谁知关键时刻，他们的哥哥竟然给他们来了这么一下，而这一下，又正好戳到了二人的痒处，于是，二人更加忍不住了。忍不住，却又害怕招来爹爹的喝骂，兄弟二人只好哈着腰，捂着小肚子、鼓着腮帮子，竭尽全力憋着。二人憋得满脸通红，感觉快要憋不住了，赶紧转过身去，三两步钻进爹爹的房间里去，猛地扑倒在床上，而后剧烈地颤抖着身子大笑了起来……

"好了，没有事了。"经过好一番折腾后正启说道。

"大爷，先喝杯茶、咂支烟……饭一哈就好了。"明智早已准备好了茶水和烟叶。

"喝口茶就行了，其他的就免了。我还要赶紧回去，家头、外头，事情多得很！"正启一边应答，一边接过明智递过来的茶水。紧接着，他空着的这只手才刚抹了一把额头上的汗水，另一只手就已经将茶杯送到嘴边来了。他噘着嘴，轻轻地抿了一点，感觉茶水温热适宜，便仰起脖子，咕咚咕咚地将其一饮而尽。

"饭一哈就好了，吃了再走……事情再多，也不急在这一时嘛。"贵发也挽留道。

"不管了、不管了……二哥，你好好歇歇，睡一觉就好了……我回去了。"

见正启执意要走，贵发就没再说什么了，便让明智将正启送走。

…………

经过这一顿折腾后，贵发顿觉有了精神，好像正启的这番操作真的起了作用似的。所以，人有时需要心灵的慰藉与寄托。

第十五章　走捷径身心受挫　投小村亲友送归

一

狭窄幽深的山谷里，怪石林立、莽莽榛榛；谷底，一条羊肠小道掩藏在杂草、灌木和荆棘间，时隐时现、若有若无。小道上，赵贵发赶着马，不紧不慢地走着……

这些天来，趁着收割前这一小段难得的空闲时光，贵发领着两个儿子明全和明智，赶着自家的两匹马，走村串寨，去兜售些自家生产的土陶、菜油及油饼。穷乡僻壤里，土陶自不用说，家家必备，街边路旁，其碎片随处可见。菜油呢，却是不可多得的好东西，以至于用于做菜，谁也舍不得多放一丁点；用于点灯，富足人家也只是逢年过节时偶尔为之，以为神灯，且还不能让那灯焰大过黄豆。即便是"油饼"，也身价不菲。那油饼乃油菜籽榨干油脂后剩下来的饼状渣滓，可是上好的肥料。经过"榨"的强力作用，油饼被挤压得紧紧实实的，石块一样坚硬，锋利的柴刀都难以将其劈开。前几次，爷仨都是一起行动的，所到村寨的规模也都比较大、人家也比较多，因而生意都很不错，"一站"就可以将自己带去的东西销售一空。几天下来，山桃寨周边的这些村寨，较大的，爷仨都走得差不多了，还未涉足的，就只剩些小村小寨了。这些小村寨，人家稀少，商品需求量有限，且路途较远，往往要走上好几个村寨、耗上大半天时间，才有可能将马背上那一点点东西售罄。鉴于此，昨晚，爷仨商定今天一大早，大家分两路行动，各自去找销路。因担心明全莽撞，贵发便安排他和明智一道，自己则单独行动。大抵是收割季节快要到了，再困难的庄户人家，也都需要多少储备点器具、食油或好肥料，以备农忙之需、小季之用的缘故，今天，贵发这边，生意出奇地顺畅，一个多时辰两三个村寨，其所带去的东西便售卖完了，变成了他荷包里的一小沓钞票，以及马背上的两小袋粮食。

时近正午，山谷里空荡荡、静悄悄的，不时传来几声鸟儿的鸣叫，显得更加的幽静，颇有些"蝉噪林逾静，鸟鸣山更幽"的味道……这地形地势，这环境，让贵发心里不禁有些发毛，很后悔此前选择了这条所谓的"捷径"。本来回山桃寨，是有一条较为宽阔平坦的大路的。那条大路，行人较多，路两侧，三四里便可看见一个较大的村寨，因而颇为安全。美中不足的，不过是绕了一点点而已。然而，一念之差，使得他临时选择了这条所谓的"捷径"。谁知，这条所谓的"捷径"却一点也不"捷"。它弯弯曲曲、坑坑洼洼的，比之大路，短不了多少，却费事很多。费事也就罢了，关键是，它还有些凶险……可如今，他还能怎样？再费事再凶险，他也只能硬着头皮走下去了。

马儿戴着嘴笼，悠然自得地走在前面，见到青草，便试探着伸过嘴去，想吃上一两口。贵发见状，便轻轻地吆喝一声，或在马屁股上轻轻地拍一下……那马吃了一惊，陡然加快脚步，"哒哒哒哒"地向前走出去好远。其背上的驮子和着其步调，在鞍子上"嗒嗒嗒嗒"地跳动……

一路上，马掌踩踏在石板、石块上，发出声声脆响。脆响过后，空气中，似乎还能隐隐听到一丝丝轻微的回响……这些声响，让贵发愈发焦躁。——他担心这些声响会将自己和马儿暴露给某些隐藏在暗处的别有用心的人，犹如那晚在田坝里放水时，担心戽水声会将自己暴露给暗夜里的鬼魅那样。

…………

提心吊胆的，好不容易走出了这段山谷。前方虽然依旧是山谷，依旧怪石林立、莽莽榛榛，但地势明显要平坦、开阔许多；零零星星的，还可以看见几小片庄稼地……贵发的心情轻松了不少，他甚而有闲情想点杂七杂八的事情，以打发这无聊的行路时光。

贵发跟在马后，一边机械地迈着双脚，一边想着心事……

"唰唰唰唰"，突然，前方不远处，路旁的荆棘丛后面，倏地闪出两个人来。走在前边的马儿猝不及防，被吓得斜仰着脑袋，一连后退了好几步。贵发大吃一惊，右手下意识地朝腰间摸去。无奈为时已晚。——真可谓是："泾溪石险人兢慎，终岁不闻倾覆人。却是平流无石处，时时闻说有沉沦。"

"不准动！再动打死你！"

"举起手来！快点！快点！"

几声断喝，即刻让贵发打消了所有的侥幸，彻底放弃了反抗的念头。——

对方断喝声响起的同时，贵发的脑海里也快速地闪过了好些想法：不能动！好汉不吃眼前亏，先稳住对方再说……

不容贵发多想，那二人已经一手举着长刀，一手端着短枪，几大步抢过来了。

在离贵发三四步远的地方，二人停了下来，目露凶光，恶狠狠地盯着贵发；黑洞洞的枪口直指贵发的胸口……

没有了"想法"后，贵发这才把注意力集中到了对方身上。那两人，一高一矮，矮的，个头和贵发差不多，昂首挺胸的；高出一截的那个，却微微有些佝偻。二人均灰布包头、黑布蒙面，整个脸上就只露出眼睛上下约二指宽的一小抹来。二人虽然也都瘦精精的，但看上去都十分的精悍、凶猛。其露出来的两眼，眼神凶巴巴的，透射出阵阵寒光。

打量了贵发片刻，矮个弯下腰来，将刀放在高个的脚边，而后用枪指着贵发，眼神警惕着，慢慢地靠上前来。到了近前，矮个转到贵发身后，将枪口紧紧地抵在贵发的脊背上，开始搜贵发的身。这时，高个子眼神变得更加的犀利、凶狠，鹰一样地紧盯着贵发，警惕地监视着贵发的一举一动。

贵发一动也不敢动，任由矮个在自己身上搜来搜去。他知道，这个时候，自己紧张，对方也紧张。所以，自己千万不能动弹，否则，就算那不是反抗，也极有可能引起对方的"误会"而让对方下意识地扣动扳机，或劈下手中的大刀……总而言之，眼下，自己必须顺从、配合。

"咦——还真有枪呢。"搜身时，矮个子首先搜的是贵发的腰，惯例似的。何况，刚才他和高个子早已瞅见贵发的手上有一个下意识地向腰间摸去的动作。

搜出贵发的手枪后，矮个随手将它别在了自己的腰上，而后继续搜索。

将贵发身上的钱物搜刮殆尽后，矮个退回到高个身边，弯腰捡起地上的刀。弯腰捡刀的同时，矮个仍不忘侧着头，紧盯着贵发；其另一只手上，枪口仍死死地指着贵发。

"牵起马！走！快点！"高个子一边说，一边挥挥手枪，示意了一下方向。

"快点！快点！"矮个子也大呼小叫着，做了一个将要劈刀的姿势，并重重地踢了贵发的屁股一脚。

贵发还能怎样呢，只能乖乖地听人家摆布……后边对他来说，只能是一盼神仙菩萨、列祖列宗庇佑，让自己逢凶化吉；二盼能瞅到个机会，逃之夭夭……

…………

在离小路几丈远的地方，山脚下，密密匝匝的荆棘、灌木丛后面，有个较为隐蔽的山洞。山洞洞口不大，四五尺宽、一人多高的样子，但里面却很宽敞，俨然一座穹顶大厅。洞厅靠里面的地面上，一根齐肩高的粗大的石柱，树桩似的，和洞顶垂挂下来的钟乳石遥遥相对。二人逼迫贵发牵着马走进洞里去，而后喝骂着，让贵发把马拴好。接着，高个解下挂在腰间的绳索，将其递给矮个，随后又像之前那样，端着枪、举着刀，虎视眈眈地监视着贵发。——大抵是已将贵发搜过了身，把枪给缴了，所以，高个子的眼神和语气，已少了刚才的那种凶狠和紧张。矮个则走上前来，先是逼迫贵发脱下衣服、外裤和草鞋，只给贵发保留了一条贴身的薄薄的衬裤。然后喝令贵发走到石柱前，转过身来，背靠着石柱站好。待贵发站好后，矮个绕到石柱后，三下两下，就将他紧紧地绑缚在了石柱上。

光着的脊背，一下子紧贴在冰凉的石柱上，让贵发不禁打了好几个寒战，心里也顿时凉了半截："被绑缚住后，自己就只有念阿弥陀佛、救苦救难的份了……《水浒传》里面，林冲、卢俊义不就这样，先是被反剪绑好，而后……"

绑缚好贵发后，二人完全放松了下来，各自默默地抽出随身携带的短烟杆，裹卷上一支旱烟，津津有味地吸了起来……

贵发知道，二人是在借抽烟的时间，平复一下紧张、激动的心情，同时考虑如何处置自己这个俘虏。——从他俩那懒洋洋的动作、若有所思的眼神，便可以看出这一点。

二人过足了烟瘾，相互使了个眼色，便向洞外走去……

贵发隐约听见二人在洞外嘀咕，可任凭他怎么认真使劲地听，也还是听不清二人到底在说些什么。

然而，即便什么也听不清，他也知道那二人在商量些什么："无非是交换一下看法、意见，以决定如何处置自己罢了。对自己而言，最危险、最关键的时刻，也许很快就要到来了。自己面前，是阳关道，还是鬼门关，全在于洞外那两个人的一念之间。而自己眼前所能做的，听天由命而已……"想到这里，贵发不由得闭上了双眼。

"嘿嘿，很多事情，还真叫正兴给讲着了，比如他说，枪这东西，出远门做生意，带上也没有多大用处，顶多可以壮壮胆……这不，刚才自己那枪，别说打它一枪、两枪了，甚至拔都还来不及拔出来，就被人家给搜缴去了。

"今天所走的这条小路，虽然要近一些，但沿途地势偏僻、人烟稀少，十分的凶险。可是，自己仗着身上有把枪，犹豫了一会儿，最终还是选择了它……如果不是因为这把——不！应该是那把——枪，把自己的胆子给壮了起来，那自己也许会谨慎很多，也许就不会选择这条小路了。当然，最终做出这样的选择，也和自己所抱有的某些侥幸心理有关……人哪！这一辈子，关键的那一两步，还真的一点也不能走错，否则，便会一步错，步步错，最终输得干干净净，甚至赔掉身家性命。

"也如正兴所言，还真是，'双拳不敌四手'——况且，还是那么精悍的'四手'。这么说吧！洞外那两个人，别说高的那个了，就是矮的那个，打斗起来，自己也未必是其对手。从刚才的那几下'接触'便可感知，矮个子虽然块头上和自己差不多，但明显要比自己结实、有力得多。而且，其动作举止上所表现出来的那种轻捷灵便，不是比自己年轻好几岁的人，估计做不到……'拳怕少壮'啊！刚才亏得自己不再侥幸，没有反抗，否则……

"最关键的一点，也叫正兴给说中了，那就是：自己在明处，而人家在暗处；自己'无心'，而人家'有意'；自己无防范，而人家有准备……以至于事情出现时，自己已无可奈何了。刚才不就是这样，自己还没有反应过来，就已经成了人家的俘虏了？有刀、有枪，又有何用？

"接下来，就只能看自己运气如何了。是像那个牛贩子那样，鬼门关前侥幸捡回条小命来，还是像正兴那样，是死是活，家里至今都还不知道？正兴也许还要好一点，枪一响，便一了百了了；可自己呢，眼下，就像被架在火上炙烤一样……

"处境险恶，自己不能坐以待毙……等会儿那两个歹人回来时，自己该怎么应对呢？求饶，晓之以理、动之以情，就像《水浒传》里李鬼那样，对他们求告说，自己上有八十好几的老母、下有三岁不到的小孩？——可求饶不成呢？那两个家伙，应该是附近某个村寨的。刚才说话时，他二人的声音，尽管刻意做了不少的掩饰，但还是没能完全掩盖住那浓浓的本地口音……哎呀！不好！万一他俩听出来了自己的口音也是本地的，或者是附近某个地方的，那他俩还能饶得了自己？——之前，自己说话了吗？如果说了，那说了些什么呢？暴露口音没有呢？唉！人家都知道要掩饰一下口音，可自己呢？现在才想起这一茬。

"'不怕一万，就怕万一'……想不到今天，这个'万一'竟然让自己给碰上了，而碰上的原因，却仅仅是自己心里临时升腾起来的那一个念头、一丝侥幸。早知如此……

"想得太多、太远了，于事无补，不如不想。——不想，还可以暂时让心里静一静、让脑袋歇一歇。非要想的话，那就好好地想想眼前吧！想想后边可能出现的情况，以及不同情况下，自己该怎么应对……"

焦虑、恐惧、无助中，贵发心里五味杂陈：自嘲、懊悔、幻想……

二

"噗嗒、噗嗒……"一阵脚步声传了过来。

贵发睁眼看时，那两个人已经走到自己面前来了，且正凶神恶煞地盯着自己。

贵发的心里一下子凉到了极点，头脑霎时变得昏昏沉沉的……"完了完了，看这架势，二人十有八九是要准备'处理'自己了……"蒙了一小会儿，他很快就恢复了必要的冷静和理智，感觉也不再那么害怕了，且心里还赌气似的想："哼！我倒要看看，看看你二人能拿我怎样？"于是，他的眼神不再躲闪，而是随着二人的一举一动而移动，颇有几分轻蔑、挑衅的味道。——经历了好一番精神上的煎熬后，临危之际，他反而豁出去了。

"你家是哪里的？！啊？！快讲！快讲！"高个子突然厉声喝问道，同时高高地举起手中的大刀，并做出即将要劈下来的样子。

"快讲！！快讲！！哪里的？！啊？！"矮个子也扬起了手中的大刀，凶巴巴地附和。

两个劫匪的这几句问话，让贵发猛然间喜出望外。他本来已经心灰意冷，已经准备接受最可怕的结果了，谁知，对方竟突然来了这么一出……

然而，欣喜之余，他也被惊出了一身冷汗。他喜的是，劫匪这样问话，分明是给了自己一个活命的机会。——不想给活路的话，那刀早就劈下来了，还废这话干啥？惊的是，劫匪的这两句问话的背后，才是真正的鬼门关、阎罗殿，而自己呢？差点就跨进去了。

"好险哪！刚才的那一刻，才是真正的千钧一发……这两个实在是太狡诈了。其所使出的这一招，大大出乎自己的意料，实在是太阴损、太厉害了。幸亏自己心里已有所准备，否则，就着了他俩的'道'了……他俩之所以突然厉声喝问自己家住哪里，并做出将要砍人的架势，同时还装出一副急不可耐的样子，其目的，不过是想通过猛然间的恐吓、催逼，让自己反应不及，从而脱口说出家里的真实地址罢了。那样，他俩才好进一步掂量，比如，估算一下双方住地距离的远近，然后据此估摸一下双方今后有无再碰面的可能，或是自己有无打听到他俩消息的可能，等等，以决定处置自己的办法。如距离远、无可能，那就不必再杀人了，劫财即可。毕竟，干这行，主要是谋财，而不是害命；再说，徒增杀孽，于自己的阳寿、运程、家庭、子孙等，恐怕也会有所不利。如距离近、有可能再见，就像李逵、李鬼再次遭遇那样，那恐怕就不得不杀了。——当然，有所不同的是，《水浒传》里，被杀的是抢劫者。这里和自己家所在的山桃寨，直线距离五六里，隔得实在是太近了。'远处怕水，近处怕鬼'，眼前这两个人对自己而言，就是两个鬼！两个讨债鬼、催命鬼！庆幸的是，他们不认识自己。更庆幸的是，从开始到现在，自己一直没有吱声，更没有脱口报出'家门'来。否则……"想到这，贵发不由得脊背发凉，心里止不住好一阵后怕："幸亏刚才趁二人在洞外嘀咕的时候，自己已预测了多种可能，并预先想好了相应的应对办法，做好了心理准备。尤为重要的是，自己虽然没有料到二劫匪会这样问，会问这样的问题，但自己已经想好了，一定要咬紧嘴巴。凡事要冷静，想好了再开口，千万不能随口就来。——命悬一线之际，言行举止上一个极其细微的差错，都有可能让自己陷入万劫不复的境地……否则，被他二人这么凶巴巴的，冷不丁的一问，自己猝不及防，反应不过来，或来不及反应，冒出浓浓的本地口音来，甚而脱口说出家里的真实地址来，那自己就死定了。"

"毛栗坡……我家，毛栗坡的。"贵发装出一副特别害怕的样子，颤抖着嗓音，拿腔拿调、吞吞吐吐地说。他知道邻县有这么一个村落，便报了出来。至于劫匪知不知道，他不清楚。不过，这种时候，就算二人不知道，他也要当作他们知道来对待，而不敢随意编造个地名，赌他俩不知道。——性命攸关，谁敢赌啊？谁又赌得起啊？报出毛栗坡这么一个真实的地名来，好处是：对方知道，无妨，因为这地方确实存在。对方若是进一步追问起来，自己想找点印证的东西，以打消或减少其疑虑，也并不是什么难事，因为这些年来，自己走村串寨的，也曾去过那里几次，对那里的情况较为熟悉。——哦，对了！钱秦氏的外家，不就住在那里。几个月前，为送她母子二人去投奔外家，自己和贵立等人不是又跑了那里一趟。对方不知道，则更好……

"哪里？！哪样坡？！"高个子许是没听清楚，瞪着眼睛厉声追问道。

"赶紧讲！毛哪样坡？！"矮个子大概也没有完全听清楚。

"毛——栗——坡——也叫，毛——栗——寨——"贵发缓缓地，拖腔拖调地再次报出地名，口气异常坚定。他心里有数了："这两个家伙应该不知道有那么一个地方，否则，就算自己说得不够清楚，他俩也不会不明白……难道是他俩又想故伎重演，再诈自己一次？关键时刻，自己可千万不能掉以轻心，更不能低估对方的狡猾，否则……刚才，自己不就差点着了他俩的'道'了？想想，那多惊险、多可怕呀！"

两个劫匪眼神里掠过一丝茫然，看样子是真的不知道这么个所在……见此，贵发就更有信心、更有底气了。

"坞友县，毛栗坡。"为进一步打消、削减对方的疑虑，这回，贵发在小地名的前面冠上了坞友县这一大地名。

"坞友县？胡扯！乱讲！"

"哼！还想哄我们？那里哪里有这么个寨子？"

说毕，两个劫匪又高高地举起了手中的大刀，恶狠狠地就要劈将下来……

"真的！真的！讲假话的话，天打五雷轰。真的！真的！"贵发瞪着惊恐的眼睛，忙不迭地表白。——"那天、那雷，没影的事，且也没有理由打自己、轰自己。而这刀、这枪，则实实在在地横在自己头上、比在自己胸前，且说不定什么时候就突然寒光一闪……甚而是，说劈就劈、说打就打，不讲任何道理。"

见那即将劈下来的大刀停住了，贵发这才有闲暇战战兢兢、絮絮叨叨地"解释"："哄你们搞哪样嘛。我家真的是毛栗坡的。我们毛栗坡，离张家寨也就十四五里的样子……现在这个地方，我是第一次路过，不太熟悉……今天上午，卖完、兑完东西后，听说这条小路要近便一些，所以我就……咳咳！哪个晓得这么不好走，弯来绕去、坑坑洼洼的……三绕两绕的，就把我绕到这里来了。绕得我晕头转向的，也不晓得这里到底是哪里，离我们寨子还有好远……咳咳！晓得的话，还不如从大路原路回去呢。那条大路，虽然远了一点点、绕了一点点，但平平坦坦的，感觉很好走；而且一点也不复杂，不会让人迷路，——就算是像我这样第一次走的人，也不会走错。"为增强自己话语的可信度，他又搬出了个张家寨来，且说话时还不忘拿腔拿调。

贵发知道，劫匪的这个地名之问，暗藏杀机，实在是太凶险了。自己如何回答、回答得如何，可谓关乎生死，所以自己回答时，必须开动脑筋，有所"讲究"，比如，住址问题上，千万不能松口，必须一口咬定，自己家就是邻县毛栗坡的；距离问题上，必须说得"合情合理"，从这里到山桃寨，七弯八拐的，少说还得有七八里；从山桃寨到张家寨，起码得有十五六里；从张家寨到毛栗坡，还得有十二三里，加起来，四十来里。——四十来里，在这荒僻、闭塞的山区，算是个十分合理的"安全距离"。说得太近了，甚而脱口说出山桃寨来，对方肯定会顾虑、害怕："'山不转水转'，大家挨得这么近，万一哪一天在某个地方双方相遇，自己被人家认出来了，那该咋办？那时候，自己肯定没有好果子吃，要么遭到人家的报复，加倍的报复；要么，保务团下来的时候，被人家告上一状，而这一状，也足以令自己身首异处，不得好死……"对方这么一想，自己这条小命可就难保了。说得太远了，对方又不会相信："哼！靠着两只脚，路又这么不好走，而且还赶着马，碍手碍脚的，你能走这么远？"人家一怀疑，就会反过来想、往反处想："你故意说得这么远，真实的距离，应该很近！所以，也留你不得……"总之，紧要关头，自己必须多动脑筋，谨慎开口……开口时，要注意掌握好火候、拿捏好分寸，千万不能出现任何的差池、破绽——再细微的也不行，否则，很可能会断送掉自己的这条小命。

二劫匪下意识地点了点头，眼神举止看似放松了不少，贵发于是悄悄地、长长地舒了一口气……

三

贵发高举着双手，微微佝偻着，在两个劫匪的押解下，慢腾腾地走出洞口来……

来到原来的小路上，他停住了脚步，瑟缩着，不敢再多走一步。直到得到了二劫匪的明确示意，他这才敢迈开步子，慢慢地将信将疑地向前走去……

此时此刻，虽然心里仍很毛乱，但贵发依旧保持着必要的"理智"：

"现在，自己仍处于危险之中，还远不到双手合十歌神诵佛的时候。甚而可以说，现在，对自己而言，才是最关键、最危险的时刻。为什么这么说呢？因为，据说有些劫匪杀人之前，许是不愿看到受害者死灰般的脸色，黯淡、扭曲的表情，惊恐、怨恨的眼神；——其中的原因，或是害怕给自己留下什么心理上的阴影，以致影响到今后的生活；或是担心自己会因为心软，起一念之仁而下不了手，以致埋下诸多后患；等等。——许是心里忌讳，想转移一下受害者的注意力，不让其记住自己的样貌举止，以免其到了"那边"，阴魂不散，半夜三更来敲门、缠人；许是为了麻痹受害者，以淡化其戒备心理，使其放弃孤注一掷、以命相搏等念头，从而达到某种目的——往轻里说，可以给自己省去许多麻烦；往重里说，可以避免鱼死网破、两败俱伤这样的结果的发生——，等等等等，便谎称放受害者一马，使其放松下来，而后趁其不备，从背后悄悄地打冷枪……

"现在，就算劫匪真的想放自己一马，放的过程中，二人也一定会做足'观察''考验''思谋'等功课，以便出现突发情况、紧急情况时，或临时改变主意时，能够及时采取相应的措施。自己敢保证，现在身后，那两双充满疑虑的眼睛，一定还在死死地盯着自己，盯着自己的一举一动，以便能及时捕捉到自己行为举止上的某些破绽、疑点；那两个黑洞洞的枪口，也一定还在冷冷地指着自己的脊背，准备随时喷吐出吓人的烟火、迸发出撼人心胆的脆响……所以，自己得更加小心谨慎，以免到头来功亏一篑。那接下来，自己该怎么办呢？办法及理由，急切间，只能想到如下两点：一，自己不能朝着山桃寨的方向走，而得斜斜地，朝着邻县的方向插过去，且还得装出一副不识路径，犹犹豫豫、欲前不前的样子，以进一步打消两个劫匪的疑虑。两个劫匪是本地人，对周围的村寨，包括山桃寨，应该十分熟悉。如果自己往山桃寨的方向走，就极有可能再度引发二人的怀疑。二人一旦再起疑心，就极有可能会不假思索，对着自己的后背就是两枪，以永绝后患。二，自己得极力克制着内心的惊喜，不要将急于脱身的心情表露得过早，过于明显，且最好装出一副颤颤巍巍、一瘸一拐的样子，不紧不慢地、头也不回地往前走。否则，只怕会欲速则不达……"

贵发一边走，一边随时注意着身后的动静，并做好狂奔的准备，以便身后出现异常时，好箭一般地飞奔出去……庆幸的是，身后始终没有传来那令人心惊胆战的响动。

估摸离两个劫匪有一段安全的距离了，贵发撒开两腿，一阵狂奔……因为不敢回头张望，所以，在逃跑的时机的选择上，他依靠的是估量，是第六感："山路七弯八拐的，加之岩石、荆棘、茅草等的遮挡，自己应该已经走出了劫匪的射击范围，甚至是视线范围了，此时不跑，更待何时？"

"逃命要紧！自己能跑多快跑多快、能跑多远跑多远，尽可能地远离那两个恶鬼……"贵发头也不敢回，只顾奔命，以至于石子硌伤了脚掌、碰破了脚指头，荆棘划破了裸露的肌肤，他也全然不觉。他的心里就只有一个念头："跑！跑！跑！跑得越快越好、越远越好！"

"菩萨保佑、祖宗保佑，终于安全了……刚才，在和劫匪周旋的过程中，好几次，自己感觉就要完了，也差点就要放弃了，可结果却都神奇般地逢凶化吉。大概是自己的诚意感动了上苍，赖其保佑，自己才最终保住了这条小命……心诚则灵、好人好报。之前，寨子里修建山王庙时，自己诚心诚意的，可没少出钱出力……荒山野地里，属于山王的管辖范围。在这个范围内，保佑自己的，不是他这位大神，还会是谁？回去后，自己一定要请正启帮忙选个好日子，买个猪头、宰只公鸡，去山王庙供奉供奉，感谢感谢山王菩萨的保佑……"终于捡回条性命来，贵发好一阵激动，忍不住感念起神仙菩萨、列祖列宗来。这时，他也才敢缓下脚步来，四下里仔细看看……

仔细察看了一下地形、山势，贵发这才猛然想起来："前方不远处，不就是豺狗冲嘛，冲里有个小寨子，名称就叫豺狗冲，住着好几户自己的远房本家。那村寨，自己以前也去过几次的，只是，每一次都是来去匆匆，没有时间很好地关注一下其周围的地形地貌……"于是他打算先去那里，借件衣裳遮羞、借支手枪防身，歇歇气、压压惊。

这时，他才感觉到浑身疼痛。身上被荆棘、茅草等划出的道道血口子，被汗水一浸，火辣辣地痛；脚掌更是痛得不行，几乎着不得地了……他强忍着痛楚，蹒跚着向豺狗冲方向走去。

…………

豺狗冲坐落在一个小小的山窝里，是一个十来户人家的小村寨，几乎合村姓赵。村寨掩映在竹树荫中，茅檐、竹篱、石径、菜园……颇有些世外桃源的味道。

寨子里静悄悄的，偶尔传来一两声鸡鸣狗吠……

村外，贵发隐藏在一片茂密的荆棘丛后面，不时地探一下脑袋，朝村口瞅瞅……他不好意思就这样走进寨子里去，心想："自己这个样子，全身上下，就一条薄薄的衬裤，实在狼狈。万一遇到个妇女家，那多尴尬……不如先在村外等等，等个男子出来，请他帮忙找件衣服来穿上，然后再进寨子里去。"

世间的许多事情，真是奇怪！比方说，你越是盼望有个人出来、过来，越是见不到一个人影……等着等着，贵发不禁焦躁了起来："照这样下去，要等到什么时候啊？万一，寨子里一整天都没有一个人出来呢？那自己咋办？管他的，先进去再说……进去后，又去哪家呢？最为近便的，当属寨子最边上的那户人家。而且那户人家的男主人赵贵华，自己也比较熟悉；自己以前来这里做客时，去的就是他们家……那干脆就去他们家。"

贵发硬着头皮，躲躲闪闪地来到了赵贵华家院门口。

贵华家的院子，是用篱笆围成的，也就是说，那大半圈半人多高的，爬满各种藤蔓的篱笆，就是"院墙"。一扇用树枝竹条、山藤草绳等绑缚而成的院门，歪歪斜斜的，虚掩着……这样的院子，主要用于拦阻鸡鸭猫狗等，防止其走失，也防止其四处乱窜，祸害蔬菜、庄稼。

贵发推开院门，轻轻地走进院子里去，然后反手将院门轻轻掩上。

院子里，低矮的茅檐下，好几只鸡聚在一块。它们有的伏在枯叶、杂草间，或耷拉着脑袋，或直接把脑袋弯到翅膀底下藏起来，看样子是在午睡或小憩。有的则还在一旁忙碌着：斜着脑袋，眼睛在地面上仔细搜寻；搜寻片刻，似乎有所发现，便提起一只爪子，在地面上快速地抓刨几下；紧接着垂下脖子，头一点一点地，在刚刚抓刨过的枯叶间、草丛中、松土里迅捷地啄上好几下……而后抬起头来，又是一番搜寻、抓刨、啄食……

听见响动，鸡们似乎受到了惊吓，齐刷刷地直起脖子来，继而又齐刷刷地转过脑袋来，用警惕的眼神，仔细打量着闯进院子里来的不速之客……见贵发靠得越来越近，鸡们不由得紧张、躁动了起来，伏着的，这时也已经站立起来了，并做好了随时逃跑的准备。它们扭动着脖子，脖子上的羽毛炸起，惊恐地盯着贵发，并不时地咯咯几声，报警、交流似的……最后，一只鸡实在忍不住了，率先迈出了逃跑的脚步。其他鸡见状，便一下决了堤似的，拍打着翅膀，"咯咯咯咯"地惊叫着，相跟着逃窜开去……

"贵华！贵华！"贵发穿过院子，来到房屋门前，对着屋里大声呼唤道。贵华家的大门大大地敞开着，但他不便贸然走进去。

"哎！——哪个?！哪个?！"话音未落，一个中年男子已经闪现在了大门里。

"哟！——是二哥呀！"见到贵发这样子，那人迟疑了一下，看似有点不相信自己的眼睛，或是一时间反应不过来。但很快便热情地招呼道："快进来！快进来！"

那人便是赵贵华，一名勤劳节俭、精干老练的庄稼汉兼小生意人。他和贵发一辈的，年龄比贵发小五六岁，是以称呼贵发为二哥。他以前去贵发家贩运过几次菜油和"油饼"，贵发对他十分的热情、照顾；应他之邀，贵发、贵友和贵立也曾来他们寨子、他们家做过几次客……

一进门，来不及坐下寒暄，光着上身、赤着双脚，贵发迫不及待地向贵华诉说起自己此前的遭遇来……

"在哪个地方遭的？啊？"才听了三两句，贵华便急不可耐地追问。

"嗯……就在那边，离这里大概三四里的样子。"贵发一边说，一边用手比画了几下，指示了一个大致的方位。

"喔！晓得了晓得了。二哥，你在家歇着，喝口水、咂根烟，——喏，衣裳、草鞋在这里。我出去找几个帮手，赶紧去追一下，看看能不能追得到。"贵华一边说，一边急匆匆地往外走去。作为本地人，周围方圆十多二十里范围内的情况，比方说，哪里有条沟，哪里有道坎；哪里平坦，哪里崎岖；哪里十分的安全，哪里却异常的凶险，等等，他可以说是了如指掌，就像脑袋里有幅地图似的，所以贵发才刚开口说了三两句，他就已经知道什么地方、什么情形了。

几句话的工夫，贵华就召集好了三四个青壮年男子。时至中午，寨子里的人们大多待在家里，忙着做饭、准备吃饭，——这也是贵发闪躲在村外时，村头迟迟不见一个人影的主要原因。因此，想找到几个青壮年男子并不难。甚而可以说，这个时候，想要召集三五个青壮年男子，只需在寨子里转上一圈半圈，吆喝几声即可。

"哒哒哒哒、哒哒哒哒……"几个男子几匹马，排成一队，风驰电掣般冲出寨子。

…………

不到半个时辰，人马就都回来了。那几个男子，在贵华家院外拴好马后，便跟着贵华走进院子里来。在那几匹马里面，没有见到自家的，贵发不禁有些失望。不过，他很快便面露笑容，快步迎出大门去。

贵华家的堂屋里，一阵客套过后，贵华先是将同来的几个男子向贵发做了些简单的介绍，而后又是端茶、又是敬烟，感谢大家的帮助。贵发也跟着他，频频地向大家表示谢意。

大家一边抽烟、喝茶，一边七嘴八舌地聊起刚才的事情来。

"那两个的，跑得也太快了，我们追了那么远，竟然连个人影都没有看到。"

"按理不应该这样啊！我们去得这么快，又追得这么急，咋个会追不上呢？嘻！咋个连个人影都看不到呢？"

"我们骑马，他们也骑马……打个时间差，我们追起来就难了。"

"他们肯定没有骑马，——两个人一匹马，而且那马背上还驮得有不少东西，咋个骑？就算大家都骑马，他们两个人一匹，我们一个人一匹，他们也没有我们快呀！咋个会追不上呢？"

"那驮子倒是不重，里面也就一点点粮食……追不上，可能是因为我耽搁得太久了。一是，来这里的时候，我没有穿鞋，走不快，路上耽搁了；二是，来到寨子边上，我不好意思进来，又耽搁了一点时间。嘿嘿，当时我也想不到这么多……"贵发难为情地说。

"喔——难怪得……耽搁得太久了，就算他们只是两只脚走，我们这四只脚的也追不上了。"

"二哥，你应该早点进寨子里面来的……寨子里面都是自家人，有哪样不好意思的？"

"是呀！二哥，早先时候，你直接进到寨子里面来，直接到我家来，那样就可以节省出不少时间来了，那样，说不定……你看刚才，从我出门到找好帮手，再追出寨子，裹颗烟的时间都要不了……唉！主要是前边耽搁得太久了。"贵华有些遗憾地说。

"也可能那两个家伙是附近某个寨子的。等我们追过去的时候，他们早已经到家了。"

"嗯！有这种可能……干他们那一行的，是不会去得太远的。——离家太远的地方，一是不熟悉路径，得手了也怕走不脱；二是也怕强龙遇到地头蛇，遭人家黑吃黑。等今后得闲的时候，我们再出去，悄悄地，到周边几个寨子去转一转、访一访，看看能不能找出点儿头绪来。'天底下没有不透风的墙'……二哥，你那匹马是个哪样子的？"

"枣红色的，儿马，三岁多了……左边背上，靠脖子这边，脊梁骨下来一点点的地方，有一小撮白毛。"贵发道。

"喔——一小撮白毛……好认得很！"

"追不到算了。其他事情，今后有机会再说……今天，我能够逃得这条小命回来，就已经算是很不错了……嘿嘿，有几回我都觉得自己可能要完了……不管咋个，都得感谢大家。"说起之前的遭遇来，贵发仍心有余悸。

大家于是叽叽喳喳地安慰起贵发来：

"留得青山在，不怕没柴烧……钱财这东西，身外之物，生不带来，死不带去……二哥，你要放宽心。"

"对对对！蚀财免灾……人才是最重要的……二哥，你能够逃出来，真的是福大命大。——福大命大的人，就算受到了点损失，老天今后也一定会给他补回来的。"

"钱财这东西，就像水一样，有进有出、有来有去，东家流进、西家流出，左手来、右手去……今天去了，明天还会回来的；这边损失了，那边会来弥补的。"

…………

"咦——吹着吹着，差点搞忘了，大家到现在都还没有吃中午饭呢。"

"我也搞忘了，家里面可能现在都还在等着我呢。"

"赶紧走，回去晚了，就只能吃洗碗水、洗锅水了。——我家那几个儿啊，饭量大得很！稀里哗啦的，三下两下就给你把一大锅饭吃得锅底朝天了。"

大家于是纷纷起身告辞：

"大哥，我们回去了……二哥，走！去我家玩去！"

"大哥，有事的话，你喊一声。"

"吃了饭再走……等哈就好了。——嘿嘿，不晓得二哥要过来，也不晓得会有这些事情，所以没有提前准备，要现做。吃完饭后，我们大家一起护送二哥回去。"贵华挽留道，语气中颇有些不好意思。

"一家人，就不用客气了，各回各家吃……吃完饭，大家就过来送二哥。"

"要不二哥，去我家吃算了——我家应该还没有吃。"

"嘿嘿，要不客气，那就大家都不客气了……二哥你们就不管了，他就在我家这里吃。——等哈，大家来送二哥的时候，有刀有枪的话，记得带上。"贵华笑道。

…………

几个月后，那两个劫匪，不知从哪里知道了贵发的真实情况，便央请上中人，割肉打酒，牵着枣红马、带上赔偿，亲自到赵家大院里来，找贵发讲和、赔礼……酒桌上，说起之前的那些尴尬事情，以及当时各自的想法和打算，大家不由得哈哈一笑，颇有些"一笑泯恩仇"的味道。——当然，这些都是后话，后边有机会再聊。

第十六章　多行不义必自毙　遭冷枪油尽灯枯

一

午后，贵立抱着一只大红公鸡，提着一小罐酒，兴冲冲地来到贵发家。

"二哥，宰只鸡，晚上在你这里喝杯酒。"贵立一边说，一边放下手中的东西。他先将粗陶酒罐小心翼翼地放在桌子上，而后顺势弯下腰去，将大红公鸡轻轻地扔到桌子底下。才刚着地，那鸡就惊叫着，激烈地扇动着翅膀，拼命地扑腾起来。可惜，它的双脚被并在一起，用稻草紧紧地捆绑着，使得它怎么也站立不起来。扑腾了好一会儿，大概是累了，或是有些适应环境了，它这才渐渐老实、安静下来，伏在桌子底下，直着脖子、大张着嘴、抖动着喉咙，大口大口地喘着气。

见贵立这样子，贵发便知道，他十有八九又想要"出门"了。——以往每次"出门"前，他都要抽空到自己家来坐坐、聊聊，现在，他估计是实在待不住了。

"老幺，又想'出门'了？"贵发试探着问道。

"嗯……"贵立应道。而后，不等贵发开口，或想抢先堵住贵发的话似的，他紧接着吧嗒吧嗒地唠叨了一大串理由，想要说服贵发，或求得贵发理解似的。

贵立那一串串张口就来的理由，贵发早就耳熟能详了。什么理由？翻来覆去的，无非这么几句话："花销大，手头紧"；"庄稼已经种上了，闲得无聊"；"家里条件太差了，不'出去'不行啊！等条件好点了，就收手了"……除了这些，他赵贵立估计也想不出别的理由来了。而这些理由，多数时候也不过是用来堵堵规劝者的嘴罢了。

"嫂！请你烧点开水，等哈我好烫鸡。"贵立对张氏说道。

"多烧点，将就泡点茶……算了算了，茶的事情，还是我自己来吧！等哈灶火闲了，我再用茶罐慢慢熬……这样熬出来的茶，好喝。"贵发也对张氏说道。

"老幺，庄稼熟得好不好？"贵发问道。

"嗯！还可以……只是后边补栽的那些还有点泛青，估计是补晚了，或者是肥料用得不对。"

"那倒不要紧，多等几天，几个大太阳，就差不多了……庄稼一定要搞好，搞不好，就没有吃的；没有吃的，问题就大了。"

"嗯！趁这段时间有点空闲，我再出去一趟找几个钱。回来后，我就安安心心地管庄稼，该收的收、该晾的晾……"贵立说得很好听、很轻巧。

"得闲的时候，你不如跟着我和大哥跑跑，学做点生意。你看，大姐夫跟着大哥，才做了几年，就把这么大的家业给攒下来了……当然，他家能够这么快爬起来、发起来，做生意只是一个方面的原因。——还有另外一个方面的原因，那就是他家的那几块烟地，这些年来也为他家挣了不少。种烟，你也拿手得很、在行得很嘛。先前，你大姐夫、大姐都还没有你种得好呢，都还要向你请教呢。你咋不往这方面打算打算呢？——你看，你上次送给我的这捆烟，现在都还剩这么多……这烟好吃，我舍不得多吃。"说到这，贵发指了指挂在墙上的那一小把旱烟。

听了贵发的夸赞，贵立不由得有些得意，于是忍不住打开了话匣子：

"一小捆叶子烟，从过年到现在，你都还没有吃完？你只管吃嘛，吃完了，我那里还有……种烟嘛，我倒还可以，但是，做生意我是真的不行，一点都不行……烟，我确实会种，而且种得还不错，只是你看，我家那几小块田地，拿哪点来种？种了烟，就没有种庄稼的了；种了庄稼，就没有种烟的了。能够腾出来种点烟的，也就房前屋后那几小块园子。种出来的烟，自己吃一点、亲朋好友尝一点，也就差不多了……再说，这个烟，也不是哪种土地都可以种、都种得好的。我家的土地，绝大多数都不适合，我以前试过好几次。——要大姐夫家的那种才行。他们家运气好。原先他几弟兄分家的时候，大家包括他自己都说好田好地都叫正斌家给分去了，他们家分得的那几块瘦得很！种庄稼肯定不行——也确实不行。但是，哪个晓得改种烟后，那烟会长得这么好？真的是，'人有三步时，不知早和迟'。"

"咳咳！咳咳！说到种烟，说真的，我至少可以算大姐、大姐夫的大半个师父。只是现在，徒弟远远地超过师父了。以前他们问过我好多技术问题，比如，这烟该咋个种、咋个收、咋个烤；这肥料该放哪种、放多少，哪阵放，我都一五一十、仔仔细细地给他们讲了……可哪个晓得，把我的这些经验、技术学到手后，人家就不理我了；甚至有几次，看大姐夫那样子，估计还有点想'打'我这个师父的意思呢。晓得这样，我当初就不该教他们；教的话，也不能全部教，至少要'教一路，留一路'，现在，徒弟大大地超过师父了……"

"说到种烟，一般的道理，大姐夫可能已经搞懂了，比如，放粪的时候，那些不熟的鸡粪、猪粪，不能贴着烟的根根，防止把根烧坏；浇水的时候，也不能浇得太多，防止把根泡烂。根部的管护最重要也最麻烦、最难搞，枝枝叶叶如果出了点问题，只要根根好问题不大，几天就恢复了；根根要是出了问题，那就老火了。根根出了问题，枝枝叶叶搞得再好看，也风光不了几天。为人处世道理也一样。有些人需要你的时候，满脸堆笑、满口好话，恭维、拍马样样来得。不需要你的时候，那脸，说变就变；那话，一句半句就可以噎死人。这种人，说白了就是'根根'上有了问题。哪天遇到大姐夫的时候，再给他好好地补上这一课，叫他注意，'枝枝叶叶'已经烂了，'根根'不能再烂了。只是不晓得他听得懂听不懂，听得进去听不进去。"

"做生意，尤其是记账、算账之类的事情，我真的不会，我就不是那块材料。但是人家大姐夫就不一样了，天生就是做生意的材料。你们也看见的，人家做起生意来，鬼点子是一个接一个的，多得很！而且不是一般人所能够想得出来的；那小算盘是'噼里啪啦'的，也不是一般人所能够扒得过来的。看看人家，经常眯着双小眼睛，一天到晚就像没有睡醒的样子；说起话来，颠三倒四、啰哩啰唆的……不晓得的人还以为他昏得很呢！哪晓得，人家是装的。——就算真的'昏'，人家也是，昏进不昏出，该昏的时候昏，不该昏的时候不昏。人家装昏，就是为了麻痹你，引你上钩。上钩后你才会发现人家是假昏，而自己呢是真昏。能有所发现、有所察觉，那也还算不错，至少可以及时回头。最可怜的是，有些人吃了亏、上了当，最后都还不醒悟，还在沾沾自喜呢……这些憨包，遇到事情，一个个都是这种德性：总以为对方实在昏聩，而自己实在聪明。大斗进、小斗出，抹秤杆、搞秤砣，说两面话、使障眼法……这些招数、套路，人家大姐夫哪样不会、哪样不精？所以，人家才会很快就攒下了这么大的家业。只可惜，他的这些招数、套路，我们学不会、做不来，也不会去学、去做。这些招数、套路，肯定不是大哥教的，大哥本身都不会，咋个教他？而是人家无师自通。正因为这样，所以我才'夸'他，说他是天生的做生意的材料。唉！当初，大哥咋个不好好教教他，让他晓得做生意哪些事情不该做、哪些事情做不得……估计是教了他也学不会，也不想学。——哪样都不能做、哪样都做不得，那人家还咋个赚钱？还赚哪样钱？"

贵立把钱正义奸猾的嘴脸描画得惟妙惟肖、趣味盎然，引得贵发和张氏好一阵大笑。

"可老幺啊——你那些事情，终究不是长久之计……干那种事情，担惊受怕不说，最主要的是危险。稍微有点风吹草动，你自己害怕不说，你家里面的人也跟着提心吊胆的……你们一家人，现在就只能靠你一个人了。"贵发不无担忧地说。

"二哥，你们放心……再'出去'一两趟，我就收手了……之后，农忙的时候，好好种庄稼；农闲的时候，跟着你和大哥跑一跑，学做点小生意。"谈到正经事，贵立不再嬉皮笑脸。

"干那一行，图的是财……要讲点道理，得了财以后，就不要再害命了。那天下午，钱二爷遇到的，肯定就是那种不讲道理的，所以才搞得他钱也丢了，人也没有了。那种人，又要谋财，又要害命，杀孽太重了，今后肯定要遭报应的。那天晚上，我们去追我家那两匹马的时候，打了几枪。直到现在再回想起那件事情来，我心头都还有点不自在呢，老是担心。"

"不会的，你不要担心。当时，我们大家也都听你的，那枪也都是随便乱放的，并没有瞄准他们打……就算真的打死、打伤了个把人，那也是他们活该！——哪个叫他们做那种事情呢？他们不那样做，我们会无缘无故地朝他们开枪？再说，我们如果不对他们开枪，他们就会对我们开枪了。"贵立安慰贵发道。

"话虽然这样说，但不管咋个说，他们好歹也是条命，而且可能也都是有家有口的。前不久，在豺狗冲那边，我虽然遭抢得只剩下一条薄裤子，而且遭吓得老火，魂都差点吓飞了，但好歹捡得条小命回来，现在回想起来，对那两个家伙我不咋个恨。为哪样不咋个恨？因为他们最起码没有要我的命……"

见劝不转贵立，贵发也只好结合身边前前后后发生的这些事，委婉地劝诫他，要他不要轻易伤人害命。

…………

"爹！幺爷！"话音未落，明德已走进屋里来了。他的身后，紧跟着明礼。——兄弟二人刚刚放牛、放马回来。

"咻咻！咻咻！——哪样东西，这么香？"明礼耸着鼻子，使劲嗅了嗅，而后高声问道。然而，不待别人回答，他就已经钻到了明德的前边，直着两眼，径直朝饭桌走去。

饭桌上摆着不少好菜：干辣子炒干豆腐，酸汤烩洋芋，油炸洋芋片、粑粑果……其中最诱人的，当属桌子中间的那一大盘焦黄焦黄的，香气扑鼻的煎鸡蛋。可是明礼刚才所闻到的那香味，却不是从这里发出来的。换言之，桌上的这些菜肴所发出来的香味和他刚才所闻到的根本不是一种。

"老幺，你鼻子比狗鼻子都还尖。"见到小儿那馋样，张氏笑嘻嘻地调侃道。

明礼这才注意到坐在昏暗的灶火角落里的母亲，以及灶火上喷着热气的鼎罐，便嫩声嫩气地问道："妈！煨的鸡？"——他想起来了，刚才一进门就闻到的那香味，不就是炖鸡肉的味道吗？

张氏笑盈盈地点了点头，算是回答，而后一脸慈爱地看着自己的小儿子。

"他眼睛里面，就只有好吃的、好喝的……看看，爹妈、幺爷坐在他面前，他都看不见。"贵发也笑着调侃道。

明礼转过身来，笑嘻嘻地辩解道："看见的，挨得这么近，咋个会看不见？"

"老三，四妹呢？她没有和你们去？"贵发问道。平日里，家里的牛马，都由他三兄妹负责放牧，是以贵发有此一问。

"去的嘛……回来后，她就回家去了。"明德答道。

"喔……老幺，去！和三哥去喊姐姐过来吃饭……顺便把大哥、二哥也喊来，等会儿好陪幺爷喝一杯。"贵发吩咐道。

"嗯！"明德应了一声，转身出门而去；明礼则歪到灶火边，眼巴巴地盯着那鼎罐，小馋猫似的。

大公鸡整只炖在鼎罐里，鼎罐上的木盖子被喷吐出来的蒸汽掀动着，嗒嗒嗒嗒地响个不停；盖子和罐口边缘的缝隙间，一串串白色的泡沫挤出来、迸裂掉，又挤出来、又迸裂掉……空气中弥漫着阵阵鸡肉的香味，让人忍不住频频地吞咽口水。

贵发、贵立一边抽烟喝茶，一边胡吹乱聊……不知不觉间，就到了晚饭的时间。

贵发拧下一只鸡腿，递给贵立；贵立谦让不过，接了过来，但转手就放进了明礼的碗里。贵发笑了笑，再拧下一只鸡腿来，将其直接放进了坐在自己身旁的明英的碗里。而后，他一边悠闲地喝着酒、吃着菜，一边慈爱地看着两个年幼的孩子，欣赏着他们那天真质朴的吃相。

二

这天晚上，张家寨里，黑灯瞎火的，一片黑暗、寂静……寨子外面，一两里远的地方，山脚下，一片荆棘、灌木后面，一伙人早已潜伏、等待多时了。

卯时亮堂堂，亥时静悄悄……天下不够太平，老百姓的防范意识很强。入秋后，偏远的村寨里，酉时末，村头甚至是村里的街道上，便已经很难见到一个人影了；到了戌时——冬天还要早些——，绝大多数人家便已关门闭户，亥时初，人们就该上床睡觉了；进入子时后，就是看家狗，想必也已经蜷成一团，昏昏欲睡了……

子时将尽，那伙人——七八个的样子——一溜碎步，悄悄地向张家寨跑去……到了寨子边上，他们放慢了脚步，东瞧瞧、西望望，警惕着，轻手轻脚地钻进寨子里去……在寨子里一户人家的院墙下停了下来。紧接着，黑暗中，几个人影聚拢到了一起，几颗脑袋紧紧地挤在一起，商量起什么事情来似的，但仅仅三两句话的工夫，大家便迅速分散开来。紧接着，一个高大的人影走到院墙根下，双手扶着院墙，面对着院墙蹲了下来；紧跟着，一个瘦小的人影，双手攀扶着院墙，哈着腰，双脚试探着，轻轻地踩上大个子的双肩去。随后，大个子缓缓地站立了起来，将小个子缓缓地顶上院墙去。

就在小个子即将爬到院墙上时，一阵狗吠声突然响了起来，在寂静的夜空里，显得十分响亮。

狗吠声一响，那些人影似乎抖动了一下，而后很快便凝固了一般，一动不动了……夜幕下，只要他们一动不动，其身影便能立刻融入这个昏黑的"大背景"中去。

　　狗吠声停息下去后，又过了好一会儿，那些人影这才又动了起来，但行动举止明显小心、谨慎了不少。——他们应该知道：面对张家寨这样人户稠密的大寨子，自己这边即便人数不少，也不敢有丝毫的麻痹大意。

　　这样的时候、这样的环境、这样的举动，这伙人干的什么勾当，不用说，大家一清二楚。只是他们还算收敛，不像某些悍匪，明目张胆、强取豪夺，嚣张、狂妄至极。

　　那些悍匪，能嚣张、狂妄到什么程度呢？据说，他们也是预先埋伏在村寨边上，伺机出动。只不过太阳一落山，天色都还没完全暗下来，他们就一哄而起，急不可耐地冲进寨子里去……进到寨子里后，便气势汹汹地，直接冲进此前瞄准的某一户或某几户人家，翻箱倒柜、赶牛牵马……得手后，便一哄而散，颇有些速战速决的味道。干那勾当，强取豪夺，即便是趁夜深人静之时，即便劫匪们都蒙着面，也已经算是很放肆、很嚣张的了。而上述悍匪则是连天色再黑下来一点都等不及，甚至还有点趁天亮的意思，且面都懒得蒙一蒙，你说这有多放肆、多嚣张？据说某个村寨里，某户人家就曾遭到过这种悍匪的抢劫。当时，五六十岁的女主人死死地拽住自家的马的缰绳，不让劫匪牵走。劫匪大为恼火，抬手就给了她一枪……那帮劫匪就是这样，肆无忌惮，很多人甚至连面都不蒙一下。可奇怪的是，即便如此，受害者也很难记住他们的相貌；就算多少记住了一点点，也颠三倒四、模棱两可的，难以描述清楚。——何以如此？其中的原因，或是，虽然天色还有些亮，但光线已不足以让受害者看清对方的脸；或是，黄昏时分，光影重重、明暗交叠，让对方的面容变得有些扭曲、模糊，让人看不真；或是，光线不充足，而对方又始终处于急速移动的状态，让人看不准；或是，被害者十分害怕，以致根本不敢正眼瞧上他们一眼；也或许是，被抢时，由于事发突然，受害者脑袋里一片空白、茫然，以致没能留下多少对方的印象……

　　那些悍匪，又何以如此嚣张、狂妄呢？其中的原因，或许是：第一，欺负受害方势单力薄，无法抗拒自己。悍匪们敢于如此明目张胆、肆无忌惮地进行劫掠的，大多是些小村寨里的人家。这些小村寨里，人户稀少、力量有限，突然间遭遇这样的事情，各家往往自顾不暇，难以互相帮衬，更无法组织起有效的抵抗；且一时间晕头转向的，还没反应过来，劫匪们就已经扬长而去了。第二，自恃己方人数较多，且大多是凶残之徒。人多，因而胆壮；凶残，自然不计后果。第三，……

今晚，摸进张家寨来的这伙劫匪，不仅小心谨慎，而且计划周到，比如，那爬到院墙上的小个子，其实还顺便带着根绳子。上去后，他趴在院墙顶上，反手将那根绳子垂下来。待下面的同伙抓住绳子，绷紧、拽牢了，他这才拽住绳子的另一头，小心翼翼地翻过院墙那边去。外面拽绳子的人，便一点一点地释放那绳子，将小个子轻轻地、缓缓地缒下去……很快，院门便从里面轻轻地打开了。等候在院门外的那些人影，除了留下两个在外面望风、警戒外，其他人——四五个的样子——便全都悄悄地钻进院子里去了……院子里，那五六个人影，蹑手蹑脚地相跟着，慢慢地向房屋门口摸过去。摸到房屋门口，他们便轻飘飘地闪到门的两边，紧贴着墙壁站立着。接着，只见小个子走上前来，哈着腰，用什么东西——估计是匕首、铁片之类的—— 一点一点地，小心地别开了门闩……别开门闩后，小个子便鬼魅般轻捷地闪到了一边去；随后，站立在门两侧的人影，一边伸出一只手来，试探着，轻轻地、慢慢地推开那两扇大门。等了一会儿，见大门里没有什么异样，便一个跟着一个，悄无声息地钻进屋子里去了……

对那伙劫匪而言，截至目前，一切都十分的顺利。——等会儿，把这一家人悉数控制住后，基本上就大功告成了。

然而，黑咕隆咚的屋子里，突然间火光一闪；几乎同时，"叭"的一声脆响，再次打破了夜的宁静。紧接着，又是好几道炫目的火光、好几声"叭叭叭叭"的脆响。紧接着狗吠声又响起来了，远处、近处，异常尖厉的、略带沙哑的，响成一片，响彻了整个夜空。——整个寨子的看家狗，想必都已经被这几声脆响惊醒、惊动了。

院门口负责望风的那两个，听见响声，便也倏的一下，下意识地钻进了那院子里去。但很快，人影便争先恐后地冲出院子来，继而一窝蜂似的向村外跑去……

原来，刚才那几个人影才刚进到屋子里，还没来得及适应里面的黑暗，冷不防，对面，大概是神龛后方某个角落里，火光一闪，"叭"地就射出了一颗子弹来。那几个人猛地吃了一惊，纷纷下意识地——似乎没有丝毫的迟疑——抬起了手中的枪，朝着迸出火光、发出声响来的那个角落，"叭叭叭叭"的就是几枪，而后便转身夺门而出……

他们知道："干这种营生，一旦事情暴露，就不宜再停留了。在张家寨这样的地方，更是得赶紧逃离，逃得越快越好、越远越好……

他们不知道，刚才，就在他们弄开人家的大门，钻进屋子里去时，从大门外透进来的那一点点极其微弱的天光，就已经让他们无所遁形，成了一只只即将撞在树桩上的兔子了。而他们对面，一个黑暗、隐蔽的角落里，那个守株待兔的人，正在瞪着双眼，死死地盯着他们。

逃出寨子来后，人影在村外稍稍停留了一下，以聚拢一下同伙，而后便撒开两腿，向更远处狂奔，很快便消失在了无边无际的黑暗中……

……………

"承忠，等一下，我挂花了。"一个人拖着疲惫的步伐，带着哭腔，低声呼叫道。

"承忠、承忠，我挂花了。"见前边人影停了下来，赵贵立便再次低声呼叫道。

那人影来到贵立跟前，弯下腰来，低声问道："挂在哪点？啊？"那沙哑的嗓音，正是王承忠的"招牌"。

"小肚子。"贵立瘫坐在地上，有气无力地应道。刚才，跑出寨子时，他就已经感觉到了，自己的身体有些不对劲：双腿疲软，面捏的似的；小腹、腿根处，好像有好几只小虫子在蠕动、爬行……

"受伤是肯定的了。刚才，黑暗中，对方射出来的子弹，正好击中了自己。受伤的部位，应该是'小虫子'们蠕动、爬行的地方，即腹部或大腿……大腿应该不是，否则，自己还能跑得动，且还能跑得这么快、这么远？不是大腿，那就只能是……"焦虑中，他把手伸进裤腰里，摸了摸大腿根部"小虫子"们蠕动、爬行的地方……他不敢直接去触摸腹部，担心自己的希望会一下子就落了空，于是只好用"排除法"——不是腿部，那就只能是腹部了——试图将腹部排除掉……然而，不摸还不打紧，这一摸，可就不得了了，他的心咯噔一声，整个人仿佛被抽掉了骨头似的，双腿一软，一下子就瘫坐在了地上……

贵立手掌所到之处，湿漉漉的一片。他把手掌抽出来，凑到鼻尖上闻了闻，顿时，一股腥味直冲脑门……腹部一阵阵剧痛，牵肠挂肚的那种痛；喉咙里也泛出丝丝淡淡的血腥味来。

继王承忠之后，最前面的那几个人，也跟着转身跑了回来。

"咋个了，老幺？"另一个声音问道。

"我挂花了，小肚子上……感觉走不动了。"贵立艰难地应道。

"来来来，我们架着你，赶紧跑……跑远点再说。"王承忠沙哑着嗓子说道。

他们身后，隐隐的，嘈嘈杂杂的狗吠声还在夜空里回荡，一浪一浪的；夜风中，似乎还传来了阵阵"哒哒哒哒"急促的脚步声……

"快跑！快跑！"有人焦急地催促着。

于是，两个人影，一左一右，不由分说，架起贵立就跑。

之前即便早已提前熟悉过路径，这伙人也还是跑得跌跌撞撞的；现在，再带着一个伤员，行动就更加艰难了……

…………

风停了，狗吠声听不见了；身后那"哒哒哒哒"的脚步声，仿佛也只是一种幻觉、错觉……

这伙人架着贵立，来到了一片荒地边上。随后，在一块大岩石下面，他们放下了贵立，让他背靠岩石，箕坐在地上。

"老幺！老幺！咋个了？啊？"王承忠轻轻地摇了摇贵立的肩膀，焦急地问道。

"肚子……痛得很……一点……一点劲……都没有。"贵立喘息着，断断续续、有气无力地说道，他的声音有些沙哑、颤抖。

"这附近，不晓得哪点有棒枯草……那东西，治红伤好得很！——等我去找找看，看看能不能找一点来。"一个人说道，却迟迟不见其行动。这种草，比小孩的手指都还要小，就算有，黑暗中，能看得见找得着？

"老幺，不怕！再挨一哈，天亮就好办了。"声音里，满是言不由衷的味道。

"对对对，天亮以后，药就好找了……治红伤的药，我认得的多得很！效果好得很！"

大伙——包括贵立——都明白，治疗也好、鼓励也好，这些说辞，不过是想宽慰一下伤者罢了。伤到腹部，且是内伤，且伤得如此之重，且又是在这样的时候、这样的地方，换谁，基本上都是死路一条。

黑暗中，一个人影伸出手去，悄悄地，轻轻地捅了一下另几个人影的腰。几个人影便相跟着，默契地向一旁歪过去……

此时的贵立，虽然全身乏力、精神困倦，动不了，也不想动，但头脑还是很清醒的。模模糊糊的，他看到几个人影，鬼魅一般，轻悄悄地向远处走去，而后聚成一团，像是在嘀咕、商量什么，心里便什么都明白了。他心里清楚，且也能够理解。接下来等待自己的，或许只有"填枪眼"这一条路了……"填枪眼"，是这周边从事打家劫舍、杀人越货、绑架勒索这一行当的人们所普遍认可的一条特殊的"规矩"。干这一行的，遇到自己现在的这种情况，不管是谁，大抵都只能按这一"规矩"来办了。

在等待那个结果、那个宿命的时间里，贵立心潮澎湃、思绪万千、懊悔不已：

"真倒霉！今晚，自己已经够小心谨慎的了，比如，钻进那家人家的家里去后，自己马上就歪到一边，身体紧贴着墙壁，警惕地戒备着……饶是这样，黑暗中，也没能躲过对面射过来的那颗子弹——唯一的一颗子弹……这，也许就是命，就是所谓的因果报应吧。命中注定该有此劫，自己是无论如何也逃不掉、躲不过的，早晓得这样，自己就该多听听二哥贵发的劝。

"哼哼！这世上，哪有什么命中注定、因果报应之类的事情？那晚，起初听说卦象不太好，有点冲，自己就缠着二哥追问，想看看有没有办法可以解一解。二哥想了很久，也没有想出个所以然来。直到自己起身告辞时，他这才忍不住给自己说了几句大实话。他说：'老幺哇，既然你保证了，说是干完这一两票就收手了，坚决不干了，那我就给你说几句实话吧！其实，卦象看起来是没有问题的，而且似乎还很不错，你不要疑神疑鬼提心吊胆的。只是，你也应该知道，夜路走多了，难免……刚才，我之所以要装出那些样子，说卦象这也不好那也不好，主要是想唬唬你，希望你能够知难而退，不要再去干那种事情了。以前，我也曾苦口婆心地劝过你多次。这次，希望你能够说话算话，回来后，就不要再出去了，安安心心待在寨子里，踏踏实实地过自己的小日子……'诚如二哥所言，如果硬要说因果，那因就是侥幸、就是'夜路走多了'，那果就是劫数、就是'难免……'可是，唉！谁知道，一念之差，竟给自己带来了这么大的一个苦果、恶果。现在，自己总算明白了：那些所谓的卦象啦、运势啦、因果啦，等等，全是胡说八道，全是骗人的；只有二哥的那些劝诫，才是诚诚恳恳、实实在在的。人这一辈子，很多时候，福还是祸、劫数还是福祉、天堂还是地狱，全在自己的一念之间。只可惜，自己醒悟得太晚了。

"如今，落得个这样的结果，要怪的话，只能怪自己：怪自己心存侥幸，怪自己经不住王承忠的引诱……就在二哥帮自己卜卦的第二天中午，王承忠就来到了自己家，说是他们已经瞄准了张家寨一户人家，打算过两天去，好好地干他一票；为提高成功的概率，他们打算多邀约几个人手……他还说，那户人家条件不错，且又住在寨子里较为开阔的地方，方便得很！而且得手的话，肯定是一大宝。当时，想到二哥的那些劝诫，自己不禁有些犹豫……遗憾的是，自己最终还是没能抵抗住诱惑，还是跟着他们来了……世上没有后悔药，现在，完了、晚了，说什么也都来不及了。

"干这一行的，虽说早已对某种可怕的结果有了一定的心理准备，且平时也都会大大咧咧地，撸袖子、拍胸脯，摆出一副生又何乐、死又何惧的样子，似乎看得很开，但讽刺的是，真正到了死亡的边缘、真正面对死亡的时候，任谁都免不了会生出许多恐惧……现在，自己对尘世的不舍、对家人的眷恋、对过往的怀想，不就是一种彻头彻尾的自我讽刺？

"自己这么一走，家里人该怎么办？媳妇犹可，但年幼无知的孩子、老态龙钟的奶奶，该怎么办？'你们一家人，现在就只有望靠你一个人了，你要放把稳点噢……'二哥劝诫自己的这些话，其良苦用心，现在总算是明白了，只可惜……人这一辈子，从来就不只是为自己一人而活，自己不是，别人也不是。自己有老有小、有家有口，别人就没有？那些被自己劫掠过的人就没有？自己要生活，别人就不要？既然都有、都要，那大家就应该相互体谅，与人为善，而不应今天你打我的家，明天我劫你的舍，今天你断我的道路，明天我挖你的墙脚。如此一想，感觉自己这辈子算是白活了，竟然连一些最一般、最浅显的道理都没有搞清楚。值得欣慰的是，自己手上从未沾过一滴人血。

"现在回想起来，那种日出而作日落而息，妇唱夫随儿女绕膝，粗茶淡饭、蓑衣草鞋、竹篱茅舍的平平淡淡的生活是多么的美妙，多么的令人神往啊！今生休矣！如果有来生的话，自己一定踏踏实实地做事，坦坦荡荡、老老实实地做人，诚诚恳恳地，珍惜、善待遇到的每一个有缘人……"

很快，那几个人走了过来，来到了贵立面前，幽灵一般，无声无息……又起风了，周围，杂草、灌木、荆棘等，被吹得沙沙、簌簌作响……贵立感到了一阵阵寒意，一阵阵前所未有的寒意……

"叭、叭、叭……"枪响了。

枪口里火光闪现的那一瞬间，贵立的眼前，年老体衰的奶奶、神情落寞的

媳妇、天真活泼的孩子……从他的眼前一闪而过，继而很快远去、隐去，最终
消失在了无边无际的黑暗中，看不见了……

…………

天亮了，灿烂的霞光里，一派静谧、祥和……

贵立耷拉着脑袋，背靠岩石，箕坐在地上，睡着了似的。在他的头顶上，
几只老鸹在半空里盘旋……突然，一只俯冲了下来，在他的头顶上猛地一抓、
一啄。那脑袋受到了撞击，便往下一磕。那鸟受到惊吓，陡然窜上半空去……
一会，又俯冲下来，猛地抓上一爪、啄上一口……

…………

黄昏，整个山桃寨笼罩在一片昏暗中。

贵立的老奶奶坐在家门口，耷拉着脑袋，一动不动，睡着了似的……近两
年来，这位年迈的老人，行动愈发迟缓、头脑愈发混沌、神情愈发呆滞……每
天，她都会挪张小板凳出来，一声不吭地，大门口一坐就是半天、大半天。贵
立年幼的孩子，她的重孙子，在她的膝边，绕来绕去的……孩子不谙世事，想
要调皮淘气时，她便会机械地伸出枯枝般的手去，抓住他的小手或衣裳，轻轻
地往自己的怀里拉一拉……

今天，从早上到现在，老人已经差不多这样坐了一天了。或许，她是在等
待她的小孙子——唯一的孙子——贵立的归来。贵立自从昨天下午出去后，直
到现在，都还不见回来……

昏暗的天光里，老人坐在门口的小板凳上，耷拉着脑袋，一动不动，泥塑
一般……傍晚的风，不时地掀掀她褴褛的衣裳、捋捋她银丝般的头发、摸摸她
松树皮般的脸颊……她就这样一声不响地坐着、坐着，无人知晓，她到底在想
些什么、等些什么。——抑或，她什么也没有想、什么也没有等……

第十七章　衔冤负屈险遭难　飨宴匪首话谝言

一

一大早，山桃寨里就沸腾了。人们奔走相告，说是保务团又下乡维持治安、保境安民来了……最令人刺激的消息，说是昨天下午，保务团在别处杀了好些匪徒，砍下来的那十多颗人头现就挂在戏楼的檐下示众。同时，一些让人忐忑不安的猜测也在四处流传，说是这回寨子里，不晓得哪些人又要倒霉、遭殃了……撞到保务团的刀口上、枪口上，不死也要脱层皮……

赵家大院里，早起的明全和明智相约去戏楼前看人头。明德、明英、明礼听到两位哥哥的谈论，也吵嚷着要跟着去看看。他们的爹爹贵发，昨天不慎着了些风寒，有些头痛脑热、腰酸背疼，故而还蜷在床上养神。

兄妹几人才刚走出院子，张氏就紧跟着赶了出来，大声叫住了他们。而后，张氏好说歹说，就是不让明德、明英和明礼跟着去，说是他们年纪太小，怕受到了惊吓，等两个哥哥看回来后，让他俩给他们说一说……明德、明英和明礼，十岁左右的小孩，好奇心很强，因而少不得对母亲软磨硬泡，嚷嚷着，就是想要跟着两个哥哥去看看。无奈之下，张氏只好搬出他们的爹爹来。如此一说，三兄妹这才极不情愿地跟着母亲转回院子里去了。即将跨进院门时，张氏转过身来叮嘱明全、明智，叫他们远远地看看就行了，不要靠得太近。

明全、明智到达场坝上时，戏楼前早已聚集了不少人。大家远远地观望着、议论着，并不时地伸出手来，朝戏楼檐下指点、比画几下……二人才刚立住脚，明德就赶过来了，他是趁着爹妈不注意，避开明英和明礼，一个人悄悄跑来的。

那十多颗人头一字排开，明全兄弟三人挤在人丛里，伸着脖子、仰着脑袋，好奇地观望着那些人头，并不时地扭头看看周围的人的神情举止，听听他们的奇谈怪论。

"老大、老二！老大、老二！"

兄弟三人正看得起劲，突然，身后传来了一阵急促的呼叫声，把哥几个吓了一大跳。相比之下，明德更是被吓得老火，像被谁在心上狠狠地捏了一把、捅了一下似的，因为被那呼叫声惊到的同时，他还不知被谁从后面使劲地拉扯了一下衣角。放在平时，这一下拉扯，最多不过是一个小小的恶作剧，而现在，他满脑子都是晃动着的狰狞的人头。

兄弟三人急忙回过头来。——只见张氏汗流满面、神色慌张，喘息着，想说什么，却又憋着、堵着似的，怎么也说不出来。

"妈，哪样事?!啊?!"明全和明智几乎异口同声地问。对他俩而言，较之那些人头，三妈的这一神情举止则更是吓人，吓得他俩心都提到喉咙里来了。

"你爹出事了！快回去！快点！快点！"张氏样子十分着急，但却有意把声音压得低低的，而且一边说，还一边用眼光扫视着周围，警惕着。

"到底出了哪样事?!啊?!"兄弟二人大声问道。

"不要问了，你们回去看看就晓得了……快去！快去！老三，你和我去……去找找你大伯伯……还有钱二伯、吴大爷。快点！快点！"张氏努力让自己镇静，无奈口齿依然结结巴巴的。

"妈，他们在那里。"明智朝人群那边指了指，而后就和明全急匆匆地走了。

那边人群中，正文、志德凑在一起，一边朝戏楼上观望着、指点着，一边交头接耳，小声地议论着，并不时地侧过脸去，和旁边的人搭讪几句。之前，贵友也和他俩在一起观望、谈论的，但现在却看不见人影了，估计是回家去了。

"走！喊他们去。"张氏招呼道。见明德还傻呆呆地站着不动，她便又轻轻地拉扯了一下他的衣角，连声催促道："走走走，快点！快点！"

…………

明全、明智前脚才刚跨进院门，正文、志德后脚就赶来了。刚才看到张氏那神色，正文和志德就知道情况不妙，急匆匆地赶往赵家大院来。

赵家大院里，牲口圈前面较为宽敞处，贵发被五花大绑着，耷拉着脑袋，跪在地上，全身上下就只穿着一条薄薄的单裤，样子十分狼狈，一看就是从被窝里直接揪出来的……他瑟缩着，不知是冷的还是怕的，抑或二者兼有。两个士兵一左一右，紧紧地摁着他的肩头。其中的一个士兵样子凶巴巴的，一边肩膀上还扛着一把寒光闪闪的鬼头大刀。

明全和明智一见这阵势，不由得目瞪口呆，全身颤抖，傻呆呆地站在那儿，不知所措。便是正文和志德，猛然间看到这一幕，也是惊得一下子就僵在了那儿，张口结舌，吭哧吭哧的，说不出一句完整话来……然而，正文和志德，毕竟是见过些世面经过些风浪的人，且又有些文化，因而，遇事不像其他人那么慌乱。或者，就算一时间有些慌乱，也能很快就镇定下来。

正文稍稍定了一下神，便赶紧堆上笑容，趋上前去搭话。

"这位长官，请问，这是……"正文赔着笑脸，小心翼翼地问一位军官模样的人。那人二十五六的样子，外表颇有些英武，气质也胜出其他人一筹；其帽子、服饰等也有别于其他士兵。任谁一眼就能看出来，那就是个当官的，或至少是个领头的、带队的。

那人斜了正文一眼，撇撇嘴，不吭一声，一脸的不屑。

"听人说，他通匪。"一个士兵代为回答。

"通匪？不可能、不可能……你们肯定是搞错了抓错了。"志德不由得惊叫了起来。——通匪这个罪名意味着什么，他心里很清楚。

"咋个？抓错了？！你咋个晓得我们抓错了？！"那军官模样的人，目光冷冷地盯着志德，黑着脸，厉声问道。

志德红着脸，嗫嗫嚅嚅的，不敢答话。

"长官，各位兄弟，我们是不会，也不敢乱说的。"正文赶紧笑着代为回答，随后指了指跪在地上的贵发，继续说道："他真的不是那种人。——我们和他是街坊、是朋友，天天见面的，了解得很！不信，请各位去街上打听打听，看看他到底是不是那种人。——喔！他哥来了。不信，你们也可以问问他哥。"

…………

刚刚跨进院子里来的贵友，虽说此前已从弟媳张氏那里了解到了不少情况，但乍一见到这阵势，也还是被惊得目瞪口呆的，双腿不听使唤地颤抖，筛糠似的；一路上想好的那些对策、话语被吓到爪哇国去了。

刚才，张氏娘俩去贵友家找到他时，他正坐在桌旁吃早餐——苞谷稀饭。家里就贵友一人，沈氏、胡氏和明信都不在家，估计也是看人头去了。

听说弟弟出了这么大的事，他霍地一下站了起来，手里的碗掉了下去，啪的一声摔成了几瓣，大半碗稀饭溅得满地都是……他深知为匪、通匪之类罪名的严重性；加之才刚目睹了那些人头的惨状，心里犹自怦怦怦的。这时，猛然间听到自己兄弟也遭遇了这样的事情，也被安上了这样的罪名，他心里焉能不惊、不怕？

"长官，这位是他亲哥、这位是他媳妇……"正文指了指贵友、张氏，又指了指贵发，向那位军官介绍道。接着，他又指着贵发，向那群士兵辩解道："他们几口子，他们一家人，都是本分人……不信，可以问问他哥，看他是不是那种人。"殊不知，别人的证言人家尚且不信，何况他亲哥的？

贵友僵立着，不知如何是好。

"自己的亲弟弟，自己豁出这条命去，也要为他说道说道。问题是，自己该说些什么、该怎么说呢？说了，人家听不听、信不信呢？秀才，文化人，够会说的了吧？遇到了这些兵，不也照样是有理说不清？"贵友头昏脑胀的，脑袋里一团乱麻。

"长官，他确实是我兄弟……他不是那种人。不信，大家可以去问问别人，问问街坊。"贵友脑袋里乱糟糟的，只好就着正文的思路，嗫嗫嚅嚅地说道。

"用得着问哪个啊？我们张排长，本地人，老家张家寨的，对这周围熟悉得很！"一士兵吼叫道。

"张排长？本地人？张家寨的？莫非……"正文心里一阵高兴，不由得嘀咕了起来。

"长官是我们这边这个张家寨的？"正文指了指张家寨的方向，小心问道。

"嗯！"那军官哼了一声。

"喔！老乡、老乡……以前没有见过面，所以不认得……不晓得张家寨的张大爷、张二爷、张营长，长官认不认识？"正文继续试探道。

"认得。我们是一家人，他们是我的堂哥……你认识他们？"军官的语气温和了不少，脸色也舒缓了许多。

"认得！认得！时常来往的，关系好得很！只是之前没有机会结识你张排长，所以……嘿嘿，到现在，水都没有请大家喝一口。——实在是不好意思。"正文赶紧应答，同时指了指贵友、贵发、志德等人，继续说道，"我时常和他们谈起张大爷家几弟兄，也多次和张大爷、张二爷等人提到过他们几个。"

"喔！"正文突然想起来似的，又指了指贵发，接着补充道，"还有，他媳妇也姓张，说不定，五百年前和排长家还是一家人呢。"

"喔！既然和我那几位哥哥认识，那他肯定不是那种人。我哥哥他们都是正经人，和他们相识的，也应该是正经人……"张排长笑着说道，继而扭过头去，大声吩咐道："弟兄们，放人！放人！"回过头来后，他又继续介绍道："最近这一两年，抢匪有些猖狂，经常听说，这里又有人被抢了，那里又有人被杀了……所以，我们营奉上峰命令，分兵几路，下到不同的地方去清剿。因为我老家是张家寨的，对这一带比较熟悉，所以连长就安排我们排负责这一片——具体包括松树林、河源庄、山桃寨等地。今天早上，我们就是从河源庄赶过来的……我们想趁这次机会，速战速决，争取把那些外鬼内鬼、大鬼小鬼一网打尽……我讲的这些，请大家暂时保密……"

直到这时，贵发方才回过神来："自己又逃过了一劫，一大劫！较之以往的那些劫难，这一劫，来得特别突然、特别凶险，也特别吓人。自己好比是一只脚已经踏进鬼门关里去了，阴差阳错地，又被硬生生地给拽了回来。"

二

傍晚，钱家大院里，人来人往、笑语阵阵，一派忙碌、拥挤、热闹的景象。——原来是正文家正在摆酒，招待保务团的弟兄们。

今天上午，结识了张排长后，正文便以寨子的名义，将保务团的全体人员邀请到钱家大院里来，置办酒饭招待。

人数较多，摆了好几桌。正文家堂屋里两桌：一桌，由"五老"和贵发陪同张排长及一位士兵——估计也是有点职务的，从其略不同于其他士兵的言谈举止、着装打扮上便可以看出来；另一桌，六七个士兵，由志德、正启相陪。另外，正义、正武家还各有一大桌，每桌十多个士兵，分别由正义、正武负责招呼。

"张排长，这位兄弟，中午来不及准备，招待不周，对不住各位。现在，请大家一定要好好地喝几杯……难得遇到，我们一边喝酒、一边好好地吹吹……来来来，我先敬二位一杯……张排长，请！请！"正文站起身来，举杯敬张排长，以表歉意。

"打扰正文兄和各位了，实在是不好意思。"张排长端起酒杯来，欠欠身，客气道。随后摆摆手，示意正文坐下。

与张排长二人干完杯后，正文侧过脸来，对其他四位老者——"五老"中除了他之外的另四位——介绍道："张排长，老家张家寨的，他的几个哥哥——张大爷、张二爷、张营长，大家应该都很熟悉的……张排长长年在外高就，难得回一次老家，所以，大家之前没有机会认识。今天，要不是这个机会，大家也遇不到、认不得。"随后，又把四位老者逐一向张排长做了简单的介绍，张排长一一颔首，表示幸会。

正文介绍完毕，四位老者纷纷举起杯来，满脸堆笑，频频向张排长表示感谢——斟词酌句，诚惶诚恐的，一副唯恐言语欠妥、举止失当的样子。

"排长客气了。各位下来，保境安民，辛苦了、辛苦了。"

"排长客气了，你们能过来，是我们的荣幸。"

"各位能来我们这里，我们求之不得，高兴得很！感激得很！"

"不是这件事，请都请不来，也找不到地方请。——连庙门都找不到，还谈哪样拜菩萨？"

"各位来得太及时了……这段时间，那些人又有些猖狂起来了。"

…………

下午，四位老者接到正文的口信，匆匆赶到钱家大院时，人家都已经围坐好了，准备开席了。——之前，正文忙前忙后的，来不及通知他们；后来，竟差点把他们给忘了。

四位老者与张排长客气时，正文向张排长示意了一下，而后便起身歪到旁边的那一桌，对着大家大声招呼道："各位兄弟，一路辛苦了。你们能够到我们这里来，帮我们维持治安、保境安民，感谢、感谢……中午简慢大家了，我先自罚一杯。"和大家喝过之后，正文抹抹嘴，接着说道："弟兄们，吃好喝好……你们看见的，我们宰了一头猪……大家一定要吃好。"继而挥挥手，并轻轻地拍了拍面前坐着的两个士兵的肩头，然后转身回到了自己的座位上。

猪肉是现宰的，大家吃得很过瘾。

用来招待大家的这头猪，就是贵发家上次豹口余生的那头。

说到这里，有必要插上一笔：

今天上午，结识张排长后，正文便与其拉起了家常来。交谈中，正文得知张排长他们还要在山桃寨待上大半天，天黑后才开拔，于是便想邀请大家去自己家，稍事休息。

邀请保务团的士兵们去自己家，除了想犒劳一下士兵，以讨好张排长外，正文还藏着一个小心思："嘿嘿，老子家院子里都'驻军'了，今后，看谁还敢小瞧我钱正文……"

"张排长，时候还早，要不请兄弟们去我家，歇歇脚，喝口水、抽支烟？"正文热情地邀请道。

"这个嘛……算了，算了，不打扰了。"张排长客气道。

"自家兄弟，客气个哪样哟！大家去我家，是给我面子呢。"

"那……那就打扰了。"

"吴大爷，请你帮帮忙，先带兄弟们去我家。我还有点事，想和赵二爷商量一下。"正文对志德道。

目送志德、张排长他们离去后，正文这才侧过身来，有些不好意思地对贵发说道："二爷，和你商量个事情。"

"二伯，你讲、你讲……有事你尽管讲，又不是外人。"贵发惊魂甫定，言语上还有些不利索。

"他们去我那里，我要招待一下，所以……想用寨子头的名义，从你这里买头猪……你看行不行？行的话，价钱上……你看多少合适？"正文吞吞吐吐地说。

"喔！圈里面还有头黑猪，等会儿叫明全和明智吆过去就行了……钱嘛，就不说了，算了。"贵发爽快地应道。一则，他很感激正文刚才的帮助。——之前，他就暗自想过了："可以说，今天，关键时刻正是得益于正文的灵活机变、鼎力相助，自己这才保住了这条小命。通匪这种事情，许多人害怕受到牵扯、连累，避之唯恐不及。这种情况下，正文等人能为自己挺身而出，实在不易……救命之恩，何以为报？今后，正文、志德等人有什么急事、难事，自己帮得上的，一定全力以赴、不遗余力。"二则，经过了鬼门关这一遭，他有了很深的感触：比起生命来，许多东西，包括钱财，实在算不得什么，甚至不值一提。

"不要钱咋个行？你们喂得不容易……再说，这是公事，得公事公办。如果是我自己的私事，我是不会和你这么客气的。"

"那……你决定就行了……钱，小事情。"

"嗯！那我先回去了……你歇一下，晚点的时候，你也过我那边来，来和他们喝杯酒，认识认识，免得今后再发生这种误会……多认识一个人，就多一条路子。"

"嗯！那我就不留你了，你得要赶紧去招呼大家。我现在就去找老大、老二，叫他们赶紧把猪吆过去。"

…………

很快，钱家大院里就忙开了。

一向不大关心寨子里甚至自家院子里冷暖咸淡的正义、正武及其媳妇赵氏、黄氏，现在却都异常热情、兴奋、卖力。可以说，自从保务团进到他们家院子里来后，一直到现在，四人就几乎没有停歇过：才刚放下这事，又马上理起了那事；跑前跑后，见人就笑，就招呼、就介绍，生怕人家不晓得似的……兴之所至，正义、正武还一边忙活，一边摇头晃脑地哼唱起山歌、小调来。二人那唱腔、那嗓音，跑音走调的，噪得一旁的明全直皱眉头。——这两对夫妻的心里，除了深感荣幸外，想必也有些狐假虎威、拉大旗作虎皮、借钟馗打小鬼的意思。

正文家屋檐下，临时刨了个火坑；火坑里埋着一口大铁锅，用于烧水烫猪。火坑旁边不远处，那头大黑猪埋着头，哼哼着，在地面上悠闲地翻拱着。豹口余生至今，近半年的时间里，它已经长得膘肥体壮，少说也得有两百来斤重。

大锅里，雾气缭绕的，明全蹲在地上，一个劲地往火坑里塞柴火，一股股黑烟不断地冒出来，熏得他眼泪汪汪的。

"老大，你就不会少加点啊？加多了燃不起来！浪费不说，还熏得大家眼睛火辣辣的……你看，大家的眼睛都遭熏得快要睁不开了。"一旁的正义噙着两眼泪水，大声地责备明全道。

明全却像没听见似的，看也不看他大姑父一眼，赌气似的，又往火坑里塞进一大把柴火去。

正义见状，便不再吭声，独自歪到远一点的地方，忙其他事情去了。他知道明全的德性，也知道明全对自己不舒服……自己越说，明全越要对着干，所以，还不如不说。

"哼！今天早上，我家出了这么大的事情，满寨子都晓得了，就你和大姑妈，装聋作哑的，不要说赶过去帮忙说说话，问一声半声了，连面都没见你们露一下，生怕被连累似的……现在，我们家把猪吃来了，有吃有喝了，有便宜占了，你们就钻出来了，大卖殷勤来了……现在，我们家有事，你们怕被连累，躲着不出来。哼哼，以前，你们家落难的时候，两口子三天两头地往我们家跑。往后，你们家有事，我们也离远点，看都不看一眼……哼！人有三步时，也会有三步灾；'三十年河东，三十年河西'，等到那一天，你们才晓得利害。"明全窝着一肚子的火，对这对所谓的亲姑父、亲姑妈……

插完一笔后，下面接续上之前喝酒吃肉、胡吹乱侃的话题。

大家热热闹闹的，梁山好汉似的，大块吃肉、大碗喝酒、大声谈笑，十分尽兴。

"兄弟敬各位朋友一杯，感谢大家的招待。"张排长站起身来，举杯致意。

大家急忙站起来，举杯、举碗示意。

"这位老兄，兄弟专门敬你一杯，也算我自罚一杯。今天的事情，多有得罪，幸好误会及时得到了澄清，否则，就要冤枉好人了。看得出来，你和你哥都是老实人、本分人。"张排长再次举起杯来，和贵发碰了一下，然后仰起脖子，一饮而尽。

酒酣耳热，张排长兴致很高、谈兴很浓，不由得又津津有味地聊起了此行的任务来：

"弟兄们这次下来，一定要狠狠地杀一杀那些人的气焰，否则，各位老乡难得安宁……我们为哪样天不亮就过来，天黑后才离开？目的是，一方面，能够让戏楼上那十多颗人头多展示一会儿，尽量扩大保务团的影响力和震慑力，让那些人知道厉害，赶紧收敛；另一方面，等会儿出发时，能够借助夜幕的掩护，让行动变得隐秘，以免到了下一站后，那里的匪徒们打探到了消息，闻风而逃，早早地、远远地躲避了起来，让弟兄们白跑一趟。——最近一两年，那些人又嚣张起来了。再不好好地杀一下他们的气焰，他们就真的要翻天了……

"半个月前，一天晚上，张家寨，我的一个堂哥家也遭了抢。据说那天晚上，我堂哥正睡得迷迷糊糊的时候，突然间被一阵狗叫声惊醒。他刚想再睡，就听到外面有窸窸窣窣的声音……他就多留了一个心眼。于是，他悄悄地走到窗子边，从窗子缝缝里往外瞅。这一瞅，正好看到有个人影趴在他家院墙上。咋个办呢？他本来想，弄出点声响来，把那些人吓走就算了，但是，转念又想，他们这次走了，下次就不会来了？这次，正巧被自己发现了；下次呢？就不一定这么巧了。人家盯上了你家，打上了你家的主意，就会随时瞅你家的漏洞、钻你家的空子。所以，只有给他们一点深刻的教训，让他们晓得利害，他们今后才不敢再来。加上半年前的那件事情——他出门走亲戚的时候，半路上也遭到了抢劫——，让他对那些人恨之入骨，一直想找个机会报报仇、出出气；再加上，他人又还有点年轻，三十冒点，有点冲……所以最后他决定把那些人放进家里面来，好好地给他们点颜色看看。

"打定主意后，他就提着枪，悄悄地摸到神龛背后，在楼梯下面找一个旮旯躲起来。他刚躲好，那伙人就在别他家大门的门销了。借着大门口那一点点天光——他大概数了一下，对方至少有五六个……他迎着光，至少能够看清对方的影子；而对方呢？背着光，根本看不清屋子里面的情况……他瞅准其中一个人影，'叭'的就是一枪……很快——几乎是同时——对方也'叭叭叭'的，一连给了他好几枪……对方的那几枪大多被坛坛罐罐、箱箱柜柜给挡住了，只有一颗弹头，打在墙上，弹回来，把他的脚杆给擦破了一点皮……

"第二天一大早，他检查家里面的情况的时候，发现门槛上有几滴血印子。走出去一看，哎哟！血点点更多，院子里面、院门口、大路上，到处都是……

"后来有人问他，说是对方人这么多，你打一枪，人家打好几枪，你不怕啊？他说，怕哪样啊？啊？怕的应该是他们，而不是我……"

"我堂哥为哪样敢这样保证、这样肯定？因为他心里面有数、有底。下面，大家好好听听，看看那个时候，他是咋个想的？想得有没有道理？"——说到这，张排长的神情和语气中，满是赞赏和钦佩。

"他说，我为哪样敢保证？因为我做到了……用一些人的话来说，叫作'知己知彼'。'知己'：我家这里枪声一响，帮手肯定很快就到。我们街坊邻居、亲朋好友之间早就商量、约定好了，哪家遇到了这种事情，其他人家要赶紧赶过来帮忙。——这些，你们也是晓得的嘛。'知彼'：那些人不是憨包，他家这里枪声一响，别人肯定很快就会从四面八方赶过来帮忙，自己再不跑，再不跑快一点的话，恐怕就没有好果子吃了。'再则，我这里枪声一响，其他的不说，单单是那满寨子的狗叫声，就足以把他们吓得屁滚尿流……

"我为哪样敢肯定？道理也很简单：因为我可以提前找个安全、隐蔽的地方躲好。我自己家里面的情况，你说我熟不熟悉？熟悉得很！闭着眼睛都能找个安全的地方躲起来。——这也算是'知己'。这样，我在暗处，他们在明处；我看得见他们，他们看不见我；我打得到他们，他们打不到我。多的不说，我只要打中了他们中的一个，后边的事情就容易多了，比方说，有心追他们的话，十有八九能追到。——哼哼！拖着一两个累赘，他们还能跑得快、跑得远？

"天时、地利、人和，我至少占了两样，你们说，我怕哪样？那天晚上，我们之所以没有追出去多远，——大概也就追出寨子去一两里远的样子，我们就回来了。——一则，自家没有受到多少损失，心头不急，可追可不追。二则，担心他们人多，怕吃亏。他们摸进我家院子里来的时候，我就数过了，院子里面六七个，再加上外面一两个放风的，至少有七八个。三则，也怕追急了，他们狗急跳墙，反过来搞我们。四则，追出寨子去，我们就没有多少优势了；优势少了，吃亏的可能性就增大了……"

说到这，张排长不禁联想到了自己一行的本职，以及此行的目的、任务："听了我堂哥家这件事情，好几天我都在想一个问题：今后，遇到类似的事情，大家应该怎样才好？我想，大家应该这样：一是，不要怕，该拼就拼。那些人，外强中干。你越是怕他们，他们越是欺负你；你退一步，他们就要进好几步……只要你不怕，硬起来，他们马上就软下去了。二是，要互相帮助，不能各顾各。你们山桃寨，情况和我们张家寨差不多，比如，人家也比较多，而且住得也比较集中，所以，你们也可以学一下我们张家寨的做法，大家商量商量，搞个约定，互帮互助。嘿嘿，要是哪个地方都像我们张家寨那样，那我们保务团就轻松了，就没有多少事情可做了……"

正文、正启等人听得津津有味的，只有贵发，心里感觉很不是滋味……

"咦！二爷，咋个没有看到大爷？好像今天上午从你家那里回来后，就一直没有见他露面了。"正文问道。酒至半酣，他这才突然想起贵友来。

"啊……他……他有点不舒服，躺在床上发汗……中午，我正要过来的时候，明信跑去我家跟我说的。"

"我真的是忙昏了，竟然没有注意到赵大爷没有来……早的时候，你们也不提醒我一下，现在……他早上还好好的，还和我、吴大爷一起在场坝上玩呢，咋个一下子就病了？"说到这，正文指了指旁边一桌的志德，笑了笑，而后接着说道："是不是……被那几颗人头吓到了？我们三个站在一起看人头，他嫌看不清楚，非要靠近去看。当时，吴大爷还提醒他，说还是离远点看比较好，免得吓坏了甚至生病。——何况，那些人的那种死法。"

"啧啧、啧啧……"志德一边咋舌，一边轻轻地摇了摇头，而后接着说道："直到现在，想起那些人头，我心里头都还在发毛呢。"

"嘿嘿，他胆子哪会那么小，他估计是受了风寒。——大早上，场坝上风还是比较大的。站在那里吹了这么长时间的风，天气又凉。"贵发敷衍道。

大家都吃喝得差不多了，便一边慢慢地，小口小口地品着酒菜；一边饶有兴致地胡吹乱侃……

"我这个兄弟胆子很大，从来不怕鬼怪之类的东西。"正文为张排长介绍道。

"你的胆子真的这么大？你就没有害怕的时候？"张排长撇撇嘴，有些不信地问正启。

"大不大我不晓得，反正从小到大，我还没有遇到过令自己害怕的东西，也还没有过怕的时候。"正启大大咧咧地说。

"嗯！好！好！"张排长点点头，夸赞道。沉思了一会儿后张排长对正启道："既然你胆子这么大，有件事情那就说给你听听，看你怕不怕、敢不敢……"

"哪样事啊？"正启一脸认真地追问。

"算了、算了，不说了。"张排长笑着说道，神情中似有几分敷衍、不屑。

"你说嘛……你不说，你晓得我怕不怕、敢不敢？"正启较起劲来了。张排长越是不说，他越是好奇、越是想听。

"嗯……就是……帮我们把那十几颗人头挑到张家寨去，敢不敢？一块大洋！"

"敢！敢！有哪样不敢的？"借着酒劲，正启粗声大气的，满口答应。

"你真的不怕？不要说大话噢！不要后悔噢！"张排长继续逗弄、怂恿道。

"哼！有哪样怕的？"正启有些不屑地说。

"好！一言为定……来来来，干！"张排长举起酒杯，对着正启晃了晃，然后率先一饮而尽。

推杯换盏间，和正启同桌的几个士兵已和正启混得比较熟了，也跟着七嘴八舌地逗弄、怂恿起他来：

"跟你说清楚，我们可是晚上去……你怕不怕？到时候不能后悔，半路上当了逃兵。"

"你现在反悔还来得及……到时候，就没有后悔药卖了噢。"

…………

"哼！怕哪样啊？我说话算话……老实讲，这种事情，还只有我合适……"酒、一块大洋，把正启的情绪撩得很高。于是，他变得口无遮拦起来。正启脸红彤彤的，连眼珠都变得血红血红的了……他兴致勃勃地说着，其他人津津有味地听着，并不时地撩上一两句……酒足饭饱，正好消遣消遣。

大家吃着、喝着，说着、笑着……不知不觉间，天色就已经黑下来了……

三

贵友家的堂屋里，神龛下，贵友、贵发兄弟俩分坐在大方桌的两侧，面对面的，一边吸着旱烟，一边聊着今天发生的那些离奇古怪、啼笑皆非的事情……此前在正文家，因为惦记着大哥，且看看大家也吃喝、应酬得差不多了，贵发便先行告辞了。从钱家大院出来后，他就径直过大哥家来了。他想来看看大哥的情况，并和大哥聊聊今天的见闻。

贵发从钱家大院出来时，天色已经完全黑下来了。远远地，他瞅见那十多颗人头，黑乎乎的，仍然悬挂在那戏楼的檐下，且似乎还在夜风中轻轻地摇晃。因为知道那些人头，所以从场坝上穿过时，他心里面不禁有些发毛，感觉戏楼那一片乃至整个场坝上，陡然间变得阴森森的，让人汗毛倒竖、脊背发凉。因为畏惧、忌讳，所以，从戏楼侧边经过时，他刻意走了个大大的弧形，以尽量远离那戏楼、那人头……

在这里，还得先插上一笔，介绍一下贵友的病因、病情及相关的治疗方法：

贵友之所以没能出席钱家大院的猪肉宴，是因为他确实病了。——只不过其所染患的并不是什么风寒，而是癔症。那癔症的发作倒是真的和某些惊吓有关，只是他的惊吓并不完全来自戏楼檐下的那十多颗人头。弟弟贵发脱险后，他如同一下子卸下了千斤重担。这时，他感觉到自己身子轻飘飘的，如同一团蓬松的棉花，一点力气也没有，于是便想回家睡睡，养养精神……他拖着软绵绵的双腿，蔫巴巴地往家走。一路上，他脑袋昏昏沉沉的，神思恍惚、眼神迷离……经过戏楼边时，不经意间一抬头，他又猛地瞅到了那些人头。那十多颗人头，歪眉斜眼龇牙咧嘴的，又把他吓了一大跳……此前，在赵家大院里所遭受的那些惊吓，已让他心里的那根弦变得十分脆弱；现在，再吃这么一吓，那弦终于承受不住断掉了……勉强回到家里后，他的癔症就犯了：进得门来，站在堂屋中间，愣怔片刻后，他突然变了个人似的，神色张皇，大呼小叫、手舞足蹈的，满家里乱窜。嘴上不停地絮叨、自语，说是有人在追他，想害他……大抵是为了不被发现、不被追上，他老是想往那些昏暗的角落、旮旯里钻……

明信从未见过这阵势，吓得跑出门去，到二爷贵发家讨主意、求办法去了。

…………

贵发听了明信的描述后安慰他道："不要害怕，没有事的，你爹这是老毛病了，睡一觉就好了……他现在啊，精神错乱、神志不清，就像个两三岁的小娃娃一样。你先回去，好好地劝劝他、哄哄他，哄他睡觉……我安排好手边的事情后，就去你家。"

贵发之所以不急，是因为哥哥贵友的这一情况，他已经见过了多次，只不过是每次轻重缓急略有不同罢了，已经见怪不怪了。

早年，父母去世后，贵发姐弟三人相依为命。大姐出嫁后，年仅十五六岁的贵友带着不到十岁的弟弟贵发，以一己之力硬是将门户给撑了起来。那时的贵友，俨然大人一个：农忙时种庄稼、农闲时做生意，里里外外操持、操心。种庄稼倒是问题不大，来来去去，左右不过寨子周边，安全基本上不成问题，不过身体劳累些罢了；做生意则不然，要时常跑外乡甚至外县，一路提心吊胆的，故而不仅身体累，心更累……这些压力，长期积压在一个十五六岁、十六七岁的青少年的身上，结果会怎样？结果是，这些压力越积越多、越压越重，最终让他落下了一个癔症的病根。这癔症，属于心病；而心病，则往往很难根治，——纵有"心药"，其疗效，似乎也不是那么的理想。一旦出现某些诱因，如心里紧张过度，或突然间受到了某种较大的刺激，等等，就极有可能复发。

猪圈门口，叮嘱好明全和明智，要他哥俩好生把猪赶到钱家大院里去，并留在那里帮帮忙，之后，贵发便急匆匆地向院门处走去。然而才刚跨出院门，他又转过身来，把头伸进院门里来，大声提醒明全，叫他到了钱家大院以后，要管好自己的嘴巴，不要乱说话，而后这才放心地离去。

贵友家静悄悄的。堂屋里，明信正在吃午饭，见二爷贵发走了进来，便赶紧站起身来，压低声音，谦让贵发吃饭。

贵发连忙摆摆手，轻声问道："好些了？睡着了？"

"嗯！睡着了……我二妈在守着他。"明信朝父亲的房间撅了撅嘴，而后继续说道："我大妈到对面去了，她想去问问钱大爷，看看需不需要给我爹喊喊魂。"

"不用问，更不用喊……老毛病，睡一觉，醒来就好了……你妈晓得的嘛，还用得着去问？"见大哥睡着了，贵发也就不再那么紧张了。

"她主要是怕我爹撞到了不干净的东西。——我家离戏楼这么近，我爹早上去看的时候，又挨得那么近。去问一问，该跳神的跳一跳、该喊魂的喊一喊，那样要放心一点。"

…………

下午，一觉醒来，贵友的病果然就好了。不仅如此，他还胃口大开，晚饭时，一连吃了好几碗。

插完一笔后，下面再接续上之前的话题。

贵发先聊了聊今天下午钱家大院里待客的情景，而后聊到了自己这一天的离奇遭遇。

"今天的事情，我感觉莫名其妙的，老是想不通……估计是不小心得罪了人，遭人家报复。——诬赖我通匪，这也太歹毒了，这是想叫我掉脑壳呀！是哪个呢？我又是哪个时候、因为哪样原因得罪他的呢？"贵发心有余悸地说。一大早，被那些兵一把从被窝里揪出来，直到现在，他都还感觉恍恍惚惚的，做梦一样。

"无风不起浪……不怕君子，就怕小人。你好好想想，推测一下可能是哪些人在背后搞鬼，今后好注意、好防备……一大早，听说你出了这样的事，我吓得魂都掉了。"

"会不会是杨老大搞的名堂？思来想去，寨子里面，我可能不注意得罪的，就只有他了。原因嘛，可能有这几点：一是，生意上有冲撞。——我们两家生意差不多，都榨油，都烧砂锅、砂罐……同行是冤家呀！二是，某些事情上有误会。——先前，修建山王庙在我家吃圆工饭的时候，大家说的那些话，是不是有些传到他的耳朵里去了，让他对我，对我们家有了误会？三是，前段时间，我买了他堂弟杨启权家的一大块水田。——这件事情，会不会让他心头不舒服，认为被我横插了一杠子？"贵发揣测道。

"嗯！那块田确实好，四四方方的，又肥，又方便……眼红的人，不止他杨老大一个，多得很呢！"贵友插言道。

杨启权家想要卖田的消息，贵发是通过友福之口了解到的，而友福呢则是从友禄那儿得悉的。

十多天前，贵发和友福闲聊时，友福无意间聊到了杨启前家想要卖田这事。一聊到好田好地，两个庄稼汉马上就来了兴致，一脸的艳羡、亢奋。友福兴致勃勃地对启权家的那块水田做了好一通介绍，如，位于哪里、面积多大，如何如何的肥沃、方便，等等，仿佛贵发一点都不知道似的。他还说，想买的人多得很！杨老大也托人去问过好几回了；我也心痒得不得了，只可惜心有余而力不足……那块田，贵发是了解的，确实不错。它离贵发家的秧田不远，就在小路边上，交通十分方便。它虽也处于沟渠的下游，但用水上几乎不受自身位置的影响。——这些田，开始耕作的时候，雨水季节也就来了。那时，河水很大，沟渠里时常满当当的，上游、中游、下游的水田，用水方面，基本上没有什么区别，都很方便的，因而也就没有什么所谓的"尾巴田"了。只有秧田，才会受到位置的较大的影响，因为耕作秧田、培育秧苗时，雨季尚未到来，河水很小，甚而经常断流，以至于上中游的用了，中下游的就常常只能瞪眼看了。

这些年来，贵发一直在想，想买几块好田地。明全、明智都已经长大成人了，要不了两年，就该娶亲成家了。到时候，就要分家。多有几块田地，分起来宽裕，矛盾也会少些。于是便试探着问友福，说是自己也想买，看看他有没有什么办法。友福满口答应，说是会尽量帮忙联系联系、撮合撮合。答应下来后，友福确实很用心，短时间内，就来来往往地，两边跑了好几趟，很快就帮贵发联系、撮合好了。而后，他还建议贵发，事不宜迟，迟恐生变，要赶快写纸，速战速决……那天下午，在启权家写纸时，在场的人都看出来了，对那块田，启前他娘是很舍不得的，以至于嘴上老是念叨，说如果不是家里急需用钱的话，这么好的水田，她是断断舍不得卖出去的……其时，贵发还发现，她的眼里，似乎还噙着两点泪花。其间，杨老大也装着凑热闹的样子，到启前家门口来瞅了好几次，眼里满是遗憾、嫉妒。其目光和贵发的相撞时，贵发发现，他的眼眸深处，除了遗憾、嫉妒外，还透着一种浓浓的恨意——一种因被别人横刀夺爱，横插了一杠子而生出的恨意。

"听友福说，那块田杨老大已经想了好久了，也曾经托人去问过了他幺娘好几次，可惜一直没有办成。办不成的原因——友禄曾经透露过一点口风——，主要有两点：一是，他舍不得出价钱。他是很想要人家的好东西，但又舍不得出价钱，老是想等一等，再等一等；压一压，再压一压。二是，他幺娘也不想卖给他。他反反复复地托人去问，但他幺娘就是敷衍，嗯嗯啊啊的，既不说卖，也不说不卖。到后来，还听说——也不晓得真的还是假的——，他幺娘嫌他裹乱，最后放出话来，说是那块田可以卖给张三，也可以卖给李四；可以多卖点，也可以少卖点，但横竖就是不卖给他杨老大，价钱再高也不卖。他幺娘把话说到了这个份上，他这才死了那份心。我想，他虽然死心了，但是看到别人得到了，心头也还是会不舒服的，——对卖家不舒服，对买家也可能不舒服。哼哼！就算我真的得罪了你杨老大，你也不应该对我下这样的毒手嘛。你想诬赖我，诬赖点别的不行？咋个这么恶毒，要用这种掉脑壳的事情来诬赖我？"说着说着，贵发不由得激愤了起来。

"杨老大他幺娘为哪样不想卖给他？我认为，除了他出价太低，还有一个重要原因，那就是，他幺娘对他有意见。——很可能是以前杨启前被'牵肥猪'的时候，他不肯帮忙，甚至有点见死不救的味道，让他幺娘寒了心。但是买卖这种事情，最关键的还是价钱问题。大家讨价还价，猜心思、斗脑筋，为的不就是个钱的问题？所以，只要他肯出钱，他也是有可能买到那块田的。这么好的水田，想卖，就说明家里很缺钱、急用钱。做生意嘛，哪个卖得便宜，就买哪个的；哪个出的价钱高，就卖给哪个，天经地义。这些道理，他杨老大应该懂得的。所以我认为：眼红你、诬赖你的，不一定就是他杨老大，也可能另有其人……所以，我们千万不能钻牛角尖，认死理。我们想周全一点，今后，该防备的，好提前防备防备，千万不能像今天早上这样。那个人这次没有搞倒你，下次有可能还会再搞噢。"见贵发想法有些偏激——罕见的偏激，且很

有可能被这种偏激蒙蔽双眼、左右思维，贵友不禁有些担心，于是一口气分析
了这么多。而后，他喝了口茶，缓口气，又接着说道："这里面的内情，有一些
确实是友禄透露出来的，至于他是故意透露的，还是不小心说漏了嘴，这我就
搞不清楚了……那天，在杨启前家，写完纸，需要凭中人画押的时候，他就不
晓得躲到哪里去了。后来，来你家这边喝酒的时候，他又不晓得从哪里拱出来
了……后来，他喝多了，管不住嘴巴，这才透露了一点点杨家山那边的事情，
比如，杨老大想买那块田，而他幺娘为哪样不松口；比如，那块田，杨启权他
妈既然这样舍不得，为哪样又要卖……这些，当时，你忙着招呼客人，可能没
有注意听……"

"为哪样卖呀？啊？你听到了些哪样？"贵发好奇地问。

"为哪样卖？当然是因为需要钱、忙用钱了。听他说，前年赎启前的时
候，启前他妈跟钱正武高利借了五十块。这笔钱，她本来是打算跟杨老大借
的，但是杨老大借口没有。——这些，你也是晓得的嘛。这一笔还没有还完，
接下来，为了帮启前在省城结婚、安家，她又跟正武借了几十块……后来，她
陆陆续续零零碎碎的，倒是还了正武不少，但是，还来还去，利滚利的，咋个
也还不完，一直还差几十块。后来，正武透露了一个想法，说是想再补点钱给
她家，然后把她家这块水田买过来。只是她觉得那样很吃亏，没有答应。如意
算盘落空后，正武就一直催着她还钱，而且催得很急。她没有办法，一咬牙，
干脆把这块田卖了，然后连本带利，一次性还给正武。——'长痛不如短痛'，一
点一点地还，利息上亏大了。

"喔！这么说，我可能连正武也给得罪了？"贵发插言道。

"嘿嘿，这样都能得罪人的话，那这几十年下来，满寨子的人，还不遭我
们两兄弟得罪完了？"贵友笑道。

"我有可能得罪正武的，不只是这件事情，还有秦氏家的那些事情……友
禄还说了些哪样事情？"贵发好奇地追问道。

贵友端起杯子来，喝了口茶水，抹抹嘴，接着说道：

"友禄喝多了，当讲不当讲的，他差不多都讲了……他说：'没有买到启前
家的那块田，杨老大确实很后悔。——那块田，和杨老大家的挨得很近，照看
起来很方便。'他还说：'杨老大当初要是会为一点人、会处一点事，爽爽快快地
把那点钱借给他幺娘，并且不要，或者少要一点利钱的话，那现在很可能就不

会是这么一个结果了。

"友禄还说：'自从修建了山王庙以后，杨老大家就遇到了许多不顺心的事情，感觉生意也没有以前那么好了……听说今年放水打田的那段时间，一天晚上半夜三更的时候，杨老大从田坝里面回来，刚走到杨家山脚下，就看见一个黑影从他们家门口闪了出来，把他吓了一大跳。但是等他揉揉眼睛，仔仔细细再看时，又哪样都没有了。吓得他连着做了好几个晚上的噩梦。后来，不到一个月的时间，他两口子又连着烧坏了好几窑砂锅、砂罐……自己家为哪样会这样倒霉呢？他认为，肯定是因为山王庙破坏了他们家的好风水、影响了他们家的好运程。而且，他还认为，修庙这件事情，哪阵修、修在哪里，肯定有人在暗中捣鬼。要不然，为哪样早不修晚不修，偏偏在他们家生意最红火的时候修？又为哪样不在别的地方修，而偏偏要在他们家房子的上方修？'友禄倒是没有明说，他只是含含糊糊、颠三倒四地说了这么几句话，比如，同行是冤家啦；比如，杨老大说了，今后，有机会的时候，要去把启前请来，请他帮忙'问一问''访一访'，看看到底是哪个在搞他们杨家的名堂……

"哼哼！这个杨老大呀！这么些年来，他做了多少拙笨事呀？可是，直到现在，他都还不醒悟，都还不晓得去怪一下自己，就只晓得去怪风水、怪运程……他要是再不醒悟，再不改一改的话，今后，肯定还会遇到更多更倒霉、更古怪的事情。"贵发忍不住插言道。

待贵发发完感慨，贵友接上之前的话题，继续说道：

"你要人家启前帮你'问问'？那你得先问问你自己，人家落难的时候，最需要帮助的时候，你帮过人家没有？哼哼！就你这种为人，你还想指望人家来帮你？可以说，人家宁愿帮外人，也不愿帮你；甚至可以这么说，人家不整你，就已经算是很不错了……还有，他们那两房，从老辈人起，直到现在，听说一直疙疙瘩瘩的。虽然大家都没有撕破脸皮，但是，心头那疙瘩呀，不晓得已经打了多少个了，打得有多紧了……这些，他孙友禄又不是不晓得，但他还在那里吧嗒吧嗒地吹，说是他表舅子，杨启前，如何如何的有文化、有见识、有能耐，在省里面是如何如何的吃得开、吃得香；现在，听说还是哪个团的成员，前途好得很，将来肯定要当官的。他当了官，光宗耀祖，我们这些亲戚本家，到时候还能不跟着沾点光？吹到后边，我都快要听不下去了……

"友禄这个人呢我和他没有多少往来，不太了解。——以前，只是听一些人说过，说他不简单。这么些年来，也就是在你家喝酒的那一天，我仔仔细细地听他说过了这么一次话。感觉他的话，天一句、地一句，阴一句、阳一句的，让人越听越糊涂，根本不晓得哪句是真的、哪句是假的……他这个人哪！咋个说呢？说他谨慎，有时候，他又会有意无意地给你透露点小道消息；说他一根肠子，又觉得他很有心计、很有城府……所以，我有点怀疑，那天在你家，他所说的某些话，很可能是替杨老大说的；他所透露的某些所谓的消息，或许是用来迷惑大家的。——总之，他给我的感觉是云遮雾罩的，让人看不透。

"看不透的人，千万小看不得，否则，被他吸了血、吃了肉，你都还不晓得痛痒呢……老二，你和他因为友福这层关系，往来估计要多一些。给你提个醒：防人之心不可无。和他往来，你一定要多个心眼。——这么些年来，我发现，很多时候，背后打你绊脚的，往往是熟人，是和你有往来的人，因为只有这种人才会有机会。"

"我和他也没有多少往来。几次往来，我借他的马、他借我的牛，我买他的菜籽、他买我的菜油，这些，大多数都是通过友福这个中间人联系、交割的。喔！对了，保务团的说，有人告我通匪。那个匪，怕是指的贵立噢！你看，我和他是本家兄弟，名字又有点像，平时来往又多。刚才，酒桌上吹牛的时候，那个张排长还提到了一件事情，说是前不久，一天晚上，张家寨，他的一个本家也遭了抢。那件事情很可能就是贵立他们干的。告密的人，是不是把我误认为是贵立了？这也不对呀，贵立不是已经……或者认为，我和贵立他们，肯定多多少少有点勾连，有点说不清的……咦——太危险了，害得我差点连脑壳都保不住了。"贵发说道。想到了某些细节，并将它们联系起来分析，他不由得倒吸了一口凉气。

今天上午早些时候，正文、志德、贵友等人和张排长，和那些士兵说了些什么，贵发一句也没有听进去。他当时紧张害怕得不行，脑袋里面嗡嗡嗡的，就像有无数只苍蝇在飞一样。

"嗯！这个估计是主要原因，是把柄……背后，可能有人抓住了这个把柄，故意搞鬼。否则，那张排长晓得你是哪个？告你的那个人，才是最可怕、最可恨的，阴毒得很哪！'害人之心不可有，防人之心不可无'，今后，我们两个，还有媳妇娃娃，一定要多点戒备心和警惕性。另外，讲话也要小心点，不要像正启那样，不管说得说不得、该说不该说，张嘴就来。有些话，讲出去了，就收不回来了。'言者无心，听者有意'，'有意'，就说明可能得罪人了，可能留下把柄了；得罪了人，留下了把柄，你敢保证人家今后不会报复你、要挟你？——祸从口出啊！人心隔肚皮呀！嘴巴不严，迟早要吃亏的。你看人家杨老大，嘴巴多紧。他想买启前家那块田的事情，早些时候，连友禄这个当妹夫的都不晓得。所以，听说你想买那块田，友禄还跟着友福，跑前跑后地帮你牵线搭桥呢。只是到了后来，晓得情况后，他才独自歪到一边去的……你看看，生意人的嘴巴，多紧？如果像正启那样，咋咋呼呼的，只怕是吃进嘴里去的东西都要漏掉。"贵友说道。

"嘿嘿，这钱大爷还真的是，嘴巴上没有个销销。喝了点酒后，口气更是张狂，牛皮都要叫他给吹破了……刚才在钱家大院，几口酒下去，他又张狂起来了，说自己懂阴阳的，胆子大得很！张排长故意激他，问他敢不敢帮一下保务团，将那十多颗人头连夜挑到张家寨去，敢的话，谢他一块钱。他借着酒劲，满口答应，大包大揽的。现在，天已经黑了一段时间了，他们估计已经出发了，或者已经走到半路上了。嘿嘿，酒醒后，荒山野地里面，静悄悄、阴森森的；那十多颗人头，黑乎乎的，在他的扁担上晃来晃去的，看他怕不怕，看他今后还敢不敢讲大话。他还吹嘘说，他爷爷胆子如何如何的大。说是，有一年……嘿嘿，这回，就可以好好地比一比了，看看他和他爷爷，到底哪个胆子更大。"贵发咽了下口水，继续说道："好玩的是，他还没有说完，吴大爷就一口把话给接过去，跟张排长，跟那些当兵的说：这件事我也听说过的，他爷爷的胆子，确实很大。他到那个寨子里面，如何如何咋个咋个……正启听得很来劲，还以为志德是在帮他圆话呢。谁知，接下来，志德话锋一转，猛地转了个大弯、急弯，说：'他爷爷胆子太大了……到那个寨子里面，看到这里躺一个、那里趴一个，这个脸青面黑、那个龇牙咧嘴，他转身就跑了，连工钱都不忍心要了……'逗得大家哟——笑得都快要喘不过气来了。"

哈哈、哈哈……兄弟二人也忍不住大笑了起来。

"他爷爷胆子大？嘿嘿，胆子大的话，咋个回来后就一病不起，不久就去世了？阴阳不同路，对于死人，活着的人，胆子再大，也都会害怕的……他爷爷的这件事情，寨子里面，上点年纪的都晓得。说是……"贵友微笑着，聊起了正启家爷爷的故事来，"说是有一年，我们这一带瘟疫流行，死了很多人。有些地方，整家整户，甚至整村整寨的死……有一天，有人来我们山桃寨，说是请人帮忙背几块木头板板……当时，没有哪个敢答应；后来，正启他爷爷跳出来，说自己敢去……进到那个寨子里面，他爷爷一看，哎呀！不得了了，整个寨子，人都差不多死光了，这里躺一个、那里睡一个……他去的这一家，推开门一看，门背后歪着一个。他壮起胆子走进家里去，又看到灶房门边还躺着一个；转过身来一看，墙旮旯里鸡窝边上，又还趴着一个……那些死人，一个个脸青面黑龇牙咧嘴的。有的嘴角还挂着一道道血印子……吓得他哟——钱都不要了，埋起脑壳就跑了……跑回来后不久，就去世了。他死了以后，看他的脸色、样子，不像是传染上那种病死的，所以，大家猜测，他应该是被吓死的。——估计是吓老火了，被吓破胆了……嘿嘿，胆子大，胀鼓鼓的，反而更容易被吓'破'。"

"大伯，在不在家？"院外传来了明智的呼叫声。

"在的在的，快进来。"贵友一边答应，一边起身去开院门。

"爹，你在这里啊！我才刚回到家，我妈她们就叫我来找你，说是叫你回去，帮你喊喊魂。——我猜你肯定在大伯家。"明智说道。

"我的魂又没有丢，喊哪样啊？再说，钱大爷又没有在家，请哪个来喊？说不定，明天一大早，钱大爷都要请人来帮他自己喊呢……嘿嘿，嘿嘿……"贵发笑着说道，嘴巴上毫不示弱。

"我妈说，她也会喊的。"

"回去吧，管它丢不丢，喊一喊，心头总要舒服一点……心头有疙瘩，要趁早解开，免得今后像我这样，发起狂来，人事不知，吓得大家惊惊慌慌的。——光是喊喊魂的话，自家也是可以喊的，不一定非要请他钱大爷来。"贵友劝道。

魂灵之类的东西，谁也没有真正见过，但又不敢断言其没有，于是只能"宁可信其有，不可信其无""不可全信，不可不信"……

四

夜，黑漆漆的，伸手不见五指。"保务团"的士兵在张排长的带领下，深一脚浅一脚的，摸黑朝张家寨方向奔去……他们为什么不打打灯笼、火把呢？一则，这条路还算宽阔、平坦，不用担心摔倒或掉到沟谷里、路坎下去；二则，张排长熟悉路径；三则，最重要的，要尽量避免暴露自己的行踪。世上没有不透风的墙，保务团到达山桃寨的消息，经过这一天的发酵、传播，早已传到张家寨去了。好在，"保务团"去不去张家寨；去的话，何时去这些事情都还没有正式的消息，张家寨及其附近，那些过着刀口上舐血、官路上发财的日子的人，或许还没有太多的防备。趁这个时候连夜赶过去，或许还能打那些"榜上有名"的匪徒们一个措手不及，将他们一个个从被窝里揪出来，咔嚓一刀，一了百了。

"保务团"的清剿行动，都是随机性的、流动性的，可能一年半载一次，也可能两三年、三四年一次；这一站搞完了，就赶往下一站……到达张家寨后，实在抓不到人的话，士兵们就只能像在山桃寨那样，将那十多颗人头挂起来，示示众，暂时震慑一下劫匪们，然后再按预定的计划、路线，连夜赶往下一个村寨……

几十个士兵斜挎着枪，排着歪歪扭扭的队形，静悄悄地走着。正启挑着那十多颗人头，喘息着，紧紧地跟在队伍后面。黑暗中，人影憧憧，伴随着一阵阵杂沓而急促的脚步声、喘息声。

那十多颗人头，每颗三两斤的样子，总重不过四十来斤。四十来斤，虽不算重，但一直压在肩上，时间一长，也还是有些累人的。山路坑坑洼洼的，天又黑；肩上再压点东西，且还得加快步伐；肩上的扁担，又磕磕绊绊、剐剐蹭蹭的，换肩的时候，则更是如此，行走起来，其艰难更是不言而喻。

正启喘息着，艰难地迈着双脚……长扁担挑东西，本来就十分不便，何况还是在黑夜里，且挑的还是人头？正启肩上的扁担，其两头，不是蹭到这，就是剐到那，或因脚下趔趄，身体歪了过来、斜了过去。

一阵阵夜风轻轻地吹过，让人感觉凉飕飕的。正启因为全身是汗，因而更感寒凉。先前借着酒劲，他还能勉强跟上队伍，可慢慢地，他逐渐拉大了与队伍的距离……起初，他还能隐隐约约地听到前方传来的阵阵杂沓的脚步声；后来，他所能听到的，就只有自己的脚步声和喘息声了。——他掉队了。

与路面、扁担等的"较劲"，使得正启额外消耗了不少的体力。累就累点吧！关键是扁担两头的东西……

正启又累又怕，双腿越来越沉重，步履越来越艰难，与大部队的距离也越来越远……他知道，这样下去可不行，自己必须尽力赶上去。于是，他强忍着恐惧和疲累，咬紧牙关，努力迈开沉重的双腿……

一阵阵夜风拂过，路两旁，荆棘、杂草、灌木丛里，沙沙沙、嗒嗒嗒的，仿佛潜藏着什么东西。突然，某种声响，从某个旯旮里传过来，冷不丁将正启吓了一大跳……就在他心里怦怦怦怦的，还没有回过神来之际，那声音已快速地，窸窸窣窣地，一路响到远处去了。

"这声响，应该是野兔、山耗子、黄鼠狼之类的小东西，被自己的脚步声和喘息声惊动，仓皇逃窜时，触碰到杂草、枝叶所发出来的。"正启自我安慰地想。

"今天上午，戏楼前面，观看那些示众的人头时，其他人都是站得远远的，而自己呢？一是好奇；二是仗着自己胆子大；三是想出出风头；因而偏偏要靠近了观看。因为挨得很近，所以自己看得很是真切。这么说吧，别人呢，也许只看到一颗颗黑乎乎的人头模样的东西，而自己呢，不仅将人家面部的肥瘦、眼睛的大小、眉毛的浓淡等特征一览无遗，甚而连人家的眼神、表情等也都看得清清楚楚的……那时，自己之所以不怎么害怕，是因为那是在白天，且周围人又多。而现在，天地间一片黑暗，四下里静悄悄、阴森森的，寒气逼人……想不到，白天一时的轻率，竟让那些恐怖的形象在自己的脑海中留下了如此深刻、清晰的印象；更想不到，那十多颗面目狰狞的人头，现在竟挑在了自己的肩上；更想不到自己竟然会掉队……早的时候，自己也不好好想想，自己这个三十七八岁，早已过了身体最为强健的年龄阶段的人，能跟前边那群二十岁左右的小伙子比？"正启后悔了，后悔自己白天不该挨得那么近，看得那么真切。更后悔，千不该万不该，自己不该头脑发热，大大咧咧地应下这破差事来……可是现在，说什么都晚了。

前方，模模糊糊的，两座大山的轮廓，一左一右，相对而立；两山之间，似乎只有咫尺宽窄，关口似的……这山势、这地形，正启有些熟悉。而且他还知道，自己脚下的这条路，要从那关口间穿过。

"关口"这边，路坎下方，不远处有一条深沟；那条深沟，有个恐怖的名字，叫作"填尸沟"。上次，他和贵发、友福等一大群人过来寻找赶场未归的正兴时，就是在那深沟的附近，发现正兴家那头老母猪的……想到这，他不由得朝发现母猪的地方望过去。恍惚中，他发现，那地方，模模糊糊地立着一个人影；那人影，身形和正兴的十分相似……

正恍惚间，一脚踩空，正启一个趔趄……他的身后，担子一端的人头，猛地一下子撞到了他的脊背上。

　　这一吓，非同小可。正启噢地大嚎一声，丢掉扁担，连滚带爬的，猛地向前窜了出去。

　　张排长一行听见后面传来了一声哀嚎。半夜三更，在这寂静的荒山野地里，那声音异常的凄厉、恐怖……

　　队伍停了下来，想看个究竟。——之前，黑暗中，他们竟没有发现，那个自诩胆子很大，能通阴阳的敢于挑运人头的老乡，已被远远地抛在了队伍后面。

　　"排长，弟兄们都在的。"那位"副官"模样的人，快速地清点了一下队伍的人数，发现并没有士兵掉队。

　　"排长，是那个人没有跟上来。"一个排在队伍最后面的士兵反应了过来，低声报告。

　　这时，耳朵尖的士兵，已听到了远处传来的急促的脚步声。

　　"嗯嗯，那就原地休息一会儿，等一等他……那家伙，估计是被吓着了。——肯定是他一个人走在后面，被那些人头吓着了。"张排长轻蔑地说道。

　　…………

　　正启终于狼狈不堪地追上来了。

　　"人头呢？"张排长问道。

　　"我……我……我摔了一大跤……那些人头……不晓得……摔……摔……摔到哪里去了。找……找……找不到了。"正启喘着粗气，结结巴巴地答道。

　　士兵们七嘴八舌地奚落、取笑起正启来：

　　"蹲下来，在四周摸摸，应该找得到的。——它们又没有长脚，还会跑了？"

　　"摸摸？摸到了，被咬上一口，咋个办？"

　　"是啊，它们又不会跑，又不会遁土，咋个会找不到呢？——哎！你到底找了没有？"

　　"咋个不会跑？会的！估计是它们跑得太快了，你追不到，是不是啊？你看你、你看你，累得哟！气喘得比大水牛的都还大。——嘿嘿，到底是你追它们呢，还是它们追你哟！"

　　"就算会跑，难道它们还会连扁担也一起扛起跑了？你不是通阴阳的吗？

你帮忙算算，看看它们到底跑到哪里、躲到哪里去了。”

　　“嘿嘿，那一块钱，你到底还想不想要啊？啊？想要的话，去！把它们找回来。”

　　…………

　　据说那晚上，是张排长安排几个士兵，原路折回，重新把那些人头给找回来的。听那几个士兵说，他们找到那些人头时，人头并没有“逃跑”，也没有土遁，都还牢牢地捆缚在扁担的两头呢。人头找回来后，依旧让正启挑着走。当时，已经快要接近张家寨了，为了隐秘，队伍放慢了前进的速度，正启因而没再掉队。

　　来到寨子边上，张排长安排一个士兵接过正启肩上的担子，并如约支付给了正启一块大洋的报酬，然后就带着队伍，迅速地冲进寨子里去了。

　　正启哆哆嗦嗦的，在寨子边上一户人家的矮檐下蜷了半晚上，天一亮，便一路跑回山桃寨去了……

第十八章　扮恩爱夫妻分道　装糊涂兄弟无言

一

天刚蒙蒙亮，钱兴明一路狂奔，满头大汗、气喘吁吁地冲到赵家大院门口，连拍带喊，急火火地叫开了院门。

"老大，哪样事情啊，这么急急慌慌的？"打开院门，贵发惊讶地问道。

"我……我……不行了……我大妈，快、快……快不行了。"兴明一脸惊恐，喘着粗气，结结巴巴、语无伦次地说。

"哪样？！"贵发大张着嘴巴，愣在了那里。

"我爹……叫我来……来请你们，去……去……去见最后一面。"

"哪样事？不要慌，慢慢讲。"闻声赶过来的张氏，安慰兴明道。

"我大妈……快不行了。昨天晚上……半夜三更的时候……她喊肚子痛……今天，天快亮的时候……就……就……就不行了……痛得满床打滚，几个人……按都按不住……我爹叫我来，请两位舅舅……赶紧过去看看。"

"好端端的，咋个一下子就不行了呢？"贵发稍稍缓过神来，喃喃道，像是在发问，又像是在自言自语。

"咋个好端端的？你晓得啊？好长时间都没有见过一面了，你好久见她好端端的？"张氏说道。

听了张氏的话，贵发这才意识到，自己和这个唯一的亲大姐，和他们夫妻俩，确实已经有好几个月没有见过一次面了。

"你给大舅讲了没有？"张氏问兴明。

"我先跟大舅讲了……然后……才过这边来的。"

"你先回去，我们洗把脸就过去。"张氏吩咐兴明道。

兴明嗯了一声，转身就急匆匆地回去了。

"哪样病？咋个这么快？有些得了大病的，长的，能拖个三年两年；短的，至少也能拖个十天半月……咋个一下子就不行了呢？"回到屋里，贵发还在喃喃自语。

"这有哪样奇怪的？肯定是得了急病、暴病……有些急病、暴病，快得很！有的头天晚上还好端端的，有说有笑、能吃能喝的，第二天早上，就已经直挺挺、硬邦邦的了。有的更甚，发作起来，一时半会人就不行了。这种事情，哪个讲得清楚？阎王要她三更死，哪个也留她不到五更天……你赶紧洗把脸过去看看。是哪样情况，自己亲自去看一眼，就清楚了。老大慌慌张张、结结巴巴的，你晓得他说得准不准？记好，如果她快要落气了，你赶紧歪到一边去。她也算是有儿有女的人，有人给她送终的。——我去给她们几家说一声。"张氏说毕，就转身出门去了。

…………

贵发急匆匆地向贵友家走去。——有些事情，他得先和贵友商量商量，以统一一下思想和口径。

才刚来到场坝上，贵发就看见贵友站在自家院门口，正在不停地朝着自己这边张望。——多年来，兄弟二人的交往变得越来越默契，比如，遇到什么大事、难事、急事，只要得到了消息，接下来，不是哥哥去找弟弟，就是弟弟来寻哥哥；不是哥哥倚门等弟弟，就是弟弟翘首候哥哥……

兄弟二人连屋子也不进，院门口就商量了起来。迅速地交换了一下想法和意见后，便相跟着，急急忙忙地向钱家大院走去……

钱家大院，正义家堂屋里，兴明、兴秀坐在大门口，面带忧戚，眼巴巴地望着门外。见二位舅舅走了过来，兄妹二人赶紧起身迎候。

赵氏的房间里，正义、周氏，以及两位弟媳严氏和黄氏，静静地站在床前，神色凝重。

见贵友、贵发走了进来，严氏和黄氏便轻轻地，不声不响地退了出去。

兄弟二人近前察看时，只见大姐脸色青紫、牙关紧咬、气若游丝，身体已不能动弹，只有两只眼睛还在大大地睁着、两颗眼珠还在不停地转动着，像是在寻找、盼望着什么……看上去，赵氏还算平静，根本不像兴明此前所描述的那样，痛得满床打滚，几个人摁都摁不住……也或许是她已经很累了，就算还很痛苦，她也已经没有力气挣扎了；也或许是她的疼痛感已经消失了……

而疼痛感的消失，或许表明，她已经到了弥留之际。不过，说弥留之际似乎也不太确切，因为那时，人大多已经昏迷，而她呢，看上去却还很清醒。只是，这时候的清醒，能带给她什么呢？带给她的，只能是更多的恐惧、留恋、怨恨……

见到两个弟弟，赵氏似乎有些激动，原本黯淡的眼神，一下子明亮了。她微微动了动嘴唇，似乎想说点什么，却苦于发不出一丝声音来……有口却不能言、有话却说不出，赵氏只好痛苦地闭上了眼睛……如此看来，她脑袋里在想些什么，嘴巴里想说点什么，身体里痛不痛，这些，或许最终就只有她自己知道了。

房间里静悄悄的，每个人所能听到的，就只有大家小心翼翼的呼吸声，以及自己怦怦怦怦的心跳声……赵氏双眼紧闭，看上去很平静。但是，从她面部肌肉微微的抽搐，以及胸部起伏的明显加剧，再结合她之前幽怨的眼神，贵友兄弟二人知道："此时此刻，大姐身体上的痛苦，或许已经消失了，或许已不再那么强烈了，但是，其内心深处的痛苦，想必已到了无以复加的地步。"此时此刻，钱赵氏或许想到了，自己未出嫁时，在那贫寒的家庭里，失去怙恃的姐弟三人，是如何相互扶持、相依为命的。或许想到了，自己成家后，面对衰败的家庭，自己是如何勤劳俭省、精打细算过日子的；两个弟弟，以及他们的家庭，又是如何努力帮助自己重振家业的。或许想到了，自己家兴旺发达起来以后，自己又是如何对待两个弟弟及其家人的。或许想到了，平日里，自己和周氏的磕磕碰碰、明争暗斗。或许想到了……然而，想来想去，令她怎么也想不到、想不明白的是，今天，因为什么，自己竟会落得个这样的下场？留恋？懊悔？怨恨？不甘？这一切，此刻，"今后"，也只有她自己知道了。

"大姐，你哪里不舒服啊？啊？"贵发弯下腰来，把嘴凑近赵氏耳边，大声问道。然后迅速歪过头去，把耳朵凑近赵氏的嘴巴，想听听大姐说些什么。这些年来，姐弟间虽然隔阂颇深，但毕竟一母同胞、血浓于水，这个时候，好歹得问候一声。

赵氏睁开眼来，嘴唇又微微地翕动了一下，但仍旧发不出一丝声音来……她转动了好一会眼珠，看样子很是着急。一会儿，她拼尽全力，嘴里含混不清地嗯喔了一声，而后便痛苦地闭上了眼睛……很快，她又再次睁开眼睛，无力地转动了几下眼珠子。接下来，喉咙里咕噜了几声，长长地呼出了一口气后，她的眼珠便凝固了一般，直直地盯着周氏，不再转动了……瞳孔放大了，眼神散了……

见大姐的眼睛都散了光了，贵发轻轻叹了口气，微微地摇了摇头，缓缓地侧过脸去。贵发侧过脸来时，正好迎着贵友的目光。兄弟二人对了个眼神，便相跟着，轻轻地从大姐的房间里退了出来，继而走出屋子去，向院门处走去。

二人才刚跨出院门，身后就噼里啪啦地，响起了一阵急促的鞭炮声。二人心头陡然一震。反应过来后，便不约而同地回过头去朝院子里张望……鞭炮声停息下来后，兄弟俩长长地叹了口气，无奈地摇了摇头……

兄弟俩站在院门外一侧，轻声嘀咕了起来：

"大哥，大姐这个样子，看上去有点不对劲……就这样死了，感觉有点不明不白的。"

"嗯！但是，咋个办？这种事情，民不举，官不究……除非去告状，打官司。刚才你问大姐话的时候，我看见姐夫和周氏脸色有点不对，好像很怕大姐跟你说了些哪样。"

"咋个没有看到钱二哥、钱三哥？这种事情、这个时候，他两个好歹应该在场的。"贵发有些不解。

"哼！估计是，见事情不对头，故意歪开了……他们是亲兄弟，正文又是'五老'之一，有些事情，他们不方便露面……哼哼！不露面，以后就可以谎称不晓得；不晓得，也就可以'不知者不怪''不知者不罪'了。——等大家把该做的事情都做得差不多了，他们就会出来了。"贵友冷笑道。

"唉！大姐啊大姐，落得今天这个下场，要怪的话，也只能怪你自己……你说你，家业发达了，兴兴旺旺的；日子好过了，有吃有喝的，你还这么精明算计搞哪样？和外人你要算，和自家人你也要算，算来算去，结果算到自己头上来了……你这么会算的一个人，咋个就没有算到，自己今天会有这样的下场。——一个人，太过精较、太过算计的话，总有一天，会'精'到、'算'到自己头上来的。"贵发感叹道，语气中颇有些不解和抱怨。

"所以说，这人啊！有些时候，还是糊涂点好；太聪明了，聪明过头了，不一定是好事……聪明过头了，说得好听点，是小聪明、假聪明；说得难听点，是憨、是蠢。一味要小聪明、假聪明，表面上看似多得了一点好处、多占了一点便宜；实际上，多的都丢出去、赔出去了……'聪明反被聪明误'；水太清了没有鱼，人太精了和不来人；'机关算尽太聪明，反误了卿卿性命'……这些道理，大姐她咋个就不明白呢？当然，我这里讲的糊涂，也并不是真的糊涂，而是大智若愚的那种糊涂。真糊涂的话，那也不行。比如贵立之类的，就是真糊涂。"贵友也颇多感慨。

"聪明方面，大姐的确不如周氏。你看人家周氏为人处世……唉！"

说到这里，兄弟二人都沉默了。——想起周氏，想起周氏的好，想起她和自己大姐的种种龃龉和冲突，二人心情很是复杂。

按理说，相较于周氏，作为亲大姐赵氏，与贵友哥俩，与哥俩的家人之间，关系应该更为亲密才是。然而事实正好相反。其中的原因，前边说过的，即，自从自家家业兴旺发达以后，赵氏就有意识地拉开了姐弟之间，以及各自的家庭之间的距离，且越拉越远，彼此间的关系于是也就迅速地冷淡、疏远了。到后来，彼此间更是一年半载也难得碰上三两次面。再后来，彼此间甚至搞得路人一样，就差没有划清界限了。如此，岂能亲得起来、热得起来？周氏则不然。她与贵友兄弟两家来往比较多，对侄儿、侄女们也很好。因此上，兄弟二人以及二人的媳妇、娃娃们，也都更喜欢周氏；对于赵氏，则十分的疏淡，有时甚而有种说不出来的厌烦。兄弟二人也就罢了，再怎么说，也不好把心里的喜欢和厌烦，尤其是厌烦，表现得太过明显。而媳妇娃娃们则不然，他们才不管你这些呢，该欢迎的欢迎、该关门的关门，该瞪眼的瞪眼、该皱眉的皱眉……

以往，关于赵氏故意苛刻、刁难、整治周氏的传言，在寨子里传得沸沸扬扬的。议论者，不留情面的，直接指责赵氏蛮不讲理，欺负人家周氏一个外地人，说她今后要遭报应的；留点情面的，也会委婉表明，是赵氏无礼在先、挑衅在前。这些传言，难听的，说是这赵氏实在过分，人家周氏蒸饭时，她故意悄悄地倒掉一部分甑脚水，让饭蒸糊；人家周氏做菜时，她不是嫌味道淡了，就是嫌盐放多了……总之，什么都有她说的。然后以此为由头，对人家大加责难、训斥……更难听的，说是这赵氏坏得透顶，坏得脚下生疮、头顶流脓。人家周氏坐月子时，她对人家做了许多见不得人、见不得光的事。详情是，周氏生下兴明后，中年得子的正义很高兴，她也很高兴。据说，正义还曾亲自下厨，为周氏熬了一大罐鸡汤。但周氏喝下鸡汤后，很快就翻肠倒肚的，一连吐了好几天，吐得一塌糊涂，吐得几乎连下床的力气都没有了。从此，周氏便落下了个晕病的病根，一闻到那种类似的味道，就头晕目眩，恶心想吐，以至于后来生兴秀时，一闻到鸡汤味，她就呃、呃、呃地直打恶心，即便那鸡汤原汁原味，香喷喷的。后来，有人说，能让人吃后吐得那么厉害而又不伤性命的，十有八九是生桐油。再后来，又有人说，估计是赵氏在鸡汤里动了手脚。——估计是她见到正义对周氏好，心里不舒服，妒火中烧，所以便悄悄地在鸡汤里放了点生桐油。还说，赵氏之所以同意钱老大再娶周氏，不过是想借鸡下蛋而已。她自己不能生，便想借用一下人家周氏的肚子。用完以后，就想过河拆桥。咋个拆呢？就是故意苛刻、刁难人家，最终把人家逼走、挤走。她那意思是，只要人家一走，不再回来，丈夫和两个娃娃就都是她一个人的了……钱赵氏家的这些破事，说者虽然大多没有亲见，但说得有鼻有眼。

上述传言、议论，自然也逃不过贵友兄弟二人的耳朵。听得多了，尤其是听到那些对自家大姐的指责和谩骂时，兄弟二人的脸上便有些挂不住，却又不好明说，于是只能在背地里抱怨自家大姐。——自家亲弟弟都这样抱怨，外面的舆情就可想而知了。

那些传言，尤其是借鸡下蛋、过河拆桥那一节，如果周氏听到了，——人家还能听不到？——那人家还能不害怕、不提防？还能不抢先下手？钱赵氏啊钱赵氏，你也不想想，人家和那一对儿女，可是亲母子、亲母女啊！母子连心哪！十月怀胎苦，临盆鬼门关，这种用苦难，甚至是生命危险换来的骨肉亲情，谁能割得断、舍得下？谁能取代得了？现在，那两个娃娃，不管你对他们如何如何的好、如何如何的亲，长大后，人家最亲近、最惦记的，依然是自己的亲妈。哼哼！还想算计人家、"挤"走人家？说不定到头来，真正被"挤"走的，是你！——不是"说不定"了，而是，她钱赵氏已经被挤"走"了，而且是永远地"走"了，再也回不来了……

可怜的钱赵氏，才"知天命"没几年，便丢掉了自己的性命。

二

贵友、贵发兄弟俩正沉思间，武氏、刘氏、张氏一道走来了。她们的后面，跟着明全、明智兄弟俩。

"咋个了？"武氏问贵发道。

"咋个了？炮仗都放过了……你们快进去看看，看看有没有哪样需要帮忙的，我和大哥随后就来。——这个时候，该换衣裳了。"贵发对武氏说道。

一听"炮仗都放过了"，武氏等人心里就都明白了。

武氏等人来到正义家堂屋里时，两条长凳，一块门板，已经把赵氏停好了。之前，帮她擦洗身子，更换新衣裳、穿上新鞋袜的，是严氏和黄氏两妯娌。

赵氏的遗体在门板上，身上盖着棉被、脸上蒙着白纸。换上新布鞋的双脚，用根麻线绑缚在一起，使其并拢。脚后方，一张方凳。凳子下，地面上点着一盏油灯；细小的灯焰，轻轻地、不停地跳动着。凳子上，紧靠逝者脚底的地方，倒扣着一个吃饭的土碗。土碗的后方，是满满的一升白米。米中插着几炷香。香头上，一缕缕青烟，细细地，弯弯曲曲地升腾着。几缕香灰掉落到白米上，灰黑灰黑的，毛毛虫一般。凳子后方，地上摆着一口破砂锅。锅里面有些纸灰，散发出丝丝焦味，看来才刚烧过纸钱不久。破砂锅后面，地面上铺着一小块草垫，方便吊唁者等磕头行礼……

严氏、黄氏、正启进进出出地忙碌着。正义、周氏分坐灵床两边，身体倚着墙，眼里噙着泪，神情木然，一言不发；兴明、兴秀披麻戴孝，一脸茫然地候在神龛侧前方，以备有人给他们的大妈磕头作揖时好还礼……兄妹二人眼睛红肿、面容悲戚，应该是才刚大哭了一场。二人不时地走到赵氏的脚跟后，跪下来磕几个头、烧几张纸……不管怎么说，他俩对赵氏还是有一定的感情的。毕竟这些年来，赵氏对他俩还是很不错的。正是因为这些，所以平日里，两位妈妈呛声拌嘴时，作为孩子，兄妹俩只能，要么保持中立，不偏不倚；要么置身事外，充耳不闻。就算心里的天平有所倾斜，二人也会在神情、言行上尽量掩饰……

武氏、刘氏、张氏等人上了香、烧了纸、行了礼，便坐在地上，扶着灵床号啕……严氏、黄氏见状便过来相劝。周氏也上前来劝慰，谁知才刚拉着刘氏、张氏的手，自己也忍不住跟着抽噎了……劝了好一阵，才将几人劝了起来。

武氏等人止住哭泣、抹干眼泪，走到神龛下，想看看大姑妈最后一面。黄氏明白武氏等人的意思，便趋近前来，帮着小心翼翼地揭开赵氏脸上的白纸，可才刚揭开，她便又赶紧给盖了回去。——看样子，她应该是吃了不小的一惊。

实则，武氏等人也吃了不小的一惊。——即便只是急急忙忙地瞅了那么一眼，她几个也已看清楚了：大姑妈面色青紫，咬牙切齿的。尤其是，一双眼睛似乎还在大大地瞪着……样子实在有些可怕。

…………

灵床两边，一边，男人们围着正义，低声商量着赵氏的后事；另一边，妇女们陪伴着周氏，不时地劝慰她几句。

"先生请了没有？还有棺材准备好了没有？"贵友问正义道。

"先生的事情，已经跟二娘讲了。她忙过这一头，就出去找二爷，请二爷帮忙去请……木头的事情，等会儿请三爷和大爷帮忙去备办……我这里六神无主、七上八下的，该做哪样、该备哪样，都要靠大家提醒。——刚才，'含口钱'都还是大爷帮忙找来的。"正义有气无力地说。

"大爷，你哪个时候过来的啊？"贵发问正启道。

"听见炮仗响，我就赶紧过来了……听说大嫂不舒服，而且还有点老火，天还没有亮的时候，我就跑过来看过一回了……坐了一会儿，看大嫂安静下来了，以为没有哪样事情了，我就回家去了。谁知回到家里，倒在床上，感觉才刚刚眯过去，就被炮仗惊醒了……刚才，我过来的时候，看见你和大哥在门口商量事情，怕打扰你们，所以就没有和你们打招呼。"正启说道。

"我大姐咋个一下子就这样了？以前，也没有听说过她得过哪样病，有哪里不舒服啊，咋个一下子就……"贵发盯着正义，问道。

"是啊，也不晓得她是咋个回事，得了哪样急病……昨天晚上睡觉前，都还好好的。半夜三更，一下子就喊肚子痛……我赶忙把周氏摇醒来，点起灯，跑过来看……哎哟！痛得她哟，满床打滚、满头大汗……把我吓得哟，心怦怦怦怦地跳；周氏和两个娃娃，也吓得哭哭啼啼的……天麻麻亮的时候，她终于安静下来了。我们还以为她好点了，缓和点了。但是，一看她那个样子，我就感觉不对头了……以前，我妈快要去的时候，就是这种样子。所以我就赶紧叫兴明去请你们。"

"哪样病？咋个这么厉害，这么快？"贵友似乎有些不解。

"看样子，怕是中邪了。"正启插言道。

"应该是某种急病……这种病，哪个也说不清楚，不发作则已，一发作起来，恐怕是，连医生都来不及请、连药都来不及配……昨晚上，她还和我有说有笑的，哪个晓得……"正义的声音有些哽咽了。

"哎！不要光顾讲话，好些东西都还没有准备呢……你跟我回去一趟，去砍两棵竹子来，等会儿好挂'望山泉'、做'哭丧棒'。"张氏走到门口，转过身来，提醒贵发道。

看到张氏的神情，贵发便心领神会地跟了出去……

"周氏咋个讲的？"才刚跨出院门，贵发就急不可耐地问道。

"她讲，可能是得了哪种急病……这些天，大姐有些咳喘，喉咙里面呜呜呜呜的，像拉风箱、吹口哨一样。"

"咳喘？关肚子哪样事？——他俩爷崽，还有钱大爷，都说是肚子痛。就算是咳喘病，那也是慢性病啊！咋个可能几天，甚至一晚上，就要了人的命？急病、暴病，也许还说得过去，只是……"贵发心里嘀咕道。紧接着，他突然想到了一个大问题，便问张氏道："你们刚才看到的，大姐是哪个样子，比如脸色？"

"样子有点吓人：脸色铁青铁青的，牙关咬得紧紧的，两只眼睛……眼睛好像没有完全闭上。——我们不敢仔细看，只是慌慌张张地瞟了一眼。"

"脸色铁青，牙关紧咬……咋个会这样呢？"贵发喃喃自语，若有所思。

"发急病去的，就是那个样子：脸色青紫青紫的，牙关咬得紧紧的，两眼合不上——估计是痛的、怕的……早上，你没有听老大说啊？说是大姑妈昨晚上痛得满床打滚，按都按不住。你想想，那该有多痛。"张氏看出了贵发的疑虑，便赶紧给他"分析"。刚才，在灵堂里，见到贵发像是在质问大姐夫，她便找了个借口，用眼神把贵发给支了出来。

"痛？落气之前，只见她安安静静的，看不出一点痛的样子来呀。"

见贵发还在犹疑，张氏便继续"开导"道：

"那个时候，她已经痛过了。再说，那个时候，她也已经没有劲了，再咋个痛，她也动不了了，也喊不出来了……你们见她最后一面的时候，她是不是已经连话都讲不出来了？

"我们家这个大姐、大姑妈呀！不是我说她……她是，她两口子都是，用人的时候，满脸笑；不用人的时候，嘴角翘……常言道，'嫁出去的女，泼出去的水'、'嫁鸡随鸡，嫁狗随狗'、'进了哪家门，就是哪家人'。——也就是说，现在，大姐的这件事情，再咋个说，它也都是人家钱家的事情，你和大伯伯不要去给人家添麻烦。我们这个大姐呀，还真是，'进了哪家门，就是哪家人'。这些年来，你们又不是不晓得，她那眼睛里面，哪里还有娘家人？你们也看得见的嘛，人家日子过好了以后，眼角角就不看哪个一眼了；走起路来，衣角角都扇得倒人。哼哼！枉自大家以前对她家那么好，自家的事情都还没有忙完，就赶紧下气下力地去帮她家……今天，我们几个也是想到她好歹是你们的大姐、娃娃的大姑妈，所以才一大早就赶过来，哭她一下、送她一下；要不……

"唉！他们那个家，今后就只有靠周氏了。周氏勤快，脾气又好，对人和和气气、大大方方的；两个娃娃，也被她教得客客气气的，见到我们，就大舅妈、二舅妈，大哥、二哥的，喊得亲热得很！很讨人喜欢的……平时间，周氏是个哪样人，她是咋个对我们家的，这些，你也是看见的。对明德、明礼他们几个，可以说，人家比亲姑妈都还要亲，——有点好吃的，怕遭大姑爹、大姑妈看见了，人家是躲躲闪闪，想方设法的，也要给他几姊妹一点点。那亲的，抠搜不说，反而搞得像是和哪个有仇一样。"

张氏的这一番絮叨，让贵发无言以对。

"刚才，才转过身，明全、明智就不晓得哪里去了……要不，我转去把他们找来，叫他们帮忙扛扛？"

"两棵竹子，没有多重，我扛得动的。"贵发漫应道。

"看样子，可能要遭在这里耽搁几天了……中午、下午的时候，我还要回去一趟，给他们几姊妹做做饭……叫明秀也过我们家这边来，和明德、明礼一起吃。——刘氏不得闲，她要和严氏她们另外缝几套新衣裳，等会儿装的时候，好给大姑妈穿上。这大姑妈也太抠搜了，对别人抠，对自家也抠。听说，她落气后，在她的房间里，严氏、黄氏翻箱倒柜的，也没有给她找到一件像样点的衣裳。所以，等会儿还得要赶紧给她缝几套。"

此间——别处想必亦然——风俗，去世的人，要全身上下、里里外外一身新衣裤、新鞋袜入殓；且里三层、外三层，各种款式的衣服，尽量都穿上一套，以期逝者来生不缺穿的。此外，灵床后，逝者脚跟后的米、碗和纸钱等，可使其来世不缺吃的、用的、花的……

"等会儿，明全、明智回来招呼牲口的时候，叫他两个顺便做做就行了，省得你跑来跑去的……或者，叫他几姊妹也过来吃算了。——'人死饭甑开'，白事，主人家怕的，就是饭菜摆好了，没有哪个来吃，或者来吃的人太少。"贵发说道。

"'人死饭甑开'？哼哼！他大姑爹家的饭甑，盖得紧得很！不能叫他们过来，该讲究的，要讲究；该忌讳的，也要忌讳……他三姊妹年纪小，怕遭吓到。再说，大姑妈还这么年轻，又是病死的，像她这种情况，如果不是在家里面去的，都还不能停在家里面呢。"

…………

阴阳殊途，两个世界里的人，想必都会互相畏惧、忌讳。

三

天黑后，钱家大院更加嘈杂、热闹。钱正义家这边，大门口一侧，一群中老年男子围坐在一起，一边津津有味地抽着旱烟，一边兴致勃勃地开着玩笑，聊着奇闻怪事……年长者去世时，停灵的夜晚，人们会唱唱孝歌，以消遣解闷、逗乐助兴。孝歌类似于山歌，但有的比较长，可"翻唱"——多为较为经典、流行的，也可现编现唱。唱时，唱者将一个小皮鼓放在两膝上，然后一边唱，一边不时地用指尖叩击几下皮鼓相和。唱完后，再将皮鼓挨个传下去，由下一个人接着唱。由于钱赵氏比较年轻，且不属正常亡故，且辈分也不算高，不宜唱孝歌，所以，大家只能以谈天说地、嬉笑逗乐等方式来打发时间……孝歌不宜，唢呐则少不了。唢呐匠人，一般是与逝者家关系较为亲密的亲朋好友请来的。吹奏唢呐的目的，想来大抵有二。其一，可以增添点热闹的气氛，让逝者身后、让丧事场面不至于太过冷清。若是高寿仙逝，还可增添不少哀荣。其二，为前来帮忙的亲朋好友醒醒脑、提提神。办理丧事，许多事情、仪式都需在晚间办理、举行，而这时的人们，最容易犯困。唢呐声声，可以帮助大家驱除睡意。今晚的这拨唢呐匠，是贵友代表兄弟两家，亲自去邻村请来的。为了这事，沈氏到现在都还在和他怄着气，不愿过钱家大院这边来。沈氏的意思是：你们虽然是亲姐弟，但这些年来，彼此隔阂很多，几无往来，没必要装那面子，更没必要花钱去请唢呐匠。而贵友的意思则是：人都死了，还和她计较个啥，死人知道个啥。请唢呐、撑面子……这些，都是做给活人看的。且作为亲兄弟，自己也不得不做，否则，人家会说我兄弟两个不懂礼数、不会为人。自家姐弟的隔阂，人家看不见，不会去想去说；但你为不为死去的大姐尽这个礼数，人家却是看得见的……

钱正义家的堂屋里，也就是灵堂里，三位先生翻阅着发黄的经卷，正在看日子。他们是钱正文专程从外村请来的。年长的，起主导作用的，是师傅；另外那两位年轻点的，主要负责打下手的，是徒弟。当下最紧要的就是择一吉日良辰，好安排出殡、下葬的事宜。当然了，这种场合一定少不了一个人，那就是钱正启。起初正启与三位先生忙得不亦乐乎，只见他们时不时指指点点，嘀嘀咕咕的。然而，在看日子这一问题上，他却和几位"同行"发生了一点分歧。什么分歧呢？那师傅认为第二天是吉日，寅时二刻，利于动土；卯时一刻，适宜出殡。建议先派人去坟地，时辰一到，便可把坑挖好；棺材抬上山后，便可下葬。而钱正启则认为，推后一天，日子、时辰会更好……起初，双方只是小声地探讨、争论。可是，说着说着，不知怎的，大家的嗓门渐渐地高了起来，最终呛了起来……

灵堂里的争吵声，把外面的人都吸引了过来。他们拥堵在大门口，层层叠叠地，踮脚伸颈，饶有兴致地看着、听着……

"师傅，你讲的也不错，但是，我们还得要给主人家考虑一下。"那师傅放缓语气，对正启说道。而后侧过脸来，高声对正义说道："咋个办，听主人家的……主人家，你来拿个主意。"

"最好是尽快入土为安……主要是，这几天天气有点热……否则的话，推后一两天，也不是不可以……"钱正义吞吞吐吐地说，语气十分的委婉。但他的意思，在场的人都能听得明白。

"推后一天怕哪样？再热也没有多大关系。看日子、选时辰……"钱正启不甘心地说。

"大爷，这个事情，你就不要插嘴、插手了……这种事情，只能有一个师傅，也只能以一个师傅为主。师傅多了，人多主意多，容易把墙砌歪。"正文打断了正启的话，继而侧过脸去，对那位师傅说道："这方面的事情，我们不懂……相信你们，请你们来，就一切听你们的。疑人不用，用人不疑。"

正文知道，目前的情况下，主人家就得拿出个明确的态度来，这样，事情才能办得成，也才能办得好。可大哥的态度……另外，就先生们是自己请来的这一点而言，自己也得维护一下人家的尊严。

"咋个办，以你们为主……当然，刚才大爷也是好心。"正文意识到自己刚才对正启说得有点重了，便顺势采取了一点补救措施。

"好呐！既然主人家发话了，那就照我们刚才看的日子、时辰办，该干哪样干哪样。"那师傅大声应道。

正启不再吭声，涨红着脸，独自歪到一边，神情十分的懊丧、落寞……他不想再与这几个"同行"为伍、为谋了，却又不便马上就离开，于是只得找了件可有可无，可做可不做的事情，慢慢地做着，借以掩饰一下尴尬。然而，情绪上的波动，使得其动作明显有些僵硬、机械，不似之前那么灵便、活跃。——他仿佛一下子明白了不少道理："同行是冤家""远香近臭""外来的和尚会念经"……当然，他也清楚："自从上次在'保务团'的手里栽了跟头、闹了笑话以后，自己的意见是越来越不受重视、不受待见了，有时甚而还遭到了无视……"那个跟头、那个笑话，他一直不愿去回想，因为一想起来，心里就会无比懊悔，懊悔自己的轻率、托大，以致于自己砸了自己的"招牌"、自己坏了自己的"生意"。

…………

日子、时辰定下来后，接下来，就是一系列的法事、仪式了。

武氏、刘氏和张氏，吃完晚饭后，就结伴回家去了，家里还有几个小孩要照管，还有一大堆家务事要做。严氏和黄氏忙了一天，哈欠连连，强打着精神帮赵氏穿衣入殓后，也各自回家休息去了。贵友、贵发不便这就离开，便在正文等人的邀请下，找地方喝茶抽烟、吹牛聊天去了。明全、明智兄弟俩，之前还在门口津津有味地听人闲扯，及至快要举行绕棺仪式了，便不知哪里去了，——应该是回家睡觉、看家去了。于是，灯烛摇曳、烟雾缭绕的灵堂里，便只剩下了十来个人。

众多法事、仪式中，绕棺最为烦琐、枯燥、磨人，且耗时最长——大多要延续到子时，甚至丑时，因而很考验人的精力和耐性。参与此仪式的，多为逝者的嫡子嫡孙、侄子侄孙，以及近亲属中的其他晚辈等……留在灵堂里的这十来个人，三位先生正襟危坐在棺材后面大方桌——用于替换之前的方凳，便于摆放众多的法器、祭品等——的两侧，双眼微闭，直着脖子，拖腔拽调、咿咿呀呀地念唱着。念唱的同时，三人手上也不闲着：师傅一手按着经书，一手敲着木鱼；两个徒弟则一手一片铙钹，并不时地抬起双手来，将两片铙钹"铛"地猛地一合，继而"锵锵锵锵"地迅速地摩擦几下。正义和周氏呆坐在大门后靠墙的角落里，一脸的茫然，不知在想些什么，抑或什么也没有想。如此，剩下来绕棺的，便只有兴明、兴秀两兄妹，以及三两个堂兄妹了。他们披麻戴孝，腰间系着草绳，稀稀拉拉地相跟着，机械地围着棺材转圈，磕头，烧纸；转圈，磕头，烧纸……参与此项仪式，人多，有很多好处：一，大家走走停停，慢慢地绕着，可以不时地歇歇；二，大家热热闹闹的，感觉也要精神些；三，沉闷时，还可开开玩笑、搞搞恶作剧，比如，瞅个机会，悄悄地把前后挨挤着的两个人腰间的草绳连在一起，这样，一个跪下去磕头时，另一个被他一带，站立不稳，也跟着歪斜下去，差点扑倒到跪着的那人的身上去。跪着的人不知就里，或者一时反应不过来，便赶紧歪开身子相让；而这一让，又再次牵扯到了绳子，让即将扑倒之人又一阵忙乱……借以博得一笑，让大家乐一乐，活跃一下气氛，同时醒醒瞌睡提提精神；四，于逝者而言，也要"风光"一些。人太少，大家就只能强打着精神，强忍着那种枯燥和无聊，耐着性子，一个紧跟着一个，机械地迈着步子，慢慢地消磨时间了。

不知什么时候，大门外安静了下来。围在一起逗笑、聊天的人们，笑够了、聊够了之后，便渐渐地失去了兴致，于是便渐渐地散去……唢呐声也变得断断续续、有气无力的了，甚而一度停了下来。——没有人督促，且人都走光了，吹得再响亮、再好听，又有什么意义？后来是，唢呐匠们吹完一段后，便要歇上好一会儿；歇够了，不好意思了，这才又懒洋洋地再来上一段……

　　…………

唢呐声停息下来的时候，灵堂里面，时不时的，几声先生的长呼、断喝，几声铙钹的闷声、脆响，让人，尤其是那些昏昏欲睡的守灵人、绕棺人，心里猛地一颤……

第十九章　吴志德罹牢狱祸　罗友寿渡桃花劫

一

中午，吴志德的女儿吴士芬来到了赵家大院里，陪同她一起来的，是其夫石老五。夫妻俩是一大早从邻县赶过来的。三十多里路，二人足足走了一上午。士芬此行的目的，是想来解决一下娘家遗留下来的某些问题。

吴士芬是在两年前，年满十八岁以后，嫁到邻县去的。其夫家所在的村庄，离县城较近，离毛栗坡也不远。以前回娘家来时，闲聊中她还曾提到过自己曾在县城里碰到过钱秦氏母子俩呢。还说，幺娘变胖了，兴雄也长高了一头……

可叹的是，今年，特别是下半年，短短几个月的时间里，士芬娘家就接二连三地出了几件大事、祸事。

最先出的是家里半夜遇劫那事。那件事情，虽然让家里损失了不少财物，但好在一家人平安无事，仅仅是受到了一点惊吓。

可是，几个月后，家里所接连遭遇的那两件大事、祸事，可就不得了了，霎时间就把一个好端端的家庭给扯得七零八落的，直令亲人永隔、骨肉离散……让人闻之唏嘘不已。

最先出事的是士芬的父亲吴志德。

一天晚上，几个便衣悄悄地来到了山桃寨，软硬兼施、连哄带骗把志德诱骗到了县城……第二天下午，家里才得到准确的消息，说是志德有阴谋破坏、危害现政权的嫌疑，现已被暂时下到县狱里，等待进一步的调查、审讯和勘验……谁知才隔了一天，又说是案情重大，志德今天一大早已被押解到省里去了……这消息一传来，整个山桃寨沸腾了，众说纷纭、莫衷一是。

有人神秘兮兮地说，志德是谍报人员，受县城某地下组织的直接指挥……还说，前段时间，某天晚上杨家山那边，有人从钱家坟山下面的大路上经过时，听见坟旮旯里传来嘀嘀嘀嘀、嘟嘟嘟嘟的声音。那传来声响的地方，咫尺之间，就是钱赵氏的新坟。那家伙以为撞邪了，且前些天偏偏又才听人说过，说是这新鬼啊，极易作祟、害人！尤其是那些年纪轻轻就夭折、暴亡的，那些含冤受屈而死的，心里怨气很重，却又得不到伸张、宣泄，因而更易惑乱、祸害人……于是吓得屁滚尿流的，一口气跑回家里，一头栽倒在床上就一病不起了。后来，一亲戚晚上来探视他时，给他说，那声音，十有八九是发电报的声音。现在天下大乱，估计是有人躲在坟旮旯里发电报、送情报。——深更半夜的，在坟旮旯里办这种事情，最安全了。听了这番话，那人这才精神好转了起来，第二天早上，就能下床了；吃过早点后，就能出门游逛了。

天下大乱的气息，山桃寨里的人们，再怎么闭塞无知，也多少能嗅到一点的。只是，具体、详细的情形，比如，乱到什么程度了，乱成什么样子了；县里是什么情况，省里又是什么样子；等等；他们却知之甚少。他们对外面形势的那一点点了解，很大一部分，是从杨启前、钱正文那里得来的。——只是，消息从杨、钱二人那里传出来后，经过人们的传播，三两天后，就已经有些走样了。前段时间，启前又来信说："时局紧张，现在，省城里面已经乱成一窝蜂了，军队进进出出的，很可能要打仗了，要打大仗了。警察天天都在抓人，那些有间谍嫌疑的，有危害政府嫌疑的，统统抓进去；抓进去后，有的三两天就给枪毙了。物价也高得出奇，昨天还能买两斗米的钱，今天连一个烧饼都买不到了。搞得人心惶惶的，有钱的，赶紧用票子换东西，换金条银圆；没钱的，也已做好了拖家带口去逃荒避难的准备……"信里，启前还说，"省城里实在待不下去的话，他打算回山桃寨来，一家人安安稳稳地过点耕读传家的日子算了……山桃寨实在是太偏远、太闭塞了，以至于这些消息，杨启前不说，其他人估计就不会有谁知道，或至少短时期内不会知道。不过，启前说了一，他们就能推测二、三，甚至更多：省城尚且如此，下面就可想而知了。到最后，山桃寨，自己的家乡，可能也逃不过这场疾风暴雨，而且风可能更大、雨可能更猛……时局紧张，甚而可谓天下大乱，各种政治势力便会渐渐浮出水面来，志德很可能就是为其中的某股势力效力的。"乱世用重典"，为维护自己的统治，当局自然要加大所谓的戡乱的力度。这当口，志德不幸撞到了枪口上。——不幸？会发报的，除了他们文化人，还能有谁？

有人就着文化这一话题，接着说道：寨子里有点文化的，能够多少了解点时事的，会不时地关心一下局势的，甚至会摆弄一下那洋机器的，估计就只有杨启前、钱正文、吴志德等寥寥可数的几个人……只是，这几个人中，启前长期待在省城里，很少回来。就算是过大年，他也要三两年才能回来一次。另外，他在省城干的什么差事、靠什么营生，寨子里的人，包括他妈，也许没有谁真正知晓。所以，电报的事情，应该和他无关……正文和志德呢，虽然长期待在寨子里，但其眼界和能耐，还不足以操弄那洋玩意。那正文，成天东游西逛的，东家进、西家出，这家吃、那家喝的，不过一个浪荡子弟而已，实在看不出有什么抱负、追求。志德呢，可以这么说，山桃寨里，真正有点文化、有点水平的，除了杨启前外，就只有他了。钱正文呢，虽说肚子里也有几点墨水，斗大的字也认得几箩筐，但是，和文化人、知识分子还是有着相当大的距离的。——只是，虽然有文化、有水平，但志德也不过是逢年过节、婚丧嫁娶、买进卖出时，帮人家写副对子、拟篇契约而已。他性格怯懦，言谈谨慎，吹牛聊天时，总会尽量避开那些所谓的时政话题，就差没有把"莫谈国事"随时挂在嘴边了。他所做的最为出格的事，也不过是酒劲上来时发几句牢骚；兴之所至，拟副对联，抒发一下胸臆而已。总之，横看竖看，他钱正文和吴志德，都不像是有大抱负、大能耐、大前途的人。在山桃寨这个小水塘里，他俩能成为一条泥鳅，摇头摆尾、悠然自得地游荡几下，翘几下尾巴、吐几个泡泡，就已经很不错了；难不成还想成为一条真龙，叱咤风云、呼风唤雨？实在想不出，他吴志德的下狱与时局之间会有什么关系，会有多大关系。

也有人说：可能是上面搞错了，错抓了人。只是，兵荒马乱的，没有那么多道理可讲。讲了，估计也没有谁会理睬你。这年月，这样的情况肯定不少，只是你我不晓得罢了。

还有人说：志德可能是得罪人了，所以遭到陷害；也可能是被别人当作了浮子、垫脚石。——乱世中，把别人按下水去，作为浮子，而后自己借力、趁势浮上来；或把别人踩下去，作为垫脚石，而后自己趁机爬上来的人，想必不少。只是……志德这个浮子，这块垫脚石，浮力也不够大，垫得也不够高哇！谁会看得上呢？

但上述说法，当即就遭到了反驳和劝诫：志德向来待人和善，邻里无争，这么多年来，从没听说他得罪过谁，更没有听说他和谁有过仇怨……正因为是乱世，所以大家更要小心谨慎，不能乱怀疑、乱议论、乱说话，否则，极有可能会连累别人，甚至要了人家的小命。前不久，赵贵发差点叫"保务团"给砍了脑袋，不就是因为有人乱说话，说他通匪？这年月，大家都不容易；大家街坊邻居，乡里乡亲的，要相互维护……

…………

各种传说，沸沸扬扬，有鼻有眼的……道听途说，而后口口相传；传了几站后，意思就大大地走样了，甚而以讹传讹，这样，风波也许就难以避免了。

山桃寨这样的小地方，贫困、闭塞，天高皇帝远，县城里有些什么新闻，传到这里时，早已是多年前的旧闻了。平日里，乡民们每天就只晓得日出而作日落而息，一门心思经营自己的小日子。能够让大家感受到一点现政权的作用的，不过是"保务团"三两年一次的下乡清剿活动而已。如今，猛然间谈论起什么时局、政治来，不禁让乡民们生出一种恍如隔世、宛在梦中，或仿佛还生活在20世纪的感觉来。而最能够让他们滋生出一点现实感来的，是吴志德这事，——遥远、缥缈的时局、政治等，一旦和自己身边朝夕相处的这个人联系起来了，就好像来到了自己身边一样……

起初，听说志德下了狱，其妻徐氏吓得六神无主，当即就跑去找贵发商量。贵发听说后，马上去找正文，想看看有没有什么办法，比如，可不可以去张家寨找找张大爷、张二爷，请他们帮忙联系一下张营长，然后通过张营长的关系，打点打点；或者去省城找找启前，请他帮忙央人向"上面"说一说、压一压，把志德保释出来。可是，还未付诸行动，又听说志德已被押解到省里去了。这下，贵发、正文就无能为力了。对他俩而言，出了山桃寨，别说省城了，就是县城，进去了也只会两眼一抹黑……虽说省城里有个启前，且假设他也愿意帮忙，也能帮上忙，可是这时节，到处乱糟糟的，去哪里找他啊？——他妈倒是知道他住哪里，只是，几个月前，她被接到省城里去了，已经和老家的人断了音信了。——再说，这么大的忙，他杨启前也不一定帮得上。在山桃寨里，他算得上一个名人、能人，可是，到了人才济济、高官云集的省城，他又能有几斤几两呢。县衙的大门，门槛尚且高过头顶；省衙的大门，门槛岂不是要高过天去？县衙尚且难以跨进去，省衙更不是谁想进就能进的……于是，志德的事情，就只能"从长计议"了。

可惜，"从长计议"的日子里，传来了一个惊人的消息：志德在狱中悬梁自尽了，且尸身也已就地掩埋了。许是冤屈、压抑、怨恨、无助等郁结于心，难以排遣，一个想不开，使得他最终走上了这条不归路。

更令人唏嘘的是，志德走后，不到半个月，其妻徐氏也跟着去了。志德被逮后，徐氏一个妇道人家，头一次遇到这样的急难事，其心里的惶急可想而知；奔走了多日，又始终找不到一丁点营救丈夫的办法、门路，不免急火攻心；加之其体质本来就有点弱，于是很快就病倒了。随后，志德自杀的噩耗传来，更是雪上加霜……为此，士芬专程从婆家赶来，带着弟弟士成，四处为母亲求医问药、求神拜佛，可徐氏的身体就是不见好转。在病榻上挨了十多天，一个想不通，瞅士芬姐弟俩不注意，徐氏挣扎起来，一条布带子，梁上一挂，最终也走了丈夫的老路，跟随丈夫去了。

最先发现徐氏吊死在床边的，是他们的小儿子士成。那孩子惊吓过度，以致在后来的大半年的时间里，愣愣怔怔的，一句话也不愿说。

在贵发、正启等街坊邻居，亲朋好友的帮助下，吴士芬好歹料理完了母亲的后事。而后，她抽空把娘家有用的东西收拾、整理成几大包，请几匹马驮上，然后大门一锁，带上小弟士成，就回自己邻县的家去了。

那天临行前，士芬拜托前来送行的赵二伯，说是想把娘家的田地卖掉一部分，以便补贴一下家用，请其帮忙打听打听。随后把想出卖的田地的位置、大小等情况告诉了贵发，并且趁别人不注意的时候，悄悄地向贵发报出了一个自己预期的价格……

好端端的一个家，就这样散了、毁了。

二

吴士芬今天回山桃寨来，就是为了商量、处理娘家田地买卖的相关事宜。

为更好地弄清事情的来龙去脉，这里再插叙一笔：

吴士芬要出卖娘家田地的风，经赵二伯赵贵发放出去之后，大概半个多月后，罗友禄就找上贵发家的门来，说是受娃娃二舅的委托，前来了解一下情况。贵发在吴士芬之前的报价的基础上，适当加上一点，然后以自己的口吻，给出了一个卖方可能预期的大概的价格，供买方参考。最后还特意说明：自己受人之托，从中帮忙打听打听，看看哪家有这方面的意思。价钱上，人家其实并没有明说要多少；刚才的那个价钱，是自己结合当下的行情，"猜"的。具体的价钱，还得要双方自己坐下来谈……友禄把这些意思转告给了杨老二后，大抵是，杨老二也觉得各方面的条件和要求均在自己的能力和可接受的范围内，便明确表示了想买的意向，并亲自登门，恳请贵发帮忙联系一下吴士芬，约个具体的时间，双方坐下来好好谈谈。能当场谈妥，并写纸，那就再好不过了。

上个星期，贵发带着明全、明智兄弟俩，趁着去邻县走村串寨兜售菜油、"油饼"、土陶等，找到了吴士芬家所在的寨子，到她家去，把上述情况转告了她，并和她约好了接洽的具体时间和地点。交谈中，贵发等人还得知，士芬家所在的这个寨子，和秦氏、兴雄母子现居住的毛栗坡，相距不过五六里；二者距离县城都不远，三地之间，大体上呈个正三角形。

插叙完毕，下面接续上此前的话题。

在士芬夫妻与贵发、张氏闲聊的时候，明全、明智分头行动，很快就把杨老二、罗友福、罗友禄、钱正文、钱正启以及大伯赵贵友等几位长辈给请来了。

大家一边喝茶、抽烟，一边说着闲话……以闲聊为铺垫，谈论很快进入了正题。

作为中间人、联系人，贵发首先介绍道：

"今天请大家来，主要是为了小芬家的事情……一个多月前，她跟我说，她想把娘家的田地卖掉一点，托我帮忙打听打听……杨二爷得到消息后，觉得合适，想买，就请我帮忙联系。所以上星期，我和两个娃娃专门去了一趟小芬家，和她约好了，今天到我家来商量……该讲价的讲价、该证明的证明，大家帮他们双方把这件事情办了。——办得成，当然好；办不成，也不要紧，生意不成仁义在。

"当初，小芬为哪样会放出话来，说是要出卖娘家这两小块水田，主要是因为，她娘家当时遇到了好几件急难事，花了不少钱，一时间手头紧张；往后她带着小弟士成一起生活，也需要贴补一下家用。这些，大家应该都清楚的。那天在小芬家，听她讲她们家的情况现在已经缓和过来了，这点我们也看出来了。田可卖可不卖了；老五也讲，这年头，土地越来越金贵、钱越来越不值钱，不到万不得已，哪个愿意卖田卖地？说不定卖出去的时候是豆腐价，买回来的时候就是肉价钱了……听了她两个的意思，我当时就多了一嘴，问小芬到底还想不想卖，如果不想卖了，我回来好回杨二爷的话。当时，我还跟她说了，叫她不要有顾虑，想卖就卖、不想卖就不卖，此一时彼一时，大家都能够理解的……小芬的意思是，既然已经放出话去了，而且杨二爷得到消息后又这么有诚意，那卖就卖吧！货卖有缘人。我的意思呢也和她的差不多。大家想嘛，她两姐弟现在住得那么远，离老家三十多里，老家的这些田地，他们咋个照管？好田好地的，无人照管，丢荒在那里，多可惜！而且，荒的时间长了，就会田也不像田了、地也不像地了。还有，过几年，士成就该成家了，到时候，娶媳妇、置东西，哪样不得花钱？——现在缓和了，但是那个时候，又紧张起来了，咋个办？再说，前边大家帮忙穿针引线，该准备的也已经准备得差不多了。所以我觉得，干脆卖出去算了……不过，卖不卖、买不买，咋个卖、如何买，双方各自拿主意，我们外人不便多话。

"现在，小芬家就只剩下她姐弟两个了，可怜得很！大家能帮的，帮得上的，尽量帮一把……我们去联系小芬不容易，小芬回来一趟也不容易。现在，大家好不容易凑在一起了，能一次解决的，尽量一次解决。——错过了这个村，恐怕就没有这个店了。"

听了贵发的这一番话，大家不由得又想起了志德夫妇的凄惨、姐弟俩的可怜，于是又不免好一阵唏嘘、叹惋……

大约是前期的准备工作做得比较充分，买卖双方又都比较心切的缘故，所以事情进展得相当顺利，一顿饭的工夫，双方就谈妥了：交易的水田，面积两亩；价格，大洋200元，或钞票（法币）3800元。地契签名画押，双方各执一纸为据，票款当面一次交清。

谈的时候十分顺利，写契约的时候，却费了不少的周章：先是笔墨纸砚等东西忘记预备了，一时间又无处可寻；后来，还是士芬再次返回娘家，翻箱倒柜的，好不容易找到了半截陈年墨锭、几张陈旧棉纸，以及一支有些秃了毛的毛笔。砚呢？简单，用一个土碗临时代替即可……笔墨纸"砚"都有了，却又找不到写字的人了。本来，把正文请来，就是想请他捉笔，可他却屡屡谦让，就是不肯接那笔；最后，见实在推脱不掉，他这才硬着头皮接过那笔来。——起初不肯接，是因为他很清楚自己的斤两；最后接下来，是因为他知道：在场的，也许就只有自己会写几个字，也只有自己知道那东西该怎么写。

正文提着笔，一边想，一边写……才写了几个字，他就停了下来，眯着眼睛、皱着眉头，一边冥思苦想，一边不时地用笔望空比画几下，但却迟迟下不了笔……想好了，这才慢慢落笔……可是，才刚画符似的写了几个字，他又陷入了冥思苦想的状态……有时，实在想不明白，他便一边比画，一边喃喃自语道："咦！——×字，咋个写的呢？原来好像见过的嘛，咋个现在一点都想不起来了呢？真的是，用不着的时候，满脑壳都是；需要用的时候，却一个都想不起来了……×××，咦！咋个写的呢？"

"二伯，×字，你看是不是这样写的？"石老五说完，便用指尖在桌面上刻划了几下。

"喔——对对对，就是这样写的。"正文恍然大悟，悬在空中的手下意识地就往自己脑门上拍去……却忘了手上还有笔。——这一拍，笔也掉了；笔头上的墨汁，也甩了自己一脸。

石老五见状，赶紧从棉纸中扯下半张来，团成一团，伸手想去帮他擦拭。他下意识地一歪头，躲开石老五伸过来的手，而后一边迭声说道："我自己来、我自己来……"一边赶紧接过石老五手中的纸团。

"咦！——老五，你识字的？"正文一边仔细地擦拭着脸，一边惊奇地问道。

"嘿嘿，小时候读过几天书，大概认得几个……只是时间长了，都忘得差不多了。现在还记得的这几个，也不晓得对不对。"石老五谦恭地说道。

"对对对……嘿嘿，你呢，是真人不露相；我呢，是露相非真人。搞了半天，我这是在鲁班门前耍大斧——当面献丑呢。来来来，干脆你来写。"正文一边说，一边把毛笔往石老五的手里塞。

"不行！不行！二伯，我真的不行……刚才的那个字，我也只是碰巧记得而已。嘿嘿，再多一个，或者换一个，我就要抓瞎了……再说，我也不会写毛笔字……所以，还得请二伯费心。"石老五赶紧将手缩到身后去，并再次谦恭地表白。

"那么，你看这样行不行？我写，你协助，遇到我记不清楚、想不起来的字，你帮忙想一想；或者，我们两个一起商量，一起想……这种事情，原先都是推给你老爹做的，他才是真正的文化人。我呢，长时间不写，字也忘了手也生了。"

"行行行……极个别的字，如果二伯想不起来，或者记不准，我们大家一起商量，一起想。"石老五忙不迭地应承。

忙活了好一阵，在石老五的大力协助下，两纸错字、别字不少的协议终于拟写好了……可是，临到要摁手印的时候，大家又才发现没有印泥。好在这并不是什么难事，很好解决的，用墨汁代替即可，即，用刚才正文擦脸的那一小团棉纸，蘸上一点墨汁。待墨汁的水分洇得差不多了，便将其轻轻地涂抹在指头上，这样，就可以摁手印了。

忙完这一切，已是申时中。贵发家摆了两桌酒菜——正房一桌，刘氏那里一桌——款待大家。顺利地完成了小芬所请托的事情，贵发心里很是高兴。帮一帮小芬，也算是对老友志德的一点交代……直到现在，他依然还在为志德夫妻俩的事情心存歉疚——为志德身陷囹圄时，自己无能为力而歉疚；为徐氏寻短见前，自己没能提前有所警惕，以致没能及时安排张氏和刘氏多跑几趟，去她家好好地陪伴、宽慰、开导一下她而歉疚……因此，对小芬所请托的事情，他一直尽心尽力地当作自家的事情来办。

…………

大家一边吃喝，一边闲聊。正吃得、聊得起劲的时候，明信急匆匆地跑了进来。

见到爹爹友福、二叔友禄等人，还未开口，明信的眼泪就包不住了，从眼眶中溢出来了。

众人大吃一惊，忙不迭地追问缘故。

"幺爷……幺爷……遭杀死了……在、在……在杨家山。"明信喘息着，结结巴巴地说。

众人愣了一下，来不及细问，丢下手中的碗筷，起身便冲出门去……

三

杨家山，杨老大家屋后，檐下，罗友寿侧着头，壁虎似的趴在地上，一动不动。在他扭曲的身子下面，泥地上湿漉漉的一大片。空气中飘散着一丝淡淡的血腥味……发富、发达坐在友寿尸体旁边，眼睛红红的，不时地抹一把眼泪。他们的几个本家兄弟，提刀拽棒的，在杨老大家房前屋后转悠着，像是在搜寻什么似的……

"咋个了?！咋个了?！"老远，友福就颤抖着声音，急切地追问。

"幺爷遭杨老大杀死了……那王八蛋，不晓得躲到哪里去了。"友福的一个堂侄答道。

友福这才注意到，杨老大、杨老二兄弟两家关门闭户，仿佛一个人都没有似的。转身再看时，刚才从赵家大院一路跟过来的杨老二，已不知什么时候溜了。

友福流着眼泪、带着哭腔，跌跌撞撞地抢到友寿身边。只见友寿面色青紫、牙关紧咬、两眼半睁，赤裸着的惨白的上身，腰肋间、后背上，几个大大的口子，皮肉外翻，血肉模糊，令人触目惊心……看来，友寿已然死去多时，刀口上的血黑乎乎的，已经结了痂了。

友福抽噎着，小心翼翼、哆哆嗦嗦地揭开盖在小弟尸身下部的衣裳，这件衣裳，是发富现从自己的身上脱下来，然后给小叔盖上去的，想查看一下其身体上其他部位的情况。可才刚揭开一点，他旋即又把那衣裳给盖了回去。原来，友寿的下身也是赤裸着的。

"咋个回事？！啊？！老大，这是咋个回事？！"友福哭着问道。这件事太突然、太意外了，搞得他脑袋晕乎乎的。而局外人，不用问，一眼就知道是怎么回事了。

发富支支吾吾的，其他人也都不吭一声。

"讲啊！哑巴了？！啊？讲啊！咋个回事？！"友福歇斯底里地吼叫道。因为过于激动、过于用力，使得他脖子上青筋暴跳，眼珠子都快要从眼眶里迸出来了。

咋个回事？明眼人一见这景象，便什么都明白了。在场的，就只有急昏了头的友福，还在傻乎乎地追问因由。

见父亲这样，发富猛地站起身来，对着身边的两个弟弟及几个堂兄弟吼道："我去踹开大门，你们几个抬起么爷，把他停到杨老大家的堂屋里去。"说罢，抬脚就要冲出去。

一旁的明智眼疾手快，一把就拽住了发富。

"要不得！要不得！"贵发也急忙出言制止，而后接着说道，"该咋个办，等情况搞清楚了再说。"

"不能乱来。不了解情况，就冲进人家家里去，那要不得……那样的话，怕你们要反过来吃官司呢。"正文也赶紧劝道。

"大姨爹，你过来一下，我跟你讲讲。"贵发轻轻地拍了拍友福的肩膀，并指了指旁边较远处，又使了个眼色，示意正文和贵友……

"大姨爹，这件事情看样子，多半是男女问题……真是那种事情的话，那就最好不要闹大。大家先静（冷静）下来，然后再想办法解决……大家都僵在这个地方，不是个办法。你看这样行不行？你在这里管住几个娃娃，不要让他们胡来。让二爷先回去，该准备的赶紧准备准备，免得到时候搞得大家脚来手不来的。我们几个分头去找找杨老大，先把事情搞清楚。搞清楚了，该打官司打官司，该私了私了。"贵发有条有理地说。

"对！大家先冷静下来，等情况搞清楚了再说。你是大的，更要冷静，千万不能冲动、莽撞。你一冲动、一莽撞，他们小的就会跟着你……恐怕就不好收场了……到最后，一大堆烂摊子，还不是要你来收拾？"贵友也劝解道。

"一个巴掌拍不响，杨老大不对，老幺看样子也是有问题的……"正文也附和道。

友福安静了下来，用沉默接受了贵发等人的劝解和建议。其实，经过刚才的那一番情绪的宣泄后，他已经冷静了不少。再则，友寿的不争气，也让他腰不够硬、气不够壮。——腰不够硬、气不够壮，冷静也就在情理之中了。只是作为长兄，刚才那种情况下，就算腰不够硬、气不够壮，嘴巴、阵势上，他也不能不硬、不能不壮。父母去世多年，兄弟姊妹几个，他是老大。作为老大，他得担负起"家长"顶门立户、出头做主的责任。而今，自家最小的弟弟出了这样的大事，作为"家长"，他还能不出这个面、不做这个主？——不仅要出、要做，而且还得尽量把声势给搞起来。出面、做主的事情上，他不用顾虑什么。他家与杨老大家素无交往，不沾亲也不带故，更谈不上什么交情，因此上，他也就不用顾虑什么，该说什么就说什么、该干什么就干什么……

突然间遇到这样的事情，友福开始时情绪上的冲动实属正常，换谁估计都一样。不过，冷静下来后，他也就渐渐地理智了：

"声势肯定是要造的，但得把握好分寸，过火了，怕会适得其反……友寿的样子，十分的狼狈、不雅，背后的事情，肯定不是什么好事情，闹大了，对大家，包括死者，都不好。但是这样的事情，不适当造造声势，捏着鼻子悄无声息就给咽了下去，那也是不行的。有了声势才能：一，对杀人者形成强大的心理压力，以便后面更好地为死者讨公道、要说法；二，也让外人知晓，我罗家人丁兴旺、子侄团结，不是好欺负的……

"自家兄弟是个什么情况，自己这个当大哥的，难道还会一点都不了解？这些年来，友寿在外面胡作非为的传闻，自己多少也是听到一些的。只是，家丑不可外扬，且他又是个大人，且又爱使那种油盐不进、好歹不分的破性子，所以自己也不好多说、不好明说。有时候，自己也想委婉地劝诫一下他，可才刚开口，人家鼻子一哼，扭头就走了……不听人劝，现在好了，小命都给搭进去了……去县里告状，打官司，好意思吗？再说，怎么告、怎么打？自己这样的人家，又告得起、打得起吗？就算告得起、打得起官司，到最后，能有什么结果？无非是个平头官司，各打五十大板了事，有意思吗？老幺啊老幺，你咋个这么作这么犟呢？你也不想想，你给我们这些活着的人，增添了多少烦恼啊！这样子，你在那边忍心、安心吗？如今，我这个当哥的，也只能尽我所能，为你尽一下当哥的责任了；你那些侄子们，也只能为你尽一下当侄子的力了。到头来，你该不该死、白不白死，我们也搞不清楚。搞不清楚，你也不要怪我们。要怪的话，你只能怪你自己，怪你自己太作、太犟，怪你命中注定该有这一劫……"

想到这些，友福不由得抱怨起自己的亲弟弟来。

友福哭吼时，友禄躲在一边，一声不吭，只晓得抹眼泪。这样的事情、这样的关系，叫他怎么办、怎么处呢？一边是大舅哥，一边是亲弟弟；一边是人情——这么些年来，杨老大家对他们家，多少也是有些看顾、有些人情的，一边是亲情……无奈之下，他只好选择了沉默。而他的两个儿子发国、发家，则一开始就采取了回避的对策。

这罗友寿和杨老大的媳妇，到底是什么时候勾搭上的，又是如何勾搭上的呢？这事，外人自然无从知晓。以往，茶余饭后，聊起那些无聊的传闻来，村民们时常会提到友寿。有的说，自己曾经听说过，说是友寿身体上有问题——那方面的问题……当听者追问那问题到底是什么问题时，他又哼哼哈哈的，说不出个所以然来了。如果问者还不罢休，他便会装出一副十分为难的样子，让对方不好再问。当然，这种话题，听者再怎么感兴趣，也不好一个劲地追问……这时，如果有谁表示怀疑："这些传闻，估计是假的。友寿这么壮实的一个人，而且还是个年轻人，哪会有那方面的问题？"定会马上引来一阵七嘴八舌的回应："应该是真的，要不，三十出头的人了，咋个至今还孤身一人？""真不真，他自己清楚得很！""除了他以外，'那个人'也清楚得很！嘿嘿、嘿嘿……"如果有人说："身体上，他应该没有哪样问题。他的问题，应该主要出在性格上，出在心里头……"话音未落，就会有人接过话荏去，说："他心里头、性格上的那些问题，很可能是他身体上的问题引起的。""不一定，也可能正好相反。""实际情况是，身体上和心里头、性格上的问题，是会互相影响的……"众说纷纭，让事情变得更加扑朔迷离……不过，现在看来，友寿就算身体上真有问题，也断断不是人们所津津乐道的那方面的问题，否则，何以天都还大亮着，他就迫不及待地要去偿还那风流债？

尽管众说纷纭，但值得一提的是，有关友寿心理、性格上有问题的传闻，大家却是一致认同的，因为，那些问题的众多的"外在表现"，这些年来，大家早已看在了眼里。哪些"外在表现"呢？比如：自卑，却又过分自尊；封闭，却又不甘寂寞；蔫头奄脑，却又暴躁易怒、逞凶斗狠；头脑简单，却又敏感多疑、偏颇极端……因这些心理、性格上的问题，多年来，友寿一直喜欢独来独往、离群索居，很少与别人交往、交流。甚至是和自己的亲哥哥、亲侄子等，他也坐不到一块、说不上两句……这些也就算了，性格使然，可以理解，可是，待人接物上，他的许多不近情理的做派，就很让人不理解、不舒服，甚至是讨厌了，比方说，路上碰到了自己的亲哥哥、亲侄子，高兴的时候，顶多点点头、嗯一声，而后各走各的路；不高兴的时候，则扭头斜颈，蹙眉而过，像是谁得罪了他似的、像是和谁有仇似的。以至于兄弟、叔侄之间，情感上一直很淡薄……对亲人尚且如此，对外就可想而知了。因此，可以这么说，今天，他出了这么大的事情，贵发、贵友、正文等人能赶过来看一眼，表示一下关心，不过是看了友福的面子罢了。

关于罗友寿的风流韵事其实早已有之，只是近期陡然间火热了起来，寨子里不少好事者都在猜测：和他罗友寿有染的是谁呢？究竟是谁呢？有人竟把那些有可能性的人排了个队，逐一分析、研判……但猜来猜去，没有人猜到友寿的"另一半"、大家口中的"那个人"，竟然是大他七八岁的，他亲侄子的亲舅妈……这一爆炸性新闻，把大家给震得，大张着嘴巴，久久忘了合上。大家之所以这么震惊，主要是因为事情实在是太过出乎大家的意料了。——大家怎么也想不明白，罗友寿这么一个要人才没人才、要钱财没钱财的，古里古怪的人，竟然会有人看得上。这么一个闷声不响的，放进榨里使劲榨也榨不出一个响屁来的人，竟然会"一鸣惊人"，弄出个这么大的动静来……

友寿不寿，今日已矣。该带走的，他也已带走了，留给山桃寨的不过是一个个的谜团、一件件的谈资……

第二十章　分地产手足让利　建石桥夫妇积德

一

中午，贵发将全家召集到正房里来，商量分家的事情，并请来贵友、友福、正文、正启和刘老幺等人，作为凭中人。

多年来，赵家大院里，一直维持着"一家三房"的局面，即，几房名义上都是一家人，家产大家的，生产资料统一调配、使用，生产经营活动统一安排、行动。只是，生活方面，除了重大节庆日及农忙季节外，平日里，大家都是各房自己负责自己的；生活资料每年按人头调配到各房，由各房自行安排。

刚才，听到弟弟说到分家的打算，贵友很有些不解，便问道："娃娃们又还没有结婚成家，分哪样家啊？过两年再分不行？"

"这个时候分家，有无必要？"这一问题，贵发之前其实也是考虑过的，而且还不止考虑了一遍两遍。但是，他有一个习惯，说心理问题也许更确切些，即，头脑里一旦冒出了某个想法来，其思绪的野马就控制不住了，心情就会变得越来越急迫，比如，自从冒出了分家这一念头后，他的脑袋就钻进了牛角尖似的，止不住地老是要去想那事，且越想越觉得那事很有道理、很有必要，恨不得马上就付诸实施。

分家的理由，他是这样考虑的：

第一，明全、明智已然成年，这一两年内，就该成家了。到那时，哥俩就得分家另过。反正迟早都要分的，那提前一两年、两三年分，又有何妨？而且，既然要分，那就管它结婚的不结婚的，大的小的，索性一并分了，分它个彻彻底底、干干净净的……

第二，作为父母，提前点分家、提前点放手，还有一个很大的好处，那就是能够让娃娃们——尤其是明全——提前锻炼锻炼，促使其尽快成熟、懂事、独立。那样，今后，在家庭生产、生活中，他们才能吃苦耐劳、勤俭持家，尽职尽责；在社会交往上，他们才能灵活变通，少走弯路，少吃亏；当然，也省得他们老是指望、依赖父母亲……明智人勤快，头脑灵活，脾性也很好，不用过多担心。明全可就不行了，那家伙被他妈惯得好吃懒做，经常是，拨一拨，动一动，一不高兴，就跟你扭起个脖颈，鼻子不是鼻子、眼睛不是眼睛的。他这个样子，今后咋个当家过日子？咋个支撑起门户？想当年，自己和大哥还远没有到他们现在这么大的年龄，就已经能够独立顶起椽梁、撑起门户来了。自己哥俩，不经过多年的磨炼，吃不得苦，没有社会经验，不会为人处世，那还会有今天？可以说，父辈们的这些优点，将来，明全只要具备一半，就足够经营好自己的小家庭了。

第三，近些年来，钱越来越难挣，东西呢，却越来越贵……这个家，也就越来越不好当。一个大家，这个说自己亏了，那个说自己让了；这个消耗多少，那个也要消耗多少……各人就只晓得往自己面前扒，最后剩下来的，就只能是一笔笔一问三不知的糊涂账。把一个大家分成几个小家，各家自己去安排，也许要好一些。——"当家方知柴米贵"，各自去当自己的家，就会俭省了。

第四，很重要的一点，早点分清、分好，还可以尽量避免他兄弟姊妹们今后扯皮、失和。为此，不如趁自己还年轻，头脑还很清醒，他兄弟姊妹间关系也还单纯的时候，大家商量着，当面锣、对面鼓的，把该分的分了，省得今后有人背后嚼舌根、搅浑水，撺掇、使坏，把好端端的家给搞得乌烟瘴气的。

最后这一点因由，在贵发的脑袋里，有着很多的"前车之鉴"：

比如，老以前，大姐夫、大姐两口子来他们家串门时，就经常抱怨自家老的，说他们如何如何的不公平、如何如何的过分，分家时如何如何的偏袒老幺正斌家……言语间、神情上，可以看出，他两口子不仅怪父母，而且还怪上了小弟正斌一家。甚至，他们还把对父母的那份怨恨，也一并转移、叠加到了小弟一家的头上。父母已经作古，怪也是白怪、恨也是白恨。搞得兄弟、妯娌间陌生人、仇人似的，不但不互相帮衬帮衬，反而是你前边非议我，我后边贬损你；你给我挖坑、我给你下套……

另外，前不久，吴士芬出卖娘家田产一事，也给了他很大的触动。触动他的，倒不是该不该卖、该卖多少的问题，而是周围那一张张不负责任的肆意开合的嘴。大家都晓得，志德夫妇去世后，小儿士成无依无靠，只得跟随唯一的亲姐姐土芬一起生活。大家也都晓得，小芬家那边，日子本就过得紧巴巴的，弟弟过去之后，多了一张嘴，一张能吃的嘴，生计自然更加艰难。如此，试问，她该怎么办？她能怎么办？对她的那一做法，理解的，也许会这样想："站在她的角度为她考虑考虑，感觉她应该很为难，很不好做人。想想看，一边是自己的亲弟弟需要照管；一边是自己家条件又很有限，甚而自顾不暇……本就紧巴巴的家里，凭空多了一张嘴，一张能吃的嘴，就算她不说，她男人、她公婆能不说？在这种情况下，不到娘家这边来想点办法，她还能咋办？所以说，她那样做，合情合理，可以理解，也应该理解……只是，让人有些担心的是，这样裹来搅去的，时间长了，姑舅之间，恐怕会产生一些糊涂账。糊涂账不好算，也算不清。不好算、算不清，又不理解，隔阂、矛盾就在所难免了……"不理解，或不太理解的就忍不住叨上几句闲话："她这样做，怕不好吧？你把人家的田地卖了，人家今后咋个办，吃哪样？"——他们就只想到，小成今后吃什么，却想不到，小成现在吃什么、吃不吃。那些别有用心的，更是极尽铳嘴、捣鬼之能事，说什么："'嫁出去的女，泼出去的水'，你一个姑妈家，凭哪样来卖舅舅家的田地？""卖就卖吧！但你咋个能这么心狠，一下子卖出去这么多？怕是，你这个当姑妈的，想来占点舅舅家的便宜，所以故意这么干的吧。"——这种搅屎棍一般，喜欢搬是弄非的人，尤其可恨！

　　"'兄弟齐心，其利断金'；兄弟不和，狗跳鸡飞……而要兄弟和睦，就得'亲兄弟，明算账'，所以……如今，明德和明礼年纪还小，又和明全、明智不是一个妈，自己担心……看看大哥家，这一两年来，明枝——大哥家外嫁多年的大女儿——回娘家的次数明显增多。每次，姑舅碰面，双方的神情举止都显得很不自然，或嗯喔一声，或点点头，便很快各自歪到一边去了。这说明什么？说明他们姐弟之间，或许已经有了嫌隙。不就是为那一点点家产？大哥、大嫂都是精明人，这些，他俩还能看不出来？刚才，当大哥问起自己：'为哪样这么快、这么早就要分家了？过几年再分不行？'自己不经意间的一句答话：'早分早好，免得他兄弟姊妹几个今后扯皮，不和。'竟让他无言以对，且神色有些凄惶，就足以说明这一点。——自己的这句话，想是戳到了他的痛处。"

　　…………

　　贵发掰着手指，如数家珍似的，一一列举出主要家产的名称及其数量："田地二十六亩，其中，田十六亩，地十亩。园子几块，共三亩。牛两头、马两匹。房子三座。——大家看看，该咋个分？"

分家，意味着利益的分配或再分配。涉及切身利益，而且还是长久、永久利益，大家就都变得十分的谨慎，轻易不敢开口，更不敢随便表态，所以，当贵发问大家有什么建议、意见时，大家是，你看看我、我看看你，你抬头瞧屋顶、我低头瞅地面，你蹙额冥思、我凝目遐想……一时间，竟没有谁愿意先开口。——当事人，或利害关系人，害怕说错话，因而不敢开口，或不敢先开口。他们知道，关键的一两句话说错了，说出口了，就不好再更改、再收回来了，那样，后边就被动了，所以，不如先多听听、多看看。至于开不开口、怎么开口，表不表态、怎么表态，等等，后边看情况再说。局外人，担心得罪人，更是不愿开口。他们所奉行的，是这样的一个处世原则，即，别人家的家事，尤其是有重大利害关系的，自己最好不要去掺和。就算主人家有所请求，比如，请自己帮忙写个纸、做个证，也只能是，你主人家商量好了，你怎么说，我怎么写；写好后，要我画押我就画押，要我摁手印我就摁手印……别的，最好不插一句、不多一言。

然而，任何时候，总有沉不住气的。

"三家分的话，一家，田五亩多点、地三亩多点……"武氏率先开了口。

"咦！咋个能这样分？应该按四家来分。——以儿子为准，一个儿子算一家。"不等武氏说完，张氏便打断了她的话，纠正道。

"确实应该按四家来分，四个儿子，一个一家，然后一家搭一个大人。明德、明礼还小，先暂时合为一家……我呢，就和明德搭；张氏呢，就和明礼搭。"贵发说道。

"意思是，我家和刘氏家呢，一家一股；你和张氏家呢，占两股？"武氏阴阳怪气地问。

"嘿嘿，照你这么说，今后，明德和明礼就不成家、不分家了？"张氏冷笑道。

"啊？"对张氏的反问，武氏竟无言以对，便长长地"啊"了一声，而后侧身问刘氏道："你说呢？该按几家来分？"

"随便，咋个分都行……我们明英嘛，姑娘家，不可能在这里过一辈子。"刘氏的言语，先是和稀泥，而后是顾左右而言他。

"明英，那是另外一回事。等她长大了，出阁的时候，该陪的我们会陪，不会亏待她的……我们家就这么一个姑娘，哪个会舍得亏待她？嘿嘿，亏儿子也不会亏她。"贵发笑道。

"那就分嘛……但是要注意，田地有好有坏、有肥有瘦，要搭着分。不要肥的肥得冒油，瘦的瘦成骨架。——千万不要像大姑爹家那样……"武氏建议道。

"不只是好坏、肥瘦的问题噢！顺不顺路、方不方便，远的、近的，整块的、零碎的……这些，都要考虑进去，都要搭配好，一碗水尽量端平。"贵发补充道。

"你那碗，本来就是豁的；你那手，一直都是抖的……咋个端得平？"武氏呛道。

贵友、友福等人，包括明全、明智，被武氏这话逗得差点就要笑出声来了。于是只好低头的低头、侧脸的侧脸，抽烟的抽烟、喝茶的喝茶，硬生生地把那一阵笑意给掩饰过去、压制下去。

武氏、张氏的较劲，让贵发愈加觉得，自己做出的这个提前分家的决定，是很正确的，很有必要的。——现在尚且如此争执，今后，娃娃们结了婚，儿媳妇们再一起搅和进来，那岂不是更复杂，更要让外人笑破肚子。

"哎呀！这有哪样好争的嘛，又不是大财主家，家业大得很、人丁多得很，不好分……就照我爹讲的，按四家来分。每家合多少，就多少，不要争来争去的了……这点家业，嘴巴一算，就出来了，还用得着搞得这么复杂？"明全开口了。这几句话，一下子让大家对他刮目相看：这个活宝，想不到也有懂事、明理的时候。他这几句话，还真有点大哥的样子。

"老大、老二，你们两个讲讲看。"贵发慈爱地看着两个孩子，柔声问道。

"我们四弟兄，今后是四家，田，正好一家四亩；地，一家两亩五分；园子，大概一家七分多点。搭配的时候，各家的，能挨在一起的，尽量挨在一起；能保持一整块的，也尽量不要去拆分。——这里有点、那里有点，零零碎碎的，不方便、不好做。牛马呢，先暂时不分；或者分了以后，也要合起来用。要不，一家六七亩田地，单单靠一头牛，或者一匹马，咋个做得下来？——非要分的话，老二、老三、老幺，你们先要，剩下的归我……"明全的分配方案，有条有理、合情合理，让大家有些意想不到。他最后的表态，更是让大家感到十分意外、感动。

"那牛和马能一样？"武氏插言道。

"妈——你是不是要拿戥子来称一下？兄弟家，去得来得就行了嘛。"明全说道。

武氏性格刁钻，嘴巴不饶人，却很听儿子的话，所以，听明全这么说，她便不再吱声了。

"老大的这种分法，我觉得很好。我现在手上多少还有点钱，今后，还可以再买两头牛、两匹马来，保证一家一头牛、一匹马……只是，老三、老四现在还小，还暂时用不上。至于房子，我想，现在哪家住着的，就归哪家。不够分的话，今后再修几间，反正地方是有的。"

"园子呢，我就要姨爹家旁边的那一块——可能六分多点。等我成家以后，我就在那里另外修两间房子，围个小院院，然后一家人搬出去住……到时候，我把我妈接过去，和我们一起住。我家现在住的房子，就留给老三，或者老四。"明智也谦让了起来。

"房子嘛，你住你的……今后，想另外修几间的话，这院院里面，有的是地方。"贵发笑着对明智道，心里很是欣慰。

"老三、老四是小的，我们当大哥、二哥的，要让一让……房子我先暂时住着，等老三、老四长大了，要成家了，我还是要搬出去……我就喜欢那个地方。——那个地方风水好，是不是啊，大爷？"明智开起了玩笑来。

"嘿嘿，只要心好，哪里风水都好。——心好，风水就好；风水好，运程就好。"正启笑道。如今，谈到阴阳、风水等问题，他变得谦虚多了，言语也不再那么高深莫测、玄奥难懂了。

"大家看看……如果没有意见，那就这样分了——按老大、老二的意思分……"贵发沉吟了一会儿，接着说道，"园子分一亩给老二，多分一点给他，他今后好修房子、围院坝。剩下的，老大、老三、老四三个均分。另外，我手上再留点钱，等老二修房子的时候，好帮补一下他……老二，你姨爹也讲了，今后，他家如果不搬回去了，他就出点钱，把我们家那两间房子、一小块园子买过去。到时候那个钱，也主要用来贴补你。总之，修房子的时候，争取不让你出一文钱。——大家看看，这样行不行？不行的话，再商量。"

说是让"大家看看"，然而，贵发眼下最想知道的，是刘氏和刘老幺的意见。明智算是自己的继子，较之其他几个亲生的，更要安排妥帖，甚至要"特殊"优待，这样才能打消他的想法，也才能让别人无话可说。

"咋个不行？！哪个不想住新房子？嘿嘿，便宜老二了。"刘老幺开玩笑道。

刘氏不好多说什么，她心里清楚：明智主动要求搬出去，一则是谦让弟弟们；二则，也或许是他自己"不是人家亲儿子"的心理使然。当然，作为继父，贵发的上述安排也是合情合理的。一是，明智搬出去，是他自己主动要求的；二是，作为回报，贵发某些方面还给了明智一些"特殊"的优待……只是，这些"特殊"的优待，反而让刘氏心里涌起了一种怪怪的说不上来的滋味。明智想必也如此。

张氏不再吭声，武氏也难得地低下了头……

见此情景，贵发心里好一阵欣慰。一则，这种分法，基本上实现了他的意图；二则，事情进展得相当顺利，之前，他设想了多次的那种吵吵嚷嚷、面红耳赤，鸡飞狗跳、互不相让的场面，最终并没有出现，仅仅是武氏和张氏发了几句牢骚、说了几句怪话而已。相较而言，孩子们的明理、懂事、讲亲情、重伦常，更是让他感动、欣慰。

"爹，这田地，分了以后，也还得要合起来做……只有等我们兄弟几个都成家了、分家了，才真正地分断。——那个时候，就算分断了，做的时候，大家也要你帮帮我、我帮帮你才行。"明智说道。

"嗯嗯！我也是这个意思……现在是先暂时分一分、大概分一分，立个字据。等到你们真正成家了，真正分的时候，索子一扯、界石一栽，就行了。"

…………

"看来，应该是自己多虑了……'打虎亲兄弟，上阵父子兵'，其中的道理，孩子们应该明白的。他们能这样相互体谅、谦让、扶持，实在是再好不过了。在这乱世之中，也只有这样，他们才可能立足、生存……相信今后，他们也一定能像他们的父辈——自己和哥哥贵友——那样，互帮互让、兄友弟恭……"贵发心里感慨不已。

这家业，说没分，又像是分了；说分了，又像是没分……利益，一块很好的"试金石"。

二

处理好"家务事"后，贵发与贵友、正文等人一边喝茶抽烟，一边谈天说地，十分悠闲、惬意……正热闹间，兴明急匆匆地走了进来。

"舅舅、二爷，我爹叫我来请你们……请你们去杨家山那边一趟……"兴明微微喘息着，说道。

自从钱赵氏死后，正义一家，尤其是周氏和两个孩子，进出赵家大院的次数明显地多了起来，频繁了起来，颇有些当年钱、赵两家热络互动的景象。

"老大，有哪样事情啊？"不等兴明说完，正文便迫不及待地问道。

"咦——二爷，你忘了？我们家修的那座桥，今天下午圆工……我爹前两天就跟你和舅舅、大爷讲过的，你们可能是搞忘了。"兴明笑嘻嘻地说道。

"喔——你不讲的话，我还真的想不起来了……嘿嘿，大家可能都搞忘了……正好，大家都在这里，不用一个一个地去找、去请了。"

一个月前，由钱正义家出资在杨家山的山脚下，田坝中间的那条小河上，动工修建一座石拱桥，以方便村人生产、路人通行。今天下午小桥落成，需举行一个简单的竣工仪式。

…………

贵发等人赶到工地上时，那里已经聚集了好些人了。桥头，一张大方桌上，正义和正武正在慢条斯理地摆放着供品：供桌中间，一个木托盘上，立着个不大的猪头；一个大盘子上，趴着只肥鸡。猪头、肥鸡的后面，并排摆放着几个小碗、几双筷子；碗里盛着一小撮米饭。一旁，不远处，"五老"中的其他四位，陪着几位工匠师傅，坐在田埂上，一边吧嗒着旱烟，一边闲扯着……

仪式很简单：噼里啪啦地，一小串鞭炮响过之后，先由正义上香、焚纸、行礼；紧接着，正启作法祷告，祈求神明护佑积德行善之人，护佑整个山桃寨的父老乡亲；而后，正义讲话，说了一通冠冕堂皇的大道理；最后，由"五老"中最年长者代表整个寨子致辞，对正义一家的善举大加褒奖，并大肆渲染修建这座石桥的重大意义……

仪式结束后，正义难得地将大家邀请到自己家里，摆酒菜招待。

正义请客吃酒，不说是破天荒，至少是很少见、很难得。在这物价飞涨，生活艰难的时候，这顿酒菜，更是"难能可贵"。

请客、摆酒等问题，不说也罢。大家好奇的是，是什么原因，让一向悭吝的正义变得如此大方，竟然舍得出这么多的钱，修建一座于己意义十分有限的石桥呢？——浅层次的原因，很简单，就是行善积德；较为深层次的原因，则和近几年来经济形势的恶化及其所引起的人们的心理变化密切相关。

近几年来，不知什么原因，物价一直在涨，且涨势越来越凶猛……在山桃寨这样的地方，大多数的人家务农为生，基本生活方面靠的是自给自足，因而，物价涨得再高、再猛，对他们而言，影响也不是很大。另外，他们也不是什么有钱人，因而无须担心钱值不值钱、自己会不会吃亏受损等问题。然而，像钱正义家这样的极少数的有钱人家，情况就大不一样了。物价的不断上涨，意味着他们家好不容易积攒起来的"财富"，也在随之不断地缩水。为此，他伤透了脑筋，整个人仿佛一下子衰老了不少。靠着这么多年的勤俭、吝啬，甚至是耍滑、使诈，他和钱赵氏聚敛了不少的钱。这些钱，据说有几大麻袋之多，但可惜的是，它们全都是钞票。这些钞票，几年前，一百块还能买头大肥猪，而现在，则连一个小小的猪头都买不到。对此，一向爱钱如命的正义，岂能不急？急！且，除了急之外，他还十分懊悔……

一是，悔自己当初无知无识，不知道多积攒点金条、银圆之类的东西，而是大把大把地赚取票子。——可以这么说，眼下，若不是不断恶化的经济形势给了他深刻的教训，给他上了如此生动的一课，他也许还意识不到真金白银的重要性。

二是，悔自己消息不灵。"要是早点知道外面的情况，那，自己储存的那些钞票，就可以赶紧拿出去换点大洋，或者买点田地、牲畜和粮食，保住一点是一点，强似现在，买不到多少东西不说，甚至用都很难用出去了。——现在，大多数时候，自己只能是瞪大眼睛，眼睁睁地看着它们一天一天贬值……"

一想到田地，钱正义更是懊悔得不行："此前，自己咋个就想不到多买几块好田好地呢？田地，那可是生存、发家的根本哪！"其实，他不是想不到，而是嫌贵，总想再等一等、再压一压……结果三等两等、三压两压的，大把大把的好机会就被他给浪费掉了……再后来，价高不说，关键是，人家卖方还明确表示：不要票子，只要现洋。如此，他更是买不起了。直到这时，他这才如梦初醒："这一两年来，自己所干的，竟是些用'真材实料''真金白银'换回一堆堆废纸的拙笨事……"

自从钱正义把家里的那些好田好地都给卖出去了之后，命运就专门捉弄起他来了。一方面是，烟叶价格直线下降，利润越来越薄。另一方面，粮食价格却一路飙升……总之，如今是，种烟已远不如种粮了。说到种粮，他不禁犯起愁来："怎么种、种在哪呢？如今，自己家剩下来的那几块薄田瘦土，种烟还勉强，种粮却一点也不行……继续种烟，行不行呢？肯定不行！试想，烟种得再好、收得再多，又能怎样？一是，它们不能当饭吃。二是，目前的经济状况下，谁有闲钱来买你的烟？就算有，你把那一大堆票子挣来，又有什么意义？"横竖都不行、左右都不是，他于是就只有望洋兴叹的份了："于生存而言，粮食是必需的，烟叶则可有可无。——不抽烟，顶多嘴巴痒痒而已；不吃饭，则是要死人的。这些浅显的道理，自己之前竟然想不到。——可以预见：这世道，没有好田好地的支撑，不出三两年，自己定然会变得连一般的庄户人家都不如。"

三是，悔自己太过封闭。——可以说，上面那两点，尤其是第二点，就是由这一点导致的。"闲暇时，如果自己不是整天窝在家里，大门不出、二门不迈，而是多出去走走、访访，多去和杨启前之类的消息灵通人士接触接触，了解一下外面的情况；或者，远的不说，近的，哪怕只是多去二弟正文家串串门、聊聊天，自己也不至于闭塞、无知到如此的地步，那也就不至于吃这样大的亏了。可谓是，西天的如来没拜上，眼前的佛也拜晚了，拜晚了，就没有什么意义了，拜和不拜都一个样了。想不到，机灵方面，自己竟远不如三弟正武。近年来，正武和正文走得很近、很频，想必早已从正文那里了解到了不少信息，从而早已将家里的钞票变为银元或其他实实在在的东西了。以前，经济上，自己和赵氏总以处处压他们家一头而自豪，殊不知到头来，自己两口子还是败给了人家。现在回想起来，正武的精明，可不是这一两年才有的。老以前，放高利、收租子，他就不喜欢票子，总是逼着人家要大洋。如今看来，其他方面不说，单就喜欢储存银圆这一点，人家就不知要比自己两口子高明多少。"

…………

物价的疯涨、钞票的贬值、家庭经济状况的恶化，让钱正义一天比一天懊悔、焦躁，一天比一天颓废、衰老……这一切，钱周氏都是看在眼里的。其实，她心里面也是很煎熬的，只不过是，相对于正义而言，她较为冷静而已。而她之所以较为冷静，也许是因为：家里的那些钱，大多不是她直接挣来的，或很少过她的手，对其中所蕴含的种种艰难，她缺乏较为直接、深切的体验。见正义整天苦着张老脸，双眉紧锁，唉声叹气的，甚而常常半夜三更辗转反侧，难以入眠，她便劝道："都已经这样了，着急、后悔又有什么用？钱财乃身外之物，生不带来……不如趁现在，趁这些钱还值几个钱的时候，用它们为寨子里修座桥，或者铺条路，做个忆念、积点功德……"

对周氏的建议，正义起初是坚决不答应，只是后来，一是拗不过周氏，二是，随着物价一天天上涨，且看不到有丝毫缓和的迹象，那些钞票让他觉得越来越刺眼、越来越扎心，他这才渐渐松口的……

然而，令他夫妻二人始料不及的是，在建桥的这短短的半个多月的时间里，寨子里又传出不少针对他们家的闲话来了。本来，因钱赵氏的死而引发的舆情，都已经快要完全平复下去了，那年月，像钱赵氏那样的，甚至更为离奇的死，时有发生，实在不足为奇、不足为怪。谁知夫妻俩的这一善举，又把乡民们的注意力给吸引过来了，又把那舆情的火苗给撩拨起来了。

近一段时间，建桥这事，成了村民们茶余饭后，聊天闲扯时最为重要的谈资。而每每聊起这事，大家就准会牵扯到正义家的那些家事……

聊起正义家的那些家事来，隐晦、含蓄一点儿的会说："有心建桥的话，还不如像原来的大户人家那样，买点大米来，熬几大锅稀饭，施舍一下困难人、过路人。""那稀饭，吃下去后，就无影无踪了；一两个小时后，就掉到'五谷轮回之所'里去了。小桥则不然，几十年、上百年都还在那里，好歹可以做做忆念，功德上也是见眉见眼的。""之所以建这座桥，很可能是因为她钱周氏心头有疙瘩，所以想借这件好事……心里面的疙瘩，不同于其他疙瘩，紧得很，牢得很，往往很难解开，甚至可能一辈子都解不开。""他们家的那些事情，外面的人，没有哪一个亲眼看到。耳听为虚……""这些事情，到底真的假的？看你们，一个个说得有板有眼的。""哼！人家家里人传出来的，还会有假？"……

较为尖刻的这样说："这些年来，钱正义家一边种、一边卖；一边趸，一边贩，确实赚了不少钱。只可惜……'人为财死，鸟为食亡。'爱财，人之常情，但是要'取之有道'，千万不能像他们家那样。——他们家的那些赚钱的方法，损阴德得很！""所以说，'吃'的时候，该讲究的还得要讲究讲究，不能埋起个脑壳，就只晓得'吃吃吃'，该'吃'的'吃'了，不该'吃'的也'吃'

了。——不该'吃'的，'吃'不得，'吃'进去了，最后还得要'吐'出来，甚至要连本带利地，加倍地'吐'出来。""唉！那钱赵氏在世的时候，吃也舍不得吃、穿也舍不得穿，一棵谷草都要往家里面扒……现在好了，败得哟——唰唰唰唰的，就像那河坝决了口一样，快得很！"……

聊到后面，就说得更加不像话了："可能是她钱周氏负罪感太重了，所以想做点好事来赎赎罪，让自己心里面好受一点……就像某些地方那样，捐条门槛，捐块铺路石，让千人踩、万人踏，以此赎罪。""有负罪感的，想赎罪的，应该还有他钱老大，否则，他这么抠搜的一个人，会舍得出这么多的钱来做这样的事情？""更应该赎罪的、更应该遭报应的，是另外一个，另外一家的……那个死婆娘，阴险、歹毒得不得了，连自家的亲侄儿，七八岁的小娃娃都不放过。最后，把人家孤儿寡母都给逼走了……奇怪的是，做了那么多坏事，她却一点都不怕，就像没有那回事一样。——估计是，坏事做得太多了，罪孽太重了，就会像人家说的那样，'虱多不咬，账多不愁'了。"……

这些家长里短的传闻，常常是听者入迷，说者起劲。而且，有人质疑，就必然会有人站出来佐证……

这人哪，真难做！这世情啊，真复杂……

第二十一章　生前聚敛劳心力　殁后焚烧终虚无

一

　　光阴似箭，一晃好几年过去了。山桃寨里几乎没有什么太大的变化，如果硬要说有的话，无非是：气氛变得越来越压抑、凝重，人心也变得越来越空虚、烦躁；物价又翻了好几番，以致人们的生计变得更加艰难……

　　这几年间，社会越发的动荡、经济越发的凋敝，山桃寨及其周边，生意越来越不好做。赵贵发家，土陶生意呢，好歹还能勉强维持；菜油生意呢，却早已停业多时。钱正义家呢，无论是旱烟生意，还是其他生意，也都举步维艰，越做越难、越做越小……其中的某些道理——上一章其实已提到过——其实相当的朴素、简单，即，砂锅、砂罐等土陶器，和粮食一样，属于生活必需品，家家户户不可或缺，因而总会有一定的销量。而旱烟呢，则可有可无。人们有吃有喝时，它们还可以抽抽，借以消遣、提神；而当生活陷入困顿时，它们就只能让位于其他更为基本、更为重要的生存资料了。

　　那，又是什么原因，使得劫匪们变得如此疯狂、残暴呢？想来，原因不外乎两点：一是生计的艰难，二是保务团的缺失。生计艰难、财富匮乏，劫匪们的抢夺自然更加激烈。说到保务团，山桃寨的人们这才想起来：似乎是，自从那次——来寨子里展示劫匪们的人头，将赵贵发狠狠地吓了一跳、让钱正启重重地出了一次丑的那次——之后，就再也没有见到过保务团的影子了。何以如此呢？据说是现如今大城市、大地方，反而更加的混乱、动荡。繁杂的任务，令保务团应接不暇……保务团被搞得晕头转向的，且又分身乏术，哪里还顾得上你山桃寨这样偏远的村寨。说到大城市，人们这才又想起来：山桃寨里，原来还有这么两个人——杨启前和他妈。现如今，母子二人都还困在省城里呢。

　　最近一两年来，情况愈发不妙：生意做不了不说，有的人家，甚至连最起码的生活都快要维持不下去了。生活费用节节攀升，家庭收入却直线下降。多出少进，甚而只出不进，再厚实的家底，最终也会坐吃山空。何况，那家底还不一定真的厚实。多出、只出，是因为物价实在是太高了，买一升米，就得付出几大捆钞票；后来更甚，价格更高不说，人家还不收票子了。少进、不进，是因为经济凋敝，没有了来钱处。就算多少有点收入，所得到的，也都是些轻飘飘的票子……仿佛一夜之间，银元全都躲藏起来了，无影无踪了。最大的可能是，早些时候，它们就已经被一些消息灵通、经验老到的人给藏起来了，借以保值、增值。退一步讲，就算没有这些生意，像赵贵发家、杨老大家，甚至友福、正启家这样的人家，或是依靠多年前置办下的那点良田好土，或是坚守住属于自己的那几亩薄田瘦土，小日子虽不能说过得无忧无虑，但是，维持最起码的生活，应该不成问题。而钱正义家可就不行了。他们家仅剩的那几小块旱地，所收获的苞谷、麦子，顶多也就够半年的口粮。

到后来，物价更是涨到了无以复加的地步，使得钞票形同废纸，甚而比废纸不如……这些，对钱正义家来说，无异于致命的一击，使得他们家的生活，连友福、正启这样的人家都赶不上了。

守着家里那几大麻袋钞票却过着饥一顿、饱一顿，有一顿、没一顿的日子，一种被愚弄的感觉便时常在钱正义的心里升腾，并让他懊悔、愤恨不已……去年，眼见旱烟已无任何销路，口粮又无法自给，为了糊口，他和周氏便将家里剩下的那几小块烟地，先是全都种上了苞谷，后又全都种上了麦子，但收成均不理想。

屋漏偏遭连夜雨。一天晚上，亥时的样子，一伙抢匪——二十多人的样子——明目张胆地闯进钱家大院里来，将钱正义家值点钱的，有点用的东西，包括他们一家人还穿在身上的好一点的衣裤，几乎洗劫殆尽。此外，他们还顺带砸开正文、正武和正斌家，旮旯角落，仔仔细细地搜寻了好几遍……他们何以如此胆大妄为，竟然抢到了素以墙高院深、戒备森严著称的钱家大院里来了，且不紧不慢地，将几家几乎搜刮了个遍？原因是多方面的：一是，如今，偌大的钱家大院里，就只剩下正义一家四口了，何况，其中又还有一个妇道人家、一个半大姑娘；就算是有男主人，也已年过花甲，衰朽不堪了。——如此，怎能抵敌得住那伙年轻力壮、凶神恶煞般的匪徒。去年年底，正文、正武两家就已搬离钱家大院，不知所终了。他们到底去了哪里，现在又在干些什么，正义无从知晓。他只听得寨子里传说，在张家寨的大街上，曾见过正文和正武。二人和张家寨的张大爷、张二爷等人，骑着高头大马，带着一队人马，打着保境安民的旗号，招摇而过。那队人马，有挎着长枪的，有提着短枪的，有背着大刀的，有扛着梭镖的，也有赤手空拳的……他们出没无常，外人很难一见；他们走村串寨，居无定所。正文和正武的媳妇，据说都安顿到各自的娘家去了。她们的儿子，就夹杂在那一队五花八门的队伍中间。二是，经济的凋敝、社会的混乱、生计的艰难，加之又没有了保务团的威慑，使得劫匪们变得更加的放肆、猖狂。三是……

…………

辛劳，加上过度的焦虑、郁闷，周氏的身体一天不如一天，最后病倒了。钱正义和两个孩子，想为她抓点药吃吃、买几个鸡蛋补补，竟不可得。他们家的那些票子，人家连看都不看一眼。人家开口就只有一句话，要大洋、现洋！

周氏的身体日渐羸弱，后来，更是连床都下不来了。相比于身体的羸弱，精神上的煎熬似乎更让她痛苦。她常常失眠，好不容易才刚睡着，又很快被噩梦惊醒。醒来后，往往一身的冷汗、满心的恐惧，便再也睡不着了。于是只好瞪着一双因消瘦而显得又鼓又大的眼睛，盯着屋顶，一直挨到天明……有几次，睡梦中，她挣扎着，满头大汗，大声呼叫着赵氏的"名字"，却怎么也醒不过来。直到一旁的正义用力地摇了摇她，她这才从噩梦中挣脱出来……

在无穷无尽的精神煎熬中，一天傍晚，钱周氏终于解脱了，彻底解脱了。

她的身后——

有人说：她是病死的，否则，何以这般消瘦。

有人说：就算有病，她得的也是心病——气的、急的、恨的、怕的。原先的大户人家，现在破落成了这个样子，几乎连口都快要糊不上了，又被那些歹人搜刮了一遍，你说，她能不气、不急、不恨、不怕？

有人说：她是不是中了邪，被活生生地吓死的。她死后，她那双合不上的眼睛里，好像都还在充斥着惊恐呢。

有人说：其实，此前，她的身体就已经不行了，所以，她才想到了要修座桥，以帮助自己消灾祛病。

有人说：她是一个好人，比原先那个好多了。只可惜……

有人说：好人应该有好报的，应该长命百岁的，可是……

有人说：好人为哪样会落得这样的结果呢？那是因为，好人对自己要求高，谨小慎微，做不得亏心事。一旦觉得自己哪里做得不对、不妥，心头就会很不安逸、很不自在，就会自责，甚至因此而背上沉重的精神包袱……顾虑太多、压力太大，老是担心这、担心那，为这个着想、为那个考虑，时间长了，那身体还能吃得消？反之，那些把发不义财、赚昧心钱当作家常便饭，做了缺德事、龌龊事，不仅不以为意，心安理得，反而沾沾自喜，自以为占了大便宜的人，却活得满面红光、风生水起……"好人不长命，祸害遗千年"，说的也许就是这种情况。

…………

经历了一系列的重大变故之后，钱周氏死时，家里可谓是一贫如洗了，她都死去快两天了，却还迟迟不能入殓、下葬。具体的原因，一是，缺少穿的。按规矩，逝者要穿上好几套新衣裳入殓，可以她家现在的情形，哪里去置办？然而，不置办也不行啊！再怎么困难，也总不能让逝者一身破衣烂衫去那边吧。更不能让其光溜溜地去吧。亏得刘氏、张氏等人念她生前的好，你出几尺布、我出几两棉，你出东西、我出力气，硬是想办法给她备办了一套像模像样的衣裤、鞋袜。二是，没有棺材。穿的有了，大家才又想起来，还没有棺材。于是又东奔西跑地忙活了大半天，这里寻块楸方、那里找片杉板，勉强弄了一口透风透亮的薄棺。——棺材做好后，有人不知从哪里找来些棉纸，用糨糊小心地糊在棺材板的缝隙间，以便尸身入殓后，尽量减少腐臭味的溢出。等这些必需的东西都备办得差不多了，可以入殓了，就都已经到了第三天的中午了。

这几天天气较热，周氏的尸身散发出阵阵浓烈的腐臭味。武氏和刘氏等人长憋着一口气，有条不紊地忙碌着。实在憋不住了，这才走到大门边，伸长脖子，对着门外，长长地呼出一口气来，然后大口大口地，贪婪地呼吸上好一阵新鲜空气。最后，深深地吸入一口气，憋住，再转身回到灵床边来，继续忙活。实在憋不住了，又走到大门边去透透气……后来，有人不知从哪里搞来大半碗烧酒，端着递到二人嘴边。待二人衔住了酒碗，那人这才慢慢地将酒碗倾斜起来，以便二人能将酒喝到嘴里去。二人忍着辛辣，各自含了一大口酒在嘴里，以压一压那令人窒息、作呕的腐臭味，被酒辣得实在受不了了，就转过身来，噗的一声，将嘴里的酒喷吐在地下；随后三两步走到大门边去，咝咝咝咝地直抽凉气，以缓解嘴里的辛辣感。看样子嘴巴不是太辣了，旁边的人又把酒碗递了过来。二人又含了一口在嘴里，而后又转身忙活去了……

你出半升米、我出一碗油，你端来几个洋芋、我捧来几个红薯……就这样，大家你帮一点、我帮一点，有钱出钱、有力出力，尽自己的能力，"送走"了钱周氏，使其最终得以入土为安。

周氏死后，其娘家那边，自始至终不见一个人来。或许是事出突然，人家来不及赶过来；或许是世道艰难，人家不好、不便过来；也或许是这边没有办法通知到，甚而可能想都没有想过要通知那边。

世事难料，比之钱赵氏，钱周氏身后的景象，更加凄凉。其丧事，所需所用，该省的省了；不该省的，也省了……这年月，生活不易，人人自顾不暇，街坊邻居、亲戚朋友们，能帮到这个份上，已经很不容易了。而人们所以乐意帮，且尽力地帮，很大程度上得益于钱周氏生前种下的善"因"、结下的善"缘"。

钱周氏走了，把她心里的所有秘密也一并给带走了，留给人们的，只是众多茶余饭后的谈资，以及不少捕风捉影的猜测……

二

钱周氏去世后，偌大的钱家大院里，便只剩下了钱正义和两个孩子。时候已是冬天，且很快就将进入一年中最为难熬的日子，一到夜晚，整个院子里，静悄悄、冷飕飕、阴森森的，让人不禁有些脊背发凉。

上个月，劫匪们的那一次光顾，一下子便将他们家的生活由勉强维持变为难以为继。谁知，这节骨眼上，周氏又死了，于是，一家人的日子就过得愈发的艰难了，常常是饥一顿、饱一顿，有一顿、没一顿的……好在贵发、正启等人念周氏的好，念两个孩子可怜，时不时地接济一下……

比之物质上的匮乏，精神上的煎熬更让钱正义感到难受。之前，他烦闷、悔恨。烦闷是因为想不通，是因为无计可施："自己辛辛苦苦挣下来的家业，咋就这样眼睁睁地打了水漂？到底是谁，让自己家变成了现在这个样子？而面对这一切，自己却一点办法也没有。"——他应该知道：而今，别说自己已然风烛残年，便是再年轻二十岁、三十岁，面对这样的社会大势，自己又能怎样？社会大潮中，自己不过一粒尘埃、一片草芥而已；所能做的，也不过听天由命而已。烦闷而又无可奈何，于是只能悔恨。悔，想当年，积攒一点银圆、购买几亩土地，其实也不是什么难事，可自己却偏偏缺乏那心计、那眼光；后来，甚至是煮熟的鸭子都叫自己给放飞了。恨，却不知道该恨谁，于是只能一会怨"天"，一会"尤"人。眼下，烦闷、悔恨的基础上，又加了一个惊慌，他于是更没有个心闲的时候了。一天到晚，他怕这愁那的，担心这、忧虑那的，常常把自己搞得头昏脑胀、骨软筋酥的……令他惊慌的，是他那两个愚蠢至极、莽撞无比的弟弟。——传言："正文、正武勾结张家寨的张大爷、张二爷，已经拉起队伍，当了土匪了，且已与南下而来的军队周旋了好几次，打了好几仗了。可惜每次都被人家打得豕突狼奔，落花流水的……"他知道：自家兄弟所纠合的，不过一帮乌合之众而已。他们与南下大军对抗，无异于螳臂当车，覆灭只在旦夕……他担忧、害怕："今后，建立了新政府以后，自己和孩子们会不会受到牵连呢？通匪，这个罪名可大了；况且，自家兄弟所当的这种匪，还远不同于以往打家劫舍、剪径拦路的那种匪，他们所犯之罪，严重多了。——以前，自己曾经听父亲说过：远的不说，就说光绪年间，这样的重罪，那可是要杀头的，甚至要株连九族的。看来，自己家迟早肯定要受到连累，因为自己与正文、正武，可是亲亲的兄弟呀！"

每每想到那些最可怕的情形，钱正义总会忍不住瑟瑟发抖，惊弓之鸟、丧家之犬一般。以往周氏在时，好歹还可以帮他排遣排遣、开导开导，缓解一下他的紧张情绪，可现在，就只能任由他削尖脑袋去钻那牛角尖了……

缺吃少穿、又急又怕，钱正义的身体很快就垮了。尤其是没了大烟提神，使得他面色愈发的晦暗、精神愈发的萎靡……抽了这么多年的大烟，让他的体质变得很弱；体质弱，又得靠大烟来提神。于是不可避免地陷入了一个恶性循环的怪圈：越抽越弱，越弱越抽……如今，断了这一口，瘾一上来，他便哈欠连天，鼻涕眼泪的，那样子简直生不如死。还有，动不动就会闹肚子、拉痢疾，且一闹、一拉就是好多天，甚而停不下来……然而这年月，有口吃的就已经阿弥陀佛了，谁还敢惯这臭毛病？

很快，钱正义就病倒了。每天，绝大多数时候，他都蜷缩在自己床上那一堆破棉絮、烂稻草里，挨延着时日。白天也许要好一点，他静静地蜷缩着，只是不时地咳嗽几声。有时，他还会挣扎着下床来，扶着床沿，光着脚板，颤颤巍巍地走到床尾的角落里，而后，或抖抖索索地，向着地上的木盆，淅淅沥沥地撒上一小泡尿；或哼唧着，往盆边的小凳上一坐，拉一点稀屎或痢疾……他已经一连拉了好几天的肚子、痢疾了，拉得他出门上茅坑的力气都没有了。没办法，他只好叫兴明给他搬来一张小板凳、找来一只小木盆，就在床边解决拉撒——包括吃喝——问题。时间一长，搞得房间里到处都是浓浓的腥臊味……晚上可就难熬了。尤其是半夜三更的时候，他就像换了个人似的，哼哼唧唧的，常常彻夜不眠。有时好不容易睡着了，又梦呓连连，迭声呼唤着赵氏和周氏，急得满头大汗。挣扎着醒过来后，却又筛糠似的，直喊身上冷……兴明、兴秀被吓得心惊肉跳的，躲在自己的房间里不敢出来。听见他叫唤得实在太厉害了，已经近乎哀号了，一墙之隔的正启于心不忍，便抛掉以往的成见、恩怨，时常半夜三更绕过钱家大院里来，到他房间里来陪陪他，给他端碗水喝喝、烧堆火烤烤……贵发、张氏等念周氏的好，也可怜两个孩子，便不时地叫明全、明智过来陪陪兄妹俩，顺便瞅瞅他们那既可怜又可恨的姑父。只是，天长日久的，这样也不是个办法，于是索性叫两个孩子搬到赵家大院里来，跟着自己生活，再过三五年，两个孩子就可以自立门户了。然后每天白天，兴明回自己家两趟，给他们的父亲送口吃的去……

正启的印象中，早在十多二十年前——不！应该是早在五六年，或者六七年前，戒备森严的钱家大院，别说外人了，就是他这样的亲戚本家，也不是随随便便就可以进出的。大白天都不行，更别说三更半夜了。那时，一方面是没有特别重要的事情，这钱家大院，人们是能不进就不进，真可谓是"无事不登三宝殿"。另一方面是，人家也未必想让你进。何以见得？举个例子，有几次，正启有事非进这大院不可，可任他喊破了喉咙，敲肿了手背，也不见有人来开院门，人家像是故意装聋作哑似的。现如今，无论是白天还是黑夜，这钱家大院的院门随时都是虚掩着的，甚至是大大地敞开着的。就是院子里面，钱正义家的家里，大门、小门、外门、里门，除了兴明、兴秀的房间，晚上会从里面闩上外，其他的，也一律任其大大地敞开着。在钱正义看来，如今自己家里，几乎就只剩下几面光秃秃的墙壁了；自己的命犹如一盏风中的残灯，摇曳着，随时都可能熄灭，实在没有什么可值得担心的了。然而，却没有人愿意跨进这大院的门槛了。

三

这天中午，钱兴明给父亲送吃的来时，却发现，父亲的房间，那扇此前一直——不分白天和黑夜——大大地敞开着的门，现在却从里面闩上了。他敲了好长时间的门，屋里都不见一丝反应。他不由得焦躁起来，一边大声呼叫着，一边使劲地拍门。然而，任他把房门拍得尘灰弥漫、如雷轰响，屋里依然静悄悄的，没有一丝动静。

兴明是个乖觉人，情知不妙，便赶紧折回赵家大院来，将上述情形告诉了舅舅、舅妈。

…………

大家卸下钱正义房间的门板，拥挤着走进屋里去。借着瓦缝、破窗里透进来的一丝丝微弱的光线，只见钱正义直挺挺地仰躺在床上，肚子上乱七八糟地覆盖着一层薄薄的破棉絮、烂稻草，一动不动，睡着了似的。大家赶紧围上前去想看个究竟。大家看见钱正义双眼紧闭，嘴巴微微张着。灰黑瘦削的脸上，鼻梁、颧骨高耸，眼睛凹陷、两腮干瘪；尖尖的下巴上，花白胡子稀稀疏疏的，足有两三寸长。见此情景，大家不约而同地把目光投向了他的胸部。——观察了多时，也不见他的胸部有一丝动静。贵发伸出手去，摸了摸他的身上，感觉硬邦邦的，冰凉冰凉的……

不用说，钱正义已然死去多时。他已经瘦得皮包骨了。好在他表情平和、安详，体态、身形自然，看不出多少扭曲的样子，看样子走得还算顺利，没有经受多少痛苦……之所以平和、安详，或许是因为，他自认为对自己而言，死亡，或许不失为一条较好的"出路"、一种解脱……

兴明、兴秀兄妹俩还小，还主不了这样的大事，而家里又没有了其他至亲，因此，钱正义的后事，就只能由贵友、贵发兄弟俩来操办了。

一个月前，钱周氏死时，好歹还有一身新衣服、一口薄棺材。而今，钱正义身后，别说新衣服、薄棺材了，就连一身较为完整的旧衣裤、几块破旧的薄木板，都不可得了……

为他收拾床铺时，在他床头那个昏暗的旮旯里，大家还发现了一个破麻袋。打开一看，里面竟然是小半袋霉斑点点的票子。面对这些曾经令人梦寐以求，而今却无人问津的花花绿绿的票子，大家感慨不已。愣了好一会儿，正启说道："大哥还没有装的、穿的呢……装的，就将就他床上这张破席子吧！穿的呢？衣帽、鞋袜之类的，干脆就用这些票子给他糊几样。——天冷了，让他穿得稍微厚实一点。糊好后，剩余的票子，就当作纸钱，烧给他；烧不完的，就裹在席子里面，让他带到那边去用……他这一生，省吃俭用、精打细算，好不容易才积攒下这么些钱。

就这样，一床破席子，将钱正义的尸骸紧紧地卷裹起来，剩余的好几沓钞票，被重新装入那破麻袋里，一同卷裹在了他的胸前。然后用几根草绳紧紧实实地捆扎好。趁着天色还有些光亮，用一根杠子，将其抬到了钱赵氏的坟墓边。

在正启的指点下，大家紧挨着赵氏的坟墓，刨了个窄窄浅浅的土坑，将钱正义的尸身掩埋了进去。接着，大家还从附近找来些石块，倚傍着赵氏的坟墓，围着埋葬钱正义的土坑，简单地砌了个一尺多高的半圆圈子；随后，再从四周挖刨些泥土来，往石头圈子里一堆。这样，半个馒头大小的坟墓就堆砌好了。

晚风里，钱兴明跪在父亲的坟前，深深地磕了几个头……

第二十二章　剿匪军山乡灭匪　秀美桃乡展新颜

一

天气已经很冷了，就算是年轻力壮，抗寒力比较强的年轻人也恨不得把所有能穿能套的都裹在身上。年老体弱、怕寒畏冷的老年人更不消说，就算是坐在熊熊燃烧的柴火边，他们也常常止不住寒战连连……

天冷下来后，在山里"打游击"的钱正文、张旭晨匪部，日子越发不好过了。到了晚上，山风呼呼，气温骤降，尤其难熬……

在一个阴冷潮湿的大岩洞里，一干匪众蜷缩着、挨挤着，靠体温互相取暖，坐待天明；靠想象和回忆打发无聊，并借以填充空虚的头脑和胃肠……

钱正文和张旭晨的队伍，两百多人，都是周边村寨里招募来的。他们走村串寨，"保境安民"了几个月后，剿匪军就追剿到张家寨附近来了……在几次小规模的冲突中，土匪们很快就尝到了剿匪军的厉害。几次冲突下来，土匪们已经很难在张家寨一带立足了，于是不得不逃到山桃寨附近的一个山洞里，就像杨启前之前所说的那样，"躲"了起来，以苟延残喘，寻机待变……

寒冬腊月，蜷缩洞中，吃穿成了最大的问题。众所周知，便是正规军，也要吃饱穿暖了，方能迸发战斗力，稳固军心，何况一群乌合之众？然而，半个多月来，炒米、炒面等方便食用的干粮，早已被众匪消耗殆尽。他们想再备办点干粮，或煮点现吃的，又因害怕暴露自己而不敢随意生火。他们知道，白天是绝对不能生火的。想想看，一生火，大股大股的浓烟升腾起来，还不把自己给暴露了？晚上倒是可以，只是外面黑漆漆的，活动起来，磕磕绊绊、撞这碰那的，十分不便。尤其危险的是，稍不留神，自己还很有可能从高高的崖壁上栽下去……将火生在洞里，行不行呢？那也不行，烟气便会长期蓄积在洞里，呛得人难受不说，而且，它们还会从小小的洞口里缓慢地无休止地释放出去，那同样会——甚至更容易——暴露自己。他们知道，剿匪军的侦察员神出鬼没的，不知什么时候，会站在哪座高山的山顶上，举着望远镜，四下里搜寻。如此，一缕薄烟，就会将自己暴露无遗……

守着这么些粮食，且又不缺水，不缺柴火、器具和人手，却常常挨饿受冻，这使得匪徒们心里十分憋闷，以致牢骚怪话此起彼伏。有时饿得实在受不了了，他们也会趁夜深人静的时候，安排几个手脚麻利的小喽啰钻出洞口来，在洞口边找个隐蔽的地方，生起火来，煮点稀粥，然后大家骂骂咧咧、拉拉扯扯地，争抢几口吃下去，聊以哄哄饥饿的肚肠……让匪徒们更为恼火的是，而今，雪上又加了层霜——饥饿之外，又增寒冷。

…………

就在匪徒们丧家之犬一般，惶惶不可终日时，又传来了一个惊人的消息，说是又有一队剿匪军开进了山桃寨，大有夹击葫芦洞的架势。这让匪徒们更加恐慌，一时军心大乱……

一天晚上，剿匪军得到可靠情报—— 一窝土匪正藏身于葫芦洞中，于是他们给了匪徒们致命一击。

最后，钱正文、钱正武等十多个匪徒，被五花大绑着，从戏楼里间押了出来，在主席台上一字排开。钱正文、钱正武耷拉着脑袋，胸前挂着块大大的白色的"犯由牌"。那牌子上，黑墨大大地写着二人的罪名和名字，名字上还打了个大大的红色的叉……在一块较为开阔的地方，几声枪响中，他们走完了自己的一生……

二

公历一九五零年十二月三十一日中午，山桃乡红旗飘飘、人来人往，热闹非常。

吃过午饭后，村民们三三两两，谈论着、嬉笑着，陆陆续续地来到了场坝上。两张长条桌子靠戏台边沿一字摆开；桌上，整整齐齐地摆放着几个茶杯，这便是主席台了。

已是深冬时节，空旷的场坝上，不时地刮过一阵寒风，让人不禁打了个冷战。幸得天气晴好，和煦的阳光，柔柔地照着，让人感觉暖洋洋的，也为大会增添了不少艳丽的色彩。

会场上十分热闹，寨子里的人们，能来的估计都来了。这样的盛事、盛况，千百年难逢一次，谁不想一睹为快。贵发、贵友和几个街坊，挤在会场的一个角落里，一边抽着旱烟、聊着闲话，一边饶有兴致地看着、听着，感受着这新世道、新世面……不远处，赵沈氏、赵刘氏和几个中老年妇女围坐在一起，一边慢条斯理地做着针线活，一边兴致勃勃地拉着家常……会场边上，人员较少的地方，明全和明智哈着腰，专注地牵引、逗哄着自己蹒跚学步的孩子，一脸的慈爱……会场中间，明德、明礼、明英和兴明，在人丛中挤来挤去，这里瞅瞅、那里瞧瞧；发达和兴秀则面向主席台，比肩而立，眉飞色舞地说笑着，并不时地抬起手来，对着主席台上比画、指点几下……人群外，较远处，一个不起眼的角落里，一个小伙子独自静静地站立着、观望着。那小伙子严肃的神色中透着几分落寞、凄伤；其模样，颇有些孩提时代的钱兴雄的影子……

　　…………

昨天上午，钱家大院院门一侧的墙壁上，张贴出了两张公告——一张是通知，一张是禁令。两张公告，红纸黑墨，紧紧地并列在一起，十分醒目。

通知内容简单、字体较大，寥寥数行，说的即是有关此次大会的时间、地点等内容。

禁令内容较多：为进一步打击、清剿残匪，维护正常的社会生产和生活秩序，维护广大人民群众的生命财产安全和合法正当权益，特制定并颁布如下禁令：

一、禁赌、禁娼、禁烟（大烟）、禁枪。

二、禁止旧币流通，强制使用新币。

三、严禁通匪、资匪等行为。

四、严禁捏造、散布谣言。

五、严禁一切封建迷信活动。

每条禁令均附有详细的说明及要求，山桃乡的乡民们无不为此拍手叫好。

第二十三章　鞭炮声声辞旧岁　雪花朵朵润新春

　　除夕这天，一大早，天空还阴沉沉的，想要下雨飞雪似的……然而，临近中午时，天色竟渐渐地明朗了起来。天空中，云层的边沿、缝隙间，或稀薄处，还透出一缕缕淡淡的、柔柔的阳光来。

　　从天刚蒙蒙亮到现在，赵家大院里，所有人的脸上一直洋溢着甜甜的笑。大家来来往往、说说笑笑，一派祥和、忙碌的景象。

　　明全家——即原先所谓的正房——大门口一侧，明德站立在一张大方桌的后面，正在认真地裁纸、磨墨，做书写春联的准备。他嫌屋里空间狭小，施展不开，且人来人往的，干扰比较大，加之光线又有些昏暗，于是便到门外找了个较为敞亮的地方，将神龛下的大方桌搬了出来……

　　明德的旁边，不远处，贵发蹲在地上，正在收拾一只宰杀好了的大公鸡。之前，他已经收拾好了一个肥大的猪头、两只猪后脚，以及一根根部带着块砖头大小的肉的猪尾巴。供奉神祇、祭祀祖先时，猪头和公鸡通常是少不了的。他一边忙碌着，一边杂七杂八地想着心事："以前，过年时，自己家很少贴春联的，一是没有那个条件，二是，也没有那个闲心。偶尔贴过的那几副，也都是请志德帮忙写的。嘿嘿，想不到，如今，自己家的孩子也是文化人了，也会写对子了。出年，带着老大、老二两家，种好庄稼的同时，争取把榨油的生意给恢复起来。砂锅、砂罐等就不做了，费时费事的，实在太累人了。听说，今后要公私合营，自己家的榨油坊，也在合营的范围……'合'，大概就是合伙的意思。今后的事，今后再说吧！现在，该恢复的，先恢复起来再说。现在是新社会了，社会治安很好。今后，出门做生意，再不像过去那样提心吊胆的。不管怎么说，田地一定要管好、庄稼一定要种好，这是最主要、最根本的……只要人勤快、会打算，就一定不会愁吃愁喝。什么是好运程？现在，正启的说法是，人勤快、会打算，就是好运程。"想到这，他忍不住喃喃自语："正启、正启，正在'起来'；友福、友福，真的有福。得到了公家分给的这么多好田好地，'起来'、'有福'，那是一定的。自己和大哥呢？贵发、贵发，也一定会'发'；贵友、贵友，也一定会'有'……嘿嘿、嘿嘿……"

远处，院门那边，明英、明礼也不闲着，他俩蹲在地上，摆弄着几块小石子、几根小树枝，逗哄着两个小侄子——明全、明智的孩子。两个小家伙两岁多了，正是十分磨缠人，又十分招人疼爱的时候。他们那含混不清、奶声奶气的话语，以及花样百出、滑稽搞笑的举动，常常逗得明英、明礼哈哈大笑。赵张氏抱着襁褓中的小女儿，也跟在一旁逗笑取乐……

前年年初，一个月内，明全、明智相继成了亲；年底，两人便有了自己的孩子。兄弟二人成亲后不久，便在爹爹贵发的主持下、在亲朋好友们的见证下，依照多年前商定的分家方案——土地这一项有所变动，按变动后的实际面积酌情分配——分家另过。按原先商定的，明全家就住原来的正房，负责赡养其母武氏；明智家暂时住在原来的房子里，负责赡养其母刘氏……虽然分了家，但重大节庆日，大家仍然喜欢聚到"正房"里来，一起热闹热闹。

今年，几个月前，年逾四十的赵张氏、年近半百的赵贵发，又迎来了他们最小的女儿满枝（大名明凤）……这么大的年岁了，还在生儿育女，不免让人有些新奇，于是，没有晚辈在场时，有人老爱拿贵发和张氏来取笑，说他俩是老蚌怀珠、枯枝新芽。面对取笑，张氏总会有些难为情，贵发却笑嘻嘻地反驳："这有哪样奇怪的嘛？前段时间，大姨爹家不也生了一个？老来得女、得子，这是福气、缘分。没有这福气、缘分，想生还生不出来呢。"——原来，赵张氏生下满枝不到一个月，友福和武氏夫妇也迎来了自己的小儿子满贵（大名发祥）。于是，有妇女又跟张氏开玩笑道："满贵、满枝，都满满的，年纪又都差不多，可以考虑定个娃娃亲，亲上加亲……"

…………

"爹，这个对联，写些哪样呢？"明德准备完毕，正待下笔时，却想不起该写什么。

"写些哪样？我也不晓得呀！你自己好好想想。"贵发漫不经心地应道。他的心思，主要集中在了自己手头的事情上。

"我已经想了好久了，实在想不到……要不，你想，我写？"

"这还不简单啊？你把以往过年的时候，我们家、别人家贴过的那些春联，想几副出来不就行了？——来来来，我们两个一起想。抓紧点，要想好几副呢。"贵发放下手中的事情，蹙眉凝神，和明德一起想了起来。

贵发一边想，一边喃喃自语道："三家，一家大门一副；三间牲口圈，一间一副……统共六副。贴大门的，就是辞旧迎新、国泰民安、人寿年丰之类的；贴圈门上的，就是六畜兴旺、牛马成群、猪羊满圈之类的……"

"还有风调雨顺、五谷丰登……"明德补充道。

"老三，贴大门上的，和贴牲口圈的，不要搞反了噢。"明全走过来，一脸坏笑地说。——他又想找骂了。

"老三，写好了没有啊？"明智也走了过来，低头瞅了瞅桌子上的红纸，想看看明德写了些什么……见纸上还不见半点墨迹，明德还在冥思苦想，便开起弟弟的玩笑来："大半天了，你一个字都还没有写啊？磨洋工啊？嘿嘿，以前，叫你不要吃'退盘食'，你偏偏不信。现在咋个了？啊？不会写了吧？"

明智所谓的"退盘食"，指的是供奉、祭祀后撤下来的食品。这些食品，量少，易凉，因而，供奉、祭祀过后，通常要倒回饭甑、菜锅里，温一温、热一热，以防吃坏肚子。为阻止嘴馋、性急的小孩子取食这些东西，尤其是油腻的，大人们便编排出这么一个词来，逗哄他们，说这是"退盘食"，不能吃。吃了"退盘食"，今后读书不行。此外，守岁的习俗，除了辞旧迎新等意思外，恐怕也有这么一个考虑：让吃了很多油腻食物的小孩包括大人晚点睡，以利于消化。

"你会？你来帮忙写一副试试……或者，你帮忙想一副？等一哈贴的时候，让大哥来贴，看他分不分得清左右、倒正。"明德将了文盲大哥、二哥一军。

"老大，你去一趟大伯伯、大姨爹家，送点花生米、洋芋片过去，晚上他们好下酒。"贵发吩咐明全道。想了想，又接着吩咐道："顺便在场坝上转转，看看有没有门神画像卖，有的话，请三副来。——三家，每家大门上一副。再买一挂炮仗来，等会儿供饭的时候好放。——来来来，我先给你点钱。"

"花生米、洋芋片……大过年的，人家哪家会缺这点东西？"明全嘀咕道。因为心里不情愿，所以他又忍不住信口唠叨了起来："贴哪样门神哟！现在，半夜三更，大门、小门、前门、后门，大大地敞起，都可以安安心心睡大觉……以前，大姑爹家、吴大爷家，年年贴门神，希望他们帮忙看看家。结果咋个？看住了没有？嘿嘿，该遭抢的，还不是要遭抢？——嘿嘿，那门神的鞭和铜，还不如一把土枪、小刀管用呢。"

"老大！大过年的，注意一点，不要张嘴就乱讲……快去！快去！"贵发喝止了明全，并催促道。

"歇一哈再去。我刚刚打完几甑粑粑——大米的、小米的、苞谷的、高粱的，累得很！今天起得太早了，瞌睡都还没有睡醒呢。现在，太想睡觉了……哈——哈——"说到睡觉，明全止不住哈欠连连，大有倒头即可见到周公的架势。

"哈——哈——"被明全传染了似的，贵发也忍不住打了几个长长的哈欠，眼泪都给打出来了。不过，他打哈欠并不是因为瞌睡，而是身体里残余的那一点点大烟瘾作怪。

这大烟瘾也怪！十多年前，甚至三四年前，家里还有大量烟土时，它们说犯就犯。而今，禁烟了，家里一点烟土渣渣都没有了，它们竟然即将消除殆尽了。

"老大，快去！趁早……今天事情还多得很！等哈，又要贴对联、又要做菜、又要供菩萨，哪点还有空上街？"贵发又催促明全道。

"还早、还早，等我咂根烟歇口气再去。"明全一边敷衍着，一边卷起旱烟来。

"爹，粑粑一哈就好了，等大哥吃了再去……现在正在供菩萨，供完以后就可以吃了。"明智大声说道。

这里的除夕，午饭主要以糍粑——一般为纯糯米的——为主。热糍粑，可以蘸着蒸好的红糖吃，也可以包上豆沙、豆腐等馅料吃……蘸糖的，米香、果香直钻鼻孔；包馅的，浓郁的馅料香味，频频刺激着人的唾液腺体……

昨天，武氏、刘氏，以及两个儿媳忙碌了一整天，将各种做粑粑的材料——糯米、高粱、小米、苞谷等——备办好，并在晚上临睡前用清水泡发上……今天，天刚蒙蒙亮，几人又赶紧起床，汇聚到"正房"里来，旋即蒸的蒸、洗的洗。今天的事情很多，不早点忙活不行。其他的不说，单是这粑粑，就有好几种，要蒸好几甑。即，除了糍粑外，还要做上好些杂粮粑粑，比如高粱粑、小米粑、苞谷粑等。这些食品，一般可以吃到元宵节。前边介绍过的：元宵节过后，吃不完的粑粑，可以切成小丁、小块，晾干，做成"粑粑果"储存起来，这样可以吃上一整年。那"粑粑果"，用菜油炸好，撒上点盐面，酥脆爽口，既可以作为下酒的好菜，也可以作为解馋的小吃。

打粑粑属于重活、累活。干这活，不仅需要下大力气，而且要求动作要快——以便能尽快将食材舂打、揉搋粉碎，黏成一团，因而通常由年轻力壮的男性负责。也正是因为这样，所以，一大早，明全、明智便被喊了起来……蒸熟的糯米、杂粮等食材，倒进粑粑盆——多为长方形石槽，就得赶紧趁热加工。加工不及时，晚了、慢了，它们变凉了、变硬了，那就不好办了……腾腾热气里，兄弟二人分立在石槽两端，一人挥动一根大木"杵"——大体呈 7 字形，你来我往、一上一下，迅速地舂打、揉搋，薅地、锄草似的……"嘭嘭嘭、嘭嘭嘭"地使劲舂打一阵后，便是好一番揉搋——两根"杵"你来我往，交互摩擦、挤压，将食材挤碎，并增加其黏性；接着又是好一阵舂打、好一番揉搋……

几甄粑粑打完，便是明全、明智这样的青壮年男子，也会累得腰酸背痛、手脚酥软，一身大汗……

…………

"三哥，你都还没有写好哇……人家不少人家早都贴好了。"见明德还在冥思苦想，明英忍不住大声嚷着，一副难以置信的样子。她和明礼在外面闲逛了一圈后，才像小兔子似的，蹦蹦跳跳地钻进院子里来。

"人家写了些哪样？啊？说来给大家听听。"贵发逗明英道。

"嗯！写了……比如新年新气象啦，新社会新生活啦……多得很！我不太注意，想不起来了。"

"所以说，这人哪，有机会的话，还是要多出去走走，开开眼界、见见世面，学习一下人家的东西……你们看，英妹和老幺才出去逛了这么一圈，就学到了这么多东西。像老三这样，窝在家里面想，好久才能想得出来哟。"贵发继续逗趣道。

"老三，这贴对联，听说有讲究的，比如，哪张该贴在左边、哪张该贴在右边，你要搞清楚噢，免得人家懂行的人看了笑话。"明智也凑趣道。

"左右都不要紧，关键是，我刚才讲的，不要把贴大门的贴到圈门上去、贴圈门的贴到大门上来。哈哈、哈哈……"明全还未说完，就自己忍不住哈哈大笑了起来。

"不光是贴对联，贴门神也有讲究——秦叔宝要贴在左边，尉迟恭要贴在右边。"贵发补充道。对明全的无状，他少见地没有给以白眼、呵斥。

"左边、右边，是背对着大门的左边、右边呢，还是面对着大门的左边、右边？"明德好奇地追问。

明德的这一句问话，竟让大家无言以对。——背对、面对都搞不清楚，更别说上联下联、左尊右卑之类的讲究了。

"爹，晚饭的时候，要不要分成两桌——大哥家这里一桌，我家那里一桌？人有点多，怕大哥家这里坐不下。"明智转移了话题。

"肯定要摆两桌……晚上，我们几家，再加上兴明、兴秀两兄妹，对了，还有那两个小崽崽……"说到这，贵发嘿嘿一笑，朝着院门边几个孩子那里撅了撅嘴，然后接着说道："人确实有点多……这一顿饭，叫团圆饭，要大家一起吃。两桌都摆在你大哥家。两张桌子并在一起，挤就挤点，不要紧的……大过年的，就图个团圆、热闹！——最后，剩下来的菜啊、饭啊，再按人头分给各家。"

"过往犹如一场大梦。以前，那些曾经让自己深信不疑的东西、事情，如修庙镇风水、求神还愿信等，不仅没有给自己家带来任何好处，其后的好几年间，大家的生计反倒是一年不如一年。友福、正启这样的人家，过得更是艰难。如今，世道变了，自己总算是明白了生活得好不好，要看世道，要看自己……来年……"不知不觉中，贵发停下了手里的事情，陷入了美好的憧憬中。他那苍黑色的脸上，深深的褶皱、纹理间，溢出阵阵自得的、满足的微笑。

"咦——下雪了！下雪了！看！看！"贵发突然惊叫了起来，发现了新大陆似的。

"哪里？！哪里？！爹！哪里？！"明德抬起头来，眯着两眼，兴冲冲地四下里张望、搜寻。

"哪里？！咦——你看，这里一朵……那里一朵……"贵发一边说，一边这里指指、那里指指，示意明德。接着自言自语道："这雪花，细细的、稀稀疏疏的，掉在地面上、衣裳上，马上就化了，不仔细看，还真是看不见呢。今天晚上，要是能够下大一点、能够堆积起来，明天就好看、好玩了。不仅好看、好玩，还可以润一润庄稼地呢。这一润，明年，庄稼肯定会有个好收成。咦——

快看！这里……那里……"

　　…………

　　"叭——叭——叭叭、叭叭……叭——叭——"下午，三四点钟的光景，寨子里，鞭炮声便响了起来，此起彼伏，一阵盖过一阵，在半空里，在村外空旷的土地上，在土地那边的大山的崖壁间回响、回响……

2020年8月　　第一稿

2021年10月　　第二稿

2022年6月　　第三稿